女帝

卷四

第一章 清庵一見

正午耀目的日光，從全部大開的隔扇明窗之外照射進來。白卿言挽劍而立，血霧之中，她頎長挺拔的身影，殺意森森，人如刀鋒清冽，幽沉冷靜的目光沉靜而深邃，讓人凜然生畏，不敢逼視。

這是大都城這些勳貴們第一次看到這樣的殺戮，更是頭一次看到白卿言殺人。

那女子，雖然未曾穿戴甲冑戎裝，可一身殺意，竟有雷霆萬鈞的磅礴氣勢。

司馬平一干紈褲喉頭翻滾，緊緊握住同伴的手，不難想像這白家姐姐在疆場之上該是怎樣的英武之姿，頓時心生崇拜與嚮往。

他們屏息等著看白卿言如何擊敗李天馥，誰知將活捉西涼女婢丟給護衛軍的月拾不知道從哪兒竄出來，將不要命的李天馥逼得連連向後退，毫無招架之力，竟生生跌倒在地。

護衛軍齊上，可月拾還覺不解氣，一劍挑斷李天馥右手手筋，踢開天絲劍，劍指李天馥頸脖見了血，這才罷手。

李天馥面色慘白緊緊捂著自己的手腕兒，傷口疼到無法忍受，咬牙切齒淚流滿面的瞪著眼眸中只有殺氣的月拾，她見過那樣的眼神……所以她知道，若有移動這個護衛必然會殺了她。

可是，她今天沒有能殺了白卿言，也沒有能殺了太子，就是死了也是白死！

沒有幫阿卓報仇，她有何顏面去見阿卓?!

李天馥如同淬了毒的眸子朝白卿言望去，眼中霧氣不斷模糊視線，她幾乎要看不清楚白卿言的身影，可她已經認認真真將白卿言刻在了她的心裡，她的骨髓裡！

只要她不死，她誓要……滅白卿言全族！

李之節竟然折節跪在太子面前，道：「殿下，是外臣看管公主不利，才發生了此次之事！請殿下看在所幸沒有傷到殿下和鎮國郡主的分兒上，饒平陽公主一命，待外臣攜公主回西涼之後，定然會給殿下與晉國一個交代。」

太子冷笑一聲：「平陽公主和那個要殺鎮國郡主的太監，還真是鶼鰈情深啊！西涼竟然要將這樣的公主送入孤的太子府！簡直欺人太甚！」

李之節閉了閉眼，任由頸脖處鮮血簌簌往外冒：「公主是受了那太監蠱惑，求太子殿下看在兩國剛剛簽訂了盟約的分上，寬恕公主！外臣保證……定會給太子殿下和晉國一個滿意的交代。」

所謂交代，不外乎賠款、割地。太子繃著臉開口：「炎王，將你們西涼公主帶回驛館去吧！孤……會派重兵把守驛館，還望炎王能夠理解，在明日你等離開之前，莫要生事！」

李之節閉了閉眼，含辱稱是。

原本一場熱鬧婚禮，以鬧劇收尾。李之節等人在太子護衛的「看護」之下，被送出太子府。

李天馥被李之節命人捆住了雙臂，由他們西涼兵士護著往外走。在與白卿言擦肩之際，李天馥腳下步子一頓，側頭看向視線從容朝她看來的白卿言，冷笑一聲，咬牙切齒，字字肺腑：「白卿言，我若不死，必然會要了你白家所有人的命，來為我阿卓報仇！」

「白卿言靜候。」白卿言淺淺頷首，那淡漠的態度讓李天馥恨意入骨。

「你給我等著！」李天馥恨意如熊熊烈火，抬腳踏出太子府正廳之門。

太子冷哼一聲：「若不是因為她是西涼嫡出公主，此刻她已經是死屍了！」

蕭容衍撿起地上白卿言平日裡佩戴的鐵沙袋，交給自家護衛，從容走至太子身旁，將手中長劍雙手恭敬奉還太子。

太子看到蕭容衍，眉目間有了笑意，他接過長劍笑著道：「沒想到容衍還有如此好的身手。」

蕭容衍手微微收緊，笑著看向白卿言，似乎十分可惜似的歎了一口氣，道：「怎及的上鎮國郡主，本想英雄救美討美人歡心，不成想根本就沒有這個機會，還險些受傷。」

蕭容衍抖了抖自己直裰上被匕首割裂的錦袍，似乎有些後怕：「匕首上塗了毒，見血封喉，當真是間不容髮，衍……也後怕的很。」

太子爽朗笑了一聲，湊近蕭容衍：「孤不會告訴鎮國郡主你後怕之事。」

說著，太子拍了拍蕭容衍的肩膀。

白卿言亦是將手中的長劍還給慕容瀝：「多謝殿下。」

慕容瀝耳根泛紅，接過寶劍入鞘，用力按了按劍柄，這可是白家軍小白帥……他未來九嬸嬸用過的劍！「鎮國郡主客氣了。」慕容瀝笑著看向白卿言，道，「能夠一睹白家軍小白帥風采，實乃幸事！」

西涼公主李天馥，於婚宴上欲殺鎮國郡主之事，如同長了翅膀般，未出半個時辰傳遍大都城。

今日未曾去太子府的白錦繡一聽此事，坐不住，立刻讓人套車帶著銀霜回了鎮國郡主府。

白錦繡到時，白卿言還在沐浴。聽白府的下人說，白卿言回來時身上都是血，白錦繡一顆心都提到了嗓子眼兒，直到白卿言沐浴出來，白錦繡拉著白卿言看了又看確定長姐身上無傷之後，這才鬆了一口氣。

白錦繡來時，皇帝已經下旨……讓西涼炎王明日便帶著他們公主返回西涼，務必要給晉國一個交代。

「剛才回來，祖母、母親和嬸嬸們也是這樣拉著我看了又看，你還不放心？」白卿言讓白錦繡坐。

「二姑娘，喝杯紅棗茶壓壓驚！」春桃給白錦繡上了一杯茶。

白錦繡眼眸紅意還未消退，接過春桃端來的茶杯喝了一口：「長姐怎麼去了太子府？」

「接到消息，說李天馥要刺殺太子，便過去和太子說了一聲。」白卿言全然沒有將此事放在心上，示意春桃，「去把東西拿過來。」

春桃頷首，從白卿言的書架子上拿出一個黑色的木匣子，擱在雞翅木的小几上，便帶著伺候的婢女退下，親自守在門口。

「這是什麼？」白錦繡放下茶杯，將黑匣子打開，見裡面都是信件拿出看了眼。

「這……便是李茂的把柄！」白卿言端起茶杯，徐徐往裡面吹了一口氣，「下月初我們就要回朔陽了，這東西攥在你的手裡，比攥在我的手裡更有用。」

白錦繡粗略看了一眼，瞳仁瞪大，迅速流覽了幾封信：「這是李茂的親筆？」

「祖母說是，那必然是。」白卿言轉頭望著白錦繡，「文振康之妻手中的把柄，約莫是這裡面少了的一封信，且大約已經交到了李茂手中，以此來威脅李茂救文振康一命！此事我們不用插手，你派人好好盯著左相府，只要李茂出手救文振康，便會露出馬腳和破綻，便又是個把柄！」

「長姐的意思，讓李茂就坐左相之位上？」白錦繡問。

長姐說的是把柄，並未說憑藉此事要將李茂拉下馬。

「目下我們朝中沒有自己的人，與其讓旁人上位，不如讓有把柄攥在我們手中的李茂坐在這個位置上。」她盯著茶杯中起起伏伏的茶葉，唇角勾了勾，「等有了可合作之人，再將李茂拉下來，騰出位置就是了！這個人選你要小心留意。」

她抬手按住那黑匣子，笑著對白錦繡道：「如今你手裡的……可是左相之位。」

白錦繡點頭：「我明白了。」

春桃正在外面和銀霜說話，銀霜將自己腰間荷包解下來遞給春桃，裡面裝滿了松子糖。

春桃撿了一顆放進嘴裡，又重新將荷包繫回銀霜的腰間：「姐姐吃一顆，其餘的你好好留著，以後可別再往懷裡揣了，化了可是要弄髒衣裳的！」

銀霜憨憨一笑，點頭，對春桃說：「二姑娘好，給銀霜糖吃！」

春桃摸了摸銀霜的腦袋：「怎麼就這麼愛吃糖，也不怕壞了牙！」

「不怕呀！」銀霜笑得一雙眼睛彎起，「娘說，想爹娘的時候就吃糖！我跟青竹姐走……娘就給我糖吃了！」

春桃聽到這話，鼻頭莫名一酸。她還以為銀霜是貪嘴，所以喜歡吃糖……原來，是想親人了。

春桃記得，銀霜是被沈青竹姑娘帶進府的，說這孩子吃飯多力氣大，家裡養不起就賣給了沈青竹。也幸虧銀霜是遇到了沈青竹姑娘，否則現在還不知道是個什麼樣子。

「銀霜小丫頭回來了！」佟嬤嬤和秦嬤嬤一進門就看到銀霜，眉目間全都是慈愛的笑意。

「秦嬤嬤，佟嬤嬤！」春桃笑著行禮。

「乾娘！」銀霜站起身，扯下腰間春桃剛給她繫好的荷包，「吃糖！」

佟嬤嬤抬手點了一下銀霜的腦袋：「等下乾娘給你做好吃的，你和春桃姐姐在這裡等等！」

說著，佟嬤嬤便在門外稟了一聲，得到白卿言允准，她打了簾子與秦嬤嬤進門。

秦嬤嬤笑著同白卿言和白錦繡道：「大姑娘，二姑娘……朔陽宗族來人了。」

「又來了?!」白錦繡皺眉。

「這次是族長親自來的，拿著咱們祖宅的房契，說是來還房契的，另外五老爺也已經搬出祖宅了。」秦嬤嬤滿臉喜氣。

意料之中的事情，白卿言並沒有多驚喜：「是要喚我過去見?」

「正是，族長說要親手將房契交到郡主手中。」秦嬤嬤用帕子掩著唇笑了一聲，「可見咱們大姑娘這一次回去，把族長嚇得不輕。」

她笑了笑放下茶杯，起身撫了撫衣擺：「佟嬤嬤給我梳頭更衣，去見族長。」

佟嬤嬤給白卿言挽了一個鬆散些的髮髻，挑了身十分素淨卻華貴的衣裳，更衣梳妝後，朝前廳去了。

路上，她聽秦嬤嬤說，這一次族裡來了不少人，除了族長之外，還有幾位德高望重的長輩。

她估摸著，族長大約是想要夥同宗族長輩來逼迫她……救出那些在朔陽為非作歹的白氏子嗣。

她聽秦嬤嬤這意思，大約族長還未曾在母親那裡說宗族子弟被抓之事，只是說要將房契親自交於她的手中解除誤會。

白卿言到前廳之時，族長此次果然是學乖了，起身朝白卿言行禮：「郡主。」

白卿言端著架子走至董氏身旁坐下，這才笑著道：「各位是長輩坐吧。」

族長忙拿出房契：「此次來，是為了給郡主送祖宅的房契。上一次在朔陽，郡主或許是有急事未曾同老朽說完話就先走了，故而老朽專程送了過來！」

春桃邁著碎步走至族長面前，行禮後接過族長手中的房契，規規矩矩將房契交給了董氏。

族長面色微燙，大約是沒想到白卿言會直接將房契交給董氏。

有族老見狀，忙討好般插話：「五老爺也只是暫居祖宅，在我等啟程之時……五老爺已經搬出祖宅，並且已經打掃乾淨，還請郡主放心。」

「辛苦各位族老。」白卿言對族老們頷首，慢悠悠問，「各位族老來的匆忙，祖母還不知道，要不要派人去稟祖母一聲？」

「不敢驚擾大長公主，只是族裡還有事來求郡主！」族長視線同各位族老短暫交匯之後，幽幽開口道，「我等，望郡主能和朔陽縣令周大人說一句話，讓周大人抬抬手，將郡主族內的堂兄弟們，都從大獄裡放出來。」。

董氏抬了抬眉，她說怎麼此次宗族將身段兒放得這麼低，全然沒有之前那副長輩架子……要與鎮國公白威霆平起平坐的架勢，原來是有求於人。她垂著眸子喝茶，約莫猜到這應該是女兒回朔陽的手筆。

見白卿言沒有吭聲，手指有一下沒一下敲著桌子，有族老生怕白卿言不答應，急忙開口：「咱們族內盡半數的子嗣被抓，宗族內人心惶惶，我等這才匆匆趕來大都，求郡主同周縣令說句話！只要郡主同周縣令說一句話，那周縣令定然不敢再扣著我們宗族子弟。」

不等白卿言說話，董氏便重重放下茶杯，視線掃過那些宗族長輩。

「各位族老倒是有意思，族裡的子弟被抓了，來了不說這些子弟所犯何罪，張口就要我兒回朔陽以郡主之尊強壓周縣令放人！一句話周縣令便放人？說得可真是輕省！如此草率倡狂，將大晉律法置於何地？難不成我兒一個區區郡主，還能高於大晉律法？」

白卿言神色冷清淡漠坐於董氏一側，慢條斯理抿了口茶，沒有開口的打算。

族長握著拐杖的手緊了緊，心中暗悔將房契交的早了，早知道等白卿言答應了放人再給她們房契也不晚。

事到如今，族長只能陪著笑臉：「郡主，不論怎麼說，咱們都是血脈相親的同宗同族，一筆寫不出兩個白字來！日後大都白家回朔陽，都是女流之輩，定然有用得著宗族各家的地方是不是？宗族宗族……之所以是宗族，不就是同宗同族守望相助，互相扶持，你幫我一把我幫你一把！」

坐在族長下首的族老連忙搭腔：「是啊，而且那些孩子都是郡主同一輩的堂兄弟，如今大都白家已無男丁，將來不論大都白家是招婿入贅也好，還是出嫁也罷，還是從宗族過繼子嗣，總是需宗族兄弟幫扶撐腰的不是？再者……將來郡主的堂兄弟們有了出息，爭到功名，自然也會念著郡主的好。」

董氏冷笑，態度強硬：「各位族老還是莫要在這裡顧左右而言他，扯什麼一筆寫不出兩個白，兩個字本就不是能一筆寫出來的！要想讓我兒幫忙，就先說清楚……宗族子弟都犯了何罪！總不能你們上下嘴皮子一碰，宗族子弟殺人越貨，我兒也得替他們擔待。」

白卿言一直不開口，董氏又太強勢，族長在大都白家還從未有過如此待遇，臉色也沉了下來：「堂弟威霆與岐山剛走，董氏你便對宗族翻臉，就不怕堂弟和岐山魂魄不寧嗎？」

族長不提祖父白威霆和父親白岐山還好，一提起，董氏心頭怒火如同被澆了勺油，火焰猛地竄高，一雙神色凌厲的吊尾鳳眸朝族長的方向看去。

「當日我白家大喪，滿門男兒盡數為國捐軀南疆，宗族卻派白岐雲來，說什麼父親與岐山答應了要為宗族做這做那，逼得我們孤兒寡母散盡家財湊夠了銀子，白岐雲上香時……連上三次，父親與岐山都不吃白岐雲的香火！那時……你們都不怕父親與岐山魂魄不寧，我怕什麼？」

提起此事，族老們各個臉色難看，視線閃躲。

董氏內心憤憤不平，嘴上也不饒人：「奪泥燕口，削鐵針頭，刮金佛面細搜求；鵪鶉嗉裡尋豌豆，鷺鷥腿上劈精肉，蚊子腹內刳脂油，真真兒是寫給朔陽白氏宗族的！逼乾淨了銀子不算，還真是難為你們……怎又能想到如何將我大都白家物盡其用。」

白卿言聽到母親怒火中燒之語，垂眸掩住眼底笑意。

族長被董氏一席話說得面色發燙，咬了咬牙，看向白卿言，一副語重心長的模樣道：「白氏一族，一榮俱榮，一損俱損！堂兄弟們入獄……於郡主的名聲也不好！」

「所以，鎮國郡主縱容朔陽宗族草菅人命的名聲……就好聽了？」白卿言放下茶杯，聲音徐徐，「強搶民女、打死良民，強奪他人祖產，幾兩銀子強買店鋪，逼死掌櫃，為得旁人祖傳秘藥配方與官府勾結陷害苦主，哪一件不是宗族子嗣做下的？」

有族老慌了神，昧著良心辯白：「這都是那些刁民胡言亂語，絕對沒有的事情啊！」

「那麼，白卿節為非作歹當街被我抓住，自報家門稱背後有鎮國郡主撐腰，還稱……鎮國郡主與太子有私，是未來皇后，也是我胡言亂語？」白卿言冰涼入骨的視線朝族長的方向看去。

白卿節是族長的孫子。

董氏一聽朔陽白家的子嗣作賤女兒名聲，怒髮衝冠，直接砸了手中的茶杯，氣得站起身來：「秦嬤嬤！喚盧平帶護院軍過來，把這群白眼狼給我趕出去！」

欺凌他們孤兒寡母，想要強占他們家產，董氏忍了！可是董氏不能忍旁人欺凌到她女兒頭上，拿她女兒的名聲……為他們為非作歹張目！

一直以來，她都忍著不願意和宗族翻臉，今日……這臉必須得翻！她要讓滿大都城甚至是滿天下都知道，大都城白家與朔陽宗族今日起不共戴天！否則，女兒名聲完了不說，傳到皇帝耳朵裡，皇帝怕要以為白家起了爭后位的心思。

自從白家男兒盡數葬生南疆之後，陰謀禍事此起彼伏，白家危如累卵朝不保夕，早已經到了存亡絕續的關頭。若非女兒殫精竭慮苦心經營，現在有沒有白家都是兩說，她不指望宗族能夠禍福與共，可也絕不能讓這群貪心不足欲壑難填的東西，拖女兒的後腿，汙女兒名聲。

族長驚得站起身來：「岐山媳婦！你這是什麼意思?!你還想不想回朔陽?!你還認不認宗族?!」

「如此宗族不認也罷！」白卿言聲音慢條斯理，站起身來撫了撫身上衣擺的皺褶，一副要走的姿態。

「你站住！」族長氣得全身發抖，「族裡不過是需要你說一句話援手，你便做出這副姿態，你既然已經起誓不再嫁，百年之後難道你也不受族裡香火了?」

「香火?我祖父與父親都不敢吃的香火，我又怎麼敢?」白卿言轉過身來，冷清幽靜的眸子望著族長，「族長還需記住，我不是普通的閨閣女兒家，我是大都城白家鎮國王的後人，秉承祖父遺志，國有戰，民有難，身先士卒，捨身護民，生食百姓稅賦養，死受百姓香火！何須宗族?」

族老你看我我看你，望著風骨傲然的白卿言，喉頭翻滾，鎮國郡主，有品級有俸祿，且還是能戰善戰之人，當初滅蜀之戰便在百姓之間呼聲極高。

「族長，我們是來請郡主幫忙的，怎能將事情弄得如此難看?」有族老想出來當和事佬，忙道，「郡主，族長就是這個脾氣，其實族長不是這個意思，白氏宗族一向團結，我們想著……也不過是請郡主給周縣令打聲招呼的事情，這旁的勳貴人家也會這麼幫宗族裡的啊！」

「朔陽之時，我以為我已經將話說清楚了，既然諸位族老今日都在，那我便再說一次。」白卿言聲音平和徐徐，「我已對朔陽百姓立誓，不論查出朔陽白氏宗族哪一人，曾仗大都城白家之威，欺凌百姓，一經核實，我必會請族長將其除族，並補償被欺凌過的百姓，若族長不准許將不配為白家子嗣之人除名宗族，我大都白家舉家自除宗族，從此與朔陽白氏再無瓜葛！」

白卿言涼薄的視線掃過面露驚恐之色的族老們：「周縣令那裡我也已經打過招呼，欠債還錢，殺人償命！依律判罰，不得姑息！」

「你……你……」族長伸出顫抖的手指著白卿言。

族老們都有子孫被關進大獄之中，聽到這話怒不可遏。

「鎮國郡主你身為白家子嗣，不幫著宗族，竟然還如此坑害宗族！你還有沒有良心?!」

「良心?!」董氏雙眸冷肅，「你們還是先問問宗族有沒有良心吧！大都白家對宗族已經是仁至義盡，宗族卻貪得無厭得寸進尺！總仗大都白家之威欺凌百姓，汙我兒名節，現在想讓我兒相幫竟還口出惡言！我此生還從未見過如此厚顏無恥卑鄙齷齪之人！有這樣的宗族……簡直是我大都白家之恥！」董氏話音剛落，盧平就帶著氣勢洶洶的護院軍到了。

盧平立在門口，繃著臉抱拳：「夫人！郡主！」

「阿娘莫生氣。」白卿言挽住董氏的手臂，望著各位族老開口，「話我已經放在這裡，五月初一大都白家眾人回朔陽，若是族長並未將那些作奸犯科違法亂紀之人除族！我便會告罪祖宗，敬告天地……大都白家從此同朔陽宗族再無瓜葛！」

白卿言目光平靜無瀾：「屆時……若有百姓想有仇報仇，宗族可千萬別再自取其辱，求到我白家面前。」

說完，便扶著董氏往外走，壓低聲音，帶著笑意，「阿娘氣著自己不划算。」

「太無恥了！簡直欺人太甚！」董氏心口起伏劇烈，踏出門檻還不忘罵了一句，「無羞惡之心，非人也！盧平，把他們趕出去！不必給他們留顏面。」

敢給白卿言的名聲抹汙，謊稱白卿言與太子有私情來給他們為非作歹張目，這何止觸及到董氏的逆鱗？再思及這些年宗族所作所為，董氏沒有讓盧平活劈宗族這些老不羞的已經是涵養太好。

「荒唐！荒唐！這董氏欺人太甚！欺人太甚！」族長拐杖敲得青石地板直響，一張臉氣得漲成紅色。

盧平手握腰間佩刀，帶著一隊護院軍踏入正廳，繃著一張臉開口道：「給我架出去！」

「是！」護院軍整齊高呼，列隊進門。

幾位族老被嚇了一跳，睜大了眼，湊成一團，怒吼道：「你們想幹什麼?!」

在族長同幾位族老的驚叫聲中，白家護院果真就將幾個族老凌空架起，幾步朝鎮國郡主府正門外走去。

「你們幹什麼！我可是白氏宗族族長！」

「白卿言，你全然不給自己留退路，就不怕有朝一日求到我們跟前嗎?!」

「董氏！你敢如此對宗族長輩，你就不怕被世人唾棄嗎？」

「你這樣不給宗族留顏面，大都城和全天下的人都會知道你們是背棄宗族的小人！你們以後還要不要做人?!」

白卿言正陪同氣到渾身發抖的董氏沿抄手遊廊往回走，聽到宗族之人的叫罵聲，腳下步子一頓，她側頭喚了一聲：「佟嬤嬤。」

佟嬤嬤連應聲上前。

「勞煩佟嬤嬤告訴劉管事，迅速派人將白氏宗族在朔陽的所作所為在大都城傳揚出去，包括朔陽白氏汙我與太子殿下清譽，為他們為非作歹張目之事。」

「再告訴郝管家……想辦法讓朔陽宗族的族老在門外鬧起來，鬧的越大越好！就說我白卿言說了，寧願向祖宗告罪攜白家女眷除族，也絕不會以郡主之尊，強壓朔陽父母官，讓朔陽父母官將為禍百姓的白氏宗族子弟放出來！」

「天子犯法尚且與庶民同罪，朔陽白氏宗族之人憑何例外？欠債還錢，殺人償命！依律判罰，倘若地方父母官姑息，我白卿言也必上奏天聽，勢必還百姓公道！」

佟嬤嬤表情振奮對白卿言福身行禮，匆匆離去。

春桃聽著自家大姑娘這些話，只覺十分提氣，攥了攥拳頭，眼眶都紅了。

「這樣的宗族，還不如趁這個機會分離出去！」董氏氣得咬牙切齒，「你回來時怎麼不說宗族那些恬不知恥的東西汙你聲譽？」

「就是知道阿娘會如此生氣，所以阿寶才未說。」她輕笑著撫了撫董氏的手臂，「天欲其亡，必令其狂，宗族的氣運將盡。阿娘放心，此事……阿寶會妥善解決。但若是因為此事讓阿娘氣壞了身子，可就得不償失了。」

「此次宗族汙我與太子有私情，我可以不計較，可太子殿下卻不得不計較，若是此事傳到皇帝耳朵中，以皇帝多疑的心性難免懷疑太子收攏我的意圖，太子就算是為以正清白也得有所表示，屆時……沒有我這個鎮國郡主站在白氏宗族背後，便沒人能護得住朔陽白氏。」

董氏聽女兒這麼說氣稍微順了一些。

「此事我必須去同你祖母說一聲，也好從你祖母那裡得一個准信，萬一真的到最後鬧到向祖宗告罪攜大都白家女眷除族，也得你祖母同意。」董氏攥了攥女兒的手，內心已經有主意，她已不願再同這些貪得無厭的宗族之人攪和在一起。
白卿言點了點頭。
白錦繡還在清輝院等著她，與母親分別之後，白卿言和春桃便折返清輝院。
不成想，路上見七妹白錦瑟同盧姑娘迎面而來。
「這幾日奴婢聽府裡的僕婦、媳婦子們說，七姑娘經常同這位盧姑娘在一起，似乎很投緣的樣子。」春桃壓低了聲音對白卿言道。
戴著面紗的盧姑娘先看到白卿言，從容停下腳步行禮：「郡主。」
白錦瑟望著白卿言笑開來，眼神裡帶著幾分喜悅還有幾分緊張，她行禮：「長姐……」
「盧姑娘不必多禮，這是要去祖母那裡？」白卿言問。
「正是……」盧姑娘眉目淺淺含笑看了七姑娘白錦瑟一眼，「那民女就先去長壽院了。」
白錦瑟對盧姑娘行禮。
目送盧姑娘離開之後，白卿言看著七妹白錦瑟脊背挺直的模樣，笑著問：「做了什麼壞事，看到長姐如此緊張？」
白錦瑟耳朵泛紅，小跑到白卿言的面前，看向春桃，意思明確……想讓春桃避讓。
春桃十分識趣對白錦瑟行禮後，退到一旁。
「長姐！」白錦瑟對白卿言長揖到地，「小七有事相求。」
「和盧姑娘有關？」白卿言淺笑，笑意卻不達眼底。
這位盧姑娘雖然說有用，可若是起了利用她妹妹的心思，她是絕對不會輕易放過的。
「是……」白錦瑟回答的坦然，她直起身，一雙黑白分明的瞳仁望著白卿言，表情鄭重，「長姐，我想留在大都城，隨盧姑娘學習醫術。」

她抬腳走至白錦瑟的面前，拉住白錦瑟的小手，帶著她一邊朝前走，一邊柔聲詢問：「為何想同盧姑娘學習醫術？等洪大夫雲遊回來之後，同洪大夫一同學習醫術不好嗎？」

白錦瑟半垂著眉眼，盯著自己因為邁步而搖曳的月華裙裙擺：「我本來是想同洪大夫一同雲遊學習的，可是母親沒有同意。」所以，白錦瑟就退而求其次，選了會醫術的盧姑娘。

「你想同洪大夫一同去？」白卿言頗為意外。

白錦瑟搖了搖頭，鼓起很大的勇氣道：「長姐，我不想做一個無用之人，也不想被人當成一個無知稚子看待，這個家長姐支應的很辛苦，小七也想為這個家做些什麼！小七知道長姐怕什麼……長姐怕小七年幼被盧姑娘利用。」

她深深凝視幼妹沒有吭聲。

「長姐，盧姑娘是祖母的棋子，小七能看得出。」白錦瑟從來未曾在白卿言這位長姐面前，掩飾過自己的早慧，「這顆棋子或許將來有一天於白家有大用，小七正是稚子年幼之時……留在這位盧姑娘的身邊，正好……不被設防。」

白卿言心頭一跳，拉著白錦瑟往前涼亭方向走：「所以，你向母親請求同洪大夫一同雲遊是為了退而求其次，順理成章的留在大都與盧姑娘學習醫術？可你怎麼就有把握，母親會將年幼的你留在大都。」

「原先想著大都有祖母在，若是祖母允准，母親肯定會讓我留在大都！後來……我害怕祖母不會讓我留下。」白錦瑟手心裡是一層細汗。

這是白錦瑟頭一次將自己的聰明用在謀劃某件事情之上，內心緊張在所難免。

「所以，你就來找長姐坦白？」白卿言望著歷經大難之後，白家稚子之中最先成長起來的幼妹，心中一時間竟然百味雜陳。

白錦瑟點頭。

她抽出帕子，擦了擦白錦瑟手心中的粘膩的汗漬：「其實此事，你應該去找祖母坦白，而非先找長姐。」

她帶著白錦瑟在涼亭中坐下，耐心點撥白錦瑟：「射人先射馬，擒賊先擒王，單刀直入最快，也最易達成目的，不必繞太多彎子。祖母才是你能否留於大都的關鍵，所以你應同祖母坦白你所思所願，無外乎兩種結果，其一……祖母應允，其二……祖母不允。」

「祖母允了最好，若是祖母不允，你再來長姐這裡說服長姐！否則今日你同長姐說了，長姐若是覺你年幼不允，必會先一步與祖母提起此事，長姐若明確不贊同，祖母那裡就算想留你……首要考慮家中和睦，你便沒有了退路。」

「你若先行找祖母，祖母不允……長姐便是你的退路。祖母允了，以留你身邊侍奉為由，孝道在前，誰能說一個不字？」

白錦瑟發亮的眸子望著白卿言，用力點頭。

「日後，若你心中有期望達成的目的，想清楚你所想要的結果，找到其中關鍵，謀定之後……再好好想想成與不成帶來的兩種後果，若是不成……必要有力挽狂瀾之手段，或後招。切記為穩妥，定要避免節外生枝，橫生枝節，以免與你最初所期相差太遠。」

白卿言所言有些深，白錦瑟卻聽得明白，她站起身對白卿言一拜：「錦瑟謹記長姐教誨。」

望著幼妹，白卿言不知幼妹早慧到底是不是好事。

她對白錦瑟笑了笑：「你記住，在林氏江山安穩的前提下，祖母必會拼盡全力護住白家，所以祖母必須確定這盧姑娘能為白家所用，你若與祖母坦白，願為祖母分憂，祖母必會應允。」

有長姐這句話白錦瑟便有信心多了，白錦瑟對長姐一拜，朝祖母的長壽院跑去。

白卿言相信，祖母用這個盧姑娘，是因為宮中那個秋貴人是梁王的人，這才兵行險招，因為祖母比白卿言更清楚，白家如今前路多難，若是有一個腦袋清醒又早慧的白家子，能在盧姑娘身邊替祖母盯著盧姑娘，祖母必然能放心不少。

白卿言一回清輝院，就被白錦繡拽住問宗族之事。

「你一會兒回去的時候，從後面角門出。」她笑著對白錦繡道，「前面正鬧著呢！」

白錦繡驚得站起身來。

「你坐下……」她拉著白錦繡坐下，「是有身孕的人了，怎麼一驚一乍的。」

「長姐你就讓他們鬧？」

「鬧……是我讓郝管家引著他們鬧開來！鬧得越大越好！」她不瞞白錦繡，「如此，才能讓百姓知道，朔陽白氏宗族這些年為禍朔陽，我大都白家不知情，也算是……為以後徹底與宗族劃分開，起個頭。」

白錦繡沉默了片刻：「宗族原本都是血脈至親，本應族人蒙難便出手相幫，可這些年來……宗族如同附於我們白家頭頂的螞蝗，白家蒙難不曾幫扶，反倒趁火打劫！若是能與朔陽宗族劃分開，倒也是件好事。」

她點了點頭：「此事你不用費心，好好養胎。」

白錦瑟去長壽院待了一個時辰之後才從長壽院出來，大長公主果然准了白錦瑟留在大都同盧姑娘學習醫術。白錦瑟踏出長壽院的門檻，緊繃著的脊柱終於微微放鬆了下來，她緊緊攥著拳頭，眼眶濕潤，她總算也能為這個家做一點什麼。

白錦稚聽說宗族族老在鎮國郡主府門口鬧事，差點兒沉不住氣提著鞭子殺出去，硬是被身邊伺候的貼身婢女靈翠給勸到了清輝院。

白錦稚進門之時，白卿言正和佟嬤嬤商量準備明日去探望恩師關老先生的禮品。

四月十二，關雍崇老先生大壽。白卿言有孝在身，為避壽宴，便打算提前一天去。

看到白錦稚氣呼呼進來，白卿言將她給恩師尋到的孤本竹簡放入箱子中，吩咐春桃：「去給四姑娘上杯菊花茶清清火氣。」

白錦稚行禮後自己找了繡墩坐下：「宗族的人太不要臉了！竟然還敢在郡主府門前鬧！」

她笑了笑道：「鬧大了，日後告罪祖宗自除宗族才不會被世人詬病！安心坐著吧！」

白錦稚眨巴了下眼睛，眉目間露出喜意。

端著菊花茶打簾進來的春桃，行禮後道：「大姑娘，四姑娘，銀霜回來了！」

白錦繡才剛帶著銀霜走了沒多久，怎麼銀霜又回來了？

「讓她進來。」白卿言道。

「是！」春桃給白錦稚上了茶，邁著碎步出門對銀霜招了招手。

銀霜進門，規規矩矩行了禮，忙將揣在懷中的信拿出來遞給白卿言。

「辛苦銀霜了！」白卿言笑著接過疊的整齊的紙條，一邊拆紙條一邊對春桃說，「帶銀霜去吃點兒點心。」

「二姑娘還在茶樓嘞……」銀霜對白卿言露出白牙，憨憨笑著，「等我回去，二姑娘給我桂花糕吃。」

「好！去吧……路上小心！」白卿言叮囑銀霜。

「哎！」銀霜應聲。

銀霜轉身要走時，白卿言突然又喚住了她。銀霜一雙黑白分明的眼睛望著白卿言，只聽白卿言道：「二姑娘懷有身孕，身邊不能離開你，以後送信派旁人來，你要寸步不離守著二姑娘！我知道你青竹姐姐教了你些功夫，我將二姑娘託付給你了，請你一定要護好她和孩子。」

「青竹姐姐說了，讓我聽大姑娘的話，我一定聽話！」銀霜一副信誓旦旦的模樣。

白卿言笑了笑：「以後，你聽二姑娘的話！」

「嗯！二姑娘對銀霜好！銀霜也聽二姑娘的！」

「去吧……」

銀霜點頭匆匆跑出清輝院，她要去守好二姑娘，大姑娘說了……寸步不離。

白錦稚放下茶杯伸長了脖子往白卿言手中的信上看：「二姐有什麼著急事，剛走就讓銀霜送消息回來？」

白卿言還未看完信，門外就報說大長公主身邊的蔣嬤嬤和魏忠一同來了。

她猜，祖母派蔣嬤嬤魏忠前來要說的，和白錦繡送回來的消息相同，都是——燕沃大饑荒。

「讓蔣嬤嬤和魏忠進來。」白卿言將信遞給白錦稚。

白錦稚忙接過細看。

蔣嬤嬤與魏忠進門行禮之後，蔣嬤嬤看了眼還坐在白卿言身旁看信的白錦稚，似乎猶豫此事該不該讓白錦稚知道。

「嬤嬤前來，可是為了燕沃大饑荒之事？」白卿言神容平淡，「此事不出一個時辰，大都城便會人盡皆知，說吧。」言下之意，不必瞞著白錦稚。

魏忠隨即上前，恭恭敬敬開口：「燕沃去歲七月大旱，其縣令閔中盛……因歲末便能榮升郡守，不願中途出什麼岔子，便瞞報災情。南疆之戰徵糧，更是將百姓家中掏空。等新任縣令上任之後，閔中盛強壓縣令收拾爛攤子，不許上報災情！」

「大約，閔中盛原本指望燕沃能緩過來，誰知冬季燕沃又逢雪災，三月暴雨連下一月，引發水患，良田被淹，顆粒無收，官府遲遲無糧賑災，難民四處逃生，湧入平陽、廣陵、洛鴻和胡水，難民所到之處樹皮不存，已引發十數起人命案，四方縣令這才知燕沃饑荒，此時摺子已經送入宮中，聽說太子也已入宮。」

燕沃倒是離大燕不遠。白卿言點了點頭：「知道了……」

魏忠對白卿言行禮後，規規矩矩退到蔣嬤嬤身後。

她看著低眉順眼的魏忠，知道祖母這是讓魏忠來顯示他的能耐，好讓她收用魏忠。「魏公公十分當用，以後有你留在祖母身邊照顧祖母，我們回了朔陽也能放心不少。」白卿言說。

蔣嬤嬤唇瓣動了動，大長公主話還未同白卿言說，就先被白卿言堵了話頭，蔣嬤嬤只能帶著魏忠行禮離開。

「長姐……」白錦稚有些不明白，側頭看向白卿言，「二姐送來的消息，可沒有那個魏忠查的詳細，既然這人如此得用，長姐為什麼不留下用呢？」

「有句老話，叫忠臣不事二主，魏忠……是個忠心的，放在我身邊得用是得用，就怕關鍵時刻要掣肘，還是不要給自己身邊留個變數的好。」白卿言端起茶杯徐徐吹了吹杯中起伏的嫩芽。

況且小七白錦瑟還要留在祖母身邊，有魏忠這麼一個人，小七也算是有人可用，定能更安全。

此時，她最擔心的便是燕沃大饑荒之事。

上一世，她可從未聽說過此事。平陽、廣陵、洛鴻、胡水，四府縣令同時來報，可見災情已經到了何種地步，餓死百姓不知幾何。如今緊要之事，便是賑災。可賑災人選怕是不好定，如此大的災情，極易發生民變，稍有不慎主理賑災之人便是萬劫不復，絕對稱不上是美差。

宮內，皇帝用冰帕子按著腦袋，聽著下面的人報燕沃災情，頭疼的眼睛都睜不開，氣得胸口起伏劇烈。「從去歲年末到今年，簡直無一日安生！」皇帝摔了手中的冰帕子，氣得站起身來，「竟為了升官瞞報災情！簡直可惡至極！殺！給朕將閔中盛凌遲處死！」

戶部尚書楚忠興上前行禮後道：「陛下，微臣以為當務之急是賑災，陛下還需定下賑災人選，此次災情鬧得太大，怕是需要皇室之人出面賑災，才能安撫民心啊。」

太子只是點了點頭，卻不曾上前攬下賑災之事。

此次賑災可不同往年那般……算個肥差。如今燕沃饑荒鬧得太大，流民擴散，是賑災……更是鎮民，其中分寸拿捏需得十分謹慎得當，稍有不慎……便會激起民變，太子可不敢擔這責任。

「父皇，兒臣以為……可以讓三皇叔試試。」太子近前壓低了聲音對皇帝開口，「三皇叔一向清廉又仁善，此次民逢大難，必會竭力賑災，不讓他人有貪墨剋扣之機。」

「太子殿下說的有理，但微臣愚見……若是此次太子殿下能親自前往賑災，必能令百姓振奮。」楚忠興說到此處突然話鋒一轉，「可太子殿下貴為國之儲君，此次災情太大，若稍有不慎生民變，怕危及殿下安危。」

太子心臟劇烈跳了一跳，忙對皇帝道：「兒臣倒是不怕危及自身安危，只是兒臣無賑災經歷，此次災情重大，兒臣恐力有未逮！兒臣以為當派有賑災經歷之人主理，方能穩妥。誠如楚尚書所言，有皇族前往必能令百姓振奮，兒臣願協助主理賑災事宜之人，一同前往，為父皇分憂。」

太子這一席話，即對皇帝表達了願意為皇帝身涉險境的忠心，又表示自己沒有賑災經驗，去了只能當一個擺設，如此即便是最後出了事，也怪不到他的頭上，當真是聰明極了。

偏偏皇帝就吃這一套，他在椅子上坐下，接過高德茂遞來的冰帕子按在頭上，閉著眼道：「太子乃是國之儲君，國之基石，不可以身涉險！」

楚忠興思慮片刻道：「微臣倒是有幾個賑災人選，只是自聖上登基以來，少有如此大的天災，怕……難以盡善盡美。」

近二十年來，最大一次天災，便是膠州大疫，那年……白岐山親自賑災，帶白家軍封住膠州，白素秋請命入城，膠州疫情緩解，百姓康復，可白素秋卻永遠留在了膠州。

皇帝眼眶陡然發酸，原本暴怒的情緒轉為悲愴，他閉了閉眼道：「偌大一個大晉朝廷，難道還選不出一個能人賑災了？」

原本賑災之人大可等明日早朝再議，可如今災情緊急，多拖一刻……便多一分生變的可能。

太子突然想到了梁王，信王已經廢了，如今皇帝已經成年的皇子除了他便是梁王。

「父皇，此次賑災除了需要主理賑災之人外，還需要皇族之人壓陣，既然兒臣不能前往，願向父皇舉薦一人，還請父皇千萬不要動怒。」太子斟酌著緩緩開口，「梁王之前意圖栽贓鎮國王之事傷了父皇的心，可到底梁王也是受下面的人蒙蔽，如今一直關在府中反躬自省，父皇的壽辰也上了心，還請父皇給梁王一次自贖的機會，讓梁王戴罪立功。」

皇帝側頭看著跪在地上為梁王求情的太子，還未來得及細想，戶部尚書便已經贊同道：「太子所言有理，梁王殿下乃是陛下之子，比三王爺更能振奮民心。」

高德茂上前給皇帝換了一方冰帕子，皇帝皺眉點了點頭：「那就定一個梁王，主理之人呢？誰人合適？」

「主理賑災之人，微臣以為，需一文一武，武將帶兵威懾，張端瑞將軍如今已經帶兵前往春暮山，故而南疆之戰有戰功的石攀山將軍較為合適！至於文……可在近些年主理過賑災事宜，且做的還不錯的臣子中挑選。」楚忠興緊了緊拳頭，垂著眸子，沉著道，「微臣以為……左相之子，李明瑞可用。」

皇帝頭痛欲裂，擺了擺手：「就這麼定了！高德茂……去下旨！再將秋貴人喚過來！」這段日子皇帝頻頻頭痛，太醫開了一堆的藥也不頂用，只有秋貴人過來給皇帝推拿按摩才能舒緩些許。

太子微微鬆了一口氣，只要這個差事不落在他的頭上，是誰都行。

很快，皇帝的旨意便明發下來。皇帝命戶部緊急調出糧庫存糧，由梁王、李明瑞與石攀山將軍星夜兼程，率先押送前往已被災民聚集的胡水和廣陵。戶部尚書楚忠興，繼續徵調糧食。

白卿言聽說此次賑災之事由李茂之子李明瑞主理，石攀山將軍協同，梁王身為皇室勉強算個副主理。

戶部尚書楚忠興，左相李茂，梁王……果然還是都攪和在了一起。

比起已經坐上儲君之位的太子，若是能扶梁王上位，李茂當是第一功臣。

她收了紅纓銀槍，用帕子擦了擦額頭的汗，活動了一下手腕。

燕沃災荒之事爆出，即能轉移科舉舞弊案的視線，又能藉機讓梁王重新出現在皇帝面前，更能讓左相李茂的兒子李明瑞走到人前來。此次……燕沃饑荒，梁王和李明瑞一定會辦到盡善盡美。

如此，白卿言倒是不擔心，會有貪汙剋扣之事導致更多百姓無辜喪命。

她立在廊廡之下，想到逃亡平陽城的災民，若是……能將這些災民引到幽華道，讓阿玦接手，便算是一股兵源了。兵源於民，民多則兵多，民強則兵強。

白卿言回屋寫了封信，封好，讓春桃將信交給盧平，命人快馬送往南疆白家軍沈良玉將軍。

春桃伺候白卿言沐浴之後，立在燈下給白卿言絞頭髮，佟嬤嬤帶著兩個丫鬟捧著重新縫好的鐵沙袋打簾進來，滿目心疼：「大姑娘這鐵沙袋也加得太重了些。」

「綁習慣了也還好。」她翻了一頁書，望著眉頭緊皺的佟嬤嬤笑道，「這是我偷懶的辦法，已經輕省很多了，再說我這身體到底是一日比一日好了起來，嬤嬤應該高興才是。」

看著白卿言身體一日好過一日，佟嬤嬤是高興。當年洪大夫說，白卿言傷了下丹田之地，武功全失，更與子嗣緣分淺薄，佟嬤嬤成日的掉眼淚，武功全失不要緊，怎得就弄得子嗣艱難。

如今大姑娘身體一日強過一日，且也逐漸撿回曾經所學，佟嬤嬤總覺得子嗣方面……上天也不會這麼虧待了大姑娘。

第二日一大早，佟嬤嬤便命人套好了車，帶了一隊護衛隨白卿言出城前往關雍崇老先生居所。

鴻儒闕雍崇老先生與崔石岩老先生，常年居城外安玉山竹林之中，寄情於山水。

白錦稚昨兒個就鬧著要同白卿言一起去拜見闕老先生，今日騎馬隨行。

鎮國郡主府一行人剛剛出城，便巧遇了返程的西涼議和隊伍。

李之節的屬下老遠看到了騎著馬英姿颯颯的白錦稚，一夾馬肚快了一步行至李之節馬車旁，彎著腰對馬車內的李之節道：「王爺，高義縣主騎馬出城來了。」

坐於馬車之內，閉著眼的李之節睜開眼，問：「只有高義縣主一人？」

「還有輛馬車，屬下覺得像是鎮國郡主。」

李之節沉默片刻後開口：「讓隊伍停下，本王有話要與鎮國郡主說。」

「是！」西涼回程的車隊緩緩停下，李之節被貼身侍從攙扶著從馬車上下來。

白錦稚看到立於舉著西涼護衛軍旗幟隊伍旁的李之節，壓低了聲音對馬車內白卿言說：「長姐，那個西涼炎王李之節好像在等我們似的！」想起太子娶西涼公主為側妃時，那西涼公主跟瘋了一樣要殺長姐，白錦稚就心裡竄火，生怕這李之節又出什麼么蛾子。

「無礙……」聽到馬車內長姐平淡的聲音，白錦稚穩住心神，騎於高馬之上，看著李之節的目光冷淡又鄙夷。

李之節見白卿言一行的馬車越來越近，含笑讓屬下攔住了白卿言的車隊。

「郡主，我們家主子炎王想要親自同郡主致歉。」那佩戴著西涼彎刀的侍從上前，恭恭敬敬行禮後開口。

春桃抬手挑開馬車簾子。白卿言視線朝遠處的李之節看去：「致歉就不必了，炎王這回西涼的路上還是好好想想，和親公主變成刺客……該怎麼補償大晉，才能免戰火。」

李之節見白卿言沒有下馬車的意思，抬腳朝白卿言馬車旁走來，行禮致歉：「昨日之事，李之節當替我西涼公主向郡主致歉。」

「炎王不必客套，送西涼公主前來和親是個苦差事，炎王此行實在是辛苦，傷……可還好？」白卿言聲音帶著淺淡的笑意。

李之節按了按自己肩膀處的傷口，又撫了撫頸脖纏繞的細棉布：「是啊，實是辛苦，自從與鎮國郡主一行議和至今，傷上加傷，險些丟命，看來……本王與大晉風水實是不合！若來日有幸能再入晉土，定然得等晉國風水大變之後。」

白卿言眼底顯露暗芒：「聽炎王這意思，是有興致為我晉土改風水了？」

「本王可沒有這個心氣兒，不過……晉國之人便說不好了，皇室風水乃一國風水。」李之節做了一個翻手將手心朝下的動作，「皇權更迭，往往也只是轉瞬之間，郡主覺得李某說的可對？」

她望著李之節含笑道：「炎王這話，似是在挑唆我晉國君臣反目之意。」

「是挑唆，還是郡主心中所想，郡主明白……」李之節淺淺含笑，「否則，何以未將白家子還存活一人之事，告知大晉皇帝。」

「你又焉知，這不是我與晉國未來之君……太子殿下，商議的結果？」她一雙眼瞳沉穩篤定，深深凝望李之節，「讓我來猜猜，炎王是意圖以此來要脅我為西涼說話？只是可惜的很，你手中握著的，根本就不算是把柄啊……」

白卿言話音慢條斯理，有種讓人深信不疑的力量。又或許是因為白卿言的表情太過鎮定冷靜，讓李之節抓不到一絲破綻。「炎王與其在這裡操心別國之事，不如速回西涼，好生輔佐你們西涼女帝，畢竟經此一事……西涼定不復往日輝煌，而西涼輔國大將軍雲破行與我還有三年之約！」

白卿言唇挑涼薄，「他若不來，我可就去了。」

白卿言與雲破行的三年之約，李之節知道。

「那便但願三年之後……晉國皇帝能讓郡主領兵，捨得損兵折將與我西涼再戰，只為報你白家私仇。不耽誤郡主行程，告辭了。」李之節淺淺對白卿言頷首，轉身面色便沉了下來。

春桃放下車簾，心中腹誹這西涼炎王怎如此愛挑事，便聽一旁馬車內傳來李天馥的聲音。

「白卿言……此次我不死回西涼，他日必會讓你血債血償。」

白錦稚騎於馬背之上，正好與西涼護衛在兩輛馬車之間，聽得一清二楚。

她忍不住對李天馥的馬車翻了個白眼，聽長姐毫不在意說走，一夾馬肚率先離去。

安玉山關雍崇老先生林間小築之外，白卿言正靜靜候著。

小童進去向關雍崇老先生稟報之後，忙出來請白卿言：「我家老先生請郡主進去。」

「多謝！」白卿言對小童頷首，僅帶了白錦稚一人進門，穿過竹林幽徑，朝搭建在水面的小築走去。

關雍崇老先生與崔石岩老先生並肩而坐，一白衣小童跪坐一旁，用蒲扇搧著爐火煮茶。

白錦稚雖然不是頭一次見兩位鴻儒，約因心中敬畏的緣故，行動顯得略微拘謹。

見白卿言跪拜行禮，白錦稚也忙跟著一起三拜行禮。

關雍崇老先生看著白卿言含笑點頭：「好孩子！快起來吧！」

白卿言起身，又是長揖到地：「言，攜四妹，前來探望恩師。」

「坐……」關雍崇老先生看著自己這唯一的女弟子，心頭滿都是歡喜。

白卿言稱是，與白錦稚跪坐於關雍崇老先生與崔石岩老先生對面。「明日便是恩師壽辰，言有孝在身，明日不便赴宴，今日提前來探望恩師，願恩師如衛武，百歲尚康強。」

關雍崇老先生慈祥的眉目含笑點頭，望著跪坐於對面一身白衣，目光堅韌沉著的女子，似乎在她的身上隱隱看到老友的風骨，心中感懷，眼眶竟是濕了。

「那日，你祖父攜你來我這竹林小築，請我教授學識文章於你，我便知……你祖父對你期望甚深。」關雍崇老先生語調悠長緩慢，似殷殷叮囑，「你祖父因護大晉百姓而去，白氏的鴻志當由你承繼，以你之能……匡扶明君聖主，強國拓土，一統……而救天下黎庶。」

白卿言唇瓣囁嚅，朝恩師方向一拜：「學生有一問不解，還請恩師教我。」

「今日我與崔兄都在，你盡可說來聽聽。」關雍崇老先生開口。

「那日，學生夢見祖父，祖父問學生，人活一世為何？學生不解，人活一世為何，困惑良久，故請恩師解惑。」

關雍崇老先生，頭一次在自己這最為得意之弟子眼底，看到雲霧之色。

人活一世為何？關雍崇老先生看向崔岩石，只見崔岩石如炬的目光深深凝望略顯迷茫的白卿言。

「人之存，始於慾，暖飽之慾……為肉身存續，淫一慾……為繁衍後嗣。而後為權、為勢、為財，或為美色！此乃凡俗人之一世所求。」崔石岩老先生語句鏗鏘。

「而世家之子嗣，活一世，當超脫凡俗之慾，活……則為風骨德行之傳承，為矢志不忘的家族精氣，為尊嚴，為信仰，為志向，為承諾，為死生不能辜負的親族。這些於世族大家來說，都是比命更珍貴的東西。能屹立百年而不倒的世族大家，皆是代代同心，能為這些……慷慨赴死的。」

崔石岩老先生出身世家，比關雍崇老先生更能理解世族大家延續承襲的所為。

白卿言擱在膝蓋之上的手微微收緊，垂眸掩住濕紅的眼眶。

為承諾……所以，即便是夢裡，祖父因承諾，也要她護大晉江山。

皇帝不義，可祖父重諾，不能不忠。

為死生不能辜負的親族……所以，祖父才不曾狠下心，放棄朔陽白氏宗族。

她閉了閉眼，強壓住心頭翻湧的酸辣氣息。

可她不是祖父。她從未給過皇室承諾，她的親眷只有大都白家。

崔老先生這話，是在點她。想必崔老先生已經知道朔陽白氏宗族，鬧到大都之事。

崔老先生是鴻儒，對崔老先生來說……有教無類，他認為她不應該捨棄朔陽宗族的親眷，而該教誨點撥，使其走入正途。但她沒有那麼多時間和精力耗費在狼心狗肺之人的身上，她身處塵世，胸襟遠無崔老先生這般廣闊。

白卿言鄭重向兩位鴻儒一拜：「先生所言，令白卿言茅塞頓開。」

「好了好了！起來吧！」崔石岩老先生一向嚴肅，關雍崇心疼弟子，不願再提這沉重的話題，轉而問道：「回朔陽的日子定下了？」

小童上茶，白卿言頷首謝過後恭敬回答：「下月初一，若來日還能回大都，定來探望恩師。」

「會的！」崔石岩老先生表情鄭重。

白卿言向崔老先生頷首。
從關老先生的竹林小築出來，白錦稚看了眼將她們送到門外便折返回去的小童，心情反而沉重了許多，她一邊隨白卿言往臺階下走，一邊問：「長姐，崔老先生特意說了親族，是因為知道了朔陽宗族之事嗎？」
她點了點頭：「走吧……」
「崔老先生都不知道宗族那起子人做過什麼，真是站著說話不腰疼……」白錦稚小聲嘀咕，「哪裡能和關老先生比！」
她回頭看著嘴巴翹的老高的白錦稚，低聲道：「崔老先生是鴻儒，胸襟與我們這些凡俗之人不同，崔老先生自有崔老先生的風骨同信仰，報怨以德，善為人師，有教無類，這便是鴻儒氣度。」
白錦稚自知失言，尷尬扯了扯唇角，抱拳對白卿言道：「小四失言了。」
她抬手摸了摸白錦稚的腦袋：「凡稱大儒者，定然學識淵博浩瀚，然能稱得上當世鴻儒的，除了德高望重學識廣闊之外，更需有厚德育人的品格。崔老先生能成為今天下學子敬仰的文壇泰斗，便定有成就他今日聲望的因由。」
在她的心裡，崔老先生與祖父是同一類人，他們才是真正的仰無愧於天，俯不怍於人，他們那一輩人的風範與氣度，她自認做不到，卻從心底敬佩嘆服。
且今日，崔老先生一席話，解了白卿言心中所惑。
「小四知道了，以後再也不亂說了。」
白錦稚話音剛落，白卿言只覺後面有滯澀破空之聲急速射來，她頭皮一緊一把扯過白錦稚，將她頭顱按下彎腰閃躲。一塊被紙包裹著的石頭，從白錦稚後背擦過砸落在石階，朝臺階下滾去。

白錦稚抽出腰後長鞭，迅速將白卿言護在身後。

跟隨白卿言白錦稚而來的護衛見狀，紛紛抽刀一隊護在臺階之下，一隊急速朝高階之上衝來。

白卿言看著遠處樹林，一道黑影急速竄入林中，消失不見，視線落在滾落臺階下……被紙包裹著的石頭。

白錦稚見狀，視線落在那紙包的石頭上，快步下了幾層臺階，撿起石頭，將紙拆開，瞳仁一顫。

她拿著皺皺巴巴的紙，三步並作兩步飛快跑到白卿言面前，將紙展開遞給白卿言：「長姐……」

【長姐，安玉山北峰安玉清庵請見。】

是白卿玦的字跡。白卿言心跳快了幾拍，迅速將紙揉成一團，緊緊攥在掌心裡。

白錦稚心情澎湃，眼眶都紅了：「長姐，是……」

她緊緊攥住白錦稚的手，用力握了握，示意白錦稚鎮定，淡淡說了句：「走吧！」

白錦稚咬著牙不吭聲，竭力繃著臉怕洩漏情緒。

春桃扶著白卿言上馬車之時，白錦稚才聽長姐道：「既然來了安玉山，便去安玉清庵看看三妹好些了沒有，聽說安玉寺的海棠花都開了，甚為好看，也給祖母帶回去一兩枝。」

白錦稚一躍翻身上馬，用力攥緊韁繩，道：「去安玉清庵……」

馬車內，白卿言將紙張重新展開，放在几案上，用手抹平每一寸皺痕，喉頭哽咽。

她本應該立刻燒了這張傳信紙，可阿玦如今沒有辦法去見四嬸，這是阿玦活著的證據，她想至少讓四嬸看一眼。

她重新將紙張疊好，貼身放在心口，閉上眼，眼睫已經濕潤安玉清庵門前，白卿言下了馬車，吩咐春桃和護衛隊在外面候著，她和白錦稚進去看白錦桐。

安玉清庵在安玉山北峰，清庵中男子往來太過顯眼，但如今安玉山北峰海棠花開，偶有踏青而來的文人雅士，倒是不稀奇。

白卿言與白錦稚去祖母清修的院中轉了轉，從安玉清庵後門出，跟隨暗記朝北峰上一偏角涼亭走去。白錦稚仰頭便看到了涼亭中，那一身青灰色直裰，負手立於涼亭內的挺拔身影，她想叫……可喉嚨像被什麼堵住了似的，發不出聲音來，眼淚簌簌往下掉。

白卿言腳下步子一頓，眼眶發紅，酸澀之感沖上眼眶和鼻頭，眼中霧氣一陣陣模糊視線。

如今看到活生生的白卿玦就近在數丈，她才深切感覺到白卿玦活著……不同於秋山關救下的白卿雲那般血肉模糊，白卿玦修長的身形挺拔立在高處，彷彿從未經歷過生死和摧折，還是那個才學耀目大都的白家七郎，就好像……之前的種種皆是白卿言的一場噩夢。

她緊咬牙關，汗津津的手緊緊攥著裙擺，朝涼亭的方向抬腳。

「長姐小心！」白錦稚一把扶住險些絆倒的白卿言。

白卿玦聞聲猛地轉身，幾步走至涼亭入口，一眼便看到了高階之下的長姐白卿言，他眼眶發熱，疾步而下，在距白卿言兩步之地，撩開直裰下擺，鄭重跪地一拜，淚已是忍不住。

都說男兒有淚不輕彈，可面對長姐，他再也忍不住。

白卿玦抬頭，一臉的風塵僕僕，卻絲毫不損他英俊容貌，白卿玦喉頭上下翻滾著，哽咽喚了一聲：「長姐……」

這一聲長姐，她曾以為再也聽不到了。

明明該是歡喜的，可她心口悶痛，如鈍刀割肉一般難受。

她望著五官挺立，面部輪廓與四叔極為相似的白卿玦，曾經瀟灑恣意的白家少年，如今已然成長為堅毅剛強的兒郎。

蒙大難，精氣不滅。

歷生死，風骨猶存。

這……便是他們白家的好男兒！

她鬆開白錦稚的手，上前欲扶起白卿玦。

白卿玦攥住白卿言遍布老繭的手心，如剜心般難受，他未起只是緊緊攥著白卿言的手，仰頭望著白卿言那雙發紅的雙眼：「游龍騎兵營白家七郎……白卿玦，平安還都。」

她頓時淚如泉湧。祖父出征平安歸來，第一件事便是帶白家家眷向祖宗敬香，讓每一個白家子嗣，告知祖宗他們平安還都。如今，只剩白卿玦一人回來。

雖不是在白家沐浴敬香，可對於白卿玦來說……有親眷的地方，便是白家！有親人聽到，祖宗們也會聽到。

「長姐，我來不及回去護住五哥，我沒有……護住五哥。」白卿玦死死咬著牙，此事如同大石頭一般壓在他的心上，讓他時時無法喘息。

戰場之上，最應該被護住的不是他，而是白家真正的傳承……鎮國公府世子大伯白岐山的嫡子，白卿瑜！

聽到白卿玦提起阿瑜，她心如刀絞，疼得骨縫發麻。

她用力攥住白卿玦的手，彎腰摟住白卿玦輕撫著他的脊背，啞著嗓音道：「你和阿雲能活著，長姐……長姐已經很欣慰了，總算我白家男兒，沒有盡數折損南疆！活著就好……」

「七哥！」白錦稚跪在白卿玦身旁哭喊著白卿玦，用力抱住兄長，哭得喘不上氣來。

「小四……」白卿玦一手抱住白錦稚，閉上眼也無法忍住眼淚。

白卿玦跪地未起，因為親人的懷抱，再克制不住心中悲痛，他緊緊咬著牙不願意哭出聲卻還是弄濕了長姐的衣衫。

姐弟三人哭成一團，良久之後，才坐於涼亭之中，聽白卿玦說起南疆之事。

白卿玦與白卿雲受命帶騎兵繞川嶺直奔西涼雲京，殺西涼一個措手不及。

可，行至荊河兩人察覺有異，欲折返回護白卿瑜，卻遭遇埋伏……

白卿玦坐騎護主而亡，自己也身受重傷，他讓白卿雲捨他逃命，可白卿雲卻說祖父有命，不論何時，庶護嫡，他們既然趕不回去護住五哥白卿瑜，那白卿雲便捨命護七哥這位嫡子。

戰況危及，白卿雲只能匆忙給白卿玦換上普通士兵甲胄，將他推入荊河……給他博得一線生機。後來，白卿玦被奴隸販子所救，奴隸販子見白卿玦身上有值錢的物件兒全都拿了去，倒也不算是黑心，好歹給白卿玦請了大夫醫治，總算是救了白卿玦一命。

這期間，白卿玦幾次想走，想回南疆戰場去，可他身體弱到站都站不起來，更別提跑。

直到白卿玦在蒙城市集上，出手救那姑娘，反被蕭容衍救下。

「蕭先生?!是大魏富商蕭先生嗎？」白錦稚雙眼放亮。

白卿玦看得出白錦稚似乎對蕭容衍的身分不知，便也沒有挑破，點了點頭。

「長姐，蕭先生真的是我們白家的大恩人了，三番兩次的幫我們！」白錦稚是打從心底裡敬佩喜歡蕭容衍，甚至在心底已經認定了這個姐夫。

白卿言沒有吭聲，想到燕沃大饑荒之事，對白卿玦道：「燕沃饑荒，我已經寫信給沈叔，讓他派可靠之人趁此次梁王賑災之時，引部分還未湧入平陽城的流民去幽華道，讓你接手安頓，糧食沈叔和衛將軍會想辦法提前給你送過去。」

「長姐……我已著手在做了。」白卿玦道，「兵源於民，祖父說過的……我都記得。」

白家世世代代的志向，深刻在每一個白家子嗣的骨血之中。

所以，長姐要做什麼，又在布局什麼，未來又圖什麼，他都知道！哪怕他們姐弟不相見……他也知道如何做。

在銅古山、中山城和白龍城之地練兵，首要便是兵源。

「不過大燕似乎早已開始引流民入燕了。」白卿玦緩緩說給白卿言聽。

燕沃離平陽城近，離大燕也近。此次大燕可下了大功夫，派人在流民之中宣揚，大燕欲引民入燕，凡入燕者，皆享大燕新政，得良田房屋，免三年賦稅。

大燕姬后的新政，激勵農耕，以人頭劃分耕田面積，使得百姓人人有田耕種，且能獻耕種良策使百姓增收者得爵，使得大燕家家存有餘糧。

列國貴族倒是知者甚多，可百姓知之甚少，且就算知道……只要日子還過得去，誰又願背井離鄉。然如今，燕沃饑荒，災民存亡之際，大燕願意伸出援手給百姓活命之機，災民自然湧入大燕。

隨後，等百姓體會到姬后新政給他們帶來的好處，也自然就捨不得離開大燕，成大燕之民。

其實天下百姓要的都很簡單，四個字，吃飽穿暖。

白卿言抿了抿唇，看來……大燕和蕭容衍得到燕沃饑荒的消息，要比大晉朝廷和她早的多啊。

她甚至猜測，上一世災情始終未曾報到帝都，是否因為科舉舞弊案未曾爆出，且災民大多被引入大燕，未曾發生暴亂。而此次，科舉舞弊案……實在太需要有什麼更重大之事，轉移百姓視線，以此來給文振康一個活命之機，李茂這才允許燕沃饑荒浮出水面。

「我沿途在邊疆零星不為人知的村落，找到了不少白家軍弟兄，命他們將部分流民帶回選好的藏兵之地，有沈叔和衛將軍他們幫忙，正在建屋……開田。」

這對白卿言而言，實在是一個喜訊。

白卿玦沒有同白卿言說，他之所以不放棄還在搜尋，是為了找回被打散的白家軍兄弟，也是為了找一找白家可能留存之人，白家十七子……他不相信除了他和白卿雲之外，再無生還者。

以白家軍的忠勇，必會捨命守護白家的少年將軍。

白卿玦此次回來，不過是為了給白家報個平安，他不能貿然回大都白家，便日夜兼程專程趕在關雍崇老先生大壽前一日來這安玉山等候白卿言。他知道長姐有孝在身，明日必不會出席關雍崇老先生壽宴，但長姐定然要在前一天來為老先生賀壽。

短暫的相聚之後，白卿玦便要趕回南疆，為將來做準備。

儘管白卿言和白錦稚都不捨，還是送走了白卿玦。

第二章 推波助瀾

回程時，正午驕陽正烈。

白卿言挑開馬車簾子，望著窗外碧水綠湖的美景，心境緩緩平和下來。

蕭容衍動作和消息的確快，這大概就是商鋪遍天下的好處……

這列國蕭氏商鋪，全都是大燕的消息來源。

大燕有蕭容衍這樣目光長遠的輔國之臣，有慕容彧那樣的君主，難怪……最後大燕會成為凌駕於列國之上的強國，三國聯合……亦不能撼動其分毫，反而給了大燕發兵滅國的口實。

她放下簾子，閉目沉思。天下格局將變，來日逐鹿，不知誰人能問鼎中原。

白卿言一行人剛回府，就看到正欲離開的月拾。

月拾見白卿言下了馬車連忙對正要上馬車的蕭容衍喊道：「主子，白大姑娘回來了！」

蕭容衍回頭，見白卿言扶著春桃的手正下馬車，亦是轉身走了下來，對白卿言一禮：「郡主、縣主……」

「蕭先生！」白錦稚倒是很高興見到蕭容衍。

「蕭先生。」白卿言得體淺淡詢問，「蕭先生從府中剛出來？」

「正是……」蕭容衍朝著白卿言走近了幾步，「昨日郡主將鐵沙袋丟在了太子府，今日衍特地給郡主送來，不成想郡主去了安玉山。」

「有勞蕭先生。」白卿言對蕭容衍淺淺頷首。

「衍此次來，還有一事請郡主幫忙……」蕭容衍深沉的眉目望著白卿言，「此次衍派人從朔陽採購意圖運往大樑的白茶，中途被人劫了。如今朝廷忙著燕沃饑荒和大樑陳兵鴻雀山之事，太子稱……怕是無暇顧及匪患，可衍在大樑的生意略有些著急，不能出差錯，且此次衍所需白茶數目大，朔陽是郡主祖籍，不知可有相熟的世代經營茶山之家？」

被劫了？

白卿言眉頭抬了抬，想到了紀庭瑜，難不成是紀庭瑜帶人劫的？

可蕭容衍手下高手如林，他的人護著的貨品……數目還不小，又是怎麼被紀庭瑜所帶之人劫走的？白卿言抬眸看向眼底笑容別有深意的蕭容衍，立時明白了蕭容衍話裡的意思。

她反問：「白家祖籍雖在朔陽，卻從未居於朔陽，蕭先生如此聰慧善察之人，竟會不知？」

「衍既然來找郡主，自是相信，此事……只有郡主能助衍一二。」蕭容衍就差沒有將話挑明，他知道劫他貨品的「匪徒」，是白卿言的人。

與其說蕭容衍是請她介紹坐擁茶山之家，倒不如說……是給她提醒，讓她將貨物還給他。

她並不怕蕭容衍知道所謂匪徒是她的人，畢竟蕭容衍最大的把柄……他的真實身分，她也知道。白卿言讓自己的人裝匪徒，並未威脅到蕭容衍的利益和大燕，蕭容衍更不會在大燕還未雄冠列國前，與她為敵。

大燕如今要做的，是在這亂世暗中圖強，為來日王圖霸業做準備。

既然蕭容衍已知，她也就不同蕭容衍賣關子了。

「蕭先生果真是……長目飛耳。」

「倒也不算長目飛耳，上一次蕭某去朔陽，是為去查看查看朔陽商情盤鋪子，也是為了查茶葉被劫之事，衍也是費了很大一番功夫，今晨才有消息送回來……」

白錦稚聽著白卿言和蕭容衍的話，心頭一跳，明白這蕭先生大約是查出那「匪徒」是他們白家的人，所以才來找長姐的。

但是，蕭先生不願意挑破，大約會守口如瓶吧。白錦稚著實是沒有想到，這蕭容衍竟然如此厲害，這樣的人物能入贅白家給長姐幫忙，那簡直再好不過。

蕭容衍手下能人眾多，從被劫到今日清晨才查出，他著實佩服白卿言手下這個紀庭瑜。若非他的人在白府門前見過紀庭瑜，對這個捨命為白家送回竹簡的忠義之士心懷敬佩，當真沒法將這些匪徒與鎮國郡主聯繫在一起。

也正是因為知道是鎮國郡主的人，蕭容衍的手下才沒有痛下殺手，而是回來讓蕭容衍拿主意。太子早前便知道蕭容衍貨物被劫，原話是說……雖然無法抽出兵力剿匪，但是太子可命當地父母官幫蕭容衍找回貨物。

今晨得知劫了他貨物的是白卿言的人，蕭容衍來鎮國郡主府前，專程去了一趟太子府，說此事不麻煩太子，他欲求鎮國郡主幫忙介紹朔陽世代經營茶山之家，以圖同郡主拉進關係，求太子千萬別讓當地父母官插手此事。

太子一聽，便笑蕭容衍為換得和美人相處的機會，竟是連貨物都不要了，便也收回了讓當地父母官替蕭容衍找回貨物之令。

「蕭先生謙虛了，燕沃饑荒之事，蕭先生比晉廷知道的早太多，這還不算長目飛耳？」白卿言唇角帶著極為淺淡的笑意。

蕭容衍袖中手指微微摩挲，極長的眼睫迎著耀目豔陽微微瞇著：「看來，郡主的消息亦是靈通非常。」

「長姐，咱們別站在府外說話了！進去請蕭先生喝杯茶啊！」白錦稚雙眼發亮，對蕭容衍一拜，「不知蕭先生可有其他安排。」

蕭容衍沒有回答，含笑的墨黑眸子看向白卿言，似乎想看白卿言的意思再回答。

白錦稚相邀的話已經出口，且白卿言也有關於燕沃饑荒之事詢問蕭容衍。

「蕭先生請……」白卿言對蕭容衍做了一個請的手勢。

蕭容衍頷首：「那衍便恭敬不如從命了。」

進門後，白卿言讓人上茶，後問蕭容衍：「蕭先生何時需要這批白茶？」

蕭容衍道：「最晚本月二十。」

白卿言垂眸想了想，望著蕭容衍淺淡含笑的模樣開口：「蕭先生安心等消息，必不會影響到蕭先生生意。」

「借郡主吉言。」蕭容衍對白卿言淺淺一拜，「此次郡主相幫，不知衍有何能報償郡主的？」

「蕭先生不妨坦然告知，是何時得知燕沃饑荒之事的？」白卿言問。

「年初……」蕭容衍照實回答。

白卿言看了眼白錦稚，又問蕭容衍：「蕭先生可知大燕……是何時著手準備將燕沃流民引入大燕的？」

蕭容衍慢條斯理從頭與白卿言講起……

「燕沃還是大燕國土時，姬后曾經命水利名士大家司馬勝，主持修建一條廣河渠，雖說是為了緩解牛梁河以北的平陽城水患，可燕沃久旱之地也因此得利，賴此渠灌溉，成良田沃土之地！」

白卿言點了點頭。

「此渠因修繕時財力人力都不夠，司馬先生擔憂水患誤民，修渠經過精巧構思，只有在牛梁河豐水期，廣河渠才有水且充沛，但行此法……廣河渠至多只能維持二十年，若要使此渠利在千秋，必要在二十年之後重整重修，擴建延長至長河。」

「而後……燕沃歸入大晉國土，卻再無人提起修渠之事！廣河渠修成至今已有二十年。去歲七月廣渠乾旱，燕沃郡守以為今年必能得以緩解，可大燕早知這只是一個開始！只是大燕也未曾想到後來燕沃與大燕一樣，冬逢雪災，牛梁河汛期廣河渠盈滿，又遇三月暴雨，加上廣河渠未接通長河，自是要釀成水患！」

「正巧此時逢大燕已經收復南燕，有足夠的糧食、良田來接納流民，難免就要動這個心思。」蕭容衍笑著道。

白卿言恍然。

「關於司馬老先生的話，衍已經告知太子殿下，就是不知道……晉國如今有沒有這個精力騰出手腳，來重修廣河渠！畢竟……大樑與晉國，可能要起戰事了。」蕭容衍道。

白卿言端著茶杯的手緊了緊，蕭容衍此人絕不會無的放矢，他若說可能要起戰事，怕是……真的要起戰事了。她抬眸看向蕭容衍，猜測這裡面有沒有蕭容衍的手筆。

畢竟，大燕主力開拔前往戎狄，若是晉國同大樑再打起來，大燕便沒有什麼後顧之憂了。

白卿言想到與大燕相鄰的大魏國，大魏國君……可是個有便宜不占就心疼難耐之人。

西涼如今自顧不暇，若讓魏國知道大燕主力盡在戎狄，晉國大樑又糾纏在一起，會不會生了奪取大燕之地的心思？

她抬頭看向蕭容衍：「蕭先生許久未回母國，不知道若是大樑與晉國真的打起來，大魏又有何動作，大魏國土與西涼大燕相接，大魏君主……更不是個安於現狀之主。」

蕭容衍點了點頭：「正是，我大魏君主雖未有一統天下之心，卻有雄霸列國之意，或許會有所動作。」

所以，蕭容衍早已經派人回大魏打點，一有消息便會向他報來。

不日，在白卿言回朔陽之後，蕭容衍也要離開大都。

蕭容衍想起那日白卿言所言，她在晉國舉步維艱，大燕在列國之間步履蹣跚，他們皆是如履薄冰之人，情愛……的確是不適合此時的他們，卻並非不適合未來的他們。

「大姑娘、四姑娘……」郝管家進門行禮之後，看向蕭容衍頷首致意，「大長公主身邊的蔣嬤嬤，將族長同各位族老請去了長壽院。」

因為蕭容衍在，郝管家話說的含蓄。

其實今天早上朔陽宗族的族長就帶著族老來鬧過一次，也就是那次驚動了大長公主。

剛才白卿言和白錦稚請蕭容衍剛入府，宗族的人便又來鬧事。

大長公主那邊應當是得了消息，蔣嬤嬤來的很快，說長公主下令請族長和族老們去長壽院。

她抬頭看向郝管家。這麼說，這件事祖母要插手了？

蕭容衍起身，對白卿言和白錦稚行禮：「既然郡主府上有事，蕭容衍便不久留了。」

「郝管家，送蕭先生。」

「是！」郝管家對蕭容衍笑了笑道，「蕭先生請。」

白錦稚起身，將蕭容衍送至正廳門口，這才匆忙折返回來，皺眉問白卿言：「長姐，我們要過去看看嗎？」

宗族鬧事之事，白卿言的母親董氏意圖脫離宗族，此事已經同大長公主稟告過。

此時祖母喚宗族過去，到底是說脫離宗族之事，還是意圖敲打宗族維持現狀？

白卿言垂眸，手指輕輕撫著桌几邊緣，良久站起身來道：「去看看……」

長壽院內。因著尊卑有別的關係，族長和族老們都坐在屏風之外。

大長公主長壽院上房陳設貴重。

白玉紅瑪瑙串成的珠簾，成色極為通透水潤的翡翠花瓶，隨便哪一件拿出去都堪稱傳世之寶。

族長心中情緒翻騰，雖然白威霆不在了，可是這大都城白家的底蘊還在。

有族老想起族長的兒子白岐雲被劫的那些銀兩，只覺得牙疼不已，看起來白岐雲是上了大都白家的當，上一次白家所為變賣產業之事，根本就沒有動到大都城白家筋骨。

隔著碧玉珠翠鑲嵌的珊瑚楠木屏風，能隱隱看到端坐於內室的大長公主正撥動著纏繞在腕間的佛珠，一旁沉香木小几上擱著三腳鎏金瑞獸香爐，嫋嫋升起一縷細白煙霧，滿室都是厚重深沉的檀香味。

「到底是一筆寫不出兩個白字，郡主雖然貴為郡主，可也是白氏子孫啊，怎麼能不盼著咱們白氏好，反而要周大人將堂兄弟們關入大牢之中?!即便是阿節他們那些孩子不知深淺冒犯了郡主，看在是自己人的分兒上，郡主也該海涵一二才是！怎麼就非要鬧到這個地步？」

族長還在絮絮叨叨同大長公主抱怨，大長公主卻如老僧入定一般，並不搭腔。

「董氏作為白氏的媳婦兒，張口就是要告罪祖宗自請出族，出族這是兒戲？如今大都白家孤兒寡母，就是董氏要出族，宗族又如何能忍心讓她們孤兒寡母出族？真的讓她們出族了，這天下百姓還不戳斷白氏宗族的脊梁骨？」

大長公主撥動佛珠的手一頓，端起小几上的茶杯抿了一口茶。

族長也是說的口乾舌燥，想要喝口茶，這才發現大長公主根本就沒有讓人給他們上茶。

大長公主擱下手中青花撒金的茶杯，溫和地開口：「大都白家……是欠了宗族的了？」

族長一臉錯愕。

「我這老太婆子還是晉國的大長公主，還沒死！你們……就敢欺負到我兒媳孫女的頭上，將來我這老太婆子要是死了，你們還不得將我這些孩子囫圇個吞了？」

大長公主面色未改，就連聲音都因吃齋念佛久了透著股子心如止水的平靜。

撥動佛珠的聲音，同大長公的話音一同傳來，驚得族長連忙扶著拐杖跪下：「大長公主明鑒，宗族絕無此意啊！」

族老們也連忙跟著族長，給大長公主跪下請罪。

「宗族心裡清楚，這些年仗著大都白家的威勢得了多少好處，也清楚若是沒了大都白家……朔陽白氏未來的路艱難，便不要在我這個老太婆子面前耍什麼花槍，說什麼漂亮話，來糊弄我，我是老了可還沒糊塗。」

「大長公主，我等絕無此意啊！」

大長公主閉著眼，還是那副鎮定從容的模樣：「我縱你們在鎮國郡主府外鬧了兩起子，之後又讓貼身嬤嬤恭恭敬敬將你們請進來，你們可知道……為何？」
族長隔著屏風看著內裡，雙鬢銀絲梳的一絲不苟，端莊持重的大長公主，皇室威儀十分逼人。
族長一叩首，忙說：「大長公主胸襟寬闊似海，自然是……希望宗族和睦！」
大長公主搖了搖頭：「老身是個婦道人家，心胸……小得很呢！宗族在鎮國郡主府門外鬧，不就是為了讓滿大都城甚至是天下人知道，鎮國郡主是個不仁不義，是不伸手助白氏宗族的小人嗎？鎮國郡主是白家人，可老身不姓白。」
「若今日……老身這大長公主之尊，當今聖上的親姑母，被你們氣出個三長兩短，鎮國郡主出於孝道……一怒之下告罪祖宗自除宗族，可還有人說三道四啊？旁人怕只會說，宗族連我這個大長公主都不放在眼裡，更遑論一個郡主。」
大長公主還是那副不冷不熱，不悲不喜的腔調：「又或者，趁這個機會，我這個當朝大長公主與白氏正統嫡支的嫡長女鎮國郡主……請開祠堂，廢族長和各位族老，將諸位與諸位的子孫除族，又可否啊？」
大長公主毫不在意的態度，彷彿一切都在她的掌控之間，一念……朔陽白氏宗族升天，一念……朔陽白氏宗族地獄。這些人猶如螻蟻，大長公主根本就未放在眼裡。
「官場上的風向，向來是揣摩著皇家人的心思吹的。你們說，朔陽的父母官，可還敢放出白氏宗族的子嗣？可敢同我這個大長公主作對，與鎮國郡主作對嗎？」大長公主撥動佛珠的手一頓，睜開眼問，「這兩條路……你們覺得哪一條好啊？」
「大長公主！」族長猛地抬頭，「鎮國王白威霆最大的心願，便是咱們白氏一族興旺啊！」
大長公主點頭：「是啊，所以才縱容了你們這麼多年，可做人吶……總要懂得見好就收，你們不知道好歹，汙我孫女兒名聲，就是白威霆還在……也是斷斷不會輕縱的！」

蔣嬤嬤抬眼看了眼屏風那頭滿臉驚恐的族長，眼神冷冽。

說到此處，大長公主喚道：「蔣嬤嬤……」

立在大長公身旁的蔣嬤嬤應聲：「老奴在！」

「讓魏忠飛速去傳太醫，就說大長公主被氣焰囂張的宗族逼迫，氣得吐血後一頭栽倒在榻上，讓太醫來救命。」大長公主慢條斯理道。

「大長公主！大長公主不可啊！如此宗族就沒有活路了啊！」

「大長公主我等知錯了！萬萬不可啊！都是一家人不必鬧到這個分兒上！」

宗族族老慌忙跪求哭喊，見蔣嬤嬤從屏風之中出來，跪向蔣嬤嬤的方向，想要阻攔蔣嬤嬤。

可蔣嬤嬤冷漠的視線掃過宗族的族長和各位族老，出門喚了魏忠過來。

大長公主還在喝茶，族長已經叩首求饒：「大長公主求您開恩啊！宗族這些年在鎮國王幫扶之下越來越好！大長公主要顧及鎮國王的心願，不可如此對宗族啊！」

大長公主已不願再和宗族之人多言，對一旁侍婢開口：「讓盧平帶人過來，將他們丟出鎮國郡主府，不必手下留情。」

「大長公主開恩啊！大長公主開恩啊！」

大長公主身分高貴，不願意同這些豬狗不如的東西多言，蔣嬤嬤有些話卻不吐不快。

蔣嬤嬤雙手交疊在小腹前，聲音中帶著凌厲：「這些年宗族仗大都白家威勢在朔陽作威作福不說，犯下罪行無數，此次族長的弟弟更是膽大妄為竟敢強占祖宅！汙鎮國郡主與太子清譽！真是這些年白家對朔陽宗族太過寬縱，縱得朔陽白氏不知道天高地厚，真當能踩在我們白家頭上！」

族長慌了神，向前跪行幾步叩首道：「大長公主，我等知錯了！待我返回朔陽定然好生教訓胞弟！還請大長公主高抬貴手放過宗族！到底是血脈同源的親眷，還請大長公主給宗族一個改過自新的機會！」

白卿言到底是姓白，對他這位白氏族長還留幾分顏面，董氏在他面前是晚輩，要不是涉及到自己孩子的名節，手段也不會如上次那般不留情面！

可大長公主，那可是高高在上的皇室嫡女，又非姓白，雖是白家媳婦兒可地位太過尊貴，若是大長公主不顧念白威霆對宗族的情分出手，宗族還有什麼指望?!

廊廡下，白錦稚拳頭緊緊攥著，頓覺揚眉吐氣，長長呼了一口氣，高興道：「祖母可厲害了！要我說這朔陽宗族的族長和族老們可真夠蠢的，連蔣嬤嬤都知道的道理，他們反倒不知道！」

白卿言垂眸理了理禁步，眸色冰涼沉著：「是啊，所以他們才是小人。」

小人無節，棄本逐末。喜思其與，怒思其奪。這也是為朔陽宗族量身而寫。

連蔣嬤嬤都知道……朔陽的依仗是什麼，他們卻不願意旁人提起，自己也不去想，在他們眼裡……怕是還覺得是白氏祖宗庇佑，大都白家才有這樣的榮耀。

他們完全忘記了是仗了誰的勢才能橫行朔陽，他們本應該緊緊抓住大都白家，不要得罪大都白家，如此朔陽宗族才能得以長久。

可他們反而在白家大喪之時強奪家產，隨後又霸占祖宅，只顧眼前利益，全然不為長遠思慮。

大都白家才是白氏一族真正的正統傳承，鐘鳴鼎食之家，百年將門，即便是只剩女子，也絕不會卑躬屈己，任由宗族踐踏拿捏。

今日，白卿言聽了祖母大長公主不急不躁的這一番話，心底有了新的思量。

「小四！」白卿言笑盈盈望著白錦稚，「祖母既然做了這場戲，便有勞你推波助瀾了……」

白錦稚雙眸一亮明白了白卿言的意思：「長姐放心，這個我擅長！」

盧平帶人進來時，就聽到上房內傳來宗族族老們的哭喊求饒聲。

見白卿言和白錦稚立在廊廡之下，盧平上前行禮：「大姑娘，四姑娘！」

「辛苦平叔了！」白卿言對盧平頷首。

盧平帶人進門，很快就將哭喊求情的族老們給拖拽了出來。

對比上一次董氏讓人將他們拖出去，此次大長公主讓人將他們丟出去，更加讓他們惶恐……逼得大長公主吐血暈厥，這樣的傳言一旦出去，白卿言脫離宗族順利成章，沒有了鎮國郡主……他們朔陽宗族怕是要完啊！

被托架出來的族老看到立在廊下的白卿言，忙喊道：「鎮國郡主！鎮國郡主你體內留著白家的血，是白家的子嗣啊！白氏百年盛名不能就這樣完了啊！」

白卿言冷眼站在那裡，冰涼如水的眸子看都不看他們，側身看向打簾出來的蔣嬤嬤。

白錦稚繃著臉開口：「白氏的百年盛名不會完，完的只是你們而已……」

「長姐，蔣嬤嬤……我先去了！」白錦稚對白卿言和蔣嬤嬤一拱手抬腳就走。

「四姐兒……」蔣嬤嬤一怔，問白卿言，「大姐兒，四姐兒這是要幹什麼去？」

「祖母辛苦做戲一場，自然是要將其作用發揮到最大。」白卿言說。

蔣嬤嬤點了點頭，對於欺人太甚的宗族，也恨得牙根子發癢。

「大長公主請大姐兒進去說話……」蔣嬤嬤忙替白卿言打簾。

她進門繞過屏風行了禮，在大長公主下首坐下，就聽大長公主道：「告罪祖宗出族之事，不要現在做，祖母知道你不在意你的名聲，可祖母在意，你母親在意！」

白卿言望著大長公主，微微佝僂著脊背，和她鬢邊梳的齊整的銀色髮絲，點了點頭：「祖母以為，什麼時候做合適？」

「你回朔陽做的事情祖母已經知道了，但要記住，世俗之人多是喜歡同情弱者，此次宗族為讓大都白家以權勢強逼朔陽父母官放人，以弱凌強將大長公主逼得吐血，這個消息傳出去，大都白家再告罪祖宗出族，世人必會覺朔陽白氏倡狂，將大都白家逼得不得不如此行事。」

大長公主耐心教導：「對我白家而言並非只有出族這一條路能走，你可回朔陽之後，以郡主的身分開宗祠，將有罪之人逐出宗族！挑選一個知進退明事理，且對你有敬畏之心的族長，這樣宗族……便可為你所用，小人也有小人的用法，只要用的得當便於白家有利。」

大長公主倒不是捨不得這個所謂宗族，只是既然白家僅剩的這些孤兒寡母要回朔陽，多個幫手總比多個仇家好。

「祖母所言，正是孫女所思。」白卿言贊同地點了點頭，「宗族之中小人居多，而小人喜歡背後算計，使陰險手段害人，除非殺乾淨了，否則留下來難保他日不會背後生事！大都白家在朔陽根基尚淺，若是能驅走宗族蛀蟲，威懾餘下可用的族人，屆時讓他們針鋒相對，我們便可騰出手腳來去做別的事情。」

大長公主撥動佛珠的手一頓，略微混濁的眼仁看向白卿言：「別的事情？」

她袖中手指微微收緊，點了點頭：「今日蕭先生來府上，說從朔陽運往大樑的一批白茶被劫了，他求助於太子，可太子殿下說，如今燕沃饑荒，大樑又陳兵兩國邊界，戰事一觸即發，所以大概是無暇顧及山匪之事！孫女兒從朔陽回來時，當地郡守曾想派人送孫女兒回大都，稱當地有匪患，陸陸續續已經有不少人被劫掠過！包括朔陽白氏宗族的族長之子。」

「孫女擔心再放縱下去，將來匪患禍民。為防患於未然，不如以民為兵，先做準備，若是將來朝廷剿滅匪患自然是好，就當讓百姓強身健體。若朝廷遲遲騰不出手腳，孫女也絕對不能看著山匪坐大為禍百姓。」白卿言語氣鄭重。

大長公主深深看了白卿言一眼點頭，眼眶微微濕潤，她這個孫女和丈夫白威霆太像，以天下黎庶福祉為己任。

白卿言知道，她的祖母對她始終還存有一點戒心，所以與其將來練兵之時被祖母忌憚，還不如現在對祖母坦白，位居高位習慣了高高在上做執棋布局者，往往都自負。

只有此時將此事告知祖母，讓祖母這位高高在上的大長公主，以為一切都還在她的掌控之中，憑藉祖母對她的信任，將來才不會對她多加掣肘防備。

可若是有一天，祖母發現她明著練兵，暗中藏兵，並非為了這大晉，她們祖孫必會走到面目可憎的那一步。雖然兩個人都想保住白家，可祖母是希望白家在臣服於林家皇權之下再得以保全。

「錦瑟那個孩子，和你很像……」

大長公主想起白錦瑟跪在她面前請命留下隨盧姑娘學醫術之事，看著那樣的白錦瑟，讓大長公主不免想起白卿言幼年之時，通透且有自己的想法，初顯智慧膽魄。

「白家子嗣不論兒郎女兒家，都很像。」白卿言對大長公主道。

大長公主含笑點頭，不經意間流露了滄桑老態，眼神感傷：「是啊，白家子……都很像！不論是你祖父、父親、叔父、素秋，還是現在的你們……」

嫁入白家，她所生的孩子最後竟然是一個都保不住。

大長公主在白卿言面前絲毫不掩飾老態，即便是抹額將頭髮箍的緊緊的，整個人顯得肅穆莊重且威勢感極強，可在宗族離開後放鬆下來，還是露出了疲憊和憔悴。

「太醫他們馬上便來了，阿寶……你扶祖母去內室吧！」大長公主對白卿言伸出手。

她起身恭敬扶著大長公主進了內室，替大長公主解開抹額，伺候大長公主躺下。

白錦稚在門外鬧開來，破口大罵朔陽白氏宗族狼心狗肺，竟然逼迫祖母和長姐以大長公主和郡主之尊，強壓朔陽地方父母官，將朔陽殺人、強奪他人祖產、強搶民女的無恥族人放出來！祖母和長姐不允，竟然逼得堂堂大長公主吐血暈厥。

白錦稚這麼一鬧，滿街的百姓譁然。

昨兒個宗族在鎮國郡主門口大鬧……說鎮國郡主不顧宗族，不盡族人本分。

今日，有人親眼看到大長公主身邊的嬤嬤恭恭敬敬，將朔陽白氏宗族的各位族老請了進去，怎麼還把大長公主給氣吐血了?!這……這也太囂張了吧！

「人人皆知我白家孤兒寡母不日將回朔陽，朔陽祖宅剛剛修繕好，你們就強奪了去，是也不是?!我長姐不願同宗族鬧得太難看，正為這一大家子回朔陽住在那裡頭疼，你們倒好，追上門來竟然還要我長姐以郡主之尊強壓朔陽縣令放人！」

「我大都白家皆視百姓如骨肉血親，但凡有對百姓不敬者，皆罰！就是我……曾因在這府門前對百姓揮鞭，領了軍棍！更別提朔陽白氏子嗣殺人害命，便更不能饒過！殺人償命，欠債還錢，天經地義！這些年我大都白家對宗族仁至義盡，無愧於天地！可宗族如何對我白家孤兒寡母的?」

「我祖母還是大長公主！我長姐還是鎮國郡主，竟然被你們欺凌到如此境地！害得我祖母吐血暈厥！我白錦稚今日將話放在這裡，若我祖母有個三長兩短，我就是捨了這條命，也務必要你們這些狼心狗肺貪心不足的無恥小人……不能活著走出大都城！」

白錦稚說完，又高聲道：「郝管家！從今日開始，宗族這些人若敢上門……或在門前鬧事，不必再留情面！以聚眾鬧事為由讓府衙將他們全部帶走入獄！」

「是！」郝管家恭敬應聲。

白錦稚手中握著長鞭，指了指宗族之人，轉身進門。

郝管家冷眼看著已經全然傻眼的宗族之人，吩咐道：「你們若還不走，我便派人去請府衙的差役來拿人了！」

百姓們看著面紅耳赤的朔陽白氏宗族之人，心中駭然，議論紛紛。

「這朔陽宗族也太囂張了，竟然將大長公主都氣吐血了！」

「昨兒個還說鎮國郡主不相助宗族子嗣，反要出族，我還想著這鎮國郡主要回朔陽了，怎麼還如此拿架子，日後不要宗族堂兄弟們幫扶了？不成想……原來是讓鎮國郡主壓著當地父母官放害人性命的人！難怪鎮國郡主不幫了！」

「哎！白家就是太仁善，連大長公主都氣吐血了，還不讓人將他們這些狼心狗肺的人捉拿起來，竟然放過了！」

「可不是，就上一次白家四姑娘被打的那一次，不就是因為四姑娘對一群收了他人銀錢故意來鬧事之人揮鞭，所以才挨了罰！」

「白家宗族如此囂張，這還是在大都，都將大長公主氣吐血，將來……還不知道要怎麼欺負大都白家這一門孤兒寡母，族長都是這個樣子，還不如出族算了！」

「你們知道什麼！」有族老惶惶不安解釋道，「那大長公主她根本就沒……」

族長一把攥住那族老的手，阻止族老再說下去。就算是說了，也不會有人相信，堂堂先皇嫡女當朝大長公主為了對付宗族會裝吐血，旁人只會覺得宗族之人為了推脫罪責，什麼謊言都說得出來。

族長搖了搖頭，大長公主出手……宗族狂妄囂張名聲很快就會傳播開來，如今在獄中的孩子們怕是救不出來了。

想到白卿言在朔陽時立下的誓言，若是不將那些宗族子弟除族，白卿言就要出族……正如大長公主所言，沒了鎮國郡主的庇護，宗族欺凌大都白家孤兒寡母，將大長公主氣吐血的事情傳到官場，官場之人看風向行事，白氏宗族就要完了！

可，若是真的要將那些孩子除族，族長的孫子白卿節也在其中，這讓族長怎麼忍心?!

「族長，現在怎麼辦？」有族老問。

族長咬了咬牙，看著守在鎮國郡主府門口的護院軍和郝管家，道：「先回朔陽，商議之後再做打算。」

很快，董氏和二夫人劉氏、三夫人李氏、四夫人王氏都聞訊趕到長壽院，五夫人齊氏在月子中雖然沒有親自過來，卻派了管事嬤嬤翟嬤嬤親自過來探望。

五姑娘白錦昭，六姑娘白錦華和七姑娘白錦瑟也都匆匆趕了過來，盧姑娘聞訊拎著自己的藥箱而來，十分急切。

白卿言在一旁看著，倒是覺得祖母什麼都不瞞這個盧姑娘，同盧姑娘說了此事，盧姑娘一臉恍然後道：「若是義母信得過，我可以為義母施針，雖然稍稍會讓義母有些心慌，卻可瞞過太醫診脈，等太醫離去後，我再為義母施針便可緩解症狀……」

見大長公主點頭，盧姑娘淨手後，打開藥箱取出金針來，用火燒灼金針。

白卿言認真端詳眼前垂眸為大長公主施針的盧姑娘，開口問：「姑姑用的這套金針，看起來像是祖傳的？」

盧姑娘沒有想到白卿言會喚她姑姑，略顯錯愕之後笑道：「算是祖傳的，這是我母親成親之前，外祖父贈予母親，母親後來又贈予我的，不過外祖家倒是有一套祖傳了幾代的金針。」

白卿言點了點頭不再問，退至一旁看著撥動手中佛珠嘴裡念著佛經祈求上蒼保佑祖母的四嬸王氏，抬手撫了撫被她藏在心口的那封信。

太醫院聞訊大長公主被白氏朔陽宗族逼得吐了血，黃太醫帶了三位國手一同趕來。

盧姑娘就伺候在一旁，與太醫院諸位國手說起大長公主平日習慣，對大長公主近日所食所用描述詳細，並同太醫們一同討論如何給大長公主用藥，黃太醫頗為欣賞望著盧姑娘，只覺……這姑娘的醫術絕不在他們之下。

黃太醫不免想到那個盧姑娘是白素秋轉世的傳聞，再看和諸位太醫斟酌藥方的盧姑娘，一身淡雅素淨的氣質，當真與他師兄洪大夫的愛徒白素秋如出一轍，難怪大長公主會覺得是白素秋的轉世。也是，如今大長公主所生子嗣都去了，大長公主總要找一個寄託才是。

黃太醫開了藥，交代了盧姑娘煎藥的方法和用量，董氏將諸位太醫送出長壽院，命秦嬤嬤親自把人送出去。

盧姑娘重新為大長公主施針，安頓好大長公主，回頭對董氏和幾位夫人行禮後道：「義母這裡有我照料，各位嫂嫂還是回去歇著，到底這裡也不宜人多。」

大長公主倚著團枕，撥動手中佛珠開口：「都回去吧。」

「母親，我還是留下來照顧祖母，順道和姑姑學習醫術。」白錦瑟對董氏行禮道。

董氏點了點頭：「好……那就辛苦你了！」

「祖母面前盡孝，是錦瑟應該應分的，怎敢稱辛苦。」白錦瑟忙道。

眾人同大長公主行禮後退出長壽院上房，董氏皺眉一臉擔憂對白卿言道：「你的鐵沙袋，是不是也太沉了些？」

「也還好，阿寶有分寸必不會傷到自己，阿娘放心。」白卿言將董氏送到路口，行禮目送董氏離開對春桃道，「走……去看看四嬸。」

麗水苑門口灑掃的粗使婆子看到白卿言往他們院子的方向過來，連忙進屋稟報關嬤嬤。不知道是不是白卿玦與四夫人母子之間有天生的感應，四夫人王氏篤定白卿言是給她帶來白卿玦的消息，連忙從屋內出來。剛迎到院門口，就見白卿言進來。

「四嬸怎麼在外面？」白卿言笑著問。

四夫人王氏緊緊握著手中的佛珠：「聽說你來了，出來迎迎，靈雲去將剛做好的羊乳酥給大姑娘端一碟子過來。」

關嬤嬤忙打簾，恭敬請白卿言進門，十分有眼色未曾進去，反而是讓靈秀端來兩個小繡墩，拉著春桃坐在廊廡下討論繡花的樣式。

白卿言同四夫人王氏在臨窗軟榻前坐下，她將藏在心口的信遞給四夫人王氏。

四夫人王氏抬頭望著白卿言，眸子發紅，攥著佛珠的手顫抖著，半晌才敢放下佛珠，伸出手將揉皺又被撫平的信接過來，喉嚨脹痛。

指尖剛碰到信紙，四夫人王氏就繃不住眼淚掉了下來，她慌忙用帕子沾去淚水，生怕會弄濕了紙張。她將信展開，裡面只有一句話，可確確實實是白卿玦的筆跡。

四夫人王氏攥著帕子的手用力揪住胸口，死死咬著唇不讓自己哭出聲，眼淚卻大滴大滴往下掉，她鼻翼煽動，努力睜大了眼看向白卿言，似乎是在向白卿言求證是否見到了活生生的白卿玦。

白卿言對四嬸點了點頭：「傷已痊癒，比離家時，清瘦了不少，但精氣神還在。」

四夫人王氏聽到這話，險些嗚咽出聲，她用力捂住嘴，將信紙按在心口，瘦弱的肩膀不住抖動著，眼淚如同斷了線一般，哭得極為壓抑，生怕被旁人聽到了哭聲。

「四嬸，我帶回來讓你看一眼，就要燒掉了……」白卿言聲音壓得極低。

四夫人王氏哭著點頭，她懂……她懂，哪怕是信放在她這裡也不安全，最安全的就是看過之後放在心裡。她想對白卿言說句感激的話，可生怕一張口再也忍不住哭聲。

她謝白卿言不是騙她的，她謝白卿言帶回來阿玦的信，讓她知道阿玦真的還活著，她只能伸出手用力握住白卿言的手，拼盡全力握緊。

白卿言從四嬸的麗水苑出來時，已是一個時辰後，那封皺皺巴巴的信紙，是四嬸親手燒掉的。

四嬸說，她還是會照常吃齋念佛，祈求上蒼保佑阿玦和白家諸人餘生平安安穩。

朔陽白氏宗族將大長公主逼吐血之事，不出一個時辰竟然傳的滿大都城都是，百姓大驚，這朔陽白氏宗族膽子居然這麼大，竟然連大長公主都給逼得吐了血。

在秦府的白錦繡乍一聽了消息，便坐不住讓人套車趕回了鎮國郡主府。

白錦繡回了府才知道虛驚一場，本就是祖母收拾宗族的手段而已，當下才鬆了一口氣，來了清輝院。

白卿言正在看這幾日佟嬤嬤整理出來，清輝院要隨第一批車隊運回朔陽的物品清單。

春桃見白錦繡過來，進屋給白卿言稟了一聲，便隨佟嬤嬤出清輝院大門迎白錦繡。

白錦繡如今已經五個月，肚子已經顯懷出來，不過約是因為習武出身的緣故，動作還算靈活。

佟嬤嬤扶著白錦繡往裡走：「二姑娘您慢著點兒，您現在可是雙身子的人。」

「乾娘！」銀霜對佟嬤嬤行禮。

二姑娘身邊的貼身侍婢翠碧也忙笑盈盈對佟嬤嬤和春桃行禮：「佟嬤嬤好，春桃姑娘好！」

佟嬤嬤點了點頭。

「不礙事，長姐呢？」白錦繡問。

「剛才正同佟嬤嬤對頭一批運回朔陽的物件兒單子呢。」春桃笑著替白錦繡打簾兒，送白錦繡進門後，又吩咐人給白錦繡端紅棗茶來。

「長姐……」

見白錦繡進來，她收了單子問：「聽說了祖母的事，所以過來了？」

「嗯！」白錦繡點頭，在她一側坐下。

「大姑娘！」銀霜見了白卿言行禮。

她對銀霜笑了笑：「快起來吧！」

佟嬤嬤怕她們姐妹有什麼體己話要說，笑著道：「大姑娘和二姑娘先聊，老奴帶銀霜和翠碧去吃點羊乳蒸糕。」

她點了點頭：「一會兒走的時候，再給她們帶一點。」

佟嬤嬤還以為銀霜會高興，沒成想這丫頭竟然擺了擺手，就緊緊貼著立在白錦繡身旁：「不行，我要寸步不離守著二姑娘！」

翠碧聽到這話用手掩唇笑了一聲：「大姑娘您可好好管管銀霜丫頭吧！您說要銀霜寸步不離守著二姑娘，這丫頭昨天夜裡都沒讓二姑爺進房，跟個門神似的杵在二姑娘床邊，就連……」

「翠碧！」白錦繡耳根一紅，呵斥道。

「就連什麼？」她追問。

翠碧還沒來得及回答，就見銀霜一副很驕傲的模樣道：「就連二姑娘如廁，我都跟著！寸步不離！」

佟嬤嬤和滿屋子的丫頭都忍俊不禁，低頭掩著唇直笑，銀霜一雙亮晶晶的眼睛瞅著白卿言，那小模樣似乎在等待白卿言的誇讚。

白錦繡哭笑不得看著銀霜，一臉無奈道：「長姐，你可管管吧！要不是翠碧得力，怕是滿府都知道銀霜奉命貼身護我，不讓秦朗……在屋裡睡。」不讓秦朗近身這話，白錦繡說不出口。

錯愕之餘，她忍不住低笑了一聲，白錦繡溫婉，不難想像她大概是很尷尬，又得顧及著小丫頭的自尊心，左右為難。「銀霜做的很不錯！」她笑著對銀霜開口，「可是銀霜得聽二姑娘吩咐，平時對二姑娘貼身照顧很是辛苦，二姑娘讓你去休息的時候，你也要去休息，否則二姑娘出門你哪裡有精力照顧二姑娘？是不是？」

銀霜想了想點頭：「嗯！」

「所以，銀霜要聽二姑娘的話才是。」春桃忍不住笑著說了一句。

銀霜點頭：「我懂了！二姑娘出門的時候貼身照顧寸步不離，二姑娘回府聽二姑娘吩咐！」

「銀霜真聰明！」她笑著點頭。

白錦繡在白卿言這略坐了坐便回秦府，白錦繡出來的匆忙秦府一堆事情還沒有安排妥當。

她親自將白錦繡送到門口，派春桃喚了盧平過來。

涼亭內。白卿言轉身壓低了聲音交代盧平：「後日，我母親會派人將咱們府上第一批不常用……一直壓在庫中物件兒先運回朔陽，這一次平叔你親自送回去，悄悄告訴紀庭瑜，讓他將上一次劫的茶貨……運往松空山方向，自有人去接應，不必多問給了就是。」

盧平頷首：「是！」

她垂眸想了想又道：「再問問紀庭瑜還缺什麼，等這月二十六送第二批回朔陽時，府上給他備好，讓他劫走便是。」

「大姑娘放心，盧平一定辦妥。」盧平鄭重道。

望著眼下已有烏青的盧平，她說：「回朔陽之後，平叔恐會更辛苦，所以我想著平叔還是要著手……在忠勇之人中挑選培養些，能委以重任的，避免將來遇事平叔你分身乏術。」

如今，足夠忠心和有能耐之人被逐漸分派出去，若是再不著手培養可用之人，不說白卿言這裡人不夠用，若他日遠在南疆的阿玦需要誓死忠勇之人呢？若是為白家積財的三妹錦桐人手不夠了呢？亦或是……在大都城的二妹錦繡需要不被朝廷和他人察覺的可用之人呢？

要開始為長遠用人，做謀劃打算了。

白卿言本欲讓盧平派人前往各地，網羅天下英才以備他日之用。可這網羅天下英才不是一朝一夕的功夫不說，且需要大量銀錢支撐，白卿言將白家的底子細細算過，除了白錦桐帶走的，可動的資源本就不多，白卿玦那裡雖說有幾位白家軍的將軍幫忙向朝廷要，可也得有自己的儲備。

白卿言難免想到朔陽白氏宗族。如此看來，白卿言更不能帶著大都白家出族，而應該將蛀蟲趕出宗族，如此……宗族才能為她所用。

畢竟，當初白氏正統嫡支的大都白家，為了幫扶宗族，每年都會將半數進項送回宗族，也是該到宗族為白氏做些什麼的時候了。網羅英才，先不說。自行練兵，這可是要挽回朔陽白氏宗族在百姓心中不堪形象的好事，絕不應該是大都白家一肩扛，得宗族好好出力才是。

她心中有了計較，便需開始布置。

她想起今日蕭容衍說，不日大樑與晉國將要開戰之事，看來要讓紀庭瑜在他們回朔陽之前，鬧一次大的，想必朝廷也無力派人鎮壓。

如今白家暫時安穩，不論是白錦繡、白錦桐、白卿玦皆已有前路方向。

白卿雲雖然如今還不知將來如何，可既然有去盤羅山四海閣找顧一劍的心思，便是一身的志氣傲骨未折，白卿言相信她的九弟還是那個頂天立地的白家兒郎。

四月十五，董長生娶妻。

雖然今年發生了科舉舞弊案，未放金榜，董長生無法同時大小登科，可畢竟明年二月還有再考的機會，他有真才實學倒也不懼再考，滿面人逢喜事精神爽的喜悅。

董氏和白卿言身上帶孝，已出百天，但未滿三年。

即便是白卿言的大舅舅董清平不介意，去了也怕大舅母宋氏心裡不痛快，故而禮到人不到。

可董氏到底是做姑母的，人就算是不去，心裡也還是惦記著董長生娶妻之事，派了秦嬤嬤去觀禮，等著秦嬤嬤回來給她說說董長生的新婦如何。

白錦繡已是秦家婦，也因要為秦德昭守孝，不得參加婚宴，也送去了厚禮。

白家子孫沒有人會忘記，在白家突逢大喪之時，董家高義相助之情。

臨近未時，一匹快馬直奔鎮國郡主府門前，一身黑衣的英姿颯颯挺拔女子從棕紅色駿馬上一躍而下，直奔鎮國郡主府門內。

驕陽似火，白卿言周身纏繞著沙袋，緊閉清輝院大門在院中練紅纓銀槍，她此時高高束起的長髮略顯散亂，幾綹髮絲被汗水沾粘在通紅發燙的面頰和頸脖上，幾乎全身濕透。緊繃的手臂已經顫抖不止，如同灌了鉛一般沉重，幾乎是憑藉超越極限的意志力，將手中銀槍舞得凌厲生風，動作剛猛堅韌，銀槍寒光虛影幢幢。

端著茶水立在一旁的春桃雖然每日都會看到白卿言這副全身濕透的模樣，可還是不能適應，只覺揪心無比。

「咚咚咚——」聽到有人敲清輝院的門，看門婆子忙邁著碎步沿廊廡跑至院門口，低聲朝外問了一句：「誰呀？」

「是我！勞煩稟告大姑娘一聲，沈青竹……回來了！」

沈青竹平穩俐落的嗓音傳來，春桃睜大了眼，朝白卿言看去：「大姑娘！沈姑娘回來了！」她心頭一緊，收住長刺之勢，手挽銀槍，旋身而立，寒氣凜然的銀槍頭在青石地板上，劃出一道極深的痕跡。

清輝院的大門緩緩打開。沈青竹抬眼便看到立在院中的頎長身影。

白卿言手持長槍，素白色的單薄衣衫被汗水濡濕，緊貼勾勒出她纖瘦挺拔的身形線條，汗水順著下顎頸脖向下蜿蜒，沒入素色衣領之中。

耀目日光之下，大汗淋漓的白卿言，整個人都顯得熠熠生輝。

隨著她急促的呼吸，被汗水貼在白皙頸脖上的髮絲，都染上了一層細碎的金光，其凌厲迫人的殺伐之氣，讓人不敢逼視。

沈青竹莫名眼眶發酸。多久未曾見過白卿言提槍持弓，她已經不記得了。

沈青竹以為因為她的失誤，那個曾經在戰場上所向披靡，驍勇無敵的小白帥，再也回不來了。

此生還能看到白卿言拿起射日弓，能看到白卿言撿起紅纓銀槍，沈青竹怎麼能不熱淚盈眶，怎能不熱血澎湃。

她忘不了秋山關救人之時，白卿言一人一騎，人裹寒霜殺氣，馬嘶聲裂九霄。

她彷彿看到白家軍聲望極高的小白帥，飛馬踏血，以雷霆萬鈞之勢歸來，持秋霜夏震之威，以拔山超海之力，能帶著他們輕而易舉殺敵取勝。

旁人不知道小白帥這三個字，對於白家軍來說意味著什麼，可曾在白家軍中……與白卿言浴血同戰過的沈青竹知道！在鎮國王白威霆和白家諸位將軍身死之後，小白帥便如同白家軍的黑帆白蟒旗，能鼓舞白家軍士氣，能壯白家軍聲威。

沈青竹喉頭酸脹難忍，含淚進門，見白卿言對她露出笑顏，輕聲慢語道：「你回來了。」

沈青竹眼眶發脹，單膝跪下，用力壓住喉嚨哽咽：「屬下回來了。」

白卿言輕輕將手中銀槍靠在身後廊柱上，走至沈青竹面前，彎腰托住沈青竹的雙臂要將她扶起：「回來就好……」

沈青竹反握住白卿言不自主顫抖的手臂，竟摸到了緊緊纏繞在白卿言手臂上的鐵沙袋，微微一用力，便能感覺汗水的濕意。

她一驚抬頭朝白卿言看去，只見汗水順著白卿言的下巴滴答滴答往下掉。

她聽肖若海說了，去南疆那一路大姑娘是怎麼撿起射日弓的，當時便心口絞痛！

可她怎麼也沒有想到，大姑娘竟然也用如此極端之法練槍！

「起來吧！」白卿言道。

沈青竹站起身眼眶發紅望著白卿言：「大姑娘……」

「進屋說。」

「奴婢去給青竹姑娘泡她最喜歡的大紅袍，也去準備點吃的。」春桃也高興的不行。

白卿言拉著沈青竹的手腕進屋，用帕子擦了擦汗，一邊拆解身上的鐵沙袋，一邊問：「你是從羅盤山直接回來的？」

沈青竹知道白卿言是擔心白卿雲，點了點頭，解下身上佩劍放在一旁，上前蹲跪在白卿言身邊，替她解腿上已經濕透的沙袋。

「我和魏高還有死士們護九公子到了羅盤山，九公子便讓我等回來，說怕大姑娘和七公子身邊沒有人用，他在羅盤山不會有危險！我等強行跟隨，可羅盤山四海閣的規矩，不讓我等入內，只讓公子一人入山！我便讓魏高帶其他人留在山下等候九公子，我一人先回來。」

想到白卿雲那雙腿，她喉嚨翻滾，低聲問沈青竹：「阿雲……好不好？」

「大姑娘放心，九公子硬骨和銳氣還在！九公子之所以不願意見大姑娘直奔羅盤山，就是不希望大姑娘看到現在的他，為他傷神！九公子說羅盤山四海閣能人異士居多，他去誠心叩求七少的師傅顧一劍，看看四海閣有沒有法子挽回他的雙腿，若是實在沒有法子，他便拜師顧一劍！」

「九公子說，就連病弱的長姐都為撐起白家，為邊疆生民，披掛上陣，為重拾射日弓吃盡苦頭！他堂堂白家男兒，腿廢了……雙手還在！只要不死，他便不想當個讓親人牽腸掛肚的無用廢人，白家數代人戮力同心，粉身碎骨所期望達成的太平天下，他身為白氏子孫，亦應出力！九公子希望再次相逢之時，母親和長姐能以他為榮，而非為他傷懷！」

聞言，白卿言已是鼻頭發酸，頓時熱淚盈眶。

白卿雲果然不論何時，都是白家的好兒郎。有這樣的兒郎在，白家……不會倒。

「你剛回來也累了！去歇著吧！等你歇好了，我們再細聊。」白卿言看著沈青竹風塵僕僕眼底烏青模樣，就知道她定然是日夜兼程趕回來的，「之後，我還有很多事，要辛苦你去做！」

沈青竹沒有強撐，點了點頭：「好……」

春桃端著大紅袍進來時，見沈青竹要走，頗為意外：「沈姑娘不多坐坐？佟嬤嬤已經張羅準備席面了。」

「讓青竹先去歇著，告訴嬤嬤晚上再備席面。」白卿言道。

「是！」春桃忙替沈青竹打簾，道，「奴婢送沈姑娘……」

白卿言透過窗欞看著沈青竹出了清輝院，垂眸看著被磨出血的掌心，緩緩攥住雙手，緊握成拳。她和她的弟弟相差的多遠啊！

她傷了，便嬌養，她的弟弟失去雙腿，仍然不失鬥志，不忘白家先輩志向！

她泛紅的眼底透出淺淺的笑意，如今他們姐弟都在努力，她希望下次與白卿雲相逢之時，她也能讓弟弟引以為榮，而非……傷懷。

白錦稚知道沈青竹回來，匆匆趕到白卿言這裡，誰知沈青竹已經回去歇息了。

白錦稚端著繡墩坐在白卿言身邊，一邊看著春桃給白卿言絞頭髮，一邊道：「我聽說皇帝這陣子頭疼症越來越厲害了，只有那個秋貴人的按摩手法能幫皇帝緩解一二，太醫院束手無策，原本黃太醫推薦讓洪大夫給皇帝看看，不知道皇帝是為什麼，不大願意！」

「不過我想，還能是為了什麼，不就是因為洪大夫是白家的人，所以皇帝心裡多少還是有些防備。現在皇帝願意了，可人家洪大夫人也離開大都了。」白錦稚幸災樂禍。

白卿言視線從手中書本上抬起，看著白錦稚：「這些話，你是哪裡聽來的？」

「我聽黃太醫的孫女兒黃家阿蓉說的，我今兒個早上偷偷去看長生表哥娶親有多熱鬧，正巧碰到了跟我一樣要守孝的黃家阿蓉，阿蓉也是偷偷去看熱鬧的！」

白錦稚端起茶杯喝了口茶：「我們倆在茶樓裡坐了坐，阿蓉說昨兒個傍晚，皇宮裡派人去了黃太醫府上，讓黃太醫請洪大夫入宮，可黃太醫說洪大夫早幾日前就辭行離開雲遊去了，現在也不知道去了哪兒！阿蓉還納悶，怎麼皇帝不直接來咱們家請洪大夫，偏偏要去他們府上。」

若是消息出自黃太醫府上，那倒是可信。

皇帝頭疼，只有秋貴人按摩手法可以緩解……

白卿言用書敲了敲手心，以前也沒聽說過皇帝有頭疼的毛病。

且皇帝這隔三差五便頭疼的毛病……好像就是從秋貴人入宮之後開始的。她垂眸想了想，轉頭看向白錦稚：「小四，你找個機會，不經意告訴阿蓉，我們祖母認下的義女盧姑娘，醫術手段極為高超，咱們府上有僕婦婆子多年治不好的疑難雜症，都讓盧姑娘給治好了。」

白錦稚眼睛一亮，這可是長姐交給她的任務，她點頭：「長姐放心！正好……阿蓉走得急，把借給我的帕子落在我這兒了，我洗乾淨了，明日就給阿蓉送去。」

她點了點頭，頭髮乾了後，讓佟嬤嬤隨意給挽了個髮髻，便去了長壽院。

大長公主正在盧姑娘的陪伴下，立在長壽院院裡的大魚缸前喂魚，見白卿言過來，盧姑娘不願打擾她們祖孫說話，行禮告辭。

「姑姑別著急走，我們一起陪祖母回屋說會兒話。」白卿言喚住盧姑娘。

盧姑娘朝大長公主看去。

大長公主慈眉善目笑著道：「阿寶讓你留下，你就留下！」

「是！」盧姑娘恭敬應聲，扶住大長公主另一側，三人一同進了上房。

她將皇帝最近頻頻頭疼之事告知了大長公主，大長公主當即發怒，重重將佛珠拍在身側小几上，通身的威儀駭人。

「若此事真是這秋貴人所為，可真是膽大包天，竟然用一國之君的聖體安危作為她爭寵的籌碼！」大長公主自幼在宮中長大，後宮女人，為了爭寵什麼樣的陰私手段使不出來？大長公主什麼沒有見過。

「連太醫院黃太醫都診斷不出個所以然，故而……不太好說是不是秋貴人爭寵的手段。」她說著朝盧姑娘看去，「不過，孫女倒是覺得可以藉此機會，讓盧姑娘同陛下見一面，自然了……這話祖母去說不合適，得讓陛下自己來請。」

盧姑娘聽白卿言說要讓她見陛下，並未露出驚慌失措或不安的神情，寵辱不驚立在那裡，平和恬靜的氣韻讓人覺得十分舒適。

「姑姑，對你的醫術……可有把握？」白卿言問。

盧姑娘對白卿言行禮後道：「不敢欺瞞大姑娘，寧嬅醫術不敢稱高明，可施針之法……至少大都城怕沒有人能勝過。」

「寧嬅，是你姑姑的名字。」大長公主對白卿言道。

白卿言頷首，盧寧嬅這話的意思……就是敢給皇帝醫治了。

「祖母若覺得可行，便趁此機會讓姑姑同陛下見一面，也正好讓姑姑給陛下診斷診斷，看看陛下頭疼到底是何緣由。」白卿言望著大長公主。

「好，此事你來安排，若需要用人，只管來知會蔣嬤嬤和魏忠。」大長公主一錘定音。

白家第一批運回朔陽的都是些不常用的物件兒，原本定在四月十四出發，可匪患的消息傳來，原本定在四月二十回鄉省親的工部尚書府王老太君，派同董氏交好的兒媳來問問董氏看能否一同出發，這樣隊伍壯大，山匪必不敢來劫。

兩人一合計重新翻了黃曆，將日子定在了四月十七，白家隊伍與尚書府王老太君回鄉省親的隊伍一同出發。

董長慶明年不用參加科考，自告奮勇，想隨白家隊伍去朔陽轉轉，便求著父親董清平帶他來白府董氏這裡領了差事。

勳貴世家到了董長慶這個年紀的子嗣，是要外出遊學一兩年的，不過自打鎮國王一門男兒為國捐軀之後，不知為何這看似太平盛世歌舞昇平的世道背後，已經隱隱讓人嗅出一絲危險的味道，故而勳貴世家，便遲遲沒有放自家到了年紀的子嗣出門遊學。

如今董長慶難得有這麼一個出遠門的機會，自然不會放過，董清平也想著既然有白家護衛隊在，讓董長慶出門一趟長長見識也好。

出發那日，雖名義上董長慶是替白家辦事，白卿言還是親自帶著白錦稚於城外送了送董長慶。

董長慶不好意思的紅了耳朵，明知道自己是假借著白家護衛隊去朔陽長見識，怎能還要人家親自來謝他？

「表姐，表妹客氣了！是我想跟著白家護衛軍出門走一遭的，怎敢當表姐表妹一聲謝！」董長慶笑了笑忙問，「表姐和表妹可有什麼想要的朔陽特產，回來我給表姐和表妹帶！」

「我們就快要回朔陽了，表哥不必麻煩！」白錦稚將雙手放於背後，既有女兒家的嬌俏，又英姿颯爽。

董長慶忙垂下眼瞼不敢再看白錦稚，耳朵更紅了：「那……我要是看到一些有趣的小玩意兒，就給表姐和表妹帶一些！」

「此行雖然有白家護衛軍，還是要多加小心。」白卿言叮囑董長慶。
董長慶長揖到地：「表姐放心！」
「大姑娘，四姑娘，工部尚書府的隊伍來了，我們這就要出發了！」盧平對白卿言抱拳道，「大姑娘四姑娘放心，屬下一定護好表少爺。」
「辛苦平叔了。」白卿言頷首。
董長慶隨著盧平翻身上馬，回頭對白卿言和白錦稚的方向揚了揚馬鞭，緩緩離開。
「長姐，我們也回去吧！」白錦稚說。
白卿言想到剛才董長慶看白錦稚的眼神，低聲問白錦稚：「小四你覺得長慶如何？」
「董家表哥很好呀！」白錦稚回答的乾脆，眼底帶著幾分不解，「長姐是要用董家表哥？」
白卿言搖了搖頭便不再多言，看來白錦稚對董長慶沒有那個心思，她若將窗戶紙捅破，小四以後怕是要避著董長慶了，還不如讓萬事順其自然。
扶著白卿言上了馬車，白錦稚一躍翻身上馬，慢慢悠悠回城。
在快要轉入鎮國郡主府所在巷子時，騎在馬背上的白錦稚看到了左相李茂的馬車。
她彎腰湊近白卿言馬車窗口道：「長姐，這個時辰左相的馬車回來，恐怕是皇帝頭疼症又發作了，沒能上早朝。」
這幾日，皇帝頭疼症越發嚴重，已經連著兩天未曾早朝。馬車內，白卿言垂眸輕撫著手心厚繭，眸色涼薄開口道：「攔住左相的馬車，就說我有話要說。」
「好！」白錦稚一夾馬肚上前，馬頭正正好對準了李茂的馬車車頭，攔住李茂馬車的去路。
白錦稚早就看左相不順眼，尤其是早前在宮宴上，李茂明著在皇帝面前給白家上眼藥，白錦稚就恨不得給這李茂一鞭子。

為左相李茂駕車的馬夫連忙勒馬，呼喝道：「哪家來的女娃娃，還不快讓開，連左相的車駕都敢擋！」

「我乃高義縣主白錦稚，我長姐鎮國郡主有話要與左相說！」

車夫一驚，忙下馬車行禮。

坐在馬車內閉目養神的李茂聽到這話，眸色沉了沉，挑開馬車車簾，滿面笑容地道：「既然郡主和縣主有話要說，不如去相府坐坐？」

第三章 不識進退

白卿言的馬車從白錦稚身後緩緩而來，停在了李茂馬車旁。一隻細長白淨的手挑開馬車車簾，正正好同李茂馬車車窗相對。

看到白卿言那張微微含笑的精緻面容，端坐於馬車內的李茂亦是笑開來：「郡主既然有話要說，不如去老臣府上坐坐？」

「今日想與左相說說文鎮康之妻去找左相之事，幾句話的功夫，便不去左相府叨擾，以免打擾了左相夫人不得安寧。」

李茂可不信白卿言是那種會在人面前嚼舌根的無知婦人，白卿言既然提起文鎮康之妻，必有其深意。他望著白卿言平淡涼薄的眼神，手指輕撫著朝服上的繡花圖文，輕笑：「郡主這話何意，老臣有些聽不懂啊……」

「那日文鎮康之妻去找左相，約莫是給了左相一封信……」白卿言望著李茂從容鎮定的面容，聲音徐徐，「可那信可不止一封，我這裡……也有不少！看過之後才知道，當年二皇子……和左相交情非比尋常啊！」

突如其來的威脅，帶著濃烈的恐懼感攀上李茂的脊背，讓李茂心中驚濤駭浪。

白卿言是怎麼知道的?!難不成文鎮康之妻……也去找過白卿言?!

李茂手心一緊，故作不知：「郡主的話，老臣實在是聽不懂。」

「聽不懂也沒關係……」她還是那副笑盈盈的模樣望著李茂，「只是讓左相知道我手中有什麼，可以用來威懾左相。」

「郡主這是何意？」李茂眼底笑意略微深斂。

「也沒有旁的意思，就是希望左相安分一點，不要給白家找不痛快，白家不痛快了，我自然也會讓左相不痛快！相安無事是我所願，不知是不是左相所願？」白卿言明晃晃的威脅李茂。

李茂抿了抿唇，低笑一聲後道：「雖然還是不明白郡主在說什麼，但……白家世代忠良，老臣自然希望能與白家建立情誼，相安無事，這一點毋庸置疑。」

「既然左相這麼說，我便安心了。」她深沉幽靜的眸子望著李茂，「我也好心告誡左相，不要派人來我這裡試探或偷信，我是個眼裡揉不下沙子的，會做出什麼可不好說，左相應該明白！」

李茂擱在腿上的手用力收緊，攥住衣擺，唇角含笑：「自是明白的。」

自從白家出事以來，這白卿言每每出手，都是驚天動地，那些原本應該見不得光的應該深藏的，她全部將它們抖落於光天化日之下，身上盡是寧死不屈，不避斧鉞的磊落之感。

敲登聞鼓、逼迫聖上嚴懲信王，這些……看似破釜沉舟，毫無章法，膽大妄為的捨命之舉，卻往往收穫奇效。甚至讓李茂這些心存見不得光之事的詭詐之人，心存忌憚……甚至畏懼。

詭詐之人都是陰暗怕死之徒，最忌光明、最忌遇到不怕死的。狹路之中，永遠是無畏敢死者勝。

白卿言笑著對左相頷首，放下馬車簾子，吩咐車夫：「走吧……」

白錦稚也一夾馬肚跟在白卿言的馬車之後，追上白卿言。

李茂放下車簾，閉了閉眼企圖平復心中的慌張之感，任誰心中最大的隱秘被人知曉都難以平心靜氣。

只是真如白卿言所說，她有那些信？白卿言又知道了多少？

李茂心裡亂成一團，掐著自己的手心強迫自己鎮定下來。

如今看著白卿言的說法，似乎並不想與他為難，只不過是想相安無事⋯⋯

可為何白卿言會突然說讓他安分一點？李茂抿了抿唇，難不成白卿言已經知道⋯⋯戶部尚書楚忠興是他的人？李茂攥著衣襟的手用力收緊。

其實在白威霆死後，李茂原本並不打算再與白家為難，只是⋯⋯梁王不知道為何非要白卿言，他迫於無奈才繞了這麼一大圈子，想要先將白卿言身邊的貼身女婢攥在手心裡，以備將來之用。

可誰知道⋯⋯李茂想到了已逝的鎮國王白威霆，雖然他與白威霆算是對立，但卻打從心底裡敬佩白威霆的為人，那人的風骨當真是一身的浩然正氣，頂天立地！

白卿言是他最疼愛的嫡長孫女，想來就算不能全然繼承白威霆的風骨，也不會是個陰險狡詐的小人，若她手中真有當年他與信王的信件，會攥在手心裡不向太子揭發他？

李茂咬了咬牙，此事還需和府中幕僚商議之後再定。

白錦稚扶著白卿言下馬車後，跟在白卿言的身邊，低聲問白卿言：「長姐今日似乎是在同李茂說，手中有他的把柄？長姐為何要告訴他？威懾嗎？」

看得出白錦稚似乎是不太贊同她將手中把柄告知李茂，她拎著裙擺跨入府門，對白錦稚道：「是威懾，也是為了讓他來試探，畢竟李茂可不是我說什麼他便信什麼的人。」

她一點一點同白錦稚把話講明白：「李茂為人小心謹慎，今日一見之後，定會試探我的手中是否真有他的把柄。若只是試探，李茂出手便不會弄得很難看……」

白錦稚點了點頭，仰頭湊近白卿言聽得極為認真。

「如今，我們既然沒有將李茂拽下左相之位的打算，那便先穩住李茂，讓李茂不敢碰白家和白家軍給他自己惹麻煩！如此那便必須讓李茂明白……白家有威懾李茂的證據，和收拾李茂的手段，但白家不願意主動與李茂為敵。」

這個白錦稚懂：「所以長姐今日這些話，就是為了逼他動手試探，再向他顯示白家的手段與能耐？」

白卿言點了點頭：「先禮後兵，警告過了，他先出手，而後白家還擊，才能讓李茂……既不會為了我們白家手上攥著的證據，與我們白家走到玉石俱焚魚死網破的地步，也不敢再輕易打白家的主意。屆時，白家掌握主動權，就該李茂上門求和了。」

白家現在正是需枕戈飲膽，暗地圖強之時，白卿言便需按住李茂至少……三年！

此次只要李茂敢出手試探，她便能以雷霆手段廢了李茂的爪牙。如此，李茂才會明白，白家是不願惹麻煩，並非沒有給他製造麻煩的能力，他也才會明白，白家雖只剩下孤兒寡母，卻絕不是手無縛雞之力的。

必須要李茂知道疼，知道怕，知道白家能做的多絕，他才會打從心底的忌憚害怕。否則，李茂動了白家的心思，或是……有事沒事為遠在南疆的白家軍製造麻煩，這可不是她想看到的。她需要白家平安，需要白家軍順遂，便需要將李茂按住，甚至讓李茂出手護住白家和白家軍。

如此……李茂忌憚的那些信，也暫時不會見天日。

雖說白卿言心中恨李茂，可比起殺了李茂，如今若能利用這位位居高位者，白卿言又何樂而不為？不過是晚幾年動手收拾罷了，不急。

明白白卿言的意圖，白錦稚用力點了點頭：「那我這幾日多多盯著左相李茂那邊兒的動靜，防著他出手！」

白卿言點了點頭。白錦稚想起皇帝還未傳召盧姑娘入宮診治之事，心裡有些著急：「長姐，你說我要不要再去找找黃家阿蓉，問問是不是黃家阿蓉沒有把我的話轉述給黃太醫，皇帝都頭疼上不了朝了，怎麼宮裡還沒有來人請姑姑呢？」

「我倒是覺得黃太醫定然是同皇帝提過姑姑了，再等等吧，應該快了。」白卿言道。

皇帝頭痛找不出病因，太醫院惶恐不安，若黃太醫再聽自家小孫女提起盧姑娘治好了許多疑難雜症，難免會對皇帝提起盧姑娘。

畢竟，之前黃太醫同盧姑娘一同為大長公主商討過藥方，對盧姑娘的醫術十分肯定。

皇帝疼痛難忍，又本就對這個盧姑娘好奇萬分，或許能治好頭痛之症，又能藉此名正言順的機會見一見，皇帝何樂不為？

之所以遲遲沒有讓人來請盧寧嬅，怕是想見，又擔心這位盧姑娘真的是素秋姑姑轉世，如今白家在他的猜忌中落得如此下場，皇帝即便不願承認他錯了，內心深處也覺無顏面對素秋姑姑吧。

白錦稚才剛提起這事，晌午黃太醫府上便派人來，說請盧姑娘隨黃太醫一同進宮替皇帝診治。

盧寧嬅聽到要入宮面聖的消息，倒也不曾驚慌，只是去請教蔣嬤嬤應該如何穿著，正巧碰到了聞訊而來的白卿言。

白卿言想了想道：「倒不必刻意選喜歡的顏色，樣式相似就好，若是同那位秋貴人一般，反而匠氣。」

蔣嬤嬤點了點頭：「大姐兒說的正是呢，不如就選前兒個剛做好的那身水藍色月華裙，也顯得清爽。」

盧寧嬅對蔣嬤嬤行禮道謝。

「祖母指派了誰隨行伺候姑姑？」白卿言問。

蔣嬤嬤忙道：「大長公主讓老奴隨盧姑娘入宮，盧姑娘頭一次入宮大長公主難免擔憂。」

白卿言點了點頭：「言還有話囑咐姑姑，便陪姑姑回去換衣裳吧！」

蔣嬤嬤笑著道：「老奴去準備盧姑娘的藥箱。」

「有勞嬤嬤了。」盧寧嬅十分客氣。

白卿言隨盧姑娘一邊朝外走，一邊笑道：「姑姑此次進宮，施針能夠止住皇帝頭痛即可，至於皇帝頭痛的因由，既然太醫院都診斷不出來，姑姑也不好將整個太醫院得罪。且……只有皇帝頭痛之症好轉，又不至於全好，才能有繼續見姑姑的理由。」

盧寧嬅點了點頭，對白卿言福身：「大姑娘放心，寧嬅知道分寸，也必會做好。」

「姑姑不必多禮。」白卿言扶住盧寧嬅，「我是晚輩，姑姑如此折煞卿言了。」

蔣嬤嬤命人準備好藥箱和一應用具，來喚換好了衣裳的盧寧嬅。

白卿言將盧寧嬅送出府門，行禮道：「那就辛苦姑姑和蔣嬤嬤了。」

盧寧嬅對白卿言還禮，被蔣嬤嬤扶上馬車，手心緊緊攥著，這是她第一次見皇帝，成與不成就看這一次。大長公主於她和母親有大恩，若非大長公主，她們母女倆人早就不在人世了，她此生唯有用這條命報償大長公主，絕不能壞了大長公主的事。

酉時，皇帝的賞賜隨著盧寧嬅，一同回到了鎮國郡主府。

白卿言與大長公主早早便候著盧寧嬅。

盧寧嬅回來後，詳細說了今日在宮中的情形。

聽到盧寧嬅說，皇帝屏退左右，獨獨留她一個人在殿中，望著她的眼神悲切，雙眸濕紅，坐在薑黃色西番蓮紋軟墊上的大長公主，閉眼撥動手中佛珠，抿唇不語。

白卿言知道，盧寧嬅是姑姑白素秋轉世這樣的事，皇帝是信了。

「今日辛苦姑姑了。」白卿言對盧寧嬅笑道。

「皇帝的身體，到底是怎麼回事，是否是有人蓄意爭寵，傷了陛下聖體？」大長公主問。

對大長公主盧寧嬅不敢隱瞞，便道：「陛下脈象無異，所以寧嬅暫時不敢肯定。」

「你且說來聽聽。」大長公主睜開眼，端起手邊茶杯道。

「寧嬅觀陛下手指不自主輕微顫抖，且體有獨特暗香，猜測陛下似乎用了一種，西涼傳過來的助情藥，此藥……用時會讓人覺得雄風威猛，但過量便會引起輕微中毒，頭痛難忍。」

盧寧嬅說起這些，絲毫沒有未出閣女兒家的嬌羞姿態，落落大大，反而是大長公主嫌這些讓白卿言聽了白白汙了白卿言的耳朵，眉頭緊皺。

「姑姑見到秋貴人了嗎？」白卿言又問。

盧寧嬅搖了搖頭。白卿言想到只有秋貴人替陛下按摩方能稍稍緩解這樣的頭痛，便道：「若是陛下當真用了此藥，可有何物能緩解這樣的頭痛？」

盧寧嬅略作思索搖頭：「這助情藥是西涼傳過來的，寧嬅未曾深入接觸過，也只是外祖父曾經接診過這樣一個病人，見過而已，所以目前也只是猜測陛下約莫是用了此藥，卻不敢確定。」

白卿言瞇了瞇眼，西涼助情的藥啊……

「為陛下施針之後，我已建議陛下最近清心寡慾，獨居食素十日。」盧寧嬅看向白卿言，「若是十日內陛下未曾頭痛，寧嬅便可確認陛下是食用了這種助情之藥。」

那就端看皇帝會不會聽盧寧嬅的了。

「當年你外祖父，是如何醫治那用了西涼助情藥之人的？」大長公主低聲詢問。

「外祖父施針之後，叮囑那人不可再使用此助情之藥，否則將來身體被掏空，頭痛是小，性命都堪憂。」盧寧嬅照實回答。

大長公主又開始撥動佛珠，眸色深沉不知道又在想些什麼。

「若是，長久服用此藥，多久……便會要人性命啊？」大長公主突然開口問，還是那副眉目慈善平和的模樣。白卿言抬頭看向大長公主，不知道大長公主突然問這話是何意？

盧寧嬅也是一臉錯愕。「那要看是不是每日都用。」盧寧嬅鎮定下來，從容開口，「若是每日都用，不出半年便會斃命！若是每月兩三次……五年之內必定將人身體掏空。」

「哦……」大長公主應了一聲，不知道想到什麼眼眶突然發紅，她撥動佛珠的手一頓，眸子看向盧寧嬅，竭力挺直脊背，話音肅穆，「陛下為國事操勞費心，遇到一個喜歡的秋貴人，閒暇之下稍微放縱也是理所應當，不知道寧嬅有沒有辦法……讓陛下盡情盡興，卻又不被頭痛所擾？」

祖母，這是想要陛下的命？白卿言不相信……不過片刻的功夫，祖母便改了主意，不準備護著當今皇帝，反倒是要這位侄子的命。

盧寧嬅手心收緊，若是皇帝死了……那她也就不用擔心某一天，要忍著噁心被當成替身去侍奉那個皇帝了。「寧嬅，必竭盡全力！」盧寧嬅鄭重保證。

大長公主眼底盡是悲切：「那就辛苦你了……」

知道白卿言和大長公主定然有話要說，盧寧嬅行禮後便隨蔣嬤嬤出門離開。

大長公主挺直的脊背微微放鬆下來，倚著團枕，露出疲憊老態，緩緩開口：「當今皇帝年紀越大越多疑，史上……皇帝晚年昏聵犯錯的比比皆是！與其讓當今聖上坐在龍椅上，整天疑心白家，不如扶太子上位，太子……如今對你信任有加，也答應過我必能保白家一個平安。」

當初她去南疆之前，祖母曾和太子長談過一次，大約就是那次……太子答應了祖母，保白家一個平安吧！

她垂著眸子沒有說話。林家人骨子裡都是一樣的，即便是如今的太子……也只是因為還未登上至尊之位，需要招攬人心，所以顯得比皇帝更加寬和。

若是太子繼位，也是一樣的……就如同當今皇帝剛剛被封為太子之時，曾經為了鞏固地位對祖父說了那一番話，可登基之後皇帝便忘了。南疆之行，白卿言已經將太子看透，對此人不抱任何期望。

可她不願意再反駁祖母，五年的時間，對白家來說應當夠了。

「祖母安排就是。」白卿言頷首。

「嗯！」大長公主點了點頭，看著在自己面前再不復從前親熱的孫女兒，閉上眼，想起靈堂之內，白卿言對她叩首斷情分，說當斷不斷必受其亂之語。

即便是血脈之情不能說斷就斷，她的孫女兒和她也已經離了心。

大長公主的確是沒有想到，她嫁給白威霆幾乎可以說一生過得幸福安泰，沒成想晚年竟然成了孤家寡人。大長公主長長歎了一口氣，吩咐：「阿寶回去休息吧，祖母也乏了。」

她起身告辭，從上房出來後，隱隱聽到祖母哽咽難忍的細微哭聲傳來，卻未回頭，只垂著眸子朝長壽院外走去。

丈夫、兒子、孫子皆身死南疆，祖母作為妻子、母親和祖母，當然是恨的，可她作為大長公主卻只能選擇維護林家皇權。她猜到，祖母大約是想用皇帝的死，來平復心中的恨意。

如此以來，大晉皇權還在她們林氏手中，她又能泄心頭之恨，撫平內心創傷。

大長公主是先皇與先皇后的嫡女，她所在意的並不是當今皇上，而是……林氏皇權。

不論是誰坐在大長公主與白家祖母這個位置上，都難。

可這個世上誰不難呢？祖母做了取捨，她已選了林氏皇權，便註定將來和她南轅北轍。

白卿言從長壽院出來，見盧寧嬅就在長壽院外，似乎在等著她，見她出來，盧寧嬅上前對白卿言行禮：「大姑娘！」

「姑姑。」白卿言垂眸還禮。

「特意留下想與大姑娘一同走走。」盧寧嬅笑著道。

白卿言頷首與盧寧嬅一同往前走。

「雖然寧嬅名義上是大長公主的義女，可寧嬅知道自己不過是一個庶民而已。」盧寧嬅清潤的嗓音徐徐平和，「但大長公主於寧嬅有恩，有些話在大姑娘面前說了，難免會有冒犯之處，還望大姑娘海涵。」

「姑姑有事直說無妨。」白卿言語氣平和。

「寧嬅不知大長公主和大姑娘之間是否發生了什麼，可大長公主疼愛大姑娘之心是真的，人生最怕的就是子欲養而親不在，寧嬅經歷過，故而斗膽勸一勸大姑娘。不論未來如何，眼下既然疼愛大姑娘的長輩還在，大姑娘便不要讓自己留遺憾才好。」

盧寧嬅說完，鄭重對白卿言福身：「寧嬅多言，還請大姑娘不要怪罪才好。」

「姑姑所言，我記住了！」白卿言並未介意。

「若大姑娘沒有其他吩咐，寧嬅便退下了。」盧寧嬅垂眸道。

白卿言點了點頭。

見盧寧嬅走遠，春桃上前跟在白卿言身邊，低聲笑道：「這盧姑娘從背影看，竟與姑娘有幾分相似呢。」

不是與她像，是與素秋姑姑像。白卿言看著盧寧嬅的背影，藏在袖中的手微微收緊。

是啊，既然疼愛她的祖母還健在，她又為何要為未來方向不同而傷神？

她回頭朝著長壽院的方向看了眼，吩咐春桃道：「一會兒，讓小廚房做些鬆軟的點心給祖母送去。」無法再同從前那般與祖母交心，送份點心……也算是她對長輩盡了一點心意。

畢竟大長公主對紀庭瑜所做之事，讓白卿言如鯁在喉，無法忽略不在意。

四月二十二日，盧平從朔陽回來，紀庭瑜所需物品已經全部告訴了盧平，為了避免在大都城採買會引起旁人的注意，盧平派人分批去其他地方採買。

兩人商議好，等四月二十六白家送第二批傢俱物件兒時，他們在牛角山匯合，然後讓紀庭瑜作勢劫走。如此一來，既可以讓紀庭瑜得到眼下所急需之物，也能將匪患之事鬧大，給白卿言練兵名正言順的藉口。

盧平同白卿言回報此次回朔陽所發生之事時，白錦稚也匆匆趕到了，白錦稚聽說族長走投無路已經求到盧平面前，甚至奉上財寶，覺得十分揚眉吐氣。

「現在知道服軟，晚了！」白錦稚冷笑一聲。

「族長送來的財物我全都收了，正好用作此次採買之資。」盧平抬頭看了眼面色平靜的白卿言，緊了緊拳頭道，「還有一事需稟告大姑娘，那天大姑娘和四姑娘走後，周大人抓了前去鬧事的宗族子嗣！而後宗族族長他們啟程來大都城的那天傍晚……宗族的幾個子弟喝多了酒，前去要求周大人放人，周大人沒有應允，便當街鬧事叫嚷著周大人要是有本事就將他們全都抓進去，五老爺的庶孫將一個賣花的小姑娘從橋上推了下去，那小姑娘的娘親跳下河去救人，結果……」

「結果？」白卿言眸中透出冷意。

盧平低聲道：「結果那小姑娘的母親把小姑娘救上船，自己卻……」

白卿言手心一緊，想起之前在朔陽城碰到的，名叫啞娘的賣花小姑娘，她記得那個小姑娘有著一雙黑亮乾淨的眸子，極為懂事，不占小利，又與母親感情極深。

「那個小姑娘，是不是……叫啞娘？」白卿言問。

盧平點了點頭。

白卿言只覺心頭怒火攻心，滿目的殺氣森然：「然後呢?周縣令是怎麼做的?」

「宗族族長的孫子白卿平前去稟告周縣令，要求周縣令抓人，周縣令已經將人關了起來。原本，白卿平是想帶那個叫啞娘的小姑娘回白家照料，可小姑娘抵觸不願意，白卿平便將小姑娘送到了隔壁鄰居家中，給了銀子讓鄰居代為照顧小姑娘。」

盧平聲音沉重，他沒有說他回來之前，他也給了那好心的鄰居老奶奶一袋銀子，到底是白氏宗族做下的錯事，盧平內心也隱隱愧疚。

白卿言緊緊攥著手中茶杯，白玉瓷發出細微裂開的聲音。

她將茶杯放下，手指骨節泛白，心口怒意沸騰，白氏宗族怎麼會出了這麼多豬狗不如的東西！

她閉了閉眼，可見族長選錯了是要遺禍全族的。

「啞娘？是那個……賣花的小姑娘？」白錦稚也沒有忘記那個不收蕭容衍銀子的小姑娘。

見白卿言點頭，白錦稚火冒三丈：「宗族之人不止倡狂，還蠢得令人髮指！長姐已經在朔陽警告一次，他們還敢如此不知收斂，竟然還敢害人性命！」

「宗族之中一個敗類是其自身之錯，兩個敗類……也可勉強稱其不成器，可若是敗類居多……那便是族長之過！」白卿言眸色陰沉狠辣，「這族長必須要換。」

「當初祖父就不應該顧及族長顏面，應讓二伯也好，還是我爹、或四叔或五叔，讓他們任意一個回朔陽，接族長之位，說不定還能保住我白家一脈，宗族也不至於爛到根裡！宗族都出了些什麼豬狗不如的玩意兒！」

白錦稚氣得心口起伏劇烈，若非現在她人在大都鞭長莫及，一定要將宗族那些狗彘不若的東西抽得連親娘都不認識。

「除了顧及族長顏面之外，祖父還是太重和皇帝的承諾，為了皇帝那個虛假的「一統天下」之志，完全不給白家留後路，將子嗣全都帶去南疆歷練，為皇帝培養來日可用之悍將。」

白卿言說著抬眸看向盧平，強壓著心中怒火安排：「平叔你即刻派人回朔陽，告訴周縣令我的意思，絕不能姑息白氏宗族之人，他若敢徇私便是與我作對，我白卿言必不輕饒，定要他全族無人再能入仕。厚葬啞娘的母親，派人好生照顧好啞娘，回朔陽之後就將啞娘接到祖宅。」

「是！」盧平抱拳稱是。

「長姐讓平叔對周縣令如此說，是要提前清理宗族了嗎？」白錦稚皺眉問，「可若是長姐回了朔陽，左相李茂出手了，長姐不在怎麼辦？」

白卿言的手在桌几上敲了敲：「大都城有你二姐和祖母在，不會出什麼亂子，原本想等母親和諸位嬸嬸回朔陽之後再清理宗族，可眼下看來是等不得了。」

她是在祖母大長公主身邊長大的，祖母有什麼樣的能耐，她比任何人都清楚。

李茂出手也不過是試探的手段而已，祖母應付得來。

白錦稚還是不放心，二姐白錦繡如今身懷六甲，祖母……白錦稚從心底已經有些信不過了。

她攥了攥拳頭道：「長姐，不如我回朔陽？我好歹有個縣主的身分，也說得過去！不然我實在是不放心大都這邊。」

白卿言咬緊著牙關，搖頭：「朔陽白氏宗族的事情更緊迫些，再縱容宗族下去，不知道還要為禍多少百姓！再者……李茂要試探的是我，我若不在，他也不一定會出手。小四你回去準備準備，四月二十四回宗族。」

「長姐，為何不等二十六隨押送傢俱物什兒的隊伍一同走？」白錦稚問。

「二十六日平叔除了押送傢俱物什兒之外，還有別的要緊事要做，我們跟著反而累贅。我們提前走，帶上護院軍，處理完宗族的事情，我們再同護院軍和平叔一同返回大都，接母親和諸位嬸嬸們。」

白卿言打定了主意，站起身道：「我去同祖母還有母親說一聲，小四你回去收拾準備。」

長壽院內，大長公主聽了白卿言說起朔陽宗族之事，已是義憤填膺，她撥動著佛珠道：「趁著朔陽白氏宗族此次事情鬧得大，你回去以雷霆手段收拾了也好！」

大長公主手中佛珠一頓，睜開眼望著白卿言：「至於李茂那裡，你放心……有祖母在，你安心回朔陽處理宗族之事。」

最主要的，是大長公主斷定李茂暫時沒有膽子也沒有能耐，敢直接對白家下狠手，打白家一個措手不及，致白家於死地。李茂生性謹慎，出手前必會先試探，但李茂若是要試探，想來不會選在白卿言不在之時，畢竟……去找李茂的是白卿言，而非旁人。

「不過此次，讓魏忠跟在你身邊吧！」大長公主鄭重望著白卿言，「魏忠是宮裡出來的人，有他跟在你身邊，宗族之人便會忌憚。」

「還是讓魏忠留在祖母身邊吧！」白卿言回絕的很果斷，「若是李茂出手，祖母身邊得用的，便只有蔣嬤嬤和魏忠，若是讓魏忠跟著我回朔陽，大都這裡我不放心。」

見大長公主還要說什麼，白卿言先道：「祖母放心，對付朔陽宗族之人，不用費什麼神！若是族人不願意將那些……全無人性張狂妄為的東西除族，不願意更換族長，那我便只能告罪祖宗出族了！朔陽白氏宗族還需仰仗大都白家，不會不從的。」

大長公主點了點頭：「你同你母親說一聲，萬事小心！此事宜早不宜晚，你今日便動身。」

「今日怕是走不了，孫女兒打算一會兒去一趟太子府，和太子說一聲。」白卿言幽幽開口。

既然現在全天下都以為白卿言是太子的人，為什麼她不能借太子的勢？

之前太子身邊的謀士派人大肆宣揚她焚殺降俘之事，不就是為了在她被萬人唾棄之時，好讓太子對她伸出援手，以此……讓她感激涕零從此效忠太子？眼下她將伸出援手的機會送到太子面前，對太子顯露信任，毫不隱瞞家醜，太子又如何會不助她？

若是她告訴太子，宗族之人汙她與太子有私情，仗太子之威在朔陽橫行霸道謀害人命，她才以雷霆手段忍痛收拾宗族，不欲給太子聲名抹黑，太子身邊的方老難道不會建議太子派人跟她同去，趁機在朔陽百姓中為太子賺個好名聲？

她之所以選在二十四走，便是給足太子和太子幕僚商議查證的時間。

最主要的，白卿言還是希望太子看到朔陽白家宗族的汙穢模樣，讓太子轉述給皇帝，讓皇帝知道……白卿言回朔陽也艱難，並非可以在朔陽要風得風要雨得雨，要讓太子和皇帝知道朔陽白氏這些年做下了什麼事，在百姓間的口碑如何低劣。

如此，等「匪患」頻發，朝廷分身乏術，白卿言開始以民為兵，練兵剿匪，皇帝和太子才會以為白卿言是為了挽回白氏在朔陽百姓中的口碑，甚至讓太子以為……白卿言是在為太子挽回口碑。且，此次若讓朔陽地方官都看到，太子對白家家族私事都如此上心，日後焉能同她作對？

大長公主明白了白卿言的意思，點了點頭。如果有太子安排的人跟著，便可借太子之勢，如此白卿言此行將會十分順利，但大長公主絕想不到，白卿言目光已經放在日後練兵之上。

從大長公主長壽院出來，白卿言便帶著盧平去了太子府。

太子正和方老在書房內喝茶議事，方老的意思是此次梁王負責燕沃賑災事宜，太子不應當讓梁王辦的那麼順利。

若是燕沃賑災不出事，且讓梁王將此辦好了，那就失去了太子舉薦梁王賑災的意圖，反而讓梁王露臉……將來或會讓梁王有了與太子殿下爭大位之心。

「陛下畢竟老了，人老了就喜歡念舊……尤其梁王又是陛下的兒子！這些年陛下因為梁王殿下是養在佟貴妃膝下，加上梁王生性怯懦，對梁王尤其不喜！可是……如果梁王將此次賑災之事漂漂亮亮辦好了呢？」

方老提醒太子：「殿下可不要忘了，上一次，梁王膽大妄為竟以男女情事，意圖栽贓鎮國公叛國，可見梁王……絕不像是他素日裡展示出來的那般懦弱無能。」

太子聽了方老的話，心中咯噔一聲，點了點頭。

是啊，收買白卿言身邊的貼身女婢，許以那女婢侍妾之位，以此來突破鎮國公府。

若是梁王真的僅僅只是為了救信王，怎會那麼早就買通了白卿言身邊的女婢，還以想要求娶白卿言為藉口，讓那婢女將信放入鎮國公府。可見，梁王心中並非毫無城府。

太子瞇了瞇眼：「此事，若非方老提醒，孤……倒是要忽略了。」

「太子殿下日理萬機，這等小事自然是要我們這些做幕僚的來替殿下留意。」方老對太子略略頷首，「此事倒也不難辦，燕沃之災涉及幾城，要徹底平復何其艱難，我們只要派人稍稍做些手腳，激發民變，屆時……梁王無法收場，肯定會惹惱陛下。」

太子垂眸摩挲著手中茶杯細想：「可若是激發民變，梁王收拾不了，父皇若是派孤去呢？孤能收拾得了嗎？」

「殿下……若是發生民變，那便需要派強兵鎮壓了！殿下器重鎮國郡主，還怕沒有人用嗎？」方老笑呵呵道。

太子眉目舒展，是啊……若是引發民變，那些災民便成了亂民，鎮國郡主帶強兵鎮壓，殺神之名足以震懾那些亂民，想來也無人再敢生事。如此以來，平復燕沃災情之功，可就是他的了。

「殿下，鎮國郡主求見。」全漁在書房門外輕聲細語道。

太子抬頭，聽到鎮國郡主四個字喜上眉梢：「正說鎮國郡主，鎮國郡主就到了！快請鎮國郡主進來！」

很快，白卿言隨全漁到了書房，對太子行禮：「言，見過太子殿下。」

她起身看到方老，對方老略略頷首致意，方老亦是頷首還禮。

「郡主怎麼這個時候過來了？可是有事？」太子笑著對白卿言指了指一旁的位置，示意白卿言坐。全漁親自端著熱茶上來，給白卿言上了茶便退出書房。

只聽白卿言道：「言這個時候前來叨擾太子，是因為言要提前回朔陽一趟，卻又擔心大樑隨時會與我晉國起戰事，特來問問太子殿下，可有大樑大軍最新動向的軍報？」

方老垂著眸子喝茶不動聲色，白氏朔陽宗族在大都城鬧得那幾場，太子如何能不知道，方老又如何能不知道。

太子想了想以為白卿言是被族長和各位族老逼得認了輸，要先回朔陽，救她的族兄弟，若是如此……太子倒是可以賣白卿言一個人情，派人和當地父母官打個招呼。

「大樑陳兵鴻雀山，最近一直按兵不動，沒有什麼大事發生，你放心去吧！」太子說完，看著白卿言又問，「你不是剛從朔陽回來？怎麼又要去？眼看就要五月初一了，為何不等那時？」

白卿言抿了抿唇，略略歎了一口氣，皺著眉滿臉難堪：「雖說家醜不可外揚，可言不敢欺瞞太子殿下，朔陽白氏宗族……出了亂子！」

太子做出仔細聆聽的模樣，等著白卿言下文。

「上一次言回朔陽，便是因為聽說朔陽宗族子嗣仗著大都白家之威，在朔陽橫行霸道，為非作歹，逼殺人命，言迫不得已才回去處理此事。誰知回去之後才知道，朔陽白氏宗族子嗣，竟然以太子之威為他們魚肉鄉里張目！在光天化日之下，強搶他人商鋪之時，竟敢謊稱言與太子有私情，是未來的……皇后，商鋪東家若敢不從，便要商鋪東家幼子之手。」

白卿言咬了咬牙，做出痛心疾首的表情：「言殺神之名已經背負，且早已立誓此生不嫁，不懼流言蜚語，可太子乃是國之基石，未來晉國的君主，盛名不可被汙！言便忍痛，請當地縣令嚴懲，將為禍鄉里的白氏宗族子嗣抓入牢獄，嚴懲！」

看著白卿言鄭重肅穆的表情，太子喉頭翻滾，心中難免觸動。

「後來族長帶著各位族老來大都城鬧事，逼迫言以郡主之尊強壓縣令放人，可言若答應強壓當地縣令放人，百姓便會覺得是太子殿下縱容白氏，言如何能應？也正因此……族長才帶著族老們在鎮國郡主府門前鬧事。祖母將族長和各位族老請入府中，耐心詳說不可輕縱宗族子嗣的緣由，卻被族長和各位族老逼得吐血暈厥。」

白卿言聲音頓了頓，抬頭鄭重望著太子：「後來護院軍押送物品回朔陽，得知有宗族子嗣醉酒鬧事，為逼迫當地父母官放人，竟又新添人命！如今天下皆知言乃是太子門下，言不敢圖能再為太子添新功，但也絕不能成為太子負累，讓百姓覺得太子殿下縱容包庇白氏。」

太子聽白卿言這麼說，難免就想到曾經他疑心白卿言……跟隨她至豐縣，不成想白卿言卻是在豐縣為他籌謀神鹿之事。白家人重視名節，白卿言的確是一心一意為他這位未來國君著想。

太子心中百般滋味翻湧，他點了點頭，聲音不可察覺的柔和下來：「那此次，郡主回去打算如何處置？」

白卿言攥了攥頭，眼眶濕紅，下定了決心一般，語句鏗鏘有力：「將白氏所有鬧事的子孫全部除族，請當地父母官嚴懲不貸！族長不能教導族人行善，罷免，更換新族長！若是宗族不從……白卿言便攜大都白家告罪祖宗出族，從此與朔陽白氏再無瓜葛！只有如此……將來白氏宗族之人行兇也好作惡也罷！百姓才不會將此算在白家頭上，遷怒太子包庇白氏！」

看著白卿言強忍心痛的模樣，太子正要開口，卻被方老搶過了話頭：「郡主如此為太子殿下著想，老夫深感敬佩！」方老說著朝太子看去，幾不可聞對太子搖了搖頭，太子拳頭收緊，沉住氣，點頭：「是啊！孤也銘感於心！」

白卿言做出一副略顯吃驚的表情：「太子和方老此等說法，言不贊同！此事乃白家拖累殿下聲譽，太子殿下不怪罪，已是萬幸，言何敢當殿下銘感，怎敢當方老敬佩？殿下和方老若是如此說，要白卿言如何自處？」

見白卿言的樣子不像作假，方老這才笑著點了點頭。

「言知道，白氏宗族所作所為，言即便是告罪祖宗出族，也不能彌補白氏宗族對殿下聲譽抹黑之舉！此次平息宗族之事，若來日有機會，言……必定想方設法為殿下贏回朔陽民心。」白卿言平靜幽深的眼眸望著太子，滿目篤定。

太子點頭，感激之情溢於言表，內心更是有幾分洋洋得意，到底……他還是收服了白卿言這樣的將才。

白卿言站起身向太子辭行：「既然如今大樑邊界無異動，那言便放心回朔陽處理此事，處理完便火速趕回！若期間大樑有變，殿下可派人火速傳白卿言，言萬死不辭！」

「不知郡主何時啟程？」方老問。

白卿言十分客氣對方老道：「本想今日便啟程，可處理宗族之事茲事體大，需要搜集齊這些年宗族子嗣所做之事的罪證，言這裡只有一點，收集齊了將這些子嗣除族才能站得住腳，言剛已派人先行出發回朔陽搜集罪證，言後日一早出發，回去便請開祠堂。」

「郡主所慮周到，若是需要孤援手，千萬不要客氣！」太子說。

白卿言搖頭：「不能為太子分憂，反而讓宗族連累太子，言已滿心愧疚，不敢再勞煩太子殿下！言就此告辭……」

方老一顆心更是往下放了不少，若是白卿言剛才答應了太子，請太子援助，方老反而要懷疑白卿言此次來找太子的目的，她拒絕了太子的好意，方老這才覺得白卿言是真的在為太子考慮。

太子親自將白卿言送到府外，見白卿言與盧平騎馬離開之後，轉身回府。

跟在太子一側的方老徐徐開口：「殿下，老朽以為，此事若查證後真如鎮國郡主所言，太子殿下倒不妨……派身邊親信和一支太子府護衛隊跟著鎮國郡主。」

見太子側頭看向他，方老這才徐徐道來：「如此，一來……可以顯示太子並未因為鎮國郡主朔陽宗族連累太子名聲，而怪罪鎮國郡主。二來，有太子殿下親信跟著，鎮國郡主回朔陽處理此事，必然更加順遂，鎮國郡主也會銘記太子之恩。三來，若是太子殿下派去的人，嚴令當地父母官嚴懲，也可替太子殿下收攬民心，若是鎮國郡主下令，民心……可就是鎮國郡主的了。」

「方老所言前兩點，孤甚為贊同！可這第三……孤不以為然，鎮國郡主何其聰慧之人，孤派去的人若是同鎮國郡主搶民心，豈不讓鎮國郡主心寒？鎮國郡主如今已經全然效忠於孤，孤若是如此做，讓鎮國郡主如何看孤啊？」

太子幽幽說完，便道：「聽說朔陽周邊匪患猖獗，上次就連容衍的貨物都被劫了！就派……全漁和兩隊太子府護衛跟著鎮國郡主，一切聽鎮國郡主吩咐。」

方老跟著太子的步子微微一頓，藏在袖中的手微微收緊，太子為白卿言這已經是第二次否決他了，這可不是好兆頭。方老面色不顯，笑著點了點頭：「那，老朽先派人去查證一番，畢竟鎮國郡主後日才出發，還有時間！殿下……謹慎些好，您說是不是?!」

太子低笑了一聲：「方老就是太謹慎了些！隨你吧，但不要耽擱了鎮國郡主啟程，孤……還是想親自送一送鎮國郡主的。」既然送人情，太子必然要做到在面子讓人無可挑剔，所以親自去送自是最佳。而且，關於剛才方老所言，在燕沃賑災之時給梁王使絆子之事，太子還想問問白卿言的意思，看白卿言怎麼說。

白卿言從太子府出來，上馬離開太子府那條巷子之後，正吩咐盧平，將她今日來找太子秉明後日回朔陽的消息放出去，尤其是左相李茂，務必要讓他知曉。

沒成想剛交代完，就聽到有人喚她。

「白家姐姐！白家姐姐！」聞聲，白卿言勒馬，調轉馬頭。

白卿言一眼便看到與大都城一眾世家子弟立於酒樓門口的蕭容衍。他眉、鼻梁與下顎棱骨分明，身著暗紋斜襟青衫，修長挺拔，周身矜貴非凡的沉穩氣場，在那一群驕子貴胄之中格外顯眼。

呂元鵬興奮地拎著直裰下擺，從酒樓臺階之上小跑而來，他歡歡喜喜跑至白卿言面前，仰頭望著坐於高馬之上，英姿颯颯五官驚豔絕倫的白卿言，露出笑臉：「白家姐姐這是去哪兒?」

「剛從太子府出來，準備回府。」

呂元鵬聽到白卿言回他，得寸進尺伸手替白卿言拉住韁繩，仰著脖子笑道：「今日我做東道請蕭兄、秦朗和司馬平他們來慶祝我洗刷冤屈，白家姐姐也來喝一杯水酒吧！給元鵬一個機會，謝白家姐姐。」

白卿言被呂元鵬的話逗樂，知道呂元鵬沒有惡意，便道：「你該謝還你清白的大理寺卿呂大人，怎得來謝我了？」

秦朗見是白卿言，身側的手緊了緊，亦是朝白卿言的方向走來，剛走到跟前，便聽見呂元鵬用一副你就別瞞我的口氣，道：「我翁翁說了，最早派人去查看林信安死因……詢問鄰里林信安死去時辰的，便是鎮國郡主府的人。所以我猜白家姐姐一定早已知道我是被冤枉，會逢凶化吉的，要不然白家姐姐一定會找大理寺卿的，對不對？」

秦朗立在一旁，看著呂元鵬將他祖父賣了一個乾乾淨淨，心中反而有些豔羨。只有被嬌寵長大之人，才會如此無城府吧。

白卿言點了點頭，並未下馬：「郡主是準備回府？」秦朗長揖一拜：「後日一早我要回朔陽宗族一趟，如今大樑陳兵邊界，我有些不放心，去問問太子殿下大樑有無異動。」

大都城內，有什麼人傳消息能比這群紈褲傳消息來的更快？

蕭容衍與其他幾位大都城勳貴人家的公子走了過來，對白卿言行禮。

她這才下馬還禮。

月拾站在最後面，想同白卿言打招呼，卻又不能擠到這些大都世家公子的前面去，只能眼巴巴望著。

「白家姐姐要回朔陽？是不是因為朔陽宗族那個族長帶著族老……在鎮國郡主府門前鬧事的事？聽說還將老祖宗氣得吐了血！」

見白卿言露出一言難盡的表情，呂元鵬頓時心頭怒火翻騰，對朔陽白氏宗族已是厭惡至極。

真從未見過這世上竟還有如此以賤凌貴之無恥之徒，這還在大都城呢，就敢連當朝大長公主都不放在眼裡，若是將來白家姐姐回朔陽，他們還不在白家姐姐面前翻天?!百年將門大都白家，兒郎女兒家各個都是光風霽月，頂天立地，怎麼宗族淨是些面目可憎的卑鄙小人。

「看郡主行色匆匆，不知有何事，蕭某可有幫得上忙的？」蕭容衍極為深邃的眸子，含笑望著白卿言，態度溫和從容。

「不必蕭先生費心，言……可自行處理。」白卿言對蕭容衍拱了拱手。

「白家姐姐要不然後日我同你一同去朔陽吧！」呂元鵬望著白卿言道，「只要白家姐姐一聲令下，我定是……唯白家姐姐之命是從。」

白卿言對呂元鵬笑了笑：「我還應付的來。」

說完，白卿言對諸位世家公子拱了拱手：「就不打擾諸位，白卿言告辭了。」

「郡主留步……」蕭容衍笑著轉身，對呂元鵬一群人行禮後道，「蕭某還有事與郡主詳說，諸位先行一步，蕭某稍後就到。」

蕭容衍心悅白卿言之事，雖然還未在大都城傳開，這些擅長風月之事的紈褲又如何看不出來。雖說他們都與蕭容衍交好，從未輕看過蕭容衍的出身，可讓大晉國郡主下嫁商人他們也都知道不大可能。尤其是白卿言又曾在靈前立誓此生不嫁。不過，既然蕭容衍欲求娶白卿言，他們也不好明著阻止，畢竟蕭容衍一向是行事極為有分寸，定然有自己的打算。

但是，呂元鵬還是很擔憂，怕最後蕭容衍求而不得，又深陷不可自拔。畢竟白家姐姐如此巾幗英雄，傲骨嶙峋，又美貌驚豔的女兒家，的確是很容易讓人心動難以自持。

呂元鵬與白家諸子交好，如今白家十七子皆為國捨命捐軀，他早已視白卿言為自家親姐姐，蕭容衍於他而言更是亦師亦友，若拋開身分他倒是很希望蕭容衍能和白卿言在一起。

司馬平忙圈住呂元鵬的頸脖，拉著身邊的紈褲準備回酒樓，笑著道：「不著急！不著急！蕭兄你將郡主送回郡主府再來，我們等你，絕對來得及！」

蕭容衍大大方方笑著頷首，忽略司馬平的擠眉弄眼。

司馬平和呂元鵬帶著一眾紈褲上樓之後，就聽呂元鵬歎了一口氣道：「就可惜蕭兄的身分是個商人，咱們做朋友兄弟的雖然不會介意，可是難免白家姐姐家裡那位老祖宗介意！那位……可是咱們大晉國的大長公主，決計不會將最疼愛的嫡長孫女兒下嫁商人的！」

司馬平摟著呂元鵬的頸脖坐在呂元鵬身旁，伸手就往呂元鵬腦袋上敲了一下：「那白家姐姐可是一個傲骨峻峭，說一不二之人，她已在鎮國王、鎮國公靈位前立誓終身不嫁的，你覺得白家姐姐會打破誓言嫁人嗎？」

「那蕭兄豈不是更沒戲了！」呂元鵬不知道司馬平高興個什麼勁兒。

「元鵬，我說你們家幾個兄弟，是不是都把你翁翁的精明分光了，就給你留下了個榆木疙瘩腦袋?!」司馬平歎了一口氣，挑眉道，「白家姐姐可以不嫁，可誰說咱們蕭兄不可以入贅啊?!」

呂元鵬眼睛眨了眨：「這怎麼可能?!你看蕭兄那像是入贅的人嗎？蕭兄雖然是商人，可人品貴重，不同俗流，且讀過聖賢書，學富五車堪稱江海之學，若非祖上經商，家中又是獨苗只能接手祖業，或已入仕，即便不入仕，其才學必能著書立說，這樣的人物怎會甘心入贅。」

司馬平看著呂元鵬的眼神發亮：「喲……元鵬，看不出你也能說出這麼文謅謅的話來啊？」

呂元鵬臉一紅，鼻孔朝天道：「小爺我怎麼就不能說出這麼文謅謅的話來？」

呂元鵬沒好意思說，這些話，都是他們家哥哥呂元慶說過的話，他不過是照搬而已。

「我跟你說，你不要操心白家姐姐和蕭兄的事情，這個世上，各人有各人的緣法！」司馬平拍了拍呂元鵬的心口安撫他道。

長街之上，酒樓茶肆內已經點亮燈火，門口高懸的紅燈也都逐漸亮了起來。孩童追逐嬉鬧聲，和攤販吆喝聲此起彼伏，十分熱鬧。

白卿言同蕭容衍並肩而行，月拾十分自覺替白卿言牽著馬，和盧平走在白卿言與蕭容衍後面。

「蕭先生有事盡可直言。」白卿言道。

「倒不是有事，只是專程謝大姑娘設法將那批茶貨運至崆峒山，能讓衍的商隊順利按時進入大樑。」蕭容衍隨白卿言款步慢行，聲音徐徐，「此事對衍來說至關重要，心中感懷，卻不知當如何謝大姑娘。」

「蕭先生太客氣了。」

白卿言和蕭容衍都明白，蕭容衍這批貨本來就是白卿言的人劫的。

她腳下步子一頓，轉身望著蕭容衍：「蕭先生若只是為了道謝，就先請回吧，蕭先生的朋友還在酒樓等候，蕭先生不必再送。」

白卿言話音剛落，蕭容衍突然抬頭朝兩人頭頂上方看去，一把扣住白卿言的肩膀，將人猛地拽入懷中的同時急速向後退了兩步。

「大姑娘！」盧平睜大了眼。

花盆幾乎是擦著白卿言的脊背砸落，在地上碎開，尖叫聲一片。

樓上傳來店小二驚慌失措的道歉聲。

「沒事吧？」蕭容衍結實有力的手臂，還緊緊摟著白卿言不盈一握的細腰。

白卿言心跳的極快，她抬頭望著蹙眉的蕭容衍，夕陽暖澄澄的光線，和長街明晃晃的紅燈，映著他的輪廓硬朗的側臉，讓他五官愈發顯得剛毅，那雙眼也格外深邃。

呼吸間是眼前男子身上類似沉水香內斂低沉的氣息，她橫在兩人之間的手臂意圖推開蕭容衍，蕭容衍的手臂卻用力收緊，將兩人距離拉得更近。

他深沉的視線靜靜凝視白卿言的雙眼，抿唇未語，已讓人覺得眼底深藏情深。

見大姑娘沒事，盧平這才鬆了一口氣，對蕭容衍的印象越發的好了起來。

「對不住！對不住！」酒樓掌櫃一路小跑出來，鞠躬哈腰。

白卿言忙退出蕭容衍的懷抱，轉身望著誠惶誠恐的酒樓掌櫃，負手而立，藏在背後的手緊緊攥成拳，克制著自己亂糟糟的思緒。

「都是這個不長眼的東西！」酒樓掌櫃朝躲在他身後的小二踹了一腳，「偏偏這個時候搬花盆差點兒傷到貴人！實在是對不住！」

店小二挨了掌櫃一腳，唯唯諾諾跟在掌櫃身後，眼圈兒都紅了，眼前這一對周身氣度不凡，穿著矜貴的貴人，便知道今天自己惹了大麻煩，膝蓋一軟，就跪了下來。

「兩位貴人對不住，小的不是有意的！求二位貴人開恩饒過小的吧！」那店小二帶著哭腔說完，以頭搶地砰砰叩首求饒。

白卿言望著雙腿發軟全身顫抖的店小二，低聲道：「我既無事，你何過之有？起來吧……下次小心些，別傷到旁人了。」

「是是是！」店小二如臨大赦，「多謝姑娘！多謝姑娘！」

「多謝貴人！多謝貴人！」掌櫃也忙跟著道謝。

白卿言深深看了那店小二一眼，見那店小二慌張失措又如蒙大赦的樣子不像作假，這才抬腳朝前走去。

蕭容衍與白卿言換了一個位置，讓白卿言走在臨街那一側，鄭重其事：「衍送大姑娘回去。」

白卿言本欲拒絕，可看到蕭容衍平靜認真的目光，還是點了點頭。

蕭容衍將白卿言送到鎮國郡主府門口，對白卿言行禮告辭，再無什麼逾矩的行為。

盧平立在鎮國郡主府門口，望著遠遠離開的蕭容衍主僕兩人，心中多少有些覺得可惜，蕭容衍那通身的矜貴沉穩氣度，怎麼看都不像是個商人，倒像是個飽讀詩書的鴻儒一般，通身讀書人儒雅雍和的氣質。若非蕭容衍只是一個商人身分，與他們家大姑娘倒也算得上是般配。

就剛剛兩人並肩而行，他從後面看著，就如同一對金童玉女，當真是好看極了。

盧平收回視線隨白卿言一同入府，低聲問白卿言：「大姑娘，要不要去查查那個店小二？」

「不必……應當只是一個意外，畢竟也無人提前知道，我們就要走那條路，我又正好要停在那家酒樓門口，巧合罷了。」白卿言道。

盧平點了點頭抱拳：「屬下這就安排人，將大姑娘後日回朔陽之事散布出去。」

白卿言點頭。

左相李茂府上得到消息，白卿言後日要回朔陽，叫來兩位幕僚商議，一位幕僚認為趁此機會將白卿言斬草除根最好。可另一位覺得，白卿言不會傻到將信隨身攜帶，且大都城白家有大長公主在，絕不是那麼好進的。

李茂坐於搖曳的燭火之下，聽著幕僚爭論不休，抬手敲了敲面前的几案：「不能貿然出手，甚至到現在為止，我們並不知道白卿言手上是否真的握有那些信，還是先試上一試，且要在白卿言還在大都之時試。」

年紀較長的青衫幕僚道：「左相，鄙人倒有一計。」

「說來聽聽。」李茂朝青衫幕僚望去。

「既然文振康之妻那裡問不出什麼來，又說其他的信……她都放在可靠之人手中，但此人並非是鎮國郡主！而我們又不知道鎮國郡主手中是否真的握有那些信！那不如……將鎮國郡主這個潛在的敵人變成姻親。」青衫謀士道。

李茂皺眉擺了擺手：「鎮國郡主已經立誓此生不嫁，也是以此理由推拒了大樑的皇子，那更不會嫁入李家。」

「左相，鄙人說的可並非是鎮國郡主，而是……高義縣主！」青衫幕僚緩緩開口。

李茂眉頭一緊，若有所思的垂眸望著几案出神。

「高義縣主如今年已及笄，左相幼子年長高義縣主三歲，還未訂親。如此以來……左相與鎮國郡主便成了姻親，想來鎮國郡主就算是手握這些信件，也不會輕舉妄動。」青衫幕僚道。

「若是大長公主和白卿言不願意呢？」李茂垂著眸子，雖然說他的幼子並非呂元鵬那樣出名的紈褲，可也並非出類拔萃，大長公主和白卿言能願意嗎？

「左相可以直接向陛下求恩旨。」青衫幕僚笑了笑，「如此，就算是大長公主和鎮國郡主不願意，也已經木已成舟，他們白家總不至於抗旨不遵。屆時兩家成了姻親，先穩住白家，隨後再慢慢試探那些信是不是在白家手中。」

白衫幕僚搖了搖頭：「若是鎮國郡主和大長公主不同意這婚事，激怒了大長公主和鎮國郡主，將手中信件直接交到陛下或者太子那裡又該如何？」

聽到白衫幕僚這麼說，青衫幕僚雙眸一亮看向李茂：「左相或可讓夫人進宮求太子生母俞貴妃作這個媒，先讓兩個孩子訂親，等高義縣主出了孝期再行婚嫁！若是鎮國郡主和大長公主不同意這婚事，至少還有個轉圜的餘地，不至於讓鎮國郡主與大長公主做的太絕！」

青衫幕僚越說眼睛越亮：「想必鎮國郡主定然會前來威脅讓左相自去想方設法退親，屆時……相爺提出要看到信才願意去退親，且保證不傷高義縣主名聲，如此也可試探出信是否在鎮國郡主手中，若真的在鎮國郡主那裡，鎮國郡主又只求一個相安無事，我們便不要為了梁王去招惹鎮國郡主，以免惹禍上身。」

白衫謀士也點了點頭，十分贊同道：「就算是到時候信並不在鎮國郡主的手中，左相之子能與高義縣主訂親，也不算是損失。」

李茂瞇著眼凝視几案上的琉璃燈罩，想了想，點頭：「這……也算是個辦法！」

「眼下就要看，這個話如何同陛下說，能夠讓陛下同意這樁親事了。」兩個幕僚正在苦思冥想，李茂卻有了別的想法：「其實，倒也不用真的去向陛下請旨，放出本相要去陛下那裡替我家幼子求娶高義縣主的消息，若是大長公主與鎮國郡主不同意定然會來找本相……」

青衫謀士不贊同：「但若大長公主要是聽到了風聲，提前將高義郡主許給他人了呢？」

李茂聽到這話，反倒是勾起唇角笑開來，他凝視眼前在琉璃燈罩中向上躥升的火苗，冷靜笑道：「如此，便證明……鎮國郡主手中，並沒有那些信啊！」

青衫幕僚頓時恍然。是啊，若是鎮國郡主手中握著那些信，一旦聽到這個風聲，自然是來警告左相，又怎會走匆忙給高義縣主訂親這條路！

若是大長公主和鎮國郡主真的走了這條路，便證明白家的手中，並沒有那些信，鎮國郡主只是不知從何處知道這些信的存在，來嚇唬左相罷了。

但李茂可不覺得白卿言吃飽了撐著，只是為了來嚇唬自己，李茂怕的是……手中並沒有那些信的白卿言用那些信來恐嚇自己，背後是有更大的目的。

比如，想等他真的相信那些信在她手裡時，便來要脅他做些什麼。

若是白卿言手中真的握著那些信，李茂才信白卿言是為了要一個相安無事，他只要不為了梁王去招惹白家便是了，也沒有什麼損失。

青衫幕僚直起身，朝向左相的方向一拜：「左相手段高明，某敬佩之至。」

李茂屈指用力在几案上敲了一下，道：「鎮國郡主二十二日便要回朔陽，今晚就把消息放出去，明早之前務必要傳到鎮國郡主府，此事早試探清楚，本相才能心安。」

白衫謀士抱拳稱是：「左相放心，明早之前，消息定然會被送到鎮國郡主府。」

李茂頷首，端起面前茶杯：「去安排吧！」

今夜傳出李府要為幼子求娶高義縣主的消息，明早李茂再讓自家夫人向中宮遞牌子請見……將自家夫人進宮是想要替幼子求恩旨賜婚的消息放出去，若是白卿言那邊兒沒有來找他的意思，那便說明……白卿言所為手中攥有他與二皇子信件的話，是唬他的。

想到那些信，李茂難免頭痛。

當年他是為了取信二皇子，所以才應了二皇子身邊謀士要求，與二皇子親筆通書信，如此以來雙方都攥有對方的把柄，便誰也不怕誰背叛。

後來，他挑唆二皇子逼宮，原本想著自己可以就此一步登天，誰知道……還是敗了！

他搜乾淨了二皇子府，唯獨這些信件始終沒有被搜查出來，如今這信反成了他的軟肋。

還是得想個辦法，將那些信件找到，銷毀了，才能無後顧之憂。

白卿言練完紅纓銀槍，已是大汗淋漓全身濕透。

春桃扶白卿言進去沐浴更衣，又替白卿言絞乾了頭髮，見白卿言還不打算休息正坐在燈下看書，便悄悄退出去打算給白卿言泡茶。

春桃剛走，便有一道敏捷靈巧的身影從房梁之上一躍而下，見窗櫺上映出白卿言輪廓，那人疾步走至窗前，脊背緊貼牆壁，壓低了聲音道：「屬下奉二姑娘命，前來向主子稟報左相府動靜。」

來的是大長公主交給白卿言的暗衛，暗衛奉白卿言之命在白錦繡左右，任白錦繡驅使，可在暗衛心中只有攥著號令暗衛權杖之人，才是真正的主子。故而，稱呼白卿言為主。

白卿言抬頭，扶著書背的手一緊，抬手輕輕將木窗推開了一些，平靜的瞳仁朝說話之人看去。窗縫透射出一道黃澄澄的光線，落在暗衛腳下的青石地板上，窗縫內搖曳燈光映得白卿言的眉眼忽明忽暗，那毫無波瀾的眸中暗藏銳利鋒芒。

暗衛見狀忙跪地一拜，語速又輕又快：「屬下奉二姑娘的命，帶人守住了左相府，二姑娘曾言，若左相府有動靜，讓我直接來稟主子。今夜夜裡左相府分散三十幾人出府，各自前往都城煙花柳巷和各家酒肆，散布流言稱左相府有意替左相幼子求娶高義縣主，且也未曾遮掩身分。」

她靜靜聽著，面色未變，目光卻越發深沉。這就是李茂的試探？

李茂的幼子李明堂那可是個人物啊，同樣是紈褲……可紈褲和紈褲彼此間還是有所不同的！

有紈褲如呂元鵬一流，雖然闖禍不斷，可行事還是有分寸有底線的。

也有如李明堂這樣，醉心於男歡女愛，不顧人倫，連李茂小妾都敢碰的畜生。

李茂疼愛幼子，事發之後一尺白綾要了那小妾的命，將此事壓得密不透風。

可從此李明堂成日流戀煙花柳巷，最後要死要活的……欲將暖春樓的三等娼妓娶回去做正妻。

左相自己的兒子是個什麼東西，李茂心裡清楚得很，這麼做無非就是為了激怒她。

她慢慢開口：「知道了，你去查查左相的幼子李明堂今日在哪家花樓。」

「是！」一瞬，那暗衛便消失在廊廡窗下，彷彿從未出現過一般。

白卿言收回抵著窗櫺的手，視線落在手中兵書之上，細細思索……

李茂故意讓人放出消息，且不遮掩身分，就是想看白家要如何應對吧！

李茂大約是急著在她回朔陽之前就試探出來……這些信是否在她的手裡，所以才會這麼著急，今夜便讓人出去放消息。

原本白卿言還想著李茂大約會等她從朔陽回來，再出手。誰知道李茂這麼喜歡趕早，那她便先招呼李茂吧。李茂敢打她四妹的主意，就不要怪她出手狠辣。

如此，才好叫他知道……她所謂的相安無事這四個字，對他來說已經是最大的恩賜。

晨光破曉，穿透籠罩在大都城上方的薄霧，映亮滿城的青瓦飛簷。

清輝院的大門敞開著，白卿言晨練告一段落，正立在院中石桌旁，一邊接過春桃遞來的毛巾擦汗，一邊聽盧平同她說起昨夜突然瘋傳起來左相李茂要為幼子求娶高義縣主的傳言。

「今日一早，左相的夫人已經向中宮遞了牌子去求恩典，怕是晌午就能進宮，此事若是真的，左相夫人必是去求請皇后娘娘，為他們家幼子和咱們四姑娘賜婚的。」盧平語調有些著急，「那個李明堂雖說是左相嫡子，可有些傳聞卻不大好！雖無實證可也絕非空穴來風。」

她放下帕子端過春桃遞給她的茶杯，不緊不慢喝了一口後才道：「左相的幼子李明堂在花滿樓，平叔你親自帶人，找到這個李明堂……」她轉頭冷肅淡然的眸子望著盧平：「打斷他的雙腿，就在左相下朝必經之路等著，我隨後就到。」

盧平一驚！打……打斷腿？「大姑娘，那可是……左相之子。」盧平有些心驚。

「我知道，平叔照做就是，我心中有數。」白卿言陰沉沉的眸色內斂又深沉，「平叔切記出手要狠……即便打死也無妨，鬧得越大越好。」

一個幼子，和全族性命，白卿言相信……李茂這種勢利之人，分得出輕重。

大姑娘做事向來有分寸，既然是大姑娘讓打斷李明堂的雙腿，打死也無妨，那他就打斷他的雙腿！「是！」盧平領命離開。

第四章　絕不姑息

正是清晨，花滿樓的姑娘們都還未起，留宿花滿樓的恩客更是累了一夜，正是好眠的時候。

盧平帶著白家的護衛軍，毫不客氣闖入花滿樓。花滿樓的打手原本想攔，卻見盧平等人來者不善，各個身姿不凡像是軍隊出身，氣勢洶洶又都佩刀，嚇得不敢上前。

花滿樓的媽媽被龜公匆匆叫醒，趿拉著鞋，一邊用外袍裹住自己一邊往外跑，明明心慌的不行，卻還矯揉造作的拉長音調，極其諂媚往盧平身邊湊。

「哎呀！大人！不知道大人是有何事啊，吩咐我花媽媽一聲就好了，何必這麼大陣仗，可別嚇壞了樓裡那些嬌滴滴的小姑娘！您說是不是啊！」

盧平凌厲的目光朝花媽媽看過去，繃著臉問：「左相之子李明堂在哪兒？」

花媽媽小心臟撲通撲通直跳，目光往三樓一瞟，忙道：「哎喲，我說爺……您可別難為我了，能來我這花滿樓的各個都是貴客，和您說了……我這老命還要是不要了？生意還做不做了？」

盧平冷笑一聲，用手中佩刀刀鞘抵開往自己身邊湊的花媽媽，下令：「去三樓！一間廂房一間廂房的給我搜！搜到李明堂不必多言，往死裡打！」

花媽媽一聽這話，立刻就察覺出不對了，這李明堂可是當朝左相嫡出的幼子，這一群人什麼來頭，竟然敢將左相之子往死裡打?!她位卑人賤，左相之子要是死在她這花滿樓裡，別說生意做不成了，就是活不活得成都還兩說！

花媽媽嚇得全身發抖，命也不要了似的忙去攔上三樓的護衛軍，眼見著攔不住，又忙跪到盧平面前：「爺！大爺！您饒了我吧！我一個小小花樓的媽媽，要是左相之子在我這裡出了事，我也活不成了啊！」

盧平不為所動，花媽媽伸手去拽盧平，可一觸及盧平嫌棄的目光，忙畏畏縮縮跪在那裡哭：「大爺！官爺！求您了……您就當行行好，饒過我和這花滿樓幾十號姑娘的性命吧！」

此時，白家護衛軍已上三樓踹開了第一間廂房，裡面傳來姑娘的尖叫聲，和恩客的怒罵聲。

花媽媽滿目驚恐回頭朝樓上看了眼，也顧不上害怕，膝行兩步上前，雙手緊緊抓住盧平手中的佩刀，哭喊……

「大人，我知道我們這些人在你們這些大人眼裡身分低賤，可是人總得給自己爭條活路不是，您和左相之子的恩怨，我們這些低賤之人不知道，可要是左相之子死在我這花滿樓裡，我這樓裡幾十號姑娘可都要陪葬，暖春樓就是例子啊！您就當放她們一條生路，行行好！」

三樓尖叫聲和怒罵聲不斷。

盧平看著臉上已經沒有了諂媚，盡是驚慌失措和狼狽哀求的花媽媽，咬了咬牙對樓上高呼一聲：「找到李明堂拖下來，當街打折他的腿！」

花媽媽聽到這話，如活過來一般，忍不住哭了一聲就連忙對盧平叩首：「多謝大人！多謝大人！我這輩子定會銘記大人恩德！我給大人立長生牌！給大人立長生牌！」

「你們幹什麼?!」李明堂聽到房門被踹開的聲音，褻衣敞開著坐起身，將身後的美嬌娘護住，怒目橫眉罵道，「瘋了！我李明堂在的廂房都敢闖！」

「找到李明堂了！」闖進來的護衛高呼道。

李明堂一聽竟然是來找他的，一驚。眼見那些佩刀之人氣勢洶洶朝他而來，立時瞬大眼，又見那些人統一裝束卻又不是官府之人，李明堂便猜到這定是大都哪家勳貴人家的護院。

白家護護軍闖進來，二話沒說就扯住李明堂的手臂將他往外拽。

李明堂大驚，這些人知道他是誰還敢動他?!「你們是哪家的護院？我是左相之子李明堂！你們敢抓我！信不信我爹宰了你們！是不是呂元鵬那個混蛋讓你們來的?!」

盧平聽到已經抓到了李明堂，抬眸朝樓上看去。

劇烈掙扎的李明堂只穿著褻衣，便被白家護院軍從廂房裡拖了出來。

他劇烈掙札著：「呂元鵬你個王八蛋！你他娘的真敢讓護院來抓我！你就不怕我爹告訴你祖父嗎?!」李明堂整日沉溺於溫柔鄉，怎能比得過護衛軍身體強壯，兩個護衛軍輕鬆架著李明堂就往樓下走。

花媽媽剛才哭過，這會兒見李明堂被拖拽下來，嚇得躲在紅漆圓柱之後不敢吭聲，抖如篩糠。

「拖出去，往死裡打，沒我吩咐誰都不許停手。」盧平面無表情吩咐。

李明堂睜大了眼，反應過來這肯定不是呂家的護院：「你們是誰家的?!誰家的?!是不是呂元鵬的人?!我爹是當朝左相，你們誰敢動我都不得好死！」

樓上樓下，擠滿了看熱鬧的姑娘和恩客們，議論紛紛。就連躲在紅漆圓柱後的花媽媽，都忍不住揣度眼前殺氣凜然的盧平是誰家護院，竟然如此囂張，連左相都不放在眼裡。

花滿樓門口，李明堂抱著頭被打得連痛呼的聲音都發不出來。

盧平手握腰間佩刀，算著時間差不多了，開口道：「打斷他的雙腿，拖著他……走！」

片刻之後，李明堂的慘叫聲響徹大都城。

盧平面色沉著，命人就那麼大大咧咧拖著被打斷雙腿的李明堂招搖過市，按照白卿言吩咐的那般，將事情鬧大。

昨夜醉酒留宿在繁雀樓的司馬平，聞訊披了一件外套，赤腳匆匆小跑至窗戶，推開窗櫺便看到李明堂被不知道誰家的護衛拖著，正招搖過市，渾身是血，慘叫不止。

司馬平睜大了眼，驚得笑了一聲，他抬手摸了摸自己的下巴一臉的幸災樂禍：「哎喲，這麼大的喜訊要是元鵬知道了，還不得高興的請我一同大賀三天啊！」

說完，司馬平立刻轉身回去穿衣裳，準備去跟著看熱鬧，弄清楚怎麼回事兒，再去找昨夜被他兄長揪著耳朵拖回去的呂元鵬，告訴呂元鵬這個喜訊。

白卿言的馬車，已經在李茂下朝必經之路上候著了。

沈青竹見李茂下朝的馬車緩緩而來，壓低了聲音對車內的白卿言道：「大姑娘，左相李茂的馬車來了。」

盧平拖著李明堂到的時候，左相李茂的馬車也已經漸漸駛近了。

「大姑娘，平叔來了！」沈青竹說完，側身退到一旁。

盧平對沈青竹頷首，走至馬車旁，壓低了聲音開口：「大姑娘，給李明堂留了一口氣，跟來看熱鬧的人也不少。」

「知道了！」她冷著臉應聲，「等李茂的馬車停下，讓人將李明堂丟到左相馬車前面。」

「是！」盧平抱拳應聲，就同沈青竹立在馬車旁，手握佩刀死死盯著李茂的馬車。

李家的馬車內，李茂閉著眼，思量今日朝上陛下説起燕沃災情，太子那些替梁王説的話……似乎有些不懷好意。

太子將梁王抬得太高了，説梁王是陛下之子，且有左相李茂細心教導的長子隨行，又有石攀山將軍相助，哪次賑災也沒有這麼大的陣仗，讓陛下不要因為梁王平日裡不顯露才能，便輕看了梁王，只要梁王用心定能平定此次災情。

太子那一副以弟弟為傲的模樣，陛下倒是滿意了。可言下之意便是，若災情處置不好……全是梁王的過錯。

李茂正想著，便聽駕車的馬夫道：「相爺，前面的路被堵了，看著像是鎮國郡主府的馬車。」李茂手心一緊，睜開眼，白卿言還是來了！所以白卿言手中是有那些信的吧！

不，現在還不能確定，説不定白卿言是虛張聲勢故意來嚇唬他的，今天他必須同白卿言將話挑明白了，若白卿言不將信拿出來，他是不會相信白卿言手中握有那些信的。

李茂輕輕抬了抬下顎，理了理自己的領子，端坐，已然擺出了當朝左相的架子。

若白卿言不願意拿出來，那他會好好叮囑夫人，進宮後不論如何一定要求皇后娘娘下了恩旨，讓高義縣主嫁入他們李家！如此一來，那些信只要面世……便是抄家滅族，高義縣主也免不了！

信若不在白卿言手中，那白卿言想要妹妹活命，就得幫他一起找！

信，若在白卿言手中，那也就如同廢紙了，除非她連妹妹都能捨。

「就停在鎮國郡主馬車前！」李茂冷著聲音道。

「是！」

見李茂的馬車緩緩停了下來，盧平抬手對身後護衛軍做了一個手勢。

兩個護衛軍立刻拖拽著滿身是血的李明堂疾步上前，將人丟在了左相馬車前。

馬夫突然看到了一個渾身是血的人，嚇了一跳，對馬車內的李茂道：「相……相爺，鎮國郡主讓人往咱們馬車前丟了一個渾身是血的人！」

還不等馬車內的李茂反應，只剩一口氣趴在地上的李明堂顫巍巍抬手，氣若遊絲：「爹……」

馬夫大驚：「六公子?!六公子？」馬夫忙從馬車上跳下來，奔過去扶著李明堂，一看的確是他們家六公子，忙喊道：「相爺！是咱們家六公子！咱們家六公子啊！」

李茂一聽是自己兒子，猛地站起身，險些被馬車車頂撞掉了官帽，他扶著官帽彎腰從車內出來，見只穿著褻衣的兒子被人打的渾身是血，差點兒眼前一黑從馬車上栽倒下來。

跟在李茂身後的護衛立刻上前，按住腰間佩刀，虎視眈眈凝視盧平一行。

沈青竹上前一步，一身黑衣，懷抱一劍，視線掃過那些李府護衛，眸色冷肅煞氣凜然，彷彿並未將這些護衛放在眼裡，她一人就可以盡數收拾乾淨。

「堂兒！堂兒！」李茂拎著官袍從馬車上跳下來，踉蹌幾步，官帽滾落一旁，若非護衛將左相扶住，必定栽倒。

「爹……」李明堂看到自己父親，虛弱無力喚了一聲，頭垂落了下去。

「堂兒！」李茂大驚，跪倒在兒子身邊，看著兒子滿身血，伸出手竟然不敢去觸碰兒子，手不住顫抖著。他咬牙切齒抬頭看向白卿言的馬車，視線又落在站在最前面的沈青竹身上，怒吼道：「這是怎麼回事兒?!白卿言你為何要傷我兒！」

春桃從馬車內出來，替白卿言挑開馬車車簾，沈青竹這才讓開站在一旁。

只見一身暗紋素衣的白卿言彎腰從馬車內出來，立在馬車之上，居高臨下冷眼看著李茂，眸色極暗，徐徐開口道：「左相是沒有將我的警告放在心上啊！」

司馬平從被白家護衛軍攔住的人群中擠至最前面來，只能看見白卿言立在馬車上的身影，頓時不可置信地睜大了眼：「白家姐姐?!」

白卿言周身皆是屍山血海歸來之後的駭人殺氣，語調涼薄沁人：「我上次告知左相，欲與左相兩家，相安無事，還以為左相明白了……必不會再幫扶梁王來找我不痛快，誰知你竟敢打我四妹的主意！」

李茂雙眸通紅陰狠的目光望著白卿言，似恨不能將白卿言生吞活剝，可四目相對，不知為何心底竟生出讓人懼怕的寒意。焚殺了十萬降俘的人，可見其心腸狠辣！

「我白卿言為人，向來眼裡不揉沙子，別人敬我一尺我敬旁人一丈，別人欺我一寸我亦還旁人一丈！你非要同我找不痛快，那我便讓你更不痛快！」

白卿言眸色沉冷，凌人之威鋒芒畢露：「今日之事，是左相不識時務的後果。如何對旁人解釋……且不傷我白家名聲，左相來想！若今日我在日落之前聽不到左相的解釋，那左相便攜全家洗乾淨脖子，等著去和陛下……和閻王爺解釋那些信是怎麼回事吧！」

說完，白卿言拂袖彎腰重新坐回馬車裡，揚長而去。

李茂死死咬著牙，藏在袖中的拳頭緊緊攥著，手背和額頭青筋暴起，卻只能死死咬著牙不讓自己怒喊出聲。李茂死都想不到，白卿言做事竟然如此決絕，他閉著眼，喊道：「愣著幹什麼！抬公子上馬車！回府！請太醫！」

這一次，李茂是真的怕了，那種寒意從腳底攀升至脊柱，讓人全身打顫。

白卿言手中若沒有那些信，何敢在他面前如此張狂?!何敢將他兒子打得不成人形?!

鎮國郡主白卿言命府上護衛軍，將左相李茂的幼子從花滿樓中拖出來，打了個半死的消息，不到半個時辰，整個大都城都傳遍了。

原本窩在床上不願起來的呂元鵬，聞訊驚坐而起。

他睜大眼望著司馬平：「什麼?!真的假的?!白家姐姐真的收拾了李明堂那個不要臉的？」

「我還能騙你！我親眼所見！就是離得太遠……白家姐姐同左相說了什麼我沒能聽著！」司馬平語速極快道，「上一次太子娶側妃時，白家姐姐那劍……快得我都看不清楚！英姿颯颯！今日在左相面前都不下馬車，那一身的氣魄，真不愧是鎮國王和大長公主帶大的孫女兒，和這大都城裡那些自以為是的大家閨秀閨閣千金，就是不一樣！」

呂元鵬嘿嘿一笑，挺直了脊背，神情難免抖了起來：「還是白家姐姐疼我！白家姐姐定然是知道李明堂欺負我了！」

司馬平沒聽到呂元鵬後面這句話，他滿腦子都是居高臨下立於馬車之上的白卿言，分明柔弱女子，卻似有拔山超海之力，傲岸不群，威嚴凜然，讓人不敢逼視。

這讓司馬平不由想到了已故的鎮國王和鎮國公，那樣凌厲而內斂的氣魄，非疆場浴血，身經百戰，且頂天立地無懼生死之人，不能有。「元鵬……我決定了，這月二十五，隨你一同去南疆，隱姓埋名入白家軍！」司馬平突然冒出來這麼一句。

呂元鵬聞言，嚇得直接從雕花木床上彈起來，趿拉著鞋忙奔至窗口伸頭往外左右看了看，這才猛地將窗戶闔上，壓低了聲音朝司馬平嚷嚷：「你小聲點兒！小聲點！去就去唄你嚷嚷什麼！

要是讓我爹娘或者翁翁知道了，咱倆都走不了！」

「你走不了，我能走啊！」司馬平回神，似笑非笑看著神情緊張的呂元鵬，在臨窗軟榻上坐下，翹著二郎腿端起茶杯，不緊不慢喝了一口，才開口，「我爹原本希望我大哥入仕，二哥入伍，所以我嘛……就一直跟你做了一個紈褲！如今我要是能做點兒正經事，我爹高興還來不及呢！」

「那你也不能害我啊！」呂元鵬亦是在軟榻上坐下，對司馬平翻白眼，「就我爹娘那個性子，要是知道了……還不得把我鎖在家裡！還有我翁翁……他老人家要是知道我是去投白家軍的，非扒了我的皮不可！」

呂元鵬話音剛落，房門猛地被推開，身著月白色滾雲紋鑲邊的呂元慶抬腳踏入房中，綳著一張臉問：「你要投白家軍？」

呂元鵬嚇得渾身一哆嗦，看到自家不苟言笑的哥哥，喉頭翻滾著，滿心都是完了兩個字。

司馬平也很怵這個一向有冷面公子之稱的呂元慶，嚇得放下二郎腿站起身來，恭恭敬敬行了一禮，尷尬道：「那什麼，元慶哥……我就先走了！」司馬平匆匆繞過呂元慶，往呂府外小跑。

呂元鵬對哥哥乾笑了兩聲，見呂元慶抬腳朝他走來，十分沒骨氣從軟榻上滑下來跪在了地上：「哥！好哥哥……你可千萬別告訴翁翁，我也就是那麼隨口一說！」

見呂元慶腳下步子未停，呂元鵬忙用雙手捂住自己的一對耳朵，縮著脖子，生怕呂元慶又揪他的耳朵。

誰知呂元慶壓根就沒有揪他耳朵的意思，竟疾步繞過他，打開了櫃子門。

紅漆木櫃裡，躺著呂元鵬已經收拾好的包袱。

呂元慶轉頭深深看了呂元鵬一眼，抬手要將包袱拿出來。

呂元鵬立刻撲過去，一把按住自己的包袱：「哥！你要這麼著就沒意思了！我答應你不去了還不成嗎?!」

呂元慶甩開呂元鵬，呂元鵬還要上來搶包袱，結果呂元慶手一指，呂元鵬便蔫蔫立在那裡不敢上前，只能眼看著兄長將他的包袱解開。

包袱裡，是呂元鵬的幾件衣服，還有一大把銀票和碎銀子。

呂元慶挑起呂元鵬疊的皺皺巴巴的衣裳：「你帶這幾身衣裳去，還想隱姓埋名？」

呂元鵬往包袱裡塞的，都是平日裡喜歡穿的衣裳，做工刺繡精緻不說，衣料更是華貴，非動貴人家斷不會用這種料子做衣裳。

「我們呂家即便是下人穿的衣裳，在普通百姓中，都是難見的！若想隱姓埋名……」呂元慶收了呂元鵬的銀票，「這些不能帶！衣服換成普通百姓的衣裳！」

呂元鵬頗為意外地看著自家哥哥：「哥，你的意思是……你不告訴翁翁了？」

「出門的行裝重新整理好，拿來給我過目。出行日子也不必太倉促，就定在六月外祖母壽辰之後，否則……你若敢私下跑，我派人將你抓回來打斷雙腿！可記得了？」呂元慶冷著臉問。

「記住了！記住了！哥你放心！」呂元鵬連忙上前小心翼翼扯過自己的包袱抱在懷裡，對呂元慶嘿嘿直笑。

呂元慶跟看傻子似的看了眼自己的傻弟弟，歎氣離開。

等呂元慶走了之後，呂元鵬才反應過來，他哥……是不是把他好不容易攢了多年的銀子給全拿走了？

李府。李明堂院子裡的婢子端著一盆盆熱水進去，又端著一盆盆被血染紅的水而出。

左相夫人歇斯底里喊著兒子的哭聲，和李明堂的慘叫聲不斷。李府闔府上下的下人噤若寒蟬大氣都不敢喘一個，躡手躡腳的低眉順眼幹活，生怕一個不小心被牽連。

李明堂的腿算是廢了。

可左相李茂現在擔心的已經不是兒子的腿，而是全家……甚至九族的性命了！

想起白卿言臨走前，那冷漠入骨的眼神……

想起她那句讓他在日落之前想辦法解釋此事，還不能傷到白家，否則就要他們全家洗乾淨脖子，等著去和陛下還有閻王爺解釋那些信，左相不由脊背發寒。

這是什麼道理？把他兒子雙腿打斷，還得他來想辦法解釋此事！

左相閉了閉眼，幾不可聞的搖頭，不能亂。

他攥緊拳頭，強壓下怒火和恐懼。白卿言手段狠辣，做事果決，若是他不能妥善處理好這件事，怕是白卿言真的會將信交到陛下那裡。

畢竟，將那些信交上去，對他們白家來說是大功一件，可對他們李家來說可就是遺禍九族了。

左相手下的兩位幕僚也是大感意外，沒想到鎮國郡主出手如此狠絕，絲毫不留餘地。

可細細一想，又在情理之中，鎮國郡主手握左相把柄，又是連十萬降俘都能眼睛不眨，頃刻焚殺之人，又怎會忍氣吞聲來找左相討價還價？

如此看來，原本鎮國郡主只是不想左相相助曾經意圖攀誣鎮國王的梁王，結果他們以高義縣主的終身大事試探，觸怒鎮國郡主的逆鱗。

這事要是放在他們身上，前腳剛剛警告過，後腳那人便打自家妹妹的主意，他們也會勃然大怒。只怕在鎮國郡主那裡，還以為左相是在尋釁，自然出手毫不容情。

他們錯在將鎮國郡主看成大都城普通的閨閣千金，那鎮國郡主可是號令沙場千軍，說一不二之人。青衫幕僚搓著手，神容略顯焦急：「鎮國郡主要求在日落之前解釋清楚，可如何解釋鎮國郡主打斷了六公子的腿？還那麼興師動眾，堵住了左相下朝去路，將渾身是血的六公子丟在左相馬車前，怎麼看都太過倡狂了！」

白衣幕僚眉頭緊皺，思慮半晌，抬頭道：「為今之計，只能是委屈六公子了！」

「如何委屈？」李茂問。

於李茂而言，兒子的委屈甚至是兒子的命……都大不過全家的命，大不過九族的命。

「相爺，不如即刻將上個月六公子做下之事，公布於眾。」白衣幕僚表情鄭重，「大都白家素有愛民如子之稱，六公子犯錯，左相夫人幫著掃尾，鎮國郡主大義揭發，當然免不了會被御史台參一本，可這遠比那些信被送到陛下面前要好。」

李茂臉色鐵青，沉著臉細細思考。

白衣幕僚見李茂並未拒絕，便說：「若是相爺拿定主意了，便進宮面聖，自稱教子不善，出事之後夫人更是隱瞞相爺，擅自處置將事情掃尾乾淨，若非苦主求告無門，巧遇鎮國郡主，鎮國郡主知曉後查出真相，才有了今日之舉……」

「也不妥！」青衫幕僚認真道，「鎮國郡主要求是不能傷到白家，可若是如此說……百姓會議論，鎮國郡主為何不將查到的證據上交官府，屆時鎮國郡主發怒……信一旦送入宮中，相府滅頂之災！」

青衫幕僚轉頭望著李茂：「相爺……要想相府平安，穩妥之計，不如入宮請罪。對陛下照實稱……是您替六公子掃尾，之後相爺日日愧疚徹夜難眠！今日鎮國郡主將六公子雙腿打斷送到相爺面前，是怕將六公子交入官府，官府懼怕相爺之威……六公子還是會安然無恙！也是為了讓相爺明白法理昭昭！」

見李茂還有所猶豫，青衫幕僚高聲道：「相爺，要知置之死地方可後生！此事若是不傷六公子，不傷相爺，便無法滿足鎮國郡主的要求！相府危矣！且鎮國郡主給的時間緊迫已容不得我們細細思量計較了。」

李茂手指攥成拳頭，用力砸在面前几案上。憋屈，真的沒有比他更憋屈的左相了！

白卿言打斷了他兒子的腿，他竟然還得要維護白卿言和白家的名聲！

且今日白卿言這一番動作下來，他不但不反擊反而服軟，定會有人猜到白卿言手中或許握有他的把柄，比如呂相！

呂相多年來看似與世無爭，實則暗地裡經常同他作對，若是呂相暗中找白卿言合作，開出令白卿言心動的條件，難保白卿言不會同呂相合作，到時他又該如何是好。

可眼下李茂顧不得那麼多了，白卿言給的時間緊迫，先解了眼前之危再說。

李茂咬著牙下了決斷：「將誠意給足了白卿言，就說她查到了實證，派人交到府衙，誰知近半月過去卻了無音訊，一問才知，她派人送去的實證被銷毀，這才有了今日打斷明堂雙腿之事。」

「本相進宮，其他事情交給二位！可此事順了白卿言的意了結，卻會留有後患！本相在此大辱面前，不報復卻服軟！大都城內聰明人太多，定會有人猜出本相有把柄握在鎮國郡主手中，若來日本相仇敵與鎮國郡主合作，本相死無葬身之地！」

李茂對兩位幕僚拱手：「所以有勞二位要好好替本相想想，今日之後，該如何行事……」

白卿言剛回清輝院，便吩咐盧平派人回朔陽通知周縣令，她大約本月二十五到朔陽，處理白氏宗族之事。

盧平走了才半盞茶的時間，白錦稚就跑來了。「長姐，這麼大快人心的熱鬧事，你怎麼不叫我一起去？就應該讓我用鞭子把李明堂給抽開花了！」

春桃給白錦稚上了茶，頗為憂心立在一旁道：「大姑娘，就這樣打斷了左相府公子的腿，還丟到左相車駕之前，百姓會不會覺得咱們鎮國郡主府太囂張？對咱們鎮國郡主府有看法……」

聽春桃這麼一說，白錦稚也覺得今日高調張狂的行事作風，似乎和長姐平日裡的性子不符：「長姐，不會出事吧？」

「有恃……才能無恐。」她望著白錦稚道，「反之，無恐……是因為有恃，做的越是囂張，李茂才會越是忌憚。」她端起茶杯，又低聲道：「至於百姓間的看法如何，這是左相應該想辦法引導的事情，以左相的能力必然會安排妥當，我們就坐等著看吧！」

如白卿言所言，剛過申時，左相李茂入宮請罪的消息就傳了出來。

原來，左相徇私枉法，為其子……掩蓋強逼婦女，逼害人命的罪行，讓苦主告官無門。那苦主府衙門前失聲痛哭之事，百姓中還有人記得。

後來鎮國郡主偶聞此事，派人去查證，得到證據之後上交官府，誰知官府畏懼左相之威竟偷偷將實證銷毀。堂堂帝都，竟發生如此不堪之事。這才有了鎮國郡主打斷左相之子雙腿，丟在左相車駕之前一事。

百姓交手稱讚，不免又想起鎮國郡主曾於長街之上，棒打欺凌百姓的白家庶子，又因四姑娘白錦稚對去白府鬧事的奸滑之徒揮鞭，而罰了白家四姑娘。

紛紛感歎大都城白家人拳拳愛民之心，當真是將百姓看成骨肉血親，並非說說而已。左相縱容子嗣欺凌百姓，官府都不敢管，可鎮國郡主卻管了。

左相李茂，在皇帝面前痛哭流涕，稱替兒子掩蓋罪行後，日日被良心譴責，深覺愧對皇帝信任。如今鎮國郡主將此事查出，他鬆了一口氣的同時，又覺羞愧難當，特來請皇帝降罪。

皇帝一向信任李茂，氣惱歸氣惱，卻不知道為何……竟然同李茂生出一種同病相憐之感。左相李茂的兒子被白卿言盯上了，就被白卿言打斷了腿。

皇帝的兒子也是被白卿言盯上了，然後白卿言就將皇帝逼得，不得不將嫡子信王貶為庶民，發配永州。

可是，這世上就算是普通百姓家，孩子多了……也會出一兩個不肖子孫，誰家老子不給自家兒子收拾爛攤子？難道人人都要同他鎮國公府白家一般，孩子犯了錯，便大義滅親？

這大都城中，為自家孩子收拾爛攤子掃尾的清貴官宦還少嗎？那呂相還不是整日為他那個招貓逗狗的孫子擦屁股？只能說，李茂被白卿言盯上了也算倒楣，也怪李茂，給自己兒子屁股都擦不乾淨，活該讓白卿言抓住把柄。

可這話作為皇帝他不能同李茂說。「算了……」皇帝看著跪在地上痛哭流涕，直言愧對君恩的李茂道，「你也是愛子心切，就先讓你兒子養好傷，逼死也不是親自殺人，可強行玷汙他人妻室，按律要麼流放邊塞二十年苦役，要麼打斷雙腿！既然鎮國郡主已經代勞……便這樣處置吧！你教子不嚴，朕罰你半年俸祿，回去後再派人去苦主家，賠銀子了事，這事就這麼了結。」

皇帝又想到了那個讓人頭疼的白卿言，閉了閉眼道：「至於鎮國郡主那裡，你不用擔心！去吧……」

「多謝陛下！」李茂抬頭感激涕零望著皇帝，重重叩首，「微臣不能替陛下分憂，還要讓陛下為臣費心，實在是罪該萬死！陛下愛重罪臣之心，罪臣便是粉身碎骨也難報陛下之萬一，微臣此生定結草銜環肝腦塗地以報陛下。」

「好了！少說漂亮話了，去吧！」皇帝歪在金龍團枕之上，對李茂擺了擺手。

李茂恭恭敬敬的站起身，弓著身子退出大殿，直到站在大殿外，看到腳下青石地板被日光鋪滿這才站起身來。他長長呼出一口氣，雖然說罰了半年的俸祿，可只要皇帝還信任他就好。

李茂攥了攥拳頭，抬腳朝宮外走去，對他來說什麼都不重要，重要的是皇帝的信任，和未來皇帝的信任。

他和白威霆最大的區別，便是白威霆品行高潔，百姓之中盛譽滔天，求得是俯仰無愧天地。

而他……並不在乎百姓怎麼看他，也不在乎無愧於心，只在乎皇帝怎麼看他。

只要那些信不復存在，或者永遠不被皇帝看到，那他便什麼都不怕了。

李茂離開之後，皇帝將太子喚了過來，讓太子去同白卿言說一聲，李茂之子的事皇帝已經知道了，既然白卿言已經打斷了李明堂的雙腿，他也罰了李茂半年俸祿，此事也就算了結了。

皇帝還讓太子親自去給鎮國郡主府送賞賜，不論私下如何對白卿言不瞞，明面兒上還得讓百姓看到……皇帝對鎮國郡主維護百姓之心的讚賞才是。

太子得到消息時便一臉震驚，沒有想到白卿言手段如此雷霆，竟直接打斷了左相兒子的雙腿，絲毫不留餘地。

秦尚志一時間也摸不透白卿言的意思，甚至替白卿言捏了一把冷汗，畢竟左相李茂可不是一個心胸開闊好招惹的。誰知，最後竟然會是李茂進宮請罪認錯，百姓讚揚白家愛民之心。

這一團亂的，連秦尚志腦子都亂成一團漿糊？

左相真的就這麼不堪一擊，被鎮國郡主嚇到了？

秦尚志眯了眯眼，會不會是左相有什麼把柄攥在鎮國郡主的手中，被鎮國郡主逼得不得不這麼做？可秦尚志並未將此懷疑告知太子，事關恩人白卿言，他不能隨意對太子開口。

天色微沉，店鋪鱗次櫛比的長街上，酒肆茶樓內已點亮燈火，但青瓦飛簷下隨風搖曳的燈籠還未亮。將沉的夕陽餘暉璀璨耀目，將半個大都城映照成金色。

太子帶著皇帝的稱讚口諭和賞賜，親登鎮國郡主府大門。

連皇帝都稱讚鎮國郡主，大都城內誰還敢再說鎮國郡主張狂？

不過一盞茶的功夫，西方天際就只剩下一抹殘留的暗淡霞色，太子也踏出了鎮國郡主府的大門。

董氏攜全家將太子送至門前，行禮與太子告別。

太子含笑道：「郡主，借一步說話。」

如今，太子已然將白卿言當成自己人，難免還是要叮囑白卿言一二。

白卿言稱是送太子到馬車前，就聽太子道：「郡主以後做事還是要謹慎些，不能總用戰場上動輒傷人那一套，此事你大可告訴孤，孤來處置，何苦得罪左相？左相可不是一個心胸開闊之人啊！」

白卿言忙對太子行禮：「言多謝太子殿下提醒，陛下身體抱恙，太子如今替陛下處理國事，辛勞萬分，言怎好拿這樣的小事去給太子添亂？」

「且雖說左相心胸不夠廣闊，但到底李明堂有錯在先。言是怕……若此事私下了結，有左相先例在前，往後大都城內官員都會有樣學樣，一旦這樣的風氣興盛於整個朝堂，將來太子殿下繼承大統……豈不是給殿下留下禍患？」

聽到這些話，太子心中熨帖極了，原來白卿言是為了他，才對左相出手如此狠辣。

太子點了點頭，聲音越發溫和：「雖是如此，可……」

「殿下！」不等太子說完，白卿言又是一禮道，「言不日就要回朔陽，日後來大都的機會不多了，臨走之前……只想能為殿下多做一些，便多做一些，他左相有恨有怨，儘管對著我白卿言來！可殿下將來的朝臣，絕不能都去學左相，目無君上，以權謀私，徇私枉法。」

太子抿住唇，白卿言果然是全心全意將自己當成了主子，只為他的未來著想，他心中感懷萬分對白卿言長揖一拜，謝白卿言為他考慮周全。

「你身子弱，回去吧，風涼……」太子關切道，「我已經派人去朔陽通知朔陽的地方官，你明日啟程回朔陽，讓他們好生聽你吩咐！助你安心處理宗族之事。」

白卿言又是一拜：「多謝太子殿下！」

目送太子的車駕離開，白卿言再抬眼，眸底已是一片冷漠肅然。

白錦稚見事情發展全然如白卿言所料，高興的不行，快步從高階之上跑下來：「長姐，果然和你料的一樣！」

「回去再說。」白卿言牽著白錦稚的手，笑著轉身同白錦稚看著還在生氣的董氏。

太子來之前，董氏正在訓斥白卿言，說她打斷左相之子雙腿的事情做的太過。

白卿言未將手握左相把柄之事告知董氏，可太子這麼一來，說起左相在皇帝面前如何痛哭認錯，且沒給白卿言上眼藥，董氏便明白，她女兒怕是捏著李茂的七寸了。

白卿言扶著董氏的手臂，送董氏回院子，董氏路上忍不住絮叨：「寧得罪君子，莫得罪小人，你倒好……還得罪李茂那種位高權重的小人！」

「阿娘，阿寶絕不會隨便為白家招惹禍端，阿娘且看著，李茂……定會在我們舉家回大都之前，來服軟示好，阿娘屆時客氣些就是了。」

董氏側頭看著特意叮囑她客氣一些的女兒：「你這是打得什麼主意？」

「總要有人唱白臉，有人唱紅臉，紅臉阿寶唱了，白臉自然需要阿娘來唱！如此左相才會覺得在白家有突破口可籌謀布置，不至於與白家以死相拼。」

「所以，你手中果然有李茂的把柄？」董氏道。

白卿言頷首：「祖母交於我，用來護著白家的，阿寶定會妥善使用。」

「你有分寸就好！」董氏拍了拍女兒的手。

天還未亮，霧氣未散。長街臨街紅燈未熄，大都城四下寂靜，偶有犬吠之聲。

早起擺早點攤子的小攤販夫妻挑著扁擔從薄霧中疾步而來，一到攤位兩人就趕忙忙活起來。婦人動作麻利繫上圍裙，點燃高掛的燈籠和灶爐，往鍋裡添了水。漢子用竹竿支起油布棚子，擺好桌椅板凳，正準備擦桌子，就聽到長街西面傳來踢踏的馬蹄聲。

只見馬隊從霧中而來，沈青竹率十幾輕騎前方開路，後面是郡主規制的朱輪四駕馬車，奢華氣派。

白錦稚騎著一匹白馬，跟在馬車一側，緩緩而行。

馬車之後，跟著近四十白府護衛軍，身著黑色便服，腰間佩刀。

此次白卿言回朔陽，用的是郡主車駕，董氏想著白卿言此次回朔陽宗族是辦大事，本欲讓白卿言帶走白府大半數的護衛軍，可白卿言卻說……太子會給她送護衛軍，她帶四五十人足矣，她帶的人越少，太子對白家才越放心。多了……讓皇帝知道了，恐又要生疑。

剛一出城門，白錦稚就看到了城門外候著的太子府護衛軍，還有太子的車駕。

白錦稚彎腰，壓低聲音對馬車內白卿言道：「長姐……太子已經在城外候著了。」

馬車內，正歪在軟枕上看書的白卿言，立即坐直身子，又問：「太子帶了多少護衛軍？」

白錦稚大致掃了一眼：「約莫百十來人。」

立在太子馬車旁的全漁看到白家隊伍出城，忙上了馬車，端過熱茶遞給太子，道：「殿下！郡主來了，您喝口茶，醒醒神。」

在榆木馬車裡閉著眼休憩的太子聞言睜開眼，打起精神，抬手接過熱茶，抿了一口：「走吧……」

「外面涼，殿下披件披風。」全漁拿了件披風給太子披上，扶著太子下了馬車。

白錦稚已經讓白家車隊停了下來，先行上前對太子行禮：「白錦稚見過太子殿下。」

太子笑著讓白錦稚起身，抬眼便見春桃扶著白卿言下了馬車朝他走來。

「言見過太子。」白卿言行禮。

沈青竹立在最前面通體黝黑的馬旁，視線掃過太子帶來的護衛軍，各個騎馬，倒是不會耽誤他們的行程。

「郡主不必多禮。」太子對白卿言笑了笑，視線掃過白卿言的車隊，眉頭不免皺起，「郡主回朔陽是要辦大事，就帶這麼一點兒人，怎麼震懾宗族？」

「最近朔陽周圍匪患頻發，白府就那麼多護衛軍，二十六日還需押送第二批送回朔陽的傢俱物什兒。我本意是帶十人便足夠，清理宗族，言不用以多欺少，好歹有陛下賜予的郡主之位鎮著。」白卿言似乎頗為無奈，「可是母親不放心，這才讓我帶了這麼多人，於言而言已經多了。」

「你啊，還是年紀小！」太子與白卿言說話的語氣親昵又自然，真真兒如同兄長一般，「白氏宗族之人在大都城都敢將皇姑祖母氣得吐血，你只是郡主之位，又只帶十幾人回去，哪能震懾得了那些以老賣老的宗族族老們？」

「也怪孤……」太子一副頗為自責的模樣，「當初孤請奏，想請父皇賜封你為公主，可父皇卻賜了郡主，孤應當為你據理力爭一番！以你的功績……若是男兒當繼任鎮國王之位。」

太子這話，是為了向白卿言施恩，白卿言如何不知。「言並不在意這些虛名！於言而言，太子對言之恩，才更為珍貴，言銘記於心！」白卿言話說的極為漂亮。

太子笑了笑，道：「罷了，孤也知道你不在意那些虛名。不過你此次回朔陽所帶人手的確是太少了，幸而孤有準備……」

聽太子這麼說，全漁連忙轉頭，將太子府的兩位護衛軍隊長喚了過來。

「朔陽宗族之人放肆狂妄，你又是白氏宗族之女，難免會被那些以老賣老的族老們拿捏，此次你回朔陽，帶上全漁和太子府的兩隊護衛軍，想來宗族之人知道你背後是孤，便不敢在你的面前放肆了。」太子道。

全漁忙笑著對白卿言行禮：「此次有勞郡主帶著全漁去朔陽見識見識了，太子殿下已經吩咐了全漁，郡主之命便是太子之命，讓全漁不得有違。」太子很滿意全漁這番話，點了點頭。

白卿言表現出一臉震驚與感激之情，忙福身行禮推拒：「殿下萬萬不可！全漁公公乃是殿下近身伺候之人，若是言帶走了全漁公公，殿下身邊沒有貼心之人伺候可如何是好？更別說太子府的護衛軍……言若是帶走兩隊，太子殿下的安危又該如何？」

太子見白卿言的推拒不像是欲擒故縱，像是真心意外感激，又真心替他擔心，笑意越發柔和：「孤一大早來這裡候著，可不是為了讓郡主拒絕孤的！這是孤之命，鎮國郡主領命便是。」

白卿言抬頭望著太子，滿眼感激之情溢於言表：「言領命，謝過太子。」

「這就對了！」太子滿意地點了點頭，想起梁王去燕沃賑災，方老的意思是不能讓梁王辦好此事，可他還想聽聽白卿言的意思，便道，「郡主，借一步說話。」

白卿言頷首，隨太子往空曠處走了兩步，將方老的建議同白卿言說了。

「當初梁王買通你身邊貼身侍婢，意圖栽贓鎮國王一個叛國之罪，可見其心思深沉，並非平素裡表現的那般懦弱無能。方老的意思是派人稍稍做些手腳，激發民變，屆時……梁王無法收場，可能會需要你帶兵前去鎮壓……」

太子見白卿言眉頭皺起，話音一頓，問：「看起來，郡主不贊同？」

白卿言對太子一禮：「太子乃是國之儲君，晉國之民乃太子之民，雖是為阻梁王，但也絕對不能行損民害民之法，太子殿下需謹記，民……為國之本。」

太子背後的手微微收緊。

「殿下，梁王曾意圖攀誣言祖父……險些害我白氏滿門命絕之事，言不曾忘記，言不同於殿下還對梁王留有兄弟之情，對梁王……言恨之入骨！」

「言那日命人打斷左相李茂之子的腿，帶去左相面前時，已經同左相說過，此次賑災事宜結束之後，不希望左相助梁王，左相應順應天命輔佐太子殿下。此次賑災之事本就難辦，辦好了是職責所在，辦不好便是罪責加身，即便是梁王辦好了回都，無人輔佐也是難以威脅殿下之位，殿下盡可安心。」見太子似乎還是有所猶疑，白卿言繼續補充：「且……此次賑災梁王能否辦好還是兩說！若辦好了還好，辦不好陛下追查下來，查出是太子動了手腳，這就成了太子之責，怕陛下會對殿下有所不滿。」

「此事殿下可再問問秦先生的意思，秦先生大才……必能匡太子於明君坦途。」

太子垂眸細細思量……白卿言說的沒錯，論起對梁王的恨意，白卿言要大過他太多，白卿言比他更希望梁王出事。所以，白卿言今日能對他說出這番話來，還是為他考慮了的。

太子凝視白卿言，道：「好，郡主的話孤記住了，郡主還要遠行，孤就不耽擱郡主了。孤也還要去早朝，待郡主回來，再與孤詳說。全漁照顧好郡主，一切聽郡主吩咐！」

立在遠處的全漁連忙邁著碎步上前，笑著行禮：「殿下放心，殿下叮囑多次，全漁牢記在心。」

太子頷首。

「言恭送太子殿下……」白卿言對太子行禮。

白卿言目送太子上了馬車離開，全漁笑著對白卿言道：「郡主，我們也啟程吧！」

「此行有勞了！」白卿言對全漁和兩位隊長抱拳。

兩位隊長受寵若驚，忙還禮。

白卿言上了馬車，臉色便沉了下來。

作為謀士幕僚，方老應當為太子出謀劃策不錯，可竟然出了這麼陰損的一個招數。

想到太子剛才深沉的目光，她閉上眼拳頭微微收緊。作為儲君應當愛民護民，若此次太子真的用了方老所獻計謀，為穩固太子之位不擇手段，便不配為晉國未來之君了。

不論太子是否會用方老的計謀，她都得派人去給阿玦送封信，讓他加快引災民入幽華道。

太子一向對全漁寵愛有加，讓全漁跟隨白卿言去朔陽，還給全漁備了馬車，雖然算不上奢華寬敞卻也十分精緻，上面還有太子府的徽記。

這對白卿言來說算是好事，這兩隊一共百人的護衛軍加上全漁，他們身上出自太子府的標記越顯眼，朔陽白氏宗族眾人才會越忌憚，朔陽地方官才會越配合。

鎮國郡主回朔陽的隊伍，多了百名太子府護衛，沈青竹讓太子護衛軍殿後，重新列隊後魚貫雁行，浩浩蕩蕩朝朔陽方向緩行而去。

第五章　清理門戶

四月二十五，天剛亮，太守和周縣令便已在朔陽城外候著了。

此次白卿言再次返回朔陽，非同尋常。先是鎮國郡主府派人回來，告知他們鎮國郡主要回朔陽處理白氏宗族之事，且要求周縣令對白氏宗族子嗣嚴懲不貸。

隨後，太子府竟然也派人前來，告知他們鎮國郡主要回朔陽處理宗族事宜，讓他們竭力協助不得有誤。如此陣仗太守和周縣令怎敢怠慢，他們算了鎮國郡主一行人到朔陽的行程，沿途又派人去打探鎮國郡主車馬隊行蹤，誠惶誠恐在朔陽城外迎接。

原本預計鎮國郡主在辰時初便會到，誰知已經辰時末還不見車馬隊的蹤跡，周縣令有些不放心。「最近匪徒猖獗，可別是讓鎮國郡主遇到了！」周縣令頗為擔憂，擔心回頭不好和太子交差。

臨時搭建的遮陽棚裡，太守四平八穩坐著，端起茶碗喝了一口。

周縣令見狀，偷偷對太守翻了個白眼，他也真能喝的下去茶。

放下茶杯，太守才慢悠悠道：「太子府護衛軍百人護衛郡主，除非那匪徒都不想活了，否則怎敢攔郡主車駕？」

「那倒也是！」周縣令點了點頭，緊繃的頭皮放鬆下來，也端起茶碗喝了一口，誰知這茶碗裡的茶是僕人給剛倒上的，燙得周縣令呲牙咧嘴，捂著嘴道，「怎麼這麼燙！」

僕人縮著脖子，怯生生開口：「對不住大人，小的見您一直沒有喝，茶都涼了，就給您重新換了一碗熱的。」

「來了！來了！大人來了！」縣衙衙役高呼著朝涼棚跑來，他喘著粗氣站定，扶了扶跑歪了的官帽，對太守和周大人行禮後，往後一指，「兩位大人，郡主來了！」

周大人驚得站起身，朝遠處眺望。

時值槐月，朝陽璀璨耀目。極長的馬隊，浩浩蕩蕩踏著金光而來，雖未舉旗，可各個騎著高馬，腰間佩刀，所到之處塵土飛揚，氣勢極為龐大。

太守理了理自己的官服，起身走出涼棚前往迎接。

朔陽宗族得到消息，太守和周縣令在城外迎接鎮國郡主車駕，吃了一大驚，族長趕忙讓人通知各位族老，和宗族諸人隨他一同出城相迎。

幾天前，宗族族老將大長公主氣得吐血之事，竟在白氏宗族族長同族老回朔陽之前，先一步傳入朔陽。

朔陽百姓大驚，紛紛議論朔陽宗族果真是在朔陽當土皇帝當久了，誰都不放在眼裡。

最近更是流言四起，百姓們說起前一陣子白卿言私下回朔陽，秘密詳查朔陽白氏這些年都做了哪些天怒人怨之事，走訪苦主之家，當街處置了族長之孫白卿節，又命周縣令嚴查這些年白氏宗族做下的惡事。還放下身段，向百姓致歉，稱必會將欺凌百姓的宗族子弟除族，且讓宗族補償苦主，宗族若不肯，她便攜大都白家自請出族。

百姓都說，或許這些年大都城白家真的全然不知朔陽白氏都做了什麼。

以往，百姓們聽到路過商旅或者外地之人，說起大都城白家和鎮國公府如何高義，都只是撇撇嘴，如今……想想鎮國郡主回朔陽所為，想想被逼吐血的大長公主，多多少少算是信了大都白家有愛民之心。

白氏族長率族老和族眾趕到城外時，白卿言的車馬隊剛剛停下。

族長看著白卿言帶著過百的帶刀護衛回來，腿都要軟了，心知此次若是不能滿足白卿言……將犯錯宗族子嗣逐出宗族，白卿言勢必不會甘休。

罷了罷了！出族就出族，只要宗族私下照應著也是一樣的。

看到太守和周大人站在最前端相迎，族長拄著拐杖顫巍巍朝太守和周大人的方向疾步而去，同太守和周大人長揖打招呼。

周大人看著平日裡眼高於頂，拿自己當盤菜的白氏族長，今日竟然如此低眉順眼，倒覺得稀奇，再想起這族長將大長公主氣到吐血之事，心裡隱隱也有了底。

怕是白氏知道強逼鎮國郡主以威勢壓他放人是不可能了，所以才這麼低眉順眼的同他示好。

周大人面上不顯，淺淺頷首之後，見白卿言的馬車已經停穩，便隨太守上前去迎。

有來看熱鬧的百姓低聲說道：「鎮國郡主這麼大的陣仗回來，白氏宗族竟然都不知道嗎？鎮國郡主都到了他們才匆匆趕來，比我們來的還晚！」

「說不定是給鎮國郡主端架子呢，人家可是連大長公主都不放在眼裡，都給氣吐血了的！」

「呸，什麼東西！仗著大都白家的威勢，還敢如此囂張！真希望鎮國郡主自請出族，看他們白氏宗族還怎麼囂張！」

「哎……希望鎮國郡主真的和傳言一般愛民護民，此次回來是處理白氏宗族欺凌百姓之事！」

「誰知道呢，看著吧！可千萬別只是做做樣子！」白氏宗族的族長和族人聽到百姓們的議論，臊得面紅耳赤，急忙跟隨二位大人上前，打算去迎一迎白卿言。

在外人面前，尤其是在太守和周大人的面前，面子上的功夫還是要做好的，否則要是讓太守或周大人看出白氏宗族與鎮國郡主水火不容，日後想要求周大人放人或從輕發落就更難了。

誰知，白氏族長一行還未靠近，就被沈青竹帶人攔住。

白氏族長一肚子的火，卻強壓下去，賠著笑臉將姿態放低對沈青竹行禮道：「老朽乃是白氏宗族族長，知道郡主回朔陽，特帶族人前來相迎，還請姑娘放行。」

沈青竹這才抬手示意護衛軍讓開。

春桃撩開馬車簾子，正欲扶白卿言下馬車，就見太子殿下身邊的全漁公公已然立在馬車旁，正笑咪咪望著她道：「我來扶郡主下馬車。」

春桃知道全漁身分，頷首，彎腰立在馬車上替白卿言打了簾。

太守視線掃過馬車，看到立在馬側的護衛軍，認出那些護衛軍的佩劍上是太子府的徽記，頓時打起十二萬分精神，再看扶著白卿言下馬車的竟然是一個樣貌清秀的太監，心中大駭。

太守認得，那是太子身邊的貼身太監全漁，自幼陪著太子長大，不出意外將來太子登基，那全漁公公便是皇帝身邊的大太監，可絕對怠慢不得。

周大人雖然不知全漁身分，可一看全漁身上的服飾，便知道這太監不簡單，壓低了聲音問太守：「大人，您猜那是伺候哪位貴人的公公？」

太守倒也沒有瞞著：「那是太子殿下身邊最得寵的宮人，全漁公公。看到後邊那護衛軍了沒有，那是太子府的護衛軍。」

周大人倒吸一口涼氣，太子這是派人來給白卿言撐腰的啊！

其實，周大人倒覺得就算是沒有太子撐腰，這位鎮國郡主也能將白氏宗族收拾的妥妥當當，端看那鎮國郡主一身殺伐不懼，沉穩又威嚴十足的氣魄，便知此人手段卓絕。

可太子派人跟著來了，這就表示，太子對這位鎮國郡主十分看重。

難不成……真的如同傳聞那般，太子真的心悅鎮國郡主，打算將來立鎮國郡主為后？

見太守已經上前，周大人不敢多想忙回神上前，族長率族人也跟了上來。

太守與周大人見白卿言下了馬車，疾步上前行禮：「見過鎮國郡主。」

「二位大人不必多禮。」白卿言為太守和周大人介紹全漁，「這位是太子身邊的全漁公公。」

太守和周大人連忙見禮。

「二位大人客氣了，我不過是太子身邊一個使喚奴才罷了，太子殿下聽說白氏宗族的族老們將殿下的皇姑祖母逼吐了血，擔心如同親妹的鎮國郡主來處理白氏宗族之事時沒有人手使喚，被人以老賣老欺負，特讓我還有兩隊太子府護衛軍，跟來聽郡主使喚差遣。」全漁笑盈盈對兩位大人道。

族長一聽這話，腿都要軟了，目光落在那一百多位太子府人高馬大的護衛軍身上，臉色煞白。

周大人眉頭一跳，如同親妹……這就是說，太子殿下對鎮國郡主並非是男女私情。

若不是男女私情，卻願意如此相幫，要麼就是倚重此人，要麼就是十分信任此人。

不論是哪一種，周大人都不可怠慢白卿言。

「冤枉啊！」有族老忙喊冤枉，「我們沒有逼得大長公主吐血啊！那都是大長公主她……」

族長連忙攥住那位族老的手，阻止他再說下去。再說下去，可就是攀誣大長公主了，畢竟不會有人相信……大長公主會為了一個小小宗族做戲吐血。

「見過郡主、見過大人！」族長連忙對白卿言和全漁行禮，陪著笑臉，「郡主回家，怎也不提前通知一聲？老朽也好帶族人好生準備，早早來迎接郡主和這位太子府的大人啊……」

白卿言並未回答，只望著周大人問：「我聽說，上次我走之後，白家宗族子嗣鬧事，將一幼女丟入河中，害死幼女之母，叫囂讓周大人將他們都抓進去，周大人抓了嗎？」

「抓了抓了！郡主放心，郡主交代的依法嚴懲，下官不敢忘！」周大人忙道。

白卿言頷首，冷肅淡漠的眸子掃過白氏族人，問族長：「去府衙告訴周大人，且安頓好幼女的白卿平，今日來了嗎？」

族長沒敢說，白卿平被他關入了祠堂，到今天還在跪著呢。

族長也是沒辦法，那白卿平可是他的親孫子，不關白卿平沒有辦法平息族人的怒氣。

「在家中，在家中……」族長低著頭，不敢直視白卿言暗芒幽沉的眸子。

白卿言深深看了族長一眼，又問周大人：「白氏宗族哪些子嗣……做下了哪些為禍百姓之事，這些日子以來……周大人可都查證妥當，有實證了？」

周縣令一腦門子的汗，忙道：「回郡主，昨日已全部查齊，原本是想等今日一同發落的！」

「好，今日午時……就請族長召集族人開祠堂。」白卿言望著周縣令，「勞煩周大人派人將獄中白氏宗族子嗣，全部押往白家祠堂，轉告各位苦主……前來白氏祠堂。」

「這是要周大人放了我們宗族子嗣嗎？可為何還要苦主去我們白氏祠堂？」有白氏族人壓低了聲音問身邊的人。

「郡主，非重要年節和重大之事，祠堂是不能輕易開的。」族長小心翼翼試探。

白卿言聞言，冷笑一聲，似笑非笑看著族長：「今日，白氏宗族要麼有人除族，要麼大都白家要告罪祖宗出族，算不算大事？」

族長臉色煞白，族人滿臉惶惶。「難不成郡主是想要進祠堂？」白岐雲眉頭緊皺，不敢看白卿言，只對族長道，「爹，女人自古是不能進祠堂的。」族長抬頭小心翼翼朝白卿言望去。

白錦稚咬了咬牙，正欲上前，卻被面色沉靜如水的白卿言攔住。

出乎族長意料之外的，白卿言點了點頭不氣不惱，語氣平和，帶著那麼點居高臨下的味道：「也好，我大都白家如今只剩孤女寡母，既然不得進祠堂也好，勞煩全漁公公和太守、周縣令，做個見證，白卿言今日，只能向祖宗祭告罪書，攜大都白家出族，自立門戶了。」

「郡主勿惱，自古女子不能進祠堂，是因我們晉國一向是男主外女主內，祠堂乃是本族商議重大事宜之地，婦道人家只顧眼前一畝三分田，難以為大局做取捨，這才有不許女子進祠堂之說。可郡主是我白家本姓子嗣，又有領兵統帥之能，能領兵統帥之人必能為大局謀劃，郡主自是可以進祠堂的。」

白錦稚聽到族長這一番話，抬了抬眉，冷笑，也是辛苦他為長姐進祠堂想了這麼多理由。

族長都這麼說了，族老和各位族人還敢說什麼？

「即是如此，族長回去準備吧，我還有事，辦完會直接去祠堂。」白卿言不給族長說話的機會，喚道，「沈青竹……」

「屬下在！」沈青竹上前抱拳。

「你帶人，陪著小四和全漁公公，隨周大人先去一趟府衙，將所有卷宗帶上，午時趕到白氏祠堂。」白卿言道。

白錦稚上前應聲：「是！」

族長和族人眼見著白卿言又上了馬車，白錦稚也隨周大人一行去了府衙，各個都心慌不已湊到族長面前，七嘴八舌問著。「族長，這郡主是什麼意思？還是要處置我們宗族子嗣嗎？」

「真的將孩子們都除族嗎？可孩子們才是宗族之本啊！孩子們都除族了，只留我們這些老東西，宗族未來怎麼辦？難不成就指望他大都白家那些女子？」

族人紛紛點頭，更有族老上前一步鄭重開口：「族長，女人進祠堂我們全族可是要倒大楣的！不能讓她進祠堂啊！」

族長臉色鐵青，拐杖用力敲了下地面：「行了！都別吵了！不讓她進祠堂……現在我們宗族就要倒大楣！還是趕緊先回去準備吧！」

白卿言帶了十個白家護衛軍，十個太子府的護衛軍，入城徑直去接啞娘。

豪華的馬車入城之後極為引人注目，只見那馬車穿過朔陽城最熱鬧繁華的街道，往城東偏僻的民宅緩緩而去，停在了一處頗為簡陋的宅子前。

「大姑娘，到了。」之前隨盧平一同來看過啞娘的護衛對馬車內的白卿言道。

春桃聞聲幫白卿言挑開馬車車簾，扶著白卿言下車……

朔陽比不上大都，平民住的地方稍顯破敗，小小的兩扇黑漆正門已經掉漆，門檻也早都被磨得中間下陷，露出灰撲撲木色，院內種著棵柿子樹，枝椏伸出院牆外，但好在拾掇的還算乾淨。

白卿言同春桃立在門口，看著護衛上前敲門。

不多時，一個三十來歲的婦人懷裡抱著個孩子過來開了門。

一看到門外這麼大陣仗，婦人有些不安，忙道：「貴人……找誰？」

護衛對那婦人躬身一禮道：「這位嫂子，我是鎮國郡主府的護衛，這是我家郡主，我家郡主是來看啞娘的，請問照顧啞娘的那位婆婆在嗎？」

婦人一聽來的是個郡主，還是來看啞娘的，頓時面露驚慌，放下懷裡的孩子不知道該跪還是該福身。

「嫂子不必多禮，啞娘在嗎？」白卿言問。

那婦人低著頭，似乎十分害怕似的拉住身邊兩歲懵懂稚童的手，滿身不自在道：「那個……啞娘被親戚接走了。」

白卿言眉頭一緊，冷漠深沉的眸子盯著頭也不敢抬的婦人：「被什麼親戚接走了？我記得……白氏有人給了銀子讓照顧啞娘的。」

婦人明顯已經慌了神，白卿言不冷不熱補充道：「啞娘母親溺水而亡，事關白氏宗族，需要我請周縣令來親自向你要人？」

婦人一個激靈，撲通一下就跪了下來，可張了張嘴也沒有能說出啞娘去了哪兒。

「說，啞娘在哪兒？」白卿言聲音平靜如水，卻無端端讓人感到殺意十足。

「郡主恕罪，我婆母收留了啞娘之後，我家男人擔心白氏宗族的人找我們算帳，當天晚上便把啞娘送回她自己家了，但是我們沒有貪銀子，那個白家人給的銀子，還有後來那個護衛大哥來給的銀子，我們一文沒留，全都讓啞娘帶回她家裡了！」

婦人被白卿言一嚇，什麼都交代了一個乾乾淨淨：「後來我婆母動怒，用拐杖打了我家男人，讓我家男人去隔壁將啞娘接回來，可我男人沒在隔壁找到啞娘，在門口候了一天一夜都沒見啞娘回來，我男人現在還在外面找啞娘呢……可怎麼也找不到，我婆母也因為這事兒氣病了，人還在床上躺著呢！」婦人聲音裡帶著哭腔，說話的聲音又急又快，不像是騙人。

白卿言雖然生氣，可也知趨利避害，人之常情。

她一語不發來到啞娘家門前，見門上落鎖，讓人翻牆進去查看。護衛查看一圈回來之後道，屋裡的門還開著，灶臺上的鍋裡還放著未吃完的饅頭，養的雞也還在，看起來不像要出遠門。

可這婦人說，等了一天一夜也不見啞娘回來。

白卿言拳頭緊了緊。

啞娘那個孩子長得眉清目秀，又是沒有母親庇護的孤女，更不會說話……若是遇到心懷不軌之人連呼救的餘地都沒有，加上被認定得罪了白氏宗族，旁人看到了還不知道要打什麼壞主意。

都說人性本善，可她卻覺人心險惡世道艱險，尤其對一個無依無靠的孤女來說。啞娘不見了兩天，這中間會出了什麼事，誰都不敢保證。

她攥著拳頭思慮片刻，轉身，黑眸望著白家護衛，語速又快又穩吩咐道：「留一個人在啞娘家門口等著，若啞娘回來立刻來報！告訴全漁，我要用太子府兩隊護衛軍，分五人一隊，敲鑼打鼓大張旗鼓在朔陽城全面尋啞娘。」

她聲音頓了頓，語速更快了些：「重點去煙花柳巷之地，高聲宣揚……鎮國郡主白卿言欲尋啞娘，不論何人今日未時之前，能將啞娘安然送至白家祠堂者，白卿言奉上白銀千兩厚謝！日落之前若見不到啞娘，被我查出私扣啞娘者，便是與我為敵，必當遺禍親族。」

啞娘樣貌清秀漂亮，若是歹人欺啞娘無人庇護，將人強行擄走……很大一部分可能會被送到煙花柳巷之地，希望她這個鎮國郡主的威勢足夠震懾他們將啞娘還回來。

「是！」

白卿言上了馬車，壓不住心中對宗族的怒意沸騰，好好一個白氏宗族讓現在的族長給弄成了這副鬼樣子，哪裡還有絲毫白家人的模樣！知錯不改不說，為挑釁官府，竟隨隨便便將無辜稚童幼女丟入河中害人性命，簡直畜生不如！白家祖訓，白氏風骨，早就不知道被他們丟到哪裡去了！

如今白卿言總算明白，為何祖父不允許白家庶子庶女與生母接觸，只能教養在嫡母身邊。生母為妾室，眼界手段皆是些後宅爭寵的低劣伎倆，從小耳濡目染，就連性子都會被善於爭寵的生母帶歪，養成一副歹毒做派，且潛移默化自小看會學會的這些東西會影響其一生，影響子孫後代，生養出來的後代……一代不如一代。

即便是記在嫡母名下，也變改不了做派。白氏族長一定要換人，白氏宗族也必定要大清洗。

「大姑娘……」春桃知道白卿言擔憂那個叫啞娘的姑娘，低聲安慰，「啞娘一定不會有事的，姑娘別太擔心了。」

「回祖宅！」白卿言眸色沉沉說。

春桃對駕車的馬夫道：「回祖宅。」

白卿言馬上要回祖宅的消息傳回祖宅，古老帶著白家一眾家僕早早在祖宅門口候著。

古老是上次隨盧平押送第一批物件回朔陽時，跟著先一步回了祖宅的。

以前鎮國王白威霆還在的時候，每年都是古老提前回朔陽打點，且管著給宗族銀兩的，對朔陽住宅這些下人的威懾力，定然要比其他人更大一些。

古老從到了朔陽就沒閒著，手段狠戾乾脆，將留在朔陽照看住宅，簽了身契的一應管事，打斷了腿，全家老小發賣。沒有簽身契的，古老便打斷腿後丟出祖宅，放話下去……朔陽城內若誰家敢用他們這些人和這些人的家眷，就是同鎮國郡主府作對！

不僅如此，簽了身契的婆子、丫鬟、奴僕，古老也做了一輪大清洗，打死的打死，發賣的發賣，通知朔陽城內所有的牙婆子、人牙子，白府要重新買一批婢子、僕人，動靜極大，速度也極快。

古老打定了主意，一定要在白卿言一行人回來之前，將祖宅裡裡外外收拾的乾乾淨淨。

正好今兒個，便是全城牙婆子和人牙子帶人來祖宅的日子，古老想著既然大姑娘回來了，若是大姑娘得閒，正好讓大姑娘看一眼。古老帶著上次與盧平先一步從大都城回來的管事和忠僕，立在門庭氣勢宏偉的祖宅外靜候白卿言車駕。遠遠看到郡主規制的馬車緩緩而來，古老一臉喜氣，連忙拄著拐杖帶一眾管事忠僕從高階上走了下來。

有不少好奇的百姓也駐足留下，朝那朔陽城內並不多見的四駕馬車望去。

車馬停穩，古老拄著拐杖走至馬車旁，見春桃正扶著白卿言下馬車，忙用拐杖撐著身子跪下叩拜：「老奴恭迎郡主……」跟在古老身後的白家管事忠僕，也都上前，叩拜：「恭迎郡主！」

儘管白卿言已經交代了白府上下還是稱她大姑娘，可眼下在這裡圍觀的百姓如此多，又是在朔陽，禮不可廢！否則，要是連他們白家忠僕在外面都對白卿言不行大禮，宗族那起子人不就有藉口不遵禮，輕看他們家大姑娘了？

白卿言如何能不知道古老的用意，古老這是在助她立威。

她走至古老面前，將古老扶起：「都起來吧，古老是長輩行此大禮……折煞卿言了。」

古老滿眼笑意，低聲問：「大姑娘一路可平安啊？」

最近匪患頻發，聽說白卿言和白錦稚兩人單獨回來，古老著實擔心了好幾天。

「古老放心，有太子府兩隊護衛軍相隨，這一路平安得很。」白卿言轉頭，看著朔陽祖宅氣勢宏偉的朱漆紅門。

六開大門，朱漆紅柱，兩座比人還高的石獅分立兩旁，紅牆綠瓦，繡闥雕甍。

白氏歷經這麼多代，將古香古色的白氏祖宅修繕擴建得越來越氣派，雖不能同大都城的王公貴族相比，在朔陽城已經是難尋。

「大姑娘此次回來，可是為了料理宗族之事？」古老雖然已經年邁，可眼明心亮，原本五月初一就要從大都動身回朔陽了，白卿言卻在這個時候回來，只能是為了動手收拾宗族。

「不瞞古老，卿言欲開祠堂換族長。」白卿言道。

古老腳下步子一頓，隨即點了點頭，如今的族長確實越來越不像個樣子，那做派脾性同族長已經過世的母親如出一轍。

古老自幼同白威霆一同長大，對族長那位母親可算深為瞭解，大戶人家的庶女學了一身讓人看不上眼的毛病，若非是自幼訂親，上任族長又是後來才記在嫡母名下，白家斷斷不可能讓她成為白家族長之妻。

「大姑娘的意思，是要將動靜鬧大？」古老拄著拐杖不緊不慢跟在白卿言身邊，細細詢問。

「有白家祖訓，白氏家規，更有族規，我們按規矩辦事，今日族內怕是一大半的人都要被除族，族長一家也是……」白卿言腳下步子一頓，就站在院中，道，「若是族人不應允，我便帶白家告罪祖宗出族，及時斷臂止損。」

「族人仰仗的無非就是大都白家，以前是鎮國王，現在是您這位鎮國郡主！」古老低笑一聲，對族人的心性沒有人比古老更清楚，「他們斷斷不會為了族長，捨棄您這位郡主！且老奴聽說……此次大姑娘回來，太子還派人跟著撐腰，所以您這樣一棵大樹，族人是不會願意也不敢弄丟的。」

說著，古老對白卿言恭恭敬敬一禮：「老奴在白家一輩子，管了一輩子的帳，小心翼翼存著每年大都送回朔陽的帳目，若是此次之事大姑娘有用得著的地方，千萬不要客氣。」

古老這話的意思，是如果需要對賬……便可喚他過去。

以前族長私下貪墨大都白家送回朔陽的銀子，白家知道了也都睜一隻眼閉一隻眼，想著族長照料族人也算辛苦。

古老卻覺得這是個天大的把柄，畢竟到了鎮國王孫子這一輩，子嗣昌茂，古老還是想著將來，這族長之位還是要到嫡支正統的手上，那就必須有一個好理由來罷免這位族長。

後來鎮國王的孫子都不在了，古老還以為這些帳目都沒有用了，沒成想今日大姑娘要廢了族長，那他便將這些帳目拿出來，助大姑娘一臂之力。

「那一會兒，就辛苦古老了。」白卿言笑道。

古老看著眼前內斂又溫潤的白卿言，眼眶忍不住發紅，人人都說大都白家滿門男兒盡死，白家要倒了！然，他們大姑娘卻一肩挑起了白家的重擔，國宴慷慨激昂訴白家忠義，除夕向天下借棺，捨命為鎮國王和白家討公道，武德門登聞鼓前……逼皇帝處置信王。

問世間，誰能有這樣的氣魄?!只有他們大都白家姑娘！

大姑娘去南疆時，古老日日夜夜都輾轉難眠，祈求鎮國王、鎮國公和白家諸位將軍在天有靈護佑白卿言平安歸來。可他們大姑娘不但平安歸來，而且還是榮耀歸來，大勝西涼逼退南燕，他們家大姑娘做到了白家滿門男兒此次南疆之行都沒有達成的願望。

古老……與有榮焉。若誰再說，女子不如男，古老第一個就不答應。

「不辛苦！能為白家為姑娘出一分力，我這個老頭子高興得很。」古老濕漉漉的雙眼望著白卿言，「若是鎮國王還在世，能見到如此的大姑娘，定然……定然會高興的！」

古老說著眼淚就沒忍住，他忙側過身去用衣袖沾眼淚，低笑一聲掩飾：「人老了……就有這迎風流淚的毛病，大姑娘勿怪。」

她並未戳穿古老，聽古老提起祖父，她心中亦是酸澀非常：「我們別站在這風口了，古老陪我在祖宅轉轉，同我說說母親嬸嬸她們都分別安排在哪個院落。」

古老點頭，拄著拐杖慢了白卿言一步，整理好儀容跟上，對正細細巡看祖宅的白卿言說起這幾日回來後都做了什麼，趕在四月底要做完的都完成了哪些。

「祖宅的事，古老安排的很妥當，辛苦了。」

「一會兒，朔陽城的牙婆子和人牙子都要帶人過來，大姑娘要親自看看嗎？」古老問。

「午時開祠堂，怕來不及，讓下面的人看著辦，我們主要還是用從大都城白家帶過來的人，這些人安排在外院，倒不必那麼費心。」白卿言道。

「這是自然，老奴心中有數，剛買進來的先讓在外院做一些粗活，日後再慢慢揀選……」古老道。大都白家舉家回朔陽不容易，別說主子要用的一應物件兒，就是家生子僕人拖家帶口的哪一家子又沒有需要往回運的東西，這才有了這幾趟押送。

「還有一事，原本夫人的意思是讓大姑娘住在金風院，可老奴思量著……金風院雖然大，可太偏了些，不如挪至夫人旁邊的寶珠院，不知大姑娘意下如何？」古老同白卿言商量。

「就住金風院，我每日練功恐影響母親休息，讓母親擔憂，偏僻一些也不擾人。」白卿言說道。

白卿言曾經對白家軍諸位將士立誓，三年後定要帶著他們為白家軍死去的兄弟和祖父、父親、叔父還有弟弟們復仇。

誓言已立，她半刻不敢懈怠。可她也不想讓阿娘看到她練功的樣子，怕阿娘心疼。

白卿言從母親的清和院出來，又對古老道：「給金風院改個名字，就叫……撥雲院。」撥雲見日，終得青天。

「好！一切都聽大姑娘的。」古老點了點頭。

守門婆子匆匆跑過垂花門，朝白卿言和古老的方向而來，行禮後道：「大姑娘，門外有一位姓蕭的先生請見，說是帶著啞娘來的。」

姓蕭？蕭容衍？「請進來……」

「是！」婆子一溜煙又小跑了出去。

白卿言來到前廳時，見蕭容衍已被請入正堂在椅子上坐著，端著白家下人上的點心遞給啞娘。

穿著孝衣的啞娘搖了搖頭，她餘光看到了白卿言，輕輕晃了晃蕭容衍的手臂，示意蕭容衍看外面。蕭容衍回頭見白卿言吩咐古老不用跟著，抬腳跨入正廳臺階，他放下手中點心，對白卿言行禮：「大姑娘！」

「蕭先生！」白卿言還禮，見啞娘在蕭容衍身邊，她著實是鬆了一口氣，「蕭先生怎麼來朔陽了？」

「正好朔陽附近有事要辦，想起郡主曾說要回來處理宗族之事，便在這裡多留了一天，有樁非常要緊的生意同大姑娘談。」

蕭容衍不緊不慢徐徐說完，看了啞娘一眼，又道：「正巧，那日月拾碰到有人想要對啞娘行凶，將啞娘救下，我便將啞娘放在新開的鋪子裡，讓掌櫃收了啞娘當義女，剛才聽說郡主在找啞娘，這才將啞娘帶了過來。等白大姑娘忙完白氏宗族之事，衍再與大姑娘談生意之事。」

什麼要緊的生意在大都談不成，要在朔陽專程等她？當著啞娘的面她沒多問，點了點頭。

啞娘望著白卿言，眼淚吧嗒吧嗒直掉，她以為這個世界上除了阿娘之外沒有人再找她了，她和這漂亮姐姐還有漂亮哥哥不過一面之緣而已，他們一個在找她，一個救了她。

白卿言沒想到蕭容衍已經對啞娘做了妥善的安排，她望著啞娘，讓啞娘失去娘親的……是仗著大都白家之威的白氏宗族子嗣，她對啞娘有愧。

白卿言對啞娘說：「一會兒白家開祠堂，姐姐一定會還你母親一個公道。」

啞娘點了點頭，對白卿言比劃她也想去，她想親自看看那個……把她推入河裡，害她失去娘親之人的下場。

白卿言沉默良久，頷首：「好！」

鎮國郡主回朔陽，欲開祠堂，先以家法處置在朔陽為非作歹，魚肉鄉里的白家宗族子弟，再將人交給周縣令依法嚴懲之事已經傳遍朔陽城。

飽受朔陽白氏宗族欺壓的百姓，你一言我一語，紛紛說打算前去白家祠堂門外等著，看這鎮國郡主會不會真的還他們公道。

隨後，鎮國郡主欲尋那日被白氏宗族之子丟入河中，致其母溺死的啞娘。

聽說鎮國郡主先去了啞娘鄰居家中，尋啞娘，這才知啞娘不見了。

曾經和啞娘母親一起擺攤子的大嬸大叔聞訊，也都自發四處尋找啞娘，事情鬧得極大。

青樓媽媽們都讓手下去查看，看看新買回來的丫頭裡有沒有不會說話的，生怕萬一要是不小心買到自家來，得罪了即將回朔陽的鎮國郡主，以後生意沒法做。

鎮國郡主……那可是在南疆將西涼十萬降俘焚殺之人！而且，朔陽城誰不知道，就連太子都派了親衛回來給鎮國郡主撐腰，這樣的手段狠辣，背景雄厚的人物，誰敢得罪？

別說，一家青樓裡新買來的姑娘裡，還真有不會說話的，青樓的媽媽本著寧錯過不放過的原則，忙拾掇拾掇親自帶著小姑娘坐馬車前往白氏祠堂。

還不到午時，白氏祠堂外已經裡三層外三層圍滿了百姓，更有年輕大膽的已經爬上了祠堂門前的幾棵高樹，伸長脖子往白氏祠堂裡面看。

白氏祠堂，堪稱是整個朔陽城最顯赫的建築，碧瓦朱簷，雕梁畫棟，華美又威嚴莊重。

白氏祠堂外，種著的都是移栽過來上百年枝繁葉茂的大樹，象徵著白氏一族枝繁葉茂和昌盛。

族長拄著拐杖，端坐於族長之位上，面色鐵青，各位族老坐在族老之位上，神色凝重。

白氏各家的子孫都立在各自長輩身後，盡是愁眉不展。

族長的胞弟五老爺坐在族長下首，手肘搭在座椅扶手，手中把玩著一串菩提佛珠，視線落在族長身旁的位子上。那個位子以前都是白威霆回朔陽時坐的，現在竟然要留給一個丫頭片子。

聽到白氏祠堂外傳來走街串巷貨郎的吆喝聲，和外面頑童追鬧的聲音，宗族眾人臉色各個都不好看。白氏祠堂外多麼威嚴莊重的地方，往常那些賤民連靠近都不敢靠近，如今倒好，門口都成集市了，亂糟糟地吵鬧不休。

「看這架勢，半個朔陽城的百姓怕都聚在咱們祠堂外了！」有族老歎了一口氣。

五老爺想到他被人從祖宅裡趕出來的事情，對白卿言心中火越發大，直接將手中菩提佛珠拍在身旁小几上：「縱得她！就是大哥你太好心性了！」

「你給我閉嘴！」族長睜開眼指著五老爺就罵，「就屬你事情最多，要不是你占了祖宅，白卿言回來要房契，能有現在的事情嗎?!」

五老爺一對上自己親大哥暴怒的眼神就慫了，他縮了縮脖子，語氣放軟了下來：「那……真的要把孩子們都除族？」

「剛才我已經與諸位都說過了，除族不要緊，我們暗地裡幫扶著就是了，畢竟血脈之親咱們幫襯著又有什麼錯！可是……要是今日不滿足白卿言，鬧出她帶大都白家告罪祖宗自請出族之事，那麼周大人抓了孩子們就只是一個開始，宗族倒楣的還在後面！」

族長老神在在睇眼看向祠堂之外耀目的日光，道：「只要我們還在白氏宗族，還能依靠著有太子撐腰的鎮國郡主，日後再去找周大人說情，還能說得上話，若是白卿言出族，官場上那些見風使舵的還不得將我們宗族踩死！」

之前跟隨族長一同去了大都城的族老們紛紛點頭，他們無一人忘記大長公主那些話。

以前，是大都城白家將宗族的位置捧的太高，他們幾番試探，白家幾番讓步，這才讓他們肆無忌憚了起來。

現在回想起來，已經有人反躬自省知錯了，並非宗族對大都白家來說重要，而是大都白家看重白氏宗族……白氏宗族才重要，若是大都白家不看重白氏宗族，白氏宗族就什麼都不是。

但也有如同族長胞弟五老爺這樣，還不知清醒的。

「讓你們準備的賠償銀子，還有孩子們強買回來的物件兒，和旁人的房契地契什麼的，都準備好了嗎？」族長問。

族老們肉疼地點了點頭。族長放心了一些，他又想到今日白卿言回來特意問了白卿平，族長回頭看向立在一旁的次子：「阿平怎麼樣了？」

白卿平的父親白岐禾忙行禮道：「那孩子紮紮實實跪了這幾天，這會兒站不起來，他母親已經請了大夫去看了。」

五老爺瞪了白岐禾一眼，腹誹白岐禾是個沒有用的，這些年就知道修什麼古書竹簡，連自己兒子都管不住，竟然縱得白卿平去官府告自家堂兄弟，簡直不知所謂。

「恐怕一會兒白卿言要見他，你去把他叫過來，站不住端個杌子坐在我旁邊。」族長皺眉說。

「是！」白岐禾這才從祠堂門檻跨出來，吩咐在祠堂院中候著的小廝，回去想辦法將白卿平帶過來。

有立在樹上的漢子看到了遠遠而來的周大人一行人，喊道：「來了！來了！」

很快，沈青竹和白錦稚，還有全漁、周大人便抱著各案卷宗，帶著被衙役壓著白家宗族二十一人一同前來白氏祠堂。

這些日子以來，白氏宗族的子嗣因為沒有周大人打招呼多加照顧，在獄中過得十分淒慘，身上雖然還穿著錦衣直裰，可已然是一身的狼狽。

白卿節被壓著走在頭一個，全然沒有了當初在白卿言面前的囂張跋扈。

入獄這些日子，白卿節總算是清醒了過來。他這些年是被祖父和父親慣得太不知天高地厚了，見五堂祖父占了嫡支的祖宅，又聽五堂祖父說……大都白家孤兒寡母將來還要依靠宗族，即便白卿言被封了郡主，也是宗族之女，還是得乖乖聽宗族長輩的話，他就信了。

族裡還在傳，說白卿言還起誓此生不嫁，將來是要靠宗族養老送終，五堂祖父就算是占了嫡支祖宅……白卿言也不敢放一個屁。白卿節見祖父沒有反駁五堂祖父和各族老這樣的話，他就更深信不疑，所以在朔陽城越發的肆無忌憚。可這些日子他被關入獄中，和幾個堂兄弟們坐在一起反省思過，想起白卿平平日裡同他們說的那些話，頓時恍然大悟。

所以，人家周縣令與父親交好，並非是因他們朔陽白氏宗族，而是因為大都城的白家！

所以，在白卿言命周縣令將他們抓起來，周縣令才會突然和白岐雲翻臉，連白岐雲見都不見。

話說白了，沒有大都白家……他們朔陽白氏什麼都不是。

他們朔陽白氏因為五老爺日漸不將大都白氏放在眼裡，囂張斂財，因為族長的默許和縱容，也就都跟著覺得大都白家得敬著宗族，不敢得罪宗族。這種潛移默化的影響最可怕，就如同一滴墨水跌落於乾淨清澈的盆水裡，然後這種要命的自以為是，便會以極快的速度影響整個宗族的人。

如今悔之晚矣。他想起之前他聽到外地商旅入城，說起白卿言毫不手軟在大都城長街收拾欺民白家庶子之事，又想起那日白卿言起誓，若是族長不同意將他們這些犯錯子嗣除族，她便帶大都白家告罪祖宗出族之事。

白卿節知道，他們這些犯了錯的宗族子嗣今日一定會被除族，哪怕他是族長的親孫子。

他相信，經過白卿言這麼一鬧，祖父一定已經清醒的認識到，大都白家不是宗族之人可以得罪得起的，讓白卿言出族……白氏宗族就完了。

除了會被逐出宗族，他身上還背負了人命，活不活得成都是兩說！

白卿節想到這裡，雙腿發軟，在百姓怒視之下被壓入了宗族祠堂大門。

白氏宗族祠堂除了白姓不得入內，周大人將人壓入院中，族長連忙迎了出來。

「縣主、公公、周大人！」族長笑著打了招呼後，忙喚僕人給全漁、周大人還有白錦稚端椅子上茶。

那些宗族子嗣一看到自家老祖宗，全都哭喊著求各自的祖父救命，求族長救命，滿腹牢騷抱怨著在牢裡如何受苦，牢裡的飯如何不是人吃的。

反而是平時最受不得委屈的白卿節，被壓著跪在那裡一語不發。

白岐雲擔心兒子，想要上前去看看兒子，可見父親緗著一張臉，硬是壓著自己的擔憂立在族長身後，緊緊攥著衣襟。

白錦稚用冷漠戲謔鄙薄的眼神掃過宗族那些滿臉擔憂，想上前又不敢，只能立在族長身後眼眶發紅的族人，轉身對周大人道：「我長姐應該快到了，勞煩周大人稍候。」

「縣主太客氣了！太客氣了！」周大人連連對白錦稚作揖。

那位青樓的媽媽連忙從馬車帶著啞女下來，立在白氏祠堂門口高呼：「周大人！聽說郡主在找一個叫啞娘的，這丫頭是我昨兒個剛買回來的，是個啞的不會說話，您看看是不是這個！」

「娼妓也敢立在我白氏祠堂門前！」白岐雲不由怒從中來。

周大人忙擺手讓衙役將那青樓媽媽拉開，到底這還是鎮國郡主家的祠堂。

白錦稚倒是絲毫不介意抬腳朝外走去，全漁也忙跟上白錦稚，剛在椅子上坐下的周大人見全漁一走，忙又起身跟上。白錦稚見過啞娘，也很關心啞娘的安危。

她上前，看著立在青樓媽媽身邊縮手縮腳滿眼恐懼看著她的小姑娘，這小姑娘洗的乾乾淨淨，身上明顯是被人臨時套上了不合身的料子衣裳。

「四姑娘，是她嗎？」沈青竹問白錦稚。

白錦稚搖了搖頭：「這不是啞娘。」

青樓媽媽覺得可惜之餘，又鬆了一口氣，這丫頭剛被送來不聽話，打了兩次，身上都是傷，萬一這就是郡主要找的啞巴丫頭，看到這丫頭身上的傷，還不得秋後算帳。

很快，祠堂大門外，又有人高呼：「四駕馬車，是鎮國郡主來了。」

白錦稚側頭朝馬車來的方向看去。

很快馬車在人群之外停下，春桃扶著白卿言從馬車上下來，周圍立刻鴉雀無聲，百姓們望著這位傳聞中的鎮國郡主，或敬畏，或懼怕，或好奇。

「長姐……」白錦稚迎上前對白卿言道，「只有一個人帶來了一個不會說話的小姑娘，但不是啞娘！」

白錦稚伸手朝著那青樓媽媽一指，白卿言視線落在那全身不住顫抖的女孩兒身上，又看向那個滿臉諂媚的青樓媽媽：「讓人去問問那個媽媽，要多少銀子，把那個孩子留在祖宅吧。」

「是！」沈青竹頷首。

「啞娘！」白錦稚震驚看著彎腰從馬車內出來的啞娘，鬆了一口氣，「謝天謝地！原來長姐已找到啞娘了！」

「郡主……」全漁笑著行禮。

「郡主！」周大人緊隨全漁身後，對白卿言鞠躬哈腰。

白卿言對全漁道：「辛苦全漁公公派人出去找啞娘了，如今啞娘已經找到，還請全漁公公讓人都回來吧！」

「是！」全漁應聲。

「走吧！」白卿言牽著啞娘的手，抬腳朝祠堂走去。

族長率各位族老前來門口迎接，跟在白卿言身後。

白氏族人一進去，族長便命人將祠堂的六扇院門關上，白卿言卻道：「不必關門，將門打開……我們就坐在這祠堂院中說事，不打緊，讓祖宗和百姓都在這裡看著！」

白卿言在全漁搬來的椅子上坐下，視線掃過還站在院中的族長和各位族老，還有被衙役壓著的宗族子嗣，緩緩開口：「那就開始吧，從族長之孫，白卿節開始，犯了什麼錯，如何補償苦主，我們一個一個過……等償還了苦主，我們再來談如何懲戒。」

處理完了這些宗族子嗣，接下來就是宗族其他人，最後……便是這位族長。

原本，白卿言是想清理了那些腐爛的族人之後，再以太子和她這個郡主的威勢，逼迫族長讓位，可如今有古老的帳冊在手，她不用威勢逼……族人怕是也不能再容他當族長了。

喝醉酒將啞娘推下河的宗族子嗣，見啞娘就立在白卿言的身側，嚇得渾身一個激靈，抬頭朝祖父五老爺看去求救。

白卿平被小廝攙扶著，看向面色冷清淡漠，眸色深不見底的白卿言，拳頭緊了緊，宛如看到了他曾經崇敬無比的鎮國王還有鎮國公白岐山。

大都白家之人，都是這樣傲骨天成，哪怕是白家的女子也是一般。

周縣令拿出放在最上面的白卿節的罪書，念了起來……

強買強賣，奪人祖產，欺男霸女，不算明面兒上，讓白卿節逼死的有兩條人命，一條是騎馬時給踩死的，一條是青樓裡和人搶女人，把人從樓上推下去摔死的！

這些都是白卿節做出來的事，且證據確鑿。

「苦主可在？」白卿言問。

書面上苦主應當是七家，卻只來了五家，另外兩家不知道是已經被欺凌的無人了，還是不相信白卿言會秉公處置。

族長早就知道，今日勢必要償還和補償苦主，早就讓族人都做了準備，他轉頭示意白岐雲。

白岐雲恨得牙癢癢，只得上前將該還的還，能賠的賠。好大一筆銀子，白岐雲心頭滴血。

頭髮花白的苦主拿到自家祖宅的房契和地契，激動地哭了起來，對著白卿言的方向直叩首：「多謝郡主！多謝郡主啊！我本來沒想著今天能要回來的，還以為……還以為郡主只是做做樣子，我兒子都不願意來，沒想到真的拿回來了！真的……拿回來了！多謝郡主啊！郡主的大恩大德老頭子銘記一輩子。」

白卿言站起身來側身避開老翁的禮，道：「本就是白卿節有錯在先，身為白家之女，白卿言羞愧不已，不敢當老翁一聲謝。」

「周大人，下一個……」白卿言開口。

周大人念一個宗族子嗣罪行，來了的苦主便上前，或拿補償，或物歸原主。

欠有人命的，白卿言也稱稍等，定會讓周大人還死者以公道。

白卿言開祠堂，懲治欺凌朔陽百姓的白氏族人，且已有苦主拿回自家祖宅，或拿到等價補償的消息，如同長了翅膀一般，飛速傳遍了朔陽城。

那些原本不相信白卿言會真的懲治白氏族人的苦主，奔相走告。很快更多的苦主都來了，還有頭髮花白的老者，抱著兒子兒媳的牌位前來，求鎮國郡主還他們公道。越來越多的百姓聚集在白家門前，拿到補償的，無不感懷白卿言大恩，叩首謝恩。

宗族中有孫子牽涉其中的族老，臉色越來越難看，即便是平日裡沒有跟著為非作歹，關起門來過自家日子的族人看到這陣仗……也被嚇得不輕，紛紛回頭瞪著自家那不成器的孩子，眼神似在詢問自家兒子孫子，到底在外面有沒有惹禍。

白氏祠堂裡的動靜太大，就連原本在家中等候消息的女眷都坐不住趕了過來，站在祠堂院中，忍著哭聲，焦心望著自家孩子。

將啞娘母親推入河中的白家子嗣，乃是族長胞弟五老爺的孫子，嚇得直喊：「祖父救命！祖父救命……我不想除族啊！」

「祖父，族長！我們再也不敢了，該還的都已經還了，我和哥哥就算是再混也從來沒有害過人命啊！」

「祖父您快求求族長爺爺，饒了我吧！」

五老爺的孫子一求情，跪在院中的其他白家子嗣紛紛開始求饒。

族長看向周大人身旁還放著一摞案卷竹簡，再看一臉淡漠的白卿言，心中隱隱有了不祥的預感。有族老受不住，看向族長：「族長，你看……咱們把該還的也都還了，能不能不除族？他們這一次是真的知道錯了，也長了教訓了，要不您和郡主說說情……看在同宗同族的分兒上就算了！」

白卿言不動聲色，只道：「這些白氏子弟，欺凌百姓，犯錯無數！族長你說……是按照白氏的家法族規處置，還是交給周大人處置？」

族長一個激靈，白氏家法族規那可要比律法嚴太多了，若是按照白氏家法族規來處置，幾百棍子下來，這些孩子可就沒一個能活的了！不如先暫且除族，等和白卿言關係緩和好了，再去求周大人從輕發落，這些孩子或許還能有一線生機。

「父親！咱們白家的孩子何時吃過這樣的苦？阿節還那麼小，大獄也去了，該還的也還了，人死不能復生……我們剛才不是把銀子也賠了啊！為什麼還要做到這麼絕？」白卿節的母親看了眼跪在地上，連哭都不會了的兒子，對著族長哭喊道，「咱們白家可是開國功勳之家，這些年軍功無數，這樣的功德難道還不能庇護白家子嗣一個平安？」

白卿言抬眼，眸色凌厲駭人。

「放你娘的屁！」白錦稚被氣得說粗口，抽出腰後的長鞭凌空一鞭，聲破長空，氣勢凌人，嚇得那開口求饒的婦人一個激靈。

「下個獄就算是吃苦了？我十七弟不過年十歲，奔赴沙場為國捨命，隨我大伯父舉劍護民誓死不退，被人斬頭刨腹，腹內盡是樹根泥土！這些豬狗畜生有我十七弟苦?!能比過我十七弟小?!」

白錦稚想起小十七，心中絞痛，血氣翻騰，朔陽白家孩子何曾吃過這樣的苦？什麼樣的苦……能比得上她的十七弟?!

「我們白家的軍功……也配你這等無恥小人，拿來為豬狗求情說道?!白家是開國功勳之家不假，這些年軍功無數也不假！可那都是我大都白家全家男兒疆場捨命所立軍功！他們捨生忘死……難道就是為了讓你們依仗我白家為百姓捨命之德，欺凌百姓，草菅人命的嗎?!」

白錦稚字字珠璣：「你們若是想要軍功，我祖父、叔伯、兄弟們戰死沙場之時，你們怎麼不去南疆戰場掙軍功？反倒是我大都白家早年為國身負重傷的長姐，冒死前往南疆力挫西涼、南燕，救晉國邊民於水火！白家無數軍功之中……你們在座哪一位出過一分力?!你們竟也敢將功德往你們自己身上扯，以此來為這些豬狗不如的東西脫罪！還要不要臉！」

族長看向白錦稚，視線又落在全漁公公身上，硬是壓下心頭怒火，底氣不足道：「我們白家同氣連枝，都是一樣的……」

白卿言一雙美目朝族長的方向睨去，眸色越發涼薄：「既然是同氣連枝，就該知道……白家世代奔赴戰場，刀山火海捨命拼殺，要的並非是軍功，絕不會依功造過，更不會厚顏無恥到企圖以功抵過！白氏祠堂之內……白家祖宗在上，英靈在上！白氏嫡支大都白家……從隨高祖打江山至今，已有數百牌位……哪一個是壽終正寢，哪一個不是為國捐軀的?!生為民，死殉國，這六個字是白氏傳承，我大都白家做到了！可今日站在這裡的宗族長輩捫心自問，你們誰家又做到了？」

白錦稚看著祠堂院門外，不由自主朝著白家祠堂正門靠攏的百姓，想起長姐在大都白家門前，力數白家功績，讓那些意圖攀誣白家的奸詐小人心虛，讓百姓民情沸騰……維護白家。

想起之前長姐敲登聞鼓逼殺信王時的民心所向，想起長姐說……以前白家拙言敏行，從不將忠義宣之於口，才會被人遺忘。想起大都城民心所向，帶來的浩瀚力量。

白錦稚握緊了手中的鞭子，望著跪在祠堂院中的那些宗族子嗣，底氣十足高聲喊道：「我祖父花甲之年披掛上陣，帶走白家滿門男兒，連我十七弟那樣的十歲稚子，亦在戰場血戰拼殺死戰殉國！他們的犧牲……從不是為了你們這群豬狗不如的東西？」

「大都白家人並非不畏死，我白家之人也都是爹娘生養，有人殷殷盼歸的，但我白家每一個好兒郎，都不曾忘記祖訓，都願死戰護民！是因白家視大晉百姓如骨肉血親，是因邊疆數萬生民無人護，是因擔鎮國虛名怕愧對百姓賦稅奉養！」

「可你們這些豬狗不如的東西，竟然妄圖依仗大都白家滿門男兒沙場死戰殉國的功德……欺凌我白家世代守護之晉民，隨意辱殺我白家世代視為骨肉血親的百姓！此等豬狗……配為白氏子孫?簡直是為白氏祖宗的恥辱！」

白卿言滿懷欣慰看著情緒激憤的白錦稚，雖然怒憤填膺，卻能夠保持理智，趁勢……為白家奪得朔陽民心。小四……長大了。

白卿節的母親還想說什麼，白卿言一雙冷冽入骨的眸子看過去，她立刻啞聲。

白錦稚轉身抱拳，咬著牙，雙眸通紅道：「長姐，這些豬狗不如的東西若是不除族，我白錦稚第一個自請出族！我這輩子就是同豬狗同姓，也絕不與此等畜生小人同為一族！」

看著風骨傲然，內斂自持的白家大姑娘，看著義憤填膺氣紅了眼的白家四姑娘，百姓感慨萬分。湊在白氏祠堂門前的百姓拳頭緊握，聽完白卿言和白錦稚的話，心中澎湃激昂的情緒翻湧著。

生為民，死殉國！

是啊，鎮國公的確已經是花甲之年，去南疆帶走了白家滿門的男兒，連那個最小十歲的……都沒有能活著回來。

他們想起曾經外地商旅學子來朔陽，說起大都白家的種種，想起那些商旅學子說起……大都白家將百姓視為骨肉血親之語，頓時熱淚盈眶，原來大都白家真的是這樣護民愛民的！

若是大都白家只為了軍功，而不護民，如何能連十歲孩子都帶上疆場？

百姓不是不知道，那些曾經以武得爵的人家，都不願自家子嗣從戎……在沙場以命拼搏前程。可大都白家分明是晉國最烜赫的鐘鳴鼎食之家，子孫即便是如同朔陽白氏這些子嗣一般混吃等死，也是世代享不盡的富貴，可他們還是去了疆場。

曾經，他們不信大都白家仁德高義！不信所謂……百年將門鎮國公府不出廢物的傳聞，只覺那是世人對權勢的美化罷了。如今眼見了，他們對白家愛民之心，信服敬佩的五體投地！

鎮國郡主毫不徇私，發落白氏族人，高義縣主對族人一番怒罵，發自肺腑。

雖然都是白氏，可大都白家和這朔陽白氏當真不同。

曾經他們因為朔陽白氏宗族欺凌百姓，竟然被仇恨蒙蔽雙眼，祈求神佛盼著大都白家滿門什麼時候遭殃死絕，好讓朔陽白氏再無依仗。

可如今大都白家的嫡長女鎮國郡主，和四姑娘高義縣主回來，這一番動作，這一番話，當真是讓他們羞愧的無地自容，恨不得捶地痛哭，去跪在神佛面前，收回之前的祈求，願折壽懇請神佛將大都白家的鎮國王，將大都白家的諸位少年將軍全都還回來。

不依功造過，不視民為草芥，有這樣的白家鎮守晉國，那才真正是大晉百姓之福。

如今，大都白家的滿門男子皆滅，獨留女兒家……可惜之餘，卻又慶幸白家還有這樣傲骨嶙嶙，一身浩然正氣，讓人敬佩不已的女兒家在。

窺一斑而知全貌，若是大都白家的兒郎們都在，他們又當是怎樣頂天立地的正直兒郎。

「除族吧！」族長緊緊攥著拐杖，開口道。

「祖父，您饒了我吧！我再也不敢了！」

「族長爺爺！祖父你快求求族長爺爺，我不想被除族，我不想下獄了啊！」

「父親，阿節可是您的親孫子啊！」

「爹，你快求求族長啊！不能啊！」

白氏祠堂院中哭嚎聲一片，白氏祠堂外百姓卻覺十分解氣，各個熱血沸騰。

在一片嚎啕大哭聲中，族長請了族譜，將這些犯錯子嗣的名字劃去。

從此這些子嗣，便同白氏宗族沒有任何關係了。

「周大人，可以派人將這些有罪之人押回去，還請周大人儘快審理，依法嚴判，不可徇私！

給朔陽百姓一個交代！」白卿言叮囑。

周大人連忙起身對白卿言長揖道：「郡主放心，下官一定依法嚴判！」

周大人又朝著白氏祠堂外的百姓長揖一拜：「各位放心，本官乃是百姓的父母官，一定會嚴懲這些罪人！明日便開堂論罪，一定會還諸位一個公道！」

說完，周大人揮手讓衙役將這些哭鬧不休……被白氏宗族除名之人拖了出去。

那些被除名的白氏子嗣其母親受不住，眼見著哭求丈夫、公公和族長不成，拎著裙擺忙追出去，在祠堂外抱著自己的孩子不撒手，一個勁兒的哭著對自家孩子說，不要緊，等回頭會去求周大人放人。

在百姓鄙夷的眼神和唾棄聲中，那些被除族的白氏子嗣……到底還是被衙役帶走了。

宗族內哭鬧聲小了不少。

白卿言側頭對沈青竹耳語了一句，沈青竹頷首，退至不顯眼處，從祠堂院牆翻了出去。

五老爺見白卿言還坐的四平八穩，緊皺著眉頭瞪了白卿言一眼，問胞兄族長：「現在可以散了嗎？」

「五老爺急什麼？這剛清算了朔陽白氏子嗣之罪，這裡還有這麼多罪狀……想來苦主也都來了，我剛說了一個一個過……」白卿言看向周大人，「既然五老爺這麼著急，便從五老爺一家開始吧！」

族長心沉了沉，果然……白卿言這是要清理宗族了。族長拳頭緊緊攥著，視線再次落在正恭恭敬敬給白卿言換熱茶的全漁身上，心裡像是壓了一座山一般，連喘息都費勁，臉色十分難看。

連太子身邊最得臉的太監，對白卿言都如此恭敬，想必太子心悅白卿言的傳聞多半是真的，今日若是不順了白卿言的意，白卿言告罪祖宗自請出族，隨後太子的雷霆之怒，怕是他們白氏宗族承受不起。

五老爺一聽這話，整個頭皮都繃了起來，側頭看向自己的胞兄。

族長閉了閉眼，罷了罷了……即便是將弟弟一家除族，只要他還是族長，多加照顧著就是了。

見族長沒吭聲，五老爺咬緊了牙關問：「白卿言，你該不會是為了之前我搬進祖宅借住了一段時間，打算公報私仇吧！」

白卿言抬眉，冷笑一聲。

「就你也配我長姐費心？」白錦稚已經全然不將這五老爺放在眼裡，一想到這五老爺噁心到強占祖宅，白錦稚就恨不得賞他幾鞭子。

「你！」五老爺欲發怒，卻不得不顧及白錦稚縣主的身分。

被白氏宗族五老爺強奪了溫泉莊子的苦主，一聽要和五老爺算帳，連忙上前，跪在白氏宗族敞開的六扇大門門口，高呼……「鎮國郡主，您要為我等無人庇護的小民做主啊！白氏宗族五老爺為強奪我家祖傳的溫泉莊子，和周縣令串通一氣，陷害我兒子謀人性命，為護住兒子性命……我只能拱手將溫泉莊子讓出，可我兒子……卻因自責從山上跳了下去！求郡主為我做主啊！」

那老者含淚說完，重重對白卿言叩首，一下接一下，額頭見血，足見其心中恨意。

「放你娘的屁！」五老爺朝著周大人看了眼，想著那老不死的連周縣令都敢告，周縣令一定不會承認，便理直氣壯喊道，「你們那莊子是你們心甘情願賣給我的，白紙黑字，還想抵賴?!」

「老人家莫急，我說了，這些年朔陽宗族所行惡事，我必會讓他們償還，老人家請起。」

白卿言話音一落，白家護衛便上前將那老人家扶了起來。

「周大人……」白卿言朝周縣令看去。

周縣令一腦門子的冷汗，幸虧鎮國郡主讓她準備這些東西的時候，他已經猜到鎮國郡主是要清洗白氏宗族，自然也想到了他自己曾經為巴結白氏宗族……做下的那些事情。

他想著，這些事情他必須承認下來，否則攔了鎮國郡主清理白氏宗族之路，他死的必然會更難看！這次，他如果為了顯示對鎮國郡主的忠誠，助鎮國郡主順利清理宗族，日後鎮國郡主必會念著他的好，他就還有機會東山再起。

尤其是今日太子殿下身邊最得臉的太監全漁公公在這裡，這全漁公公回去和太子說起今天的事情，好歹他幫著鎮國郡主，能在太子那裡有個印象，於將來也是有好處的。

利弊周大人早就在來之前便已權衡妥當，二話沒說，乾脆俐落朝白卿言的方向跪下，道：「回鎮國郡主，這王家老翁說的全都屬實，但當時……下官並非心甘情願和五老爺串通一氣，而是五老爺用大都白家之威強逼下官順從……」

周大人眼睛珠子一轉，又給五老爺按了一個新罪責：「白氏五老爺用我妻兒性命要脅，下官這才……這才迫不得已順從的啊！」說到這裡，周大人竟然嚶嚶哭出聲來：「下官身為朔陽父母官，應當護民，可是下官竟然為了妻兒順從脅迫，下官有愧朔陽百姓啊！」

「你放屁！」五老爺被氣得嘴都歪了，「我什麼時候用你妻兒的性命要脅了！明明是你為了巴結我才……」族長用力按住五老爺的手，示意五老爺不要再開口，五老爺硬是壓下了心頭的火抿住唇，死死瞪著周縣令。

「郡主你聽，下官就知道這五老爺不會承認的！就如同他也不會承認……是用五兩銀子買了人家帶著溫泉的莊子！逼死了人家兒子！」周大人轉過頭看向那個告狀的老翁，「是吧老翁……」

老翁不清楚周縣令為何突然咬了白氏五老爺一口，卻聽明白周縣令是在為他作證，老翁連連點頭：「周大人說的沒錯！」

白卿言眉頭抬了抬，這周縣令……可真是舌燦蓮花啊！次次都能將自己摘得一乾二淨。

「周大人雖然是迫於妻兒性命受威脅，可確實是沒有盡到作為父母官的責任！但今日事是我白氏開祠堂處置族人之事，等處理完白氏宗族之事，周大人自行上請罪奏摺，否則……我會替周大人上！周大人可明白？」白卿言望著周縣令徐徐道。

「下官明白，郡主放心！白氏宗族做的許多之事……下官都算是人證，此次絕對不會輕縱那些……借大都白家威勢為非作歹之徒。」

周縣令信誓旦旦的模樣，白錦稚都已經相信了。

「溫泉莊子的地契房契，派人回去取！」族長對胞弟說。

五老爺一想到那麼好的溫泉莊子要拱手，難免肉疼，緊皺眉頭不吭聲。

「快點兒！」族長呵斥。

白卿言拿族長的胞弟開刀，族長也只有聽從的分兒，各位族老也都轉過頭詢問自家人，強取強奪過旁人什麼，趕緊都拿來，已經送人或是沒有辦法拿來的就折成現銀。

看白卿言這陣仗，今日宗族不大出血，絕沒有辦法了事。那些平日裡仗勢欺人的白氏宗族之人，現在各個頭大如斗。

平日裡自己關起門來過日子的，倒是還穩得住。

周大人將這些年白氏宗族之人誰家強奪了什麼，誰家逼死過人命，記錄的十分詳盡，為白卿言省了不少功夫。不過這些年宗族做的傷天害理之事太多，等全部處理完天已經黑透了，可圍在白氏祠堂外的百姓未曾有一人先行離開。

白氏祠堂院子裡燈火通明。白卿言緩緩從椅子上站起來，開口：「白家祖訓，取忠、取義，個人榮辱性命最末，這句話還掛在祠堂正廳之上。白氏子孫……需愛民如子，以己所長所能，匡扶黎庶！這是當初高祖賜我白家鎮國公爵位時，祖宗對白家子孫的訓示！可你們看看你們，這些年在朔陽都做了些什麼？強搶民女，強奪他人祖宅、店鋪，逼殺人命，無惡不作！上愧對白家祖宗，下有負白氏榮耀，枉為白家子嗣！」

「雖說該償還的償還了，可只要他們還是白氏子孫，家法族規便不可廢！該怎麼處置……由族長下令！」白卿言轉頭看向族長。

火光搖曳中，白卿言那雙鋒芒盡斂的眸子望著族長。

在這裡站了一天，族長早有些體力不支，他攥著拐杖的手收緊，白家家法族規一向比大晉國律法森嚴數倍，若是真的挨個清算，誰能抗過軍棍？

別人也就罷了，他的兒子、孫子，還有他的弟弟，因為這些年太過狂縱，所犯之罪若按家法數罪並罰，怕是會被活活打死！

見族長還在猶豫，白卿言轉過頭，給族長加了一把火：「小四，準備軍棍，長鞭！」

族長被白卿言之言催得心頭發緊，閉了閉眼逼自己下狠心。

「如此為非作歹之人，不配為白氏子孫，不如……除族之後，交給周大人處置，郡主以為如何？」族長試探問道。

只要不行家法，只要人還活著，大不了等白卿言走後，他再想辦法……花點銀子將孫子、兒子保住，若還有辦法，自然也是要將弟弟一家保住的。

「爹！」白岐雲朝著族長跪了下來，「爹，我是你的兒子，未來的族長啊！爹你不能將我除族啊！」

「大哥！你瘋了！」五老爺驚得瞪大了眼，「我可是你的親弟弟！」

「族長不能啊！不能將我們除族啊！」半數族人跪了一地哭求哀嚎，可是族長卻不為所動：「你們當初作惡的時候，怎麼沒有想到今天？」

白卿平立在那裡冷眼看著如今跪地求饒的族人們，抬頭看向幾不可聞搖頭的父親白岐禾。

宗族這樣的結果，父親早就提醒過，可是父親每說一次，祖父就打罰父親一次，後來父親便不說了，只躲在自己四四方方的院子裡，醉心修那些古竹簡書籍的孤本。

隔著白氏祠堂的六扇大門，裡面是白氏族人哭聲不絕，外面是朔陽百姓滿目振奮。

族長看著兒子一臉震驚苦求他的模樣，狠了狠心，撥開兒子拽著他衣擺的手，義正詞嚴道：「我是白氏宗族的族長，這些事情我不知道就罷了！知道了就絕對不能縱容你們繼續仗白家威勢為禍百姓！為白家百年聲譽抹黑！」

族人見族長連兒子都要捨棄，心一下涼了一截。

「別求了！族長現在一心討好鎮國郡主，哪裡還會管我們這些族人的死活，人家連兒子和親弟弟都給除族了，還能顧得上我們?!」跪地哭求的族人，不知道誰說了這麼一句。

那些即將要被除族的族人壓了滿心的悲憤，總算是找到了發洩口，五老爺更是恨死了自己兄長，一母同胞啊，他竟然不顧他的死活，要將他也除族。

五老爺被兒子扶著站起身，一雙通紅的雙眼瞪著族長，喊道：「當初我們……也都是和岐雲有樣學樣，你當初不說我們錯了，反而縱容，現在要把我們除族！你可真是好族長！好哥哥！」

族長一雙陰沉沉的眸子瞪著不知好歹的胞弟，這些事情的起因完全都是因為五老爺占了祖宅，如若不然，宗族能出這麼多事?!且就他做出的那些事情，按家法族規處置，怕是命都沒有了。

這話，作為族長他不能明說，可這些蠢貨卻也不回頭好好想想，真的按照家法族規處置，他們還有沒有命！簡直是不知好歹的東西，還敢怨他！

「既然族長已經做了決定，就儘快處置吧！」

白岐雲膝行上前還要跪求，卻聽白卿言道：「讓人攔住他們，族長除名之人……就勞煩全漁公公派人協助周大人押入大牢，等候周大人發落了。」

全漁連忙稱是。

周大人也忙道：「郡主放心，下官一定秉公處理。」

族長提筆，在兒子歇斯底里的哭喊聲中，將這些族人的名字勾除，族長這裡勾除一個，太子府的護衛軍和衙役就帶走一個，沒有在祠堂院子裡的，便帶人上門去抓。

很快，原本擠滿了宗族之人的祠堂大院子中，人少了下來。

只有四位族老帶著自家的子嗣，脊背挺直立在那裡，大約是未做虧心事不怕鬼敲門，甚至心中隱隱還有些暢快和慶幸，慶幸他們沒有縱容自家子嗣欺辱百姓。

白卿平視線掃過院中僅剩的一小半族人，看向白卿言的目光充滿了敬佩之情。

只有這樣的雷霆手段，將宗族的蛀蟲拔除之餘，震懾宗族其他人才能讓宗族徹底乾淨……

其實，作為鎮國郡主，白卿言大可不必這麼費心，直接出族是最乾淨俐落，也是省時省力的辦法。可白卿言並未這樣做，白卿平打從心底感激白卿言沒有放棄宗族。

族長顫抖的手放下筆，難以壓住心頭憤怒，問白卿言：「郡主如此，可滿意了?」

白卿言未回答族長的話，只側頭問身邊白家護衛：「古老來了嗎？」不僅族長，就連剩下的族老也有些腿軟慌張，怎麼還沒完嗎？還要繼續嗎？

「稟郡主，古老已經在外面久候多時了。」有白家護衛上前稟報。

「讓古老進來吧！」白卿言端起茶杯，風淡雲輕道。

很快年邁的古老一手拄著拐杖，一手抱著竹簡帳冊，身後跟著管理宗族帳目的宗族管事，那管事縮手縮腳跟在古老身後，全身顫抖不止。

當族長看到宗族管事白雍和古老一同出現在這裡，頓時脊背發寒，隱隱有了危機感。

「大姑娘、四姑娘……」古老對白卿言和白錦稚行禮之後道，「老奴已經和管理祖產管事白雍，帶人將這些年我大都白家送回大都的銀子、所得賞賜，和為宗族置辦的族田、商鋪，各類收支明細全都對了一遍。」

族長支撐了一天，本就已經疲憊不堪的身子因為心頭慌亂，搖搖欲墜，向後踉蹌了一步。

「祖父！」白卿平伸手扶住族長，險些隨族長一同摔倒在地。

族長用力握緊孫子的手，知道白卿言要對著他來了。

「老奴手中這幾冊帳冊，便是未出現在祖產之中，不翼而飛的銀子，和大都送回來的御賜之物，就連為宗族置辦的族田、商鋪，也不是當初報到我們大都白家要的數目！還有這些義田、商鋪的收支更是不對！族長每年都要同鎮國王哭窮，說族裡多少人家又過不下去了，鎮國王心疼族人受苦，便讓老奴給族裡撥銀子！這筆銀子也從未出現在宗族帳目之中！」

春桃上前從古老手中接過竹簡，遞到白卿言的面前。

古老抬頭，如炬目光望向族長，氣如洪鐘：「這些年，大都白家送回宗族之物，族長說是為顯鄭重，總是族長同族長的長子白岐雲接手，老朽一提要和宗族管事對帳，族長就當著鎮國王的面詢問老朽是否不信任您這位族長，對帳之事也就不了了之，不成想這後面竟然是這樣的一團汙穢。」古老話沒說完，鎮國王知道族長在背後貪，但總覺得不癡不聾，不為家翁，便也寬縱了，沒想到寬縱成了這個樣子。

白卿平一臉意外震驚，他不知道祖父竟然還貪墨大都白家送回來的銀子。

畢竟白卿平不當家，對家中進項一向不甚瞭解，只是按月領自己的應分去花銷罷了。

白卿言粗略看過竹簡後，將竹簡遞給護在她身邊的護衛，神情淡漠開口：「拿去讓各位族老看看吧！」

侍衛應聲，捧著帳本來到僅剩的幾位族老面前，幾位族老迫不及待抓過竹簡翻開……

其中一副竹簡，上面記著近些年大都白家每年送回宗族的銀錢總和，下面記著族內帳目收到大都白家銀錢的總和，對比來看簡直觸目驚心，族長是越貪越多……到最後竟然私吞了半數之多。

還有一副竹簡裡，記著送回宗族的御賜之物，族長交到族裡的又少了些什麼。

族老們越看越火大，這些原本都是族裡的東西，可是族長仗著他是族長居然私吞！

「我說剛才怎麼白岐雲媳婦兒抱著白卿節……說會設法求周大人放人呢！原來族長是家底子厚啊！大都白家全家男兒捨命光耀白氏門楣，你們卻拿著大都白家給族裡的銀子中飽私囊，讓你的子孫禍害百姓，損了白氏盛名不說，還拿著大都白家捨命得的銀子救你的子孫，好算計啊！可真是好算計！」

「這麼多年欺上瞞下……貪的比別人都多，還裝出一副兩袖清風，為族人鞠躬盡瘁的假象，真是個好族長！難怪子孫都是那個樣子，原來上梁不正下梁歪啊！」

年紀最大的那位族老想起族長的出身，諷刺冷笑：「庶出的就是庶出的！就算記在嫡母名下，骨子裡的東西改不了，上不了檯面的東西！上任族長在世時，雖然也貪，但還尚且知道收斂，到咱們這位族長這裡，這族長可就和他那庶出的娘像了個十足十，什麼好的香的都往自己窩裡巴拉，兩爪子一伸都敢睜著眼說自己沒拿！」

白卿言餘光看到立在門外的沈青竹，輕輕頷首。

沈青竹抱拳轉身迅速離開。

族長強行鎮定下來，握著白卿平的手卻在不斷顫抖：「此事與我無關！我不知情！堂兄我敬你年長，你可以訓斥我！我毫無怨言！可我父親已逝，怎麼說都是你的長輩，堂兄還需口下積德。」這些年宗族和白家交接銀兩這些事情，族長自持身分沒有沾染過，一直都是讓白岐雲去處理的，白岐雲已經被除族，繼任族長顯然無望，所以他不能失去族長之位，只要他還是族長，就還能以族長之威護住兒子！若是失去族長之位，他可就再也護不住兒子和孫子了。

族長下定了決心咬了咬牙道：「這些年，交接之事都是岐雲在辦，原本想著岐雲是下一任族長，讓他磨練磨練的！郡主……周大人，不如將岐雲叫回來，聽聽岐雲都是怎麼說的？岐雲是我的兒子……我相信他就算是再混，也不會貪墨大都白家贈予宗族的銀錢，和御賜之物。」

族長知道，要是一口咬定是兒子所為，反而落了下乘，便擺出一副我們來查的姿態。

族長的話音剛落，他的老妻拄著拐杖哭哭啼啼進來：「當家的……白卿言身邊護衛，帶著太子府的護衛軍闖進咱家家裡，砸開了庫房們，跟土匪似的將咱們家裡的東西都給拉來了，這到底是要幹什麼啊！」

族長一口氣差點兒上不來。

很快沈青竹帶著太子府的護院軍在百姓的圍觀下，抬著珠寶、玉器，還有往年皇帝賞的貢品皮貨、布匹不緊不慢進了院子。

天雖然已經黑了，可搖曳的火把將白氏祠堂周圍照得宛如白晝。

百姓看著那一箱箱耀目的珠寶珊瑚，不遮掩徑直往裡抬，眼睛都熱了，心裡怒罵這族長不是個東西，竟然貪了這麼多寶貝！

剩下的族人更是氣得上氣不接下氣，恨不得將族長剝皮扒筋。

年長的族老冷笑：「這就是族長的不知道？東西都到你們家庫房了，你還不知道？瞎嗎？」

族長的老妻不明情況，抬頭看向自家丈夫。

族長臉色煞白鐵青，朝白卿言的方向看去，他這才明白……白卿言是有備而來，她並非只想將那些孩子和白岐雲他們除族，而是要清理宗族，連他這個族長都要一同清理了！

沈青竹懷抱竹簡進來，對白卿言抱拳道：「郡主，屬下按照古老和宗族管事對出來的單子，在族長家庫房裡搜出了白家送回宗族，卻不曾入宗族帳冊的物件兒，不少是貢品，並不難查！缺失不曾找到的，屬下已經用朱筆圈了出來，請郡主過目。」

說著，沈青竹將竹簡放在白卿言身側臨時擺放擱茶杯的小几上，視線又看向立在院中局促不安的族長老妻：「屬下派人搬東西的時候，族長之妻百般阻攔，口稱這乃是他們自家私物，不允許任何人觸碰，屬下不得已……冒犯族長之妻，將其按住，還請郡主恕罪。」

白卿言並未翻看竹簡，手指有一下沒一下在小几上敲著：「族長……真是枉費了我祖父的信任啊！」

族長立在原地半晌張不開嘴說話，東西已經被他們從家中庫房裡搜了出來，他說再多都是狡辯，良久他道：「我實在是沒有想到，岐雲竟然會做出這樣愧對宗族的事情，身為岐雲之父……我難辭其咎，不敢再領受族長之位。」到頭來，族長還是決定捨棄兒子，將他自己洗脫乾淨啊！

白錦稚看了一副竹簡，冷笑將竹簡重重放回小几上：「你輕飄飄一句不敢再領受族長之位，可沒法將這件事糊弄過去。這裡面多是陛下的御賜之物，大都白家送回宗族還說的過去，可若是丟了或是送人了……那可就是冒犯天顏之罪，陛下若是不高興……死罪事小，遺禍九族，難道要全族人都為你兒子的貪心送命嗎?!」

周縣令眼明心亮，適時補充了一句：「正是，御賜之物，當好生供奉，丟失、送人、損壞，都是大不敬！大都白家將御賜之物送回宗族供奉是妥當的，可白岐雲私扣御賜之物占為己有，這已經是犯了死罪！要是這御賜之物找不回……下官也只好秉公上奏，還望郡主見諒！」

「當家的！」族長之妻一聽腿都要軟了，真的會連累兒子的命嗎？不少御賜的珍奇物件兒族長之妻可都偷偷弄回娘家了，她那弟弟可是個得了好東西絕不會吐出來的主！

剩下的族人一聽，嚇得魂不附體，紛紛討伐族長，言辭犀利難聽。

白錦稚又適時冷笑道：「之前白岐雲來我大都白家，逼著我們白家散盡全部家產湊齊了給宗族四十多萬兩銀子，該不會……是白岐雲做戲，私吞了吧！畢竟這幾十萬兩銀子到現在都不知去向，就算是打水漂它也該聽個響吧！」

此言一出，將族人的怒火拱的越發高，族人對族長一家的態度越發不收斂，將這些年對這族長全家的不滿全部都嚷嚷叫罵了出來。

祠堂院落裡吵吵鬧鬧，愈演愈烈，已經黑透的天起了風，淅淅瀝瀝的小雨隨之而至，也沒能讓白氏族人的一腔怒火稍減。

廊中昏黃燈籠下，清瘦頎長的白卿言緩緩站起身，燈籠底部漏下的光斑搖搖晃晃，映著雕花繁複的祠堂隔扇和青石地板，亦映著她白皙沉靜的精緻五官，似柔弱驚鴻，清雅恬靜，又堅韌沉穩，矜貴逼人。

見白卿言已起身，族人逐漸安靜，看向白卿言的方向，只聽白卿言道：「身為族長，卻未盡到族長之責，不遵祖訓家規，擅拿御賜之物占為己有，不規勸教導族人，包庇自家子孫，縱容其行兇，且為其善後，以致白氏宗族風氣敗壞！宗族子弟品性不端，行事狂悖，欺凌百姓，甚至害人性命，與族長立身不端，德行歪斜，貪婪成性，未盡職責，關係重大！」

她側眼看向面色蒼白的族長：「罷免其族長身分，責令其十日之內，歸還所有貪汙大都白家送於宗族的御賜之物和銀錢。若十日之內無法歸還，那便請周大人依法處置。」

「對！就是得讓他們還回來，一錢銀子都不能少！」族人義憤填膺。

「此次，朔陽百姓因白氏宗族依仗大都白家之威，受苦頗多，如今朔陽周遭屢發匪患，朝廷騰不出手剿匪！白卿言便將白氏宗族前任族長所貪汙之銀錢，用於剿匪之上，為朔陽百姓平定匪患，以作一二補償！」

「好！」門外不知是誰喊了一聲好，百姓們紛紛跟著擊掌叫好。

雖然匪患沒有進城，可朔陽周圍接連出現匪患，官府一直不派人去剿匪，百姓心中跟著不安，若是能平定匪患，那絕對是為百姓解決了心頭大患。

白卿言對門外百姓一拜，又喚了白卿平的名字。

白卿平受寵若驚，忙上前對白卿言行禮：「郡主……」

「去向周大人舉報你堂兄弟，安頓好啞娘之事，做的很好！法不避親，堂兄犯錯……你舉報，而後為其善後，像我白家子孫！」白卿言深邃幽沉的眸子凝視白卿平。

白卿平只覺內心情緒翻湧，鼻頭酸脹，將頭垂得更低，他內心其實是羞愧的。

「你年紀尚小，你父親能教導出你這樣的兒子，不負白家祖宗。」白卿言視線落在白卿平的父親白岐禾身上。

白岐禾一怔，抬頭看向那周身威嚴氣度與鎮國王如出一轍的白卿言，微微垂下眸子向白卿言抱拳。經歷過戰場，從屍山血海中歸來之人，即便年紀再小，身上的殺伐鋒芒，還是無法掩蓋。畢竟，戰場便是修羅場，無法狠心之人，便無法全身歸來。

綿綿細雨沾濕了門外百姓，和祠堂內白氏諸人的髮絲衣衫，青石地板除卻立著人的地方是乾的，已濕成一片，隱隱映出燈火之色。

「今日除族者眾多，族長亦被罷免，白氏宗族元氣大傷，但族人須知，除舊布新，大破方能大立，從此往後希望白氏全族上下，謹記白家祖訓，謹記白氏護民愛民之心，立身端正，心懷光明，做俯仰無愧天地的堂堂正正之人。」

族老紛紛點頭，不知是迫於白卿言的威勢，還是真的從心底贊同。

「白氏宗族正待推陳出新之時，不可無族長，由白岐禾暫代族長之位。」白卿言望著白岐禾，「凡事多與幾位族老商議，等大都白家遷回朔陽，而後再定新任族長人選！日後……白卿言長居朔陽，若再聽到有白氏子孫欺凌百姓之事，定不輕饒！且白氏宗族之人絕不可幫扶……因欺凌百姓被除族之人，若違背，族長需嚴厲處置。」

該做的事情做完，該說的事情說完，白卿言對各位族老和百姓行禮後，將餘下之事交給白岐禾處置，自己先行離開。

立在細雨中的白岐禾整個人都是懵的，他從未想過有一天族長之位會「咣噹」一下子，砸到自己頭上，還是白卿平提醒，這才回神。

馬車上，白錦稚心有不甘，一坐下便道：「長姐為何不將族長一家子處置乾淨？那個族長應該全家除族，長姐怎麼還讓他兒子當族長呢？還有其他家族人……他們家裡也不是沒有罔顧祖宗家法的，應該將他們全都除族，白氏才能乾淨！」

白卿言此次毫不徇私，鐵腕整治宗族，看似雷霆，可確並非全部斬草除根，至少每家子都留了人，這讓白錦稚極其不滿。

榆木精緻的青圍馬車四角懸著明燈，搖搖晃晃的光線照進馬車內，將白卿言深沉如水的眸子映得忽明忽暗。「趕狗入窮巷，打狗打不著，恐會遭到反噬。」白卿言耐心同白錦稚解釋，「達到目的即可，不必做趕盡殺絕之事，否則將他們逼上絕路，讓他們魚死網破，於我們無利。」

白卿言將事鬧大最主要的目的，還是收攬民心，和練兵剿匪。

如今目的已經達成，且留下宗族部分堪用之人可為她所用，何樂而不為？

常言說，光腳的不怕穿鞋的，前路絕了，他們便會無所顧忌，白卿言倒不是怕……只是橫生枝節，難免需要她分神在這些不值當的小事上。

白錦稚眉頭緊皺，心裡明白，嘴上卻不願饒人：「長姐未免太看得起他們了，就他們那群人，拿什麼和咱們家魚死網破？讓他們還留在宗族……真是不甘心！不如出族來的痛快！」

「以為你長大了，怎麼還這麼毛燥？」白卿言倒未生氣，語音裡帶著笑意，「我們回到朔陽，還要用宗族之人，出族於我們不利！如今得了民心，順理成章為將來練兵鋪路，且這筆銀子還不用我們白家出，還不好嗎？」

白錦稚皺眉想了想，好像是這樣的……

「剛才，雖然我叮囑了，不許幫扶被除族之人，可血脈親情在，他們能看著自家子孫或是父輩受苦，不去幫扶一把嗎？我們有言在先……他們知錯犯錯，把柄在手，日後若想處置……還不是一句話的事？」

白錦稚眼睛一亮，忙笑道：「長姐說的是！」

她點了點頭，叮囑白錦稚：「凡事有度，過則為患，留一線，藏後手，才是御人之道。」

「小四記住了！」白錦稚認真點頭。

第六章 攜手共謀

白卿言的馬車停在白家住宅門前時，沈青竹看到一位氣度非凡的男子帶著護衛，立於白家祖宅不遠處。見春桃已撩開馬車車簾，沈青竹撐傘上前，護住白卿言下馬車，低聲道：「大姑娘，白府門前有人。」

全漁從白卿言四駕馬車之後的馬車上下來，看到蕭容衍頗有些意外，卻似又在情理之中，不免朝著白卿言望去，心裡感歎大魏民風當真比晉國開放……這蕭先生傾慕郡主，竟然都敢追到朔陽來。

蕭容衍身著白色祥雲暗紋直裰，腰繫金絲滾邊暖玉點綴，於這細雨夜色中格外顯眼。月拾一手提著羊皮燈籠，一手撐傘，乖覺立於蕭容衍身側，暖澄澄的燈光，為蕭容衍原本深邃凌厲的五官增添了一抹柔和之色。

白卿言抬眼朝蕭容衍的方向望去，只見溫潤儒雅的英俊男子，舉止雍容雅緻朝她遙遙一禮。想起蕭容衍說，要同她談一樁生意之事，她猜此事或是緊急，蕭容衍這才屈尊在此候著。

「是蕭先生！」白錦稚眉目笑開，「蕭先生怎麼來朔陽了？」

白錦稚猜這蕭先生怕是為了長姐，心頭更歡喜了些。

沈青竹不明情況，見白錦稚似乎很高興的樣子，隱隱放下了心頭戒備。

白卿言下了馬車，見蕭容衍抬腳朝她走來，她上前行禮後問：「蕭先生在此等候，是為了生意之事？」

細雨瀝瀝，落在油紙傘面上，清潤無聲。為白卿言撐傘的沈青竹滿眼探究瞅著蕭容衍。

「正是。」蕭容衍頷首，深不見底的幽邃瞳仁帶著十足鄭重望著她，行禮道，「事關重大，需與大姑娘單獨相談。」

蕭容衍目光平靜內斂，並未存輕薄之意，而是將白卿言認為是可以共謀大事之人。

全漁撐著傘上前，笑著同蕭容衍行禮：「蕭先生……」

「全漁公公竟也在……」蕭容衍朝著全漁淺淺頷首。

「郡主此次回朔陽，殿下怕郡主人手不夠用，全漁旁的不會跑跑腿還是成的，就厚顏跟著郡主來了！」全漁朝著白卿言看了眼，又望向蕭容衍，眼角眉梢都是盡在不言中的笑意，「蕭先生同太子說有生意上的事要出趟遠門，原來是要來朔陽啊！可真巧！」

蕭容衍聽出全漁的玩笑之意，笑了笑道：「真的確是為了白茶生意，特來請教郡主，望郡主能夠指點一二。」

「小四，你親自帶全漁公公去住處，再讓管事安頓好太子府護衛軍，今日辛苦全漁公公！」白卿言道。

「郡主這話折煞奴才了，奴才不過是跑了跑腿而已！」全漁不敢領功。

「全漁公公請吧！」白錦稚不想讓全漁再杵在自家長姐和蕭先生跟前，笑著上前道。

全漁眼明心亮，明知太子殿下有心撮合白卿言和蕭容衍，怎可這麼不識趣還往跟前湊，忙行禮告辭。

白卿言略略頷首，對蕭容衍做出請的姿勢：「蕭先生入府一茶。」

孤男寡女，又要私談，為避嫌，白卿言讓人在湖心亭備了茶水。

湖心的八角涼亭，朱漆圓柱，四面通透，高翹的簷角下掛著四盞明晃晃的燈籠，將湖面都映得十分亮堂。

今日有雨，湖上風大，沈青竹和月拾兩人各自撐傘，就守在通往湖心亭的木橋上，見兩位主子在廳內似乎在賞畫看什麼圖，兩人背對著湖心亭……不得命令，誰也不敢回頭看。

風勢漸大，吹得石桌上輿圖翹起一角，手持燈火的白卿言上前，抬手壓住輿圖一角，俯身用燈照看蕭容衍展開的輿圖。

蕭容衍側頭，漆黑如墨的平靜視線望著白卿言，她手中燭火勾勒著她白皙柔美的下顎曲線，他眸色深了深，收回視線不敢再看。

見上面有用朱筆圈出的幾座山，離朔陽不遠的牛角山極近，她不解看向蕭容衍。

「崆峒山與牛角山中間這幾座山，我的人周旋幾年，一天前才全部買下的。」

蕭容衍望著白卿言目光坦誠。

白卿言恍然。她的人紀庭瑜就在牛角山附近，所以蕭容衍才來找她。

她視線掠過輿圖，手指在石桌上點了點問：「蕭先生所說生意，與這幾座山有關？」

蕭容衍直起身，鄭重望著白卿言：「不瞞大姑娘……這幾座山中，有鐵礦。」

他拋開私情細細想過，白卿言的人藏身在這附近，他在這裡開礦必定瞞不住白卿言。與其在與各國斡旋的同時，還要與白卿言這樣心智謀略的人鬥智鬥勇，不如坦然相告，以利聚而成友，互惠互利。且，若這幾座山有白卿言看護，他也就不怕被晉國朝廷察覺。

白卿言望著蕭容衍的眸子，似笑非笑道：「蕭先生，與其說是生意，不如說……是打算以利誘之，就是不知蕭先生能給言什麼。」

立於燈下的蕭容衍目光平靜似水，溫潤從容，高深莫測的如一汪深潭不見底，看著白卿言手持燭燈灼灼雙眸要笑不笑，宛如一切盡在掌握的模樣，不知為何他總是忍不住想起宛平城辭行那夜，皎皎月光灑落映著她清豔絕倫的五官和細長頸脖，白皙優美的曲線，她雙眸沉著，一雙暖玉琢成的耳朵卻紅了個透徹的羞赧模樣，在他腦中揮之不去。

他目光專注凝視著白卿言，按捺不住微微上前一步，壓低醇熟的嗓音，慢條斯理道：「衍是想與大姑娘攜手共贏。白大姑娘藏人於山中，製造匪患是為何衍心中清楚，白大姑娘想要藏兵於山中以備來日，需要兵器，大燕欲強兵興國，更是需要兵器。」

蕭容衍靠的有些近，全然逾越禮儀，卻再無輕佻之舉，只靜靜凝望著她，暖澄澄的燈火映在他湛黑深沉的瞳仁中，似有溫情脈脈。

她握燈的手微微收緊，蕭容衍身上沉水香低斂深邃的味道，隱隱撩撥呼吸，她收回視線，垂眸，目光落在蕭容衍華貴腰帶和禁步之上，不動聲色轉過身避開蕭容衍，垂眸細看那份輿圖。

「所以，蕭先生想同我做什麼生意？」白卿言不鹹不淡問。

「衍在晉國並無根基，人手缺乏，而白氏一族樹大根深，所以……與其費神將大燕忠勇可用之人送至晉國，不如與大姑娘攜手，衍買山……大姑娘開礦，所得之三分皆屬大姑娘。」蕭容衍道。

說起來，白卿言出個人力，開礦盡得三分，條件已算十分優渥。

且蕭容衍此時上門，可以說解了白卿言心頭大患。

養兵需糧，也需兵器。

朔陽城內練兵尚且可以明目張膽採買，紀庭瑜目下人少也可以應付，將來兵甲充足人多了呢？還有遠在南疆的阿玦，雖說有各位白家軍將軍幫扶，可到底數量有限，多了……晉廷怕會懷疑。

「若白家開礦，就得護此山不被晉廷知曉，被發現便是滅頂之罪……」白卿言手指在羊皮輿圖上點了點，「蕭先生說的容易，辦起來似乎白家所冒之風險更大些。」

「衍從商，商者有句話叫富貴險中求。」蕭容衍垂眸望著白卿言精緻的側顏，耳廓和頸脖細膩的棱角曲線，情不自禁略略低頭湊近了白卿言的耳邊，嗓音很低，「白大姑娘同衍是同一類人，既已有籌謀，便不會游移不決。」

白卿言手心收緊，耳根略有些發癢，兩人離得極近，她的肩膀幾乎擦著蕭容衍的胸膛，他說話時胸腔的起伏都盡在咫尺。

雨勢漸大，亭頂青瓦被洗得烏亮，湖面雨水激起的水霧愈盛。

白卿言穩住心神，放下手中主燈，轉身與半步之遙的蕭容衍直視，眉目清淨，不急不緩開口：「白家開礦，將鐵礦煉成可用兵器交與蕭先生，白家也不占蕭先生便宜，五五分！」

蕭容衍望著白卿言的眼神含笑，手指撫著石桌邊緣，又朝白卿言逼近：「白大姑娘應當知道，三七分……衍已做了很大讓步了。」

白卿言半分未退：「大燕偌大一國，國內並非沒有礦山，尤其是收回南燕之後，大燕國力大增。若是言猜的不錯，蕭先生之所以在晉國境內開礦山，是為日後駐兵戎狄的大燕軍隊提供兵器。與其將鐵礦運往戎狄，再勞煩蕭先生安排可靠之人在戎狄境內煉製兵器，不如白家一手包攬，反正不論是往戎狄運送鐵礦還是兵器，風險都是一樣的！白家包攬，蕭先生便可將大燕忠勇可用之人都用於別處，為來日大業將基礎打牢靠些。」

來日大業……蕭容衍呼吸重了幾分，白卿言當真懂他。

成大事者，格局寬廣，從不拘泥眼前利益。為大燕考慮，只要今日蕭容衍與白卿言能有攜手共謀的起端，他日大燕厚積薄發逐鹿中原，或亦可相邀白卿言共謀。

蕭容衍從不曾忘，白卿言曾言……白家護的是晉民，並非晉國林氏皇權。

「好。」蕭容衍一錘定音應承下來，卻遲遲不曾退開，只靜靜凝視她的雙眸。

白卿言手心微微收緊，蕭容衍身上的沉穩氣息著實擾人，她道：「蕭先生若是再無旁的事，言就不送了，等安排好自會讓管事前去與蕭先生身邊管事接洽。」

她無心風月，卻不得不承認，蕭容衍本身便是一位極具魅力的男子。

他容顏雖不如他兄長燕帝那般堪稱驚豔絕倫傾城傾國，可被掩蓋在溫潤氣質下，如刀刻斧鑿般深邃的五官輪廓，和歷經塵世歲月積澱後的城府，卻充滿高深莫測的沉穩魅力。

大魏富商蕭容衍，即便身分低微，才學和氣度依舊斐然，哪怕立於勳貴之中都如鶴立雞群，引得不少貴女傾心愛慕。

帶著水氣的涼風猛然穿堂，將高懸的燈籠吹得搖曳作響，陡然掀起攤開在石桌上的羊皮輿圖，白卿言與蕭容衍兩人忙伸手去按。

下一瞬，她與蕭容衍撞了滿懷，額頭碰上蕭容衍炙熱的薄唇。

耳邊，是雨打湖面的嘩嘩聲，燈籠燭火搖曳，光斑晃動，偶有錦鯉躍出水面激起水花作響。

額頭傳來的軟痛，讓她腦中一瞬空白之後，心跳猛然激烈跳動無法克制。

蕭容衍那隻骨節分明的大手，正覆在她的手背之上不曾鬆開，不知是按著輿圖，還是她的手。

蕭容衍薄唇離開她的額頭，一隻手自然扶住她單薄的肩膀，低頭靜靜望著她。

略有些遲鈍的白卿言抬眼，見蕭容衍深沉內斂的黑眸正凝視著她，欲抽回被蕭容衍按在輿圖上的手，蕭容衍卻膽大妄為，五指擠入她的指縫之間緊緊扣住她的手背，扣著白卿言肩膀的大手亦是滑至她的腰間，不給她後退的機會。
他呼吸略顯粗重，難以克制，低頭緩緩朝她靠近，目光深邃炙熱。
她如被施了定身術般，竟挪動不了分毫，眼睫輕顫。
兩人越靠越近，蕭容衍高挺的鼻，輕輕碰上她的鼻頭。
白卿言僵硬的脊背戰慄，手心收緊，死死抓住了蕭容衍骨節分明的細長手指。
炙熱的薄唇碰上她唇瓣的瞬息，白錦稚與沈青竹歡快的說話聲傳來。
「我讓廚房給長姐和蕭先生備了點兒酒菜送來，長姐今天在祠堂忙的都沒有吃東西……」
白卿言驟然回神，轉身故作鎮定抽回手，心不在焉理了理衣裳，將羊皮輿圖疊好，耳根滾燙。
蕭容衍清了清嗓，亦是理了理直裰下擺和禁步，略略調整呼吸便恢復如常，又是那副溫潤公子的模樣負手而立，看向帶著僕婦撐傘從木橋往湖心亭而來的白錦稚，還有月拾和沈青竹。
「長姐，蕭先生！」白錦稚行禮後笑道，「小四給長姐和蕭先生準備了點酒菜……」
白錦稚算著時間，想兩個人應該快聊完了，這會兒上酒菜，長姐和蕭容衍就能多待一會兒，蕭容衍就能早日入贅，成她的姐夫。
僕婦們手中拎著黑漆描金的食盒，微微弓著腰，邁著碎步魚貫而入，輕手輕腳打開食盒，將冷碟擺了出來。
不等蕭容衍開口，白卿言便先道：「我與蕭先生之事已經談完，蕭先生隨後還有要事不便在白府停留。」說著，白卿言一本正經看向蕭容衍：「青竹……送蕭先生。」
蕭容衍見白卿言耳根已經紅透，卻面上不顯，依舊是那副沉穩從容模樣，他眉目含笑望著白錦稚道：「有負四姑娘美意，蕭某實是有事在身，改日蕭某作東……向四姑娘賠罪。」

白錦稚難免覺得有些可惜，點了點頭：「那蕭先生記著，可別忘了！」

「一定！」蕭容衍頷首。

沈青竹對蕭容衍做了一個請的手勢：「蕭先生請……」

蕭容衍回頭朝白卿言長揖一禮：「有勞白大姑娘送蕭某兩步，蕭某時間緊迫，還想與白大姑娘說說啞娘之事。」

白卿言不動聲色收緊手心，頷首。

雨打樹葉沙沙聲極為輕盈，兩人沿九曲遊廊朝白府外不緊不慢前行。

「啞娘已認了義父，倒是不必強求送來白府養著，憑啞娘自己的意願。」白卿言想起今日從青樓媽媽那裡要來的啞女，「若是啞娘缺個伴，我讓人將今日青樓媽媽帶來的那個啞女送過去。」

「那便送過去吧！」蕭容衍笑道，「啞娘的確是缺個玩伴，兩人都不能言語，應當能相處好。」

白卿言讓人留下那個啞女，也有這個意思。「啞娘的事情，既已說定，言……便不送蕭先生了，蕭先生慢走！」白卿言對前面帶路的沈青竹道，「青竹，送蕭先生！」

「是！」沈青竹頷首。

「蕭某告辭。」蕭容衍對白卿言行禮。

沈青竹撐傘挑燈走在最前面，恭恭敬敬將蕭容衍和月拾主僕倆送出門，便命人關了白府大門。

月拾忍不住和蕭容衍嘀咕：「白大姑娘身邊什麼時候多了一個女羅剎？以前沒見過……」

「白大姑娘身邊能人眾多。」蕭容衍像是心情不錯的樣子，一躍上馬，手持烏金馬鞭，揚鞭而去。

「主子！」月拾喚了一聲，連忙收傘，馳馬跟上。

蕭容衍回朔陽剛買下不久的宅子，管事見蕭容衍衣衫微濕，忙讓人備薑湯和熱水，讓蕭容衍沐浴。沐浴後換了身衣裳，坐於燈下翻看手中竹簡孤本，腦海裡卻都是今日湖心亭的一幕幕。

今日之事雖然是個意外，可按照白卿言那個性子，若是不逼她，她怕是永遠也不會給她和自己一個機會。中途雖說被白錦稚攪和了，可……兩人之間到底也算是進了一步。

至少，如此冒犯之舉，白卿言未曾推開他，便是心底對他也有情，只是如她所言如今他們都前路艱難，她不敢對男女情愛存妄念。

蕭容衍肩負燕國重擔，從來不曾在男女情事上分神，不曾想遇到白卿言……一動心便成浩劫，甚至有急功近利儘快平定戰事，讓她看到她所期盼的海晏河清之念。

書房外，月拾敲了敲門：「主子，大魏的消息！」

蕭容衍眸色一斂：「進！」

月拾將門推開，攜一黑色披風男子進屋，那男子全身濕透，寒氣裹身，對蕭容衍行禮後，雙手捧著竹筒送至蕭容衍面前：「主子，大魏欲調兵攻我大燕。」

男子捧著竹筒的手心被韁繩磨出了一片血跡，雙眼通紅，眼下烏青，嘴唇乾裂，臉頰髒汙，一看便是日夜兼程馬不停蹄而來。

「給張岩拿水和點心來。」蕭容衍一邊拆竹筒一邊道，再命人將王九州喚了過來。

張岩接過月拾遞來的水，大口大口往下灌，一碗接一碗，也顧不上禮儀，抓了點心就往嘴裡塞，幾度被嗆著，好不狼狽。

竹筒裡是一張薄薄的紙張，蕭容衍一目十行往下看。

戎狄如今分裂為南戎和北戎，南戎得知大燕派兵助北狄之後，便派使臣向大魏求援，大魏探得知大燕已將兵力盡數調往戎狄，收了南戎的厚禮，舉兵壓境，意圖在大燕主力盡在戎狄之時，吞下大燕剛剛收復不久的南燕沃土之地……事態緊急，已不容耽誤，蕭容衍將手中薄紙點燃。

他起身，雙眸深沉鎮定，一邊更衣一邊吩咐道：「讓人備馬，派一隊人隨我即刻出發趕往大魏。張岩留下，今日好生休息，之後跟隨著你負責與白家接洽礦山之事，你事情辦妥後，立刻趕往大魏不得有誤。」

王九州連連稱是，拿了披風給蕭容衍披上：「主子，回大魏萬事小心。」

蕭容衍去魏國王九州頭一次沒法跟著，心中難免擔憂，可他知道礦山之事也需穩妥之人負責，他得替主子留在這裡。

披上披風，蕭容衍轉頭望著王九州，抿了抿唇道：「若是白大姑娘問起，就說我有急事回了大魏。」

王九州頷首：「小的明白，主子放心。」

白卿言輾轉難眠，思緒萬千。開礦之事，要隱人耳目勢必得費一番功夫，她打算就地煉製兵器，倒也不是費神的事。只是，此事應當交給誰去做？

沈青竹她信得過，可青竹年紀太輕鎮不住場，也非這方面的能人。等母親和嬸嬸她們回來，白府平安離不開盧平，宗族之人……她只敢將明面上練兵之事交給他們，旁的她是信不過的。

郝管家世世代代都在白家當管家，往那一站旁人便知道這是大都白家之人，不合適。

魏忠是個能人，但白卿言絕不敢放心用。

眼下可用的，便是白家忠僕劉望安，可劉叔年紀大了……

人手到要用的時候，便知短，這才是白卿言讓盧平回朔陽之後開始培養可用之人的緣由。

她人尚且還在白家，就已經深覺人手短缺，不知道錦桐和阿玦身邊又是什麼樣子。

此事便先讓劉叔接手，日後再讓合適的人替換。

大事定下，白卿言翻了個身，閉上眼……聽著窗櫺外淅淅瀝瀝的雨聲，眼前莫名浮現蕭容衍棱角鮮明的五官輪廓，心也如唇瓣相觸那一瞬般激烈跳動了起來。

守夜的春桃聽到白卿言跟烙餅似的翻來翻去，低聲問：「大姑娘，可是認床？」

「什麼時辰了？」白卿言開口，聲音有些沙啞。

「回大姑娘，剛剛寅時。」春桃回完話，低聲問，「奴婢給大姑娘倒杯熱茶？」

白卿言睡不著，起身。

春桃聽到動靜，撩開幔帳，見白卿言坐起身忙用鎏金銅鉤將兩側帳子勾起。

撥雲院又大又寬敞，西間白卿言當初交代過僻出一間做練功房。

春桃端了熱茶過來，替白卿言綁好一身的鐵沙袋，滿目心疼立在一旁看著她們家姑娘練紅纓銀槍，不免心疼他們家姑娘為了撐起這個白家太刻薄她自己。

天方亮，白卿言練得滿身大汗，她將銀槍放在一旁，今日她用了十足十的力道，練得渾身痠軟，顫抖的手解開鐵沙袋，對春桃道：「分量不夠，再加！」

捧著一攥都能捏出水來的鐵沙袋，春桃欲言又止，眼眶發紅，這鐵沙袋她一個人都拿不動，還要加分量？「奴婢已經讓僕婦燒上熱水了，姑娘沐浴後用過早膳，好歹在榻上歪一會兒，咱們下午再出發回大都吧？」春桃柔聲說。

「在馬車上歪一會兒就是了。」

下了一夜的雨已停，青石地板落了一地的樹葉，大樹茂葉還滴答滴答滴著水珠。

白家車馬隊伍，連同太子派來的一百多護衛立在駿馬一側，整整齊齊在祖宅門外候著，只待白卿言上了榆木精緻的四駕青圍馬車，才浩浩蕩蕩朝朔陽城外而去。

當地太守和周縣令在白卿言回朔陽的時候，是在城門外相迎的，白卿言走的時候兩人又不約而同來了城門外送白卿言。

周縣令就覺這太守的消息未免太靈通了些，來得比他還早，連忙笑咪咪上前進了竹竿撐起的油布棚子裡，行禮：「剛下過雨，城外滿是泥土潮氣，大人竟然也來了，郡主去往大都數日之後就回來了，大人竟也辛苦前來相送。」

太守四平八穩坐在棚下喝著茶：「周縣令一堆案子要判，還要寫請罪奏摺，倒是有閒情逸致過來。」

周縣令滿臉尷尬，倒也不在太守面前掩飾，只道：「不敢欺瞞大人，下官指望著郡主和太子殿下身邊那位全漁公公替下官在太子面前說說情，略備了薄禮。」

太守搖了搖頭放下茶杯：「勸你禮免了，將郡主的差事辦漂亮了，日後自有前程。」

雖然太守沒有說為什麼，可周縣令知道自己這位上司做官至今，雖然也逢迎拍馬，可從未給誰下過絆子，他將信將疑，最終還是決定一會兒不獻禮了。

看到以沈青竹為首在前開道的馬隊緩緩從城門而出，太守與周大人起身朝著城門口的方向走去。

白錦稚看見兩位大人，抬手示意隊伍停下，兩位大人忙上前對著白卿言的馬車行禮：「恭送郡主、縣主。」

白卿言挑開馬車簾幔，看向太守和周縣令：「周大人，白氏宗族的案子就有勞了。」

「郡主客氣，應該應分的！以前受人脅迫不曾為民請命弔民伐罪，下官實在慚愧的很！」周縣令忙道，語音哽咽，似愧疚極了。

「知錯能改善莫大焉。」白卿言似笑非笑說了一句，又看向太守，「太守大人似乎清閒的很。」

太守態度恭敬：「倒也不算清閒，實是指望著，能為郡主效力一二。」

白卿言端詳著態度恭敬有加的太守，笑道：「日後長居朔陽，有的是機會辛苦太守。」

說完，白卿言放下簾幔。馬車車輪緩緩轉動，聲勢浩大的隊伍又動了起來。

太守與周縣令立在一旁，俯身行禮恭送白卿言與白錦稚，見全漁的馬車從身邊而過，周縣令倒是肯折腰捨臉，長揖到地高喊了一聲：「恭送全漁公公。」

太守抬了抬眉，似笑非笑看著長揖到地大有車隊不走完便不起身的周縣令，轉身先行離去。

四月二十六，盧平壓著第二批送回朔陽老家的物品浩浩蕩蕩出發了。

第二批車隊比第一批走時更加壯觀，近百駕載物高聳的馬車被油布覆蓋，又用麻繩捆紮的結結實實，遮蓋的密不透風，引得大都城百姓議論紛紛，都說這大都城白家約莫是連各位夫人的嫁妝都一同送回朔陽，是真的不打算回來了。

當年，白家諸位夫人嫁入白家時，哪個不是十里紅妝，哪個嫁妝不是流水似的抬了一天？尤其是五夫人齊氏，齊老太君老來得女疼得和眼珠子似的，聽說嫁妝因為怕越過世子夫人董氏，沒有董氏排場，可暗地裡齊老太君可是將齊家不少莊子和賺錢的鋪子全都給了齊氏，生怕女兒在白家過的不舒坦。

百姓夾道目送被白府護衛軍護在當中浩浩蕩蕩的車馬隊出了城，不由唏噓感慨，從高祖開始榮耀至今的大都白家，在鎮國王白威霆和滿門男兒馬革裹屍後，竟落得黯然離開大都的下場。

大都城百姓的消息，總比其他地方的百姓更加靈通，大都城無人不知張端睿將軍南疆剛歸來沒多久，又領兵前往春暮山。

曾經，因為鎮國公府白家在，威懾大樑十年不敢來犯，如今鎮國王白威霆剛去沒多久，大樑就開始蠢蠢欲動，哪怕大晉國還有鎮國郡主白卿言在，大約也是因為鎮國郡主是個女子……大樑並未全然放在心上。也的確，鎮國郡主白卿言南疆大勝歸來，不見皇帝有意重用的跡象，到底還是因為鎮國郡主是女兒身吧。可若是鎮國郡主回了朔陽，再不涉戰事，他國來犯……不知還有哪位將軍可以護國安民，哪家可以擔得起鎮國之稱。

隨著白家車馬隊熱熱鬧鬧離開，剛還吵吵嚷嚷的長街安靜下來，白家的人雖然還都在大都城內，然白家如此壯觀的載物馬車離城之後，陡然給人一種……大晉都城往日繁盛不再，隱隱已顯頹靡之態。

見那壯觀的馬車車隊終於走了，孩童三三兩兩嬉笑追打了出來，少不知愁的稚童清靈歡快的笑聲，將人心中呼之欲出的憂慮驅散，貨郎扯著嗓子吆喝叫賣，看熱鬧的百姓這才說笑著各自散去。

立於燕雀樓雅間倚欄旁的秦朗，聽到雅間兒內大都紈褲嬉鬧的聲音，不知為何，心頭沉甸甸的。他負在身後的手緊了緊，大約是因鎮國公府世代居於大都鎮守晉國，戰無不勝的緣故，他們從不懼他國來犯，哪怕前方戰事吃緊，大都城依舊歌舞昇平。

如今鎮國公府沒了，現在就連鎮國郡主府的人也要離開大都，這讓他心頭莫名惶惶。

四月二十七晌午，鎮國郡主的車駕回城。

與鎮國郡主離城時不同，鎮國郡主走時悄無聲息，回來時卻是陣仗駭人，沈青竹帶著白家護衛騎馬在前開道，身後是太子府近百護衛騎馬跟於其後，排場十分烜赫。

有不少百姓不知道來者是誰，還以為是哪國使臣來了大都。

鎮國郡主府的管家帶著護衛早早便在城門外相迎，見白卿言的馬車緩緩停下，郝管家見太子府的那位全漁公公已經從馬車上下來，正規規矩矩立在白卿言馬車前同白卿言告辭，郝管家忙帶著僕人迎上前。

白卿言挑著簾幔，淺笑對全漁道：「辛苦公公一趟，明日白卿言親自登門，向太子道謝！」

郝管家上前對白卿言行禮了，又笑著對全漁道：「公公辛勞一趟，鎮國郡主府感激不盡，聽說公公喜好收藏些做工精緻的茶具，夫人特命老奴將這套茶具贈予公公，還望公公不要推辭。」

跟在郝管家身後的僕人上前，打開錦盒，裡面是一套水頭極好的翡翠茶具，最難得的是精雕別緻精巧，一看便不是凡品。

全漁慌忙推辭，便聽白卿言開口：「公公收下吧！如今大都白家式微……宗族之人都能騎到我們孤兒寡母頭上來，全賴太子殿下抬舉，全漁公公又在宗族眾人面前給我抬足了架子，我心裡明白！若無公公細心……宗族之事怕是不能這麼順利解決！」

「可這實在是太貴重了！全漁為郡主效命……當真是心甘情願的！」全漁認真望著白卿言。

全漁是打從心底裡仰慕白卿言，也的確是心甘情願為白卿言辦事，他承認自己是個勢利小人，可心裡卻留有一分純淨，他不希望和白卿言之間扯上這種金錢關係，將他純真的心意變成交易。

白卿言深深望著全漁認真的雙眸，點了點頭：「既然如此，言便不強人所難了，此行……多謝全漁公公相助，言銘記於心。」

郝管家聞言，讓僕人將錦盒收了起來。

全漁忙向白卿言行禮：「全漁分內之事，萬不敢當郡主謝字。」

目送白卿言的馬車進了城，全漁眉目間盡是溫潤笑意，轉身上了馬車帶隊回太子府。

郝管家跟在白卿言馬車旁，低聲同白卿言說著昨晚發生的事情。

「夜裡守墓的護衛捉到此女，見此女正欲掘六公子的墓，下手沒輕重打了個半死，今兒個一早城門一開便壓著此女進城，送到了我們府上，夫人問那女子為何掘墓她絕口不言，夫人氣得不行吩咐下人瞞著三夫人，讓人將此女送官，可此女也只是欲行掘墓之事，無掘墓之實，官府警告了一番就放了！」

白卿言挑開簾幔，眸色冷清望著郝管家：「繼續說……」

「誰知那女子在官府門前大鬧，說自己有起死回生的丹藥，她並非想要掘墓，而是六公子於她有恩，她欲救活六公子！官府的人見此女瘋言瘋語將此女趕走，此女竟跪在咱們府門口，求見大姑娘……稱她能救活六公子，現在還在府門口跪著！」

郝管家仰頭望著若有所思的白卿言：「看熱鬧的人極多，老奴倒是認為……這姑娘似乎有意借鎮國郡主府為其揚名。」

掘墓不成被抓，鎮國郡主的母親問她為何掘墓，閉口不言，卻在官府門前大鬧說自己有起死回生的丹藥。然後，又跪於鎮國郡主府門前請見她，怎麼看這都是別有用心的揚名之舉。

「那女子，可是臉上有疤，名喚……紀琅華？」白卿言問。

郝管家一怔，連連點頭：「正是！大姑娘如何得知？」

果然是她……白卿言聽到那女子說六公子於她有恩時，便猜測此人是紀琅華，沒想到真的是。

她並非沒有與紀琅華相處過，看此人並非是這樣滿口胡言，存心揚名之人。

她放下簾幔，垂眸細細思索。

馬車在鎮國郡主府門前停下時，白卿言聽到女子沙啞疲憊的聲音力不從心喊著：「小女子紀琅華，請見鎮國郡主，疾勇將軍白卿明於小女子有恩，小女子捨血煉製丹藥，可起死回生，求郡主給小女子救疾勇將軍白卿明的機會。」

百姓本就對鬼神崇敬，聽聞此女手中有起死回生的丹藥，好奇的不行，紛紛湊在鎮國郡主府門前看熱鬧。還有膽子大的漢子朝著紀琅華喊道：「小娘子，你既然說有起死回生的丹藥，不如拿出來讓我們開開眼啊！」

「對啊！空口無憑，你這麼著郡主是不會見你的！」

有百姓看到鎮國郡主的車駕停下，忙道：「是鎮國郡主的車駕！」

春桃打簾，扶著白卿言下了馬車。

身著素衣的紀琅華見身形挺拔頎長的白卿言下了馬車，有氣無力膝行兩步，一雙眸子清明灼人，對白卿言叩首：「小女子紀琅華，疾勇將軍白卿明於小女子有恩，小女子捨血煉製丹藥，可起死回生，求郡主給小女子救疾勇將軍白卿明的機會。」

她雖不清楚紀琅華的意圖，但知道紀琅華此人知恩圖報，她連阿明的披風都能夠細心珍藏，斷不會輕易損害白家。觀其目光清透，亦不像是被人蠱惑，昏了頭的樣子。

紀琅華頭重重磕在青石地板上，抬起又重複道：「小女子紀琅華……」或是因為見了白卿言心頭卸了力道，這一磕紀琅華身子一軟便倒在了鎮國郡主府門前。

白卿言手心緊了緊，吩咐：「青竹，讓人抱紀姑娘回府，請郎中前來醫治。」

「是！」沈青竹領命。

百姓見白卿言竟然讓人將那姑娘帶回了鎮國郡主府，忍不住猜測鎮國郡主是否也信了那姑娘手中有起死回生的丹藥。

「可這都過了這麼久了，難不成那丹藥還能讓白骨生肉嗎？」

「我倒是好奇，若這丹藥是真的，鎮國郡主是用這丹藥來救白家六郎呢，還是救鎮國王啊！」

「當然是救白家六郎啊，六郎要是活過來了，這白家可不就後繼有人了嘛！」

「要我說還是白家十七郎那十歲娃娃吧！當初南城門我看到那娃娃一身鎧甲的屍身……真是受不住！」

晌午剛過，盧寧嬅剛為皇帝診了脈，離開皇宮，有一女子手中有起死回生丹藥，於鎮國郡主府門前跪求鎮國郡主給一次機會，救白卿明的事情便傳到了皇帝耳朵裡。

「起死回生的丹藥？」皇帝端著茶杯的手一頓，瞇起眼。

「正是，聽說這會兒那女子正跪在鎮國郡主府外求見郡主，想請郡主給她救白家六郎的機會。」高德茂笑咪咪換了皇帝手中的茶杯，「陛下，盧姑娘走時交代了，讓您多喝菊花茶。」

皇帝點了點頭，若有所思抿了一口，似乎不太喜歡菊花茶的味道眉頭顰著，但一想到是盧姑娘囑咐，便又喝了幾口，隨口問了句：「那白卿言……是如何處置那個要掘白家六郎墓的女子？」

「陛下您忘了，鎮國郡主回朔陽了，老奴估摸著郡主應當還有幾日才會回來。」高德茂想起太子派護衛軍送白卿言之事，笑道，「太子殿下對鎮國郡主倒是有心，專程派了護衛軍回去給鎮國郡主鎮場子，否則……白氏宗族之人連大長公主都逼得吐血，恐怕鎮國郡主有的頭疼。」

「你可太小瞧白卿言了！」皇帝重重將茶杯放在几案上，滿目冷笑，「白卿言可是連朕都敢逼迫之人，小小宗族之人她會放在眼裡？」

「那也說不準的陛下，這世上一物降一物，她鎮國郡主再張狂，也總有能鎮得住鎮國郡主的。」高德茂笑咪咪開口，「若是陛下想知道鎮國郡主回朔陽的詳情，不如等鎮國郡主回來後，問問太子，太子身邊的人跟著，肯定是最清楚不過了。」

皇帝沒有吭聲，腦子裡想的都是那個起死回生的丹藥，如今他已是皇帝……威脅林氏皇權的白家已經倒了，若說皇帝還有什麼心願，那便是每個帝王都會想要的長生不老吧，那這個世界上到底有沒有傳說中起死回生的丹藥？皇帝心裡卻在意起此事來。

盧寧嬅回府下馬車時圍在鎮國郡主府看熱鬧的百姓，還未完全散去。

她從百姓零零散散的議論聲中，得知昨夜欲掘白家六郎之墓的女賊暈倒在鎮國郡主府門口，鎮國郡主白卿言回來將人帶回了府中，正要去請郎中醫治。

盧寧嬅垂眸想了想，手中攥著起死回生丹藥的姑娘，不論真假想必白大姑娘都很看重吧。

她進門問守門的婆子：「郡主將那位姑娘安置在哪裡？我略通醫術，可去看看……」

白家上下待這位盧姑娘十分客氣，看門婆子喚了個不當值的婆子過來，恭恭敬敬帶著盧寧嬅去安置紀琅華的院子。

見白卿言將那稱有起死回生藥的女子安置在客房，盧寧嬅心中大致有數，謹慎對待起來。

那婆子彎著腰在前面引路，剛進院子春桃便看到了，她同白卿言稟報了一聲，匆匆迎了出來：「盧姑娘。」

盧寧嬅淺淺一笑：「聽說大姑娘派人去請大夫了，怕大姑娘著急，我醫術雖然淺薄但勉強可以應付。」

盧寧嬅話音剛落，便看到白錦稚從屋內出來，她忙朝向白錦稚行禮：「四姑娘！」

「姑姑！」白錦稚還禮，「有勞姑姑了！」白錦稚側身讓開門口，春桃打簾請盧寧嬅進屋。

白錦稚疲乏的揉了揉自己的頸脖，剛才見到這紀琅華便是南疆見過的紀姑娘，著實將白錦稚嚇了一跳。原本白錦稚想守在這裡等紀琅華醒來，問個究竟，可長姐說紀姑娘還不知道什麼時候醒，讓她先回去收拾換身衣裳，吃點兒東西休息休息再過來。白錦稚騎了幾天的馬也確實累了，便乖乖聽話先回去休息。

白卿言正立在床邊，看著沈青竹擺了熱帕子正給紀琅華擦臉，心中疑惑紀琅華鬧著這麼一遭……讓滿大都城的人都知道她手中有一顆起死回生之藥，到底是為了什麼。

「大姑娘！」盧寧嬅對白卿言行禮，「可否讓寧嬅看看這位姑娘？」

白卿言回頭看向盧寧嬅，行禮：「有勞姑姑了！」

盧寧嬅在一旁淨手，用帕子擦了手後才坐在床榻旁的繡墩上替紀琅華診脈，視線不由自主落在紀琅華的臉上，眉頭微緊仔細端詳。

跟在盧寧嬅身後的婢女將盧寧嬅的藥箱放在一旁，拿出盧寧嬅包裹金針的牛皮小包。

盧寧嬅回神，抽出一根金針小心翼翼紮在紀琅華的虎口，輕輕轉動。

不過片刻，紀琅華幽幽轉醒。

盧寧嬅拔出金針，將紀琅華的手放入床榻被中，垂著眸子替紀琅華掖好被角。

紀琅華凝視盧寧嬅，瞳仁一瞬輕顫，幾乎是下意識抓住了盧寧嬅的手，卻又恍然鬆開。

「這位姑娘身上應當都是些皮外傷，或是太過疲乏所以才會暈厥，歇息歇息喝幾副藥便無大礙。」盧寧嬅細聲細氣對白卿言道。

白卿言視線落在盧寧嬅的身上，又落在紀琅華的身上，開口：「那就有勞姑姑，給紀姑娘開方子吧！」

見盧寧嬅行禮，繞過屏風在外間寫藥方，白卿言收回視線望著紀琅華：「你大費周章，不惜做戲要掘阿明的墓，也要將你身懷起死回生之藥的事情宣揚出去，是圖謀什麼？」

紀琅華掙扎坐起身，望著眸色冷清淡漠的白卿言，雙眸發紅。

眼前的小白帥，身著女裝，與她在南疆所見的小白帥差別甚大，越發顯得五官驚豔逼人。

「小白帥，我絕無坑害白家之意。」

白卿言頷首，在春桃端過來的椅子上坐下，語氣如常平和：「我記得，曾與你說過，好好活著，別辜負了死去的白家軍。」

紀琅華深知小白帥明敏睿智，聞言便知小白帥或許已然猜出了她欲做何事。

紀琅華咬緊了牙，掀開被子下榻，跪在白卿言面前鄭重叩首：「不敢欺瞞小白帥，琅華乃是當年牽扯進御史簡從文之案的太醫院院判，紀秉福的嫡親孫女。」

白卿言眸色未變，手指有一下沒一下敲著椅子扶手。

「當年祖父從簡御史手中借閱孤本古書，祖父急著給佟貴妃診脈，便將古書竹簡放入藥箱中帶入宮，佟貴妃看到借閱……卻當著祖父的面，往古書中夾了那封簡御史謀反的書信，並命人去請皇帝，吩咐祖父對皇帝親證，古書打開時……便已有這封書信。佟貴妃說這是皇帝的意思，祖父不信，可皇帝來後便言，要麼這封信就是簡從文不小心夾進去的，要麼這封信就是我祖父的，總要有人死，其中含義不言而喻。」

紀琅華低著頭羞愧難當：「祖父不敢違背皇帝，便稱那信是佟貴妃打開時便有，因此害了御史簡從文全族。」

白卿言瞇了瞇眼，所以當年御史簡從文的案子審的那麼利索，大理寺雷厲風行三天便將案子的來龍去脈審了個透澈，原來是有皇帝在背後做推手。

當年佟貴妃寵冠六宮，可皇帝並非長情之人……絕不可能是為了替佟貴妃母族遮掩才要殺剛直不阿的御史簡從文。除了早年積怨之外，怕佟貴妃母族當年所做下的那些傷天害理之事，大多都得到了皇帝的默許縱寵和包庇，甚至在皇帝未登基前，也曾參與其中。皇帝總想得到賢君明主的名聲，自然是不允許背後的汙穢事被簡從文捅出來，這……才有了簡從文之案。

「我祖父怕連累家人，將我父親叔父悉數送往邊陲之地，將姑姑嫁於平民漢子，妄圖保全全家，但祖父因此日日羞愧，最終鬱鬱而終……」

「你祖父雖無錯，可他不殺伯仁伯仁因他而死，你祖父的結局並不冤枉……」白卿言眸色沉著，「你想為你祖父復仇？」

紀琅華搖了搖頭：「若是想要復仇，早年便應當開始布置謀劃。我欲殺昏君，是順心而為，這個皇帝自私涼薄，陰毒之事做盡，還想留一個好名聲，因此誅殺簡從文御史九族！大晉保家衛國全靠鎮國公府，他又因鎮國公府功高忌憚，縱容皇子害大晉忠良……鎮國公府滿門男兒！紀琅華賤命一條，若能取昏君狗命，此生也算不曾白活。」

皇帝一死，太子登基，可這太子……也不見得會比當今皇帝好到哪裡去。

且有盧寧嬅在，皇帝頭疼之症緩解，又能活過幾時？此事，本就無須再搭進去一個紀琅華。

白卿言未對紀琅華多言，只道：「你好好休養，過幾日再說，青竹讓人看著她！」

「小白帥！」紀琅華喚了一聲，卻沒能讓白卿言止步。

她原本在官府門口鬧，再來鎮國郡主府門口鬧，不過是為了讓更多人知道她懷揣起死回生的仙丹罷了，如今事已成她本應該離開才是。

白卿言從房內出來沒多久，盧寧嬅便也跟著出來，見白卿言候在門口頗為意外：「大姑娘……」

「聽說姑姑今日進宮為皇帝請脈了？」白卿言示意盧寧嬅隨她一同走走。

盧寧嬅跟在白卿言身側頷首：「是，寧嬅已可斷定，陛下確是用了西涼傳來的助情秘藥。」

白卿言點了點頭，如今大局堪堪穩住，白家當蟄伏自強，若皇帝駕崩必會引發不必要的變數，所以她如今並不想讓皇帝這麼快就死。

「憑姑姑的醫術必能讓陛下不受頭疼之苦，又能雄風威猛至少五年。」

盧寧嬅聽懂了白卿言的言外之意，是要皇帝再活五年。「今日為陛下診脈，聽陛下之意，似乎……有意讓寧嬅入宮，以防頭痛發作，卻未曾勉強，不知道大姑娘以為寧嬅是否應該入宮？」

「姑姑同祖母商量吧！」白卿言說完本欲走，又道，「祖母可知你是紀秉福太醫的外孫女？」

盧寧嬅手心一緊，她不過因見到紀琅華露了破綻，白家大姑娘竟然……能猜到。

「大姑娘為何不猜……寧嬅是孫女兒呢？」盧寧嬅不解。

「姑姑有一副金針，曾言是外祖在你母親成親前所贈，當時我看著也只是眼熟，直到今日見到紀琅華，才知……眼熟是因在紀琅華那裡見到過針尾雕花紋路一樣的金針。」白卿言瞇了瞇眼，「可紀琅華說，御史簡從文案後你外祖父才將你母親嫁人的……」

白卿言已知，盧寧嬅便不再瞞著：「不敢瞞大姑娘，我母親當初是喪夫後帶我回的紀家，後來紀家出事，外祖父本是讓我同舅舅和琅華他們走，可我不願和母親分開，母親攜女再嫁……祖父又著急，所以嫁的並不是很好。」

盧寧嬅藏在袖中的手收緊，眼眶發紅，已經做好了被白卿言追問……再次揭開瘡疤的準備。

可白卿言只是又輕飄飄問了句：「祖母可知？」

「大長公主……是知道的。」盧寧嬅眉目垂的極低。

她點了點頭深深看了盧寧嬅一眼：「有勞姑姑這幾日照顧紀姑娘，開解開解她吧……」

盧寧嬅似乎從白卿言話音裡聽到了歎息，她望著白卿言離去的背影，緊了緊拳頭，轉身又回了屋內。

白卿言回清輝院換了身衣裳，帶著白錦稚去大長公主那裡請了安，又在母親董氏這裡用膳，剛從母親院中出來，郝管家便來稟，說鎮國郡主府外有位秦尚志先生請見白卿言。

「秦先生？」白錦稚皺眉想起之前南疆之行時太子身邊的那個謀士，「太子的人？」

秦尚志向來無事不會尋她，今日登門定然不是敘舊情的。

她細細思索，秦尚志此來，或是與之前太子詢問要不要在燕沃賑災事宜上動手腳有關，或是……她對左相李茂出手，李茂的反應出乎意料，他心中存疑。

已是入夏，鎮國郡主遊廊已經掛上了竹簾紗帳，鎏金銅鉤上綴著銅鈴，清風夾裹著院中古槐花開的馥鬱幽香拂過，細碎清靈的鈴聲此起彼伏。

她回神，對郝管家道：「先請秦先生去正廳。」

「長姐我陪你去吧！」白錦稚見白卿言回頭望著她，忙道。

「先回去好好休息吧！等回了朔陽你就要好好幫著長姐練兵了。」

白錦稚一聽長姐讓她幫忙練兵，眼睛發亮點頭。

白卿言摸了摸白錦稚的髮頂，朝前廳方向走去。

又或者，大樑戰事一起……她們姐妹又要奔赴春暮山。蕭容衍此人向來不妄語，既然他說大樑要起戰事，必然就要起戰事。

白卿言沿清鈴聲作響的遊廊到前廳時，見秦尚志立在正廳前，正望著鎮國郡主府高翹的簷角出神。餘光看到被婢女簇擁著的白卿言到來，他這才回神朝著白卿言的方向長揖一禮。

濟，如同病了一場。

多日不見，秦尚志整個人看起上去憔悴了不少，衣袍有些寬了，眼下烏黑，精神也似有些不

「秦先生怎得如此憔悴？」白卿言對秦尚志做了一個請的手勢。

秦尚志隨白卿言入了正廳，抿著唇沒有開口，白卿言擺手示意春桃帶婢女下去，秦尚志這才道：「太子聽了方老的謀劃，已經派人前往燕沃，意圖擾亂梁王賑災，引發民變。」

白卿言端著茶杯的手一緊，垂眸望著茶杯中起起伏伏的茶葉，將茶杯蓋子蓋上抬頭看向秦尚志：「太子那日送我之後，與你商議過此事嗎？」

「商議過……」秦尚志面色鬱鬱，「可太子最終還是聽了方老的，原本我指望著能拖到郡主回來勸一勸太子，不成想……太子當晚就派人去了燕沃。」

「太子送我那日，我已經勸過了。」白卿言擱下茶杯，只希望阿玦的動作快一些，能儘快將災民引入幽華道，「先生此來若是為了此事，我恐無能為力……」

秦尚志頗為意外，他還以為這次來至少能請動白卿言去勸勸太子，即便太子不聽勸，以白卿言的愛民之心，也必會派人前往阻止，哪怕此事會讓她與太子生了嫌隙。

秦尚志抿了抿唇，鄭重看向白卿言的方向：「還有一事，李茂那般睚眥必報的人，為何會對郡主退避三舍？郡主手中可是握有李茂的把柄？」

聰明人總會察覺李茂的反常。「倒也不算是把柄……」白卿言垂眸道，「左相兒子所做之事被公之於眾，左相捨棄兒子不過是為了挽回些聲譽，也好在陛下那裡為兒子求個情。」

白卿言這套說詞秦尚志倒也不是不相信，只是……總覺得還有哪裡說不通。

「不過郡主此次事情做的有些魯莽了，左相是個睚眥必報之人，郡主日後還需小心。」秦尚

志好心提點。

「事關我四妹，若非左相那麼著急要讓其夫人進宮向皇后娘娘求賜婚恩旨，想逼我四妹下嫁他那爛泥扶不上牆的兒子，我也不會做的這麼絕，畢竟皇后的嫡子信王是因為白家將南疆之事鬧大才被貶為庶民，再無登頂的可能！我也……只有將和左相不合之事轟轟烈烈鬧大，陛下皇后才會忌憚百姓悠悠眾口，不能下這道賜婚旨意。」白卿言抬眼看向秦尚志，聲音平穩淡漠，「眾口鑠金，人言可畏，是先生曾經教我的！」

秦尚志一怔，想起曾經被盧平救回白家，初見這位白家大姑娘時說的那一番話，亦是想起白卿言屈尊叩拜請他指點。如今想來，他只是稍作指點，這位白家大姑娘便做的那樣轟轟烈烈不留退路，又……那樣的好。

「先生在太子府屢屢受挫，不知道……是否考慮離開太子府？」白卿言側頭問秦尚志。

秦尚志手心一緊，記起白卿言曾經掃榻以待之言，閉了閉眼搖頭：「太子雖然無大才，但在陛下諸皇子中……已是最佳，將來必定繼承大統！秦某倒不是貪圖這從龍之功，只是太子身邊有方老這樣的人在，我若一走……日後太子會成為什麼樣子誰都不好說，秦某不願看到將來晉國有一個被方老指點帶歪的君主！願盡己所能匡正太子，算是為晉國略盡綿力吧！」

話已至此，白卿言不再勸。

秦尚志似乎也不想再繼續談論此事，笑著道：「太子身邊的全漁回去後，繪聲繪色給太子講述了一遍朔陽之事，將郡主在朔陽如何受欺凌說的清清楚楚，想必五月初一郡主回朔陽時，殿下應當還會有所表示。」

這個白卿言倒是沒有想到，她與全漁並無什麼交情。

「秦先生是在試探我是否買通全漁？」白卿言問。

秦尚志微微一愣，似乎錯愕白卿言的防備，恭敬道：「郡主多心了！以全漁如今在太子面前受寵的程度，和他的聰慧程度，不會在此時做此自斷前程之事。」等將來太子登基，全漁必定是皇帝身邊的大太監，這個時候就收別人的好處，被有心人知道了告知太子，全漁的前程就全完了。

「秦先生若是打定了主意留在太子身邊，應該對我抱有懷疑，如此……太子才敢放心用秦先生。」白卿言鄭重看向秦尚志，「太子為何會如此信任倚重方老，秦先生沒有想過嗎？太子並不喜歡他手下的人來往密切，尤其是……他手下的人一團和氣，互相幫扶，反會讓太子有危機感，秦先生可明白？」

秦尚志表情錯愕，白卿言這是在點他？

白卿言蓋上茶杯杯蓋，隨手擱在身旁桌几上：「秦先生要想輔佐太子，便要先清楚太子的為人，太子……如今的御人手法，與當今陛下如出一轍。」

秦尚志擱在膝蓋上的手指緩緩收緊，心中百感惆悵。

明知道這樣只醉心於制衡之術的君王，或許不會有那個心胸成為明君，可他別無選擇。他無法捨棄母國，去投奔他國，成為他國謀士……且他已經擇主，哪有輕易更換的道理？

「多謝郡主提點。」秦尚志對白卿言道謝。

之前南疆，秦尚志為保住白卿言的命，曾經向方老折節，可到底是本性難改，他骨子裡的傲氣還是看不上方老那種做派，無法一而再再而三的屈膝含辱。

秦尚志今日登門本就是為燕沃賑災之事而來，但他聽白卿言說已然勸過不管用之後，白卿言也沒有派人前去阻止的意思，他得另想辦法，略坐了坐也就回去了。

當日日落前，佟嬤嬤將清輝院此次隨白卿言回朔陽，還有留下看守清輝院的下人名單，送到了白卿言手上。白卿言坐於琉璃燈盞下，陡見佟嬤嬤也在回朔陽之列，頗為詫異，抬頭望著佟嬤嬤：「嬤嬤？」

佟嬤嬤笑盈盈道：「原本夫人體諒是讓老奴留在大都的，可是老奴還是放心不下大姑娘，春桃雖說老成，可是到底還是個孩子。說句倚老賣老的話，大姑娘剛出生小貓那麼大一點兒的時候，就是老奴照看的，老奴實在放心不下！」

「所以今兒個，老奴向夫人求了個人情，老奴兒子已經痊癒，老奴請夫人將他從莊子上調了回來，到大姑娘身邊聽吩咐，夫人已經准了。」佟嬤嬤說，「明日大姑娘要是得空，老奴讓那小子過來給大姑娘請個安。」

佟嬤嬤一家子都是白家的家生子，兒子曾善如雖然年紀輕，但因佟嬤嬤得力自己又有幾分本事的緣故，年紀輕輕已經是莊子上的莊頭了，去年向曾家提親的媒人將曾家門檻都踏破了，可曾善如卻一個都沒有答應，一心撲在如何提升農田產量上。

若是將曾善如調到白卿言的身邊，這可就如同從天上掉進泥裡。但佟嬤嬤和曾善如都不覺可惜，他們做奴才不就是主子需要做什麼便做什麼，只要自己有本事，主子看在眼裡還能不給前程？

佟嬤嬤沒有同白卿言說，她已叮囑自家兒子，在大姑娘身邊辦事……只一條，那便是辦事俐落嘴巴緊，不該說的堅決不能說，做好一個忠僕的本分，大姑娘便絕不會虧待。

雖然佟嬤嬤對白卿言所謀之事全然不知，卻看得見白卿言辛苦，她指望兒子能在白卿言身邊聽從吩咐，能為白卿言分擔一二。

白卿言心中感懷，眼眶濕紅，點頭道：「好，那就明日見一見。回朔陽後，就辛苦嬤嬤了。」

四月二十八一早，蔣嬤嬤便踏入了清輝院大門，見白卿言剛練功沐浴完，正坐在臨窗軟榻上絞頭髮，笑盈盈道：「老奴來的可巧，大長公主吩咐小廚房準備了大姐兒愛吃的吃食，讓老奴來請大姐兒一同去用早膳，有事與大姐兒商議。」

白卿言放下手中竹簡古書，讓春桃給更衣。蔣嬤嬤伺候著白卿言挽了髮，見春桃給白卿言身上纏繞極重的鐵沙袋，唇瓣動了動最終什麼都未說。

白卿言同大長公主請了安，伺候大長公主膳食的嬤嬤便吩咐立在廊下的婢子傳膳。十多個婢子捧碟魚貫而入，將各色佐粥小菜、精緻的點心，擺放妥帖，邁著碎步退下。

蔣嬤嬤穿過珠簾，繞過屏風進來，福身後道：「大長公主、大姑娘、盧姑娘，早膳已經準備妥當，可以用膳了。」

盧姑娘正欲上前扶大長公主去用膳，就聽院子裡傳來聲響。

看門房的婆子對守在門外的婢女道：「勞煩姑娘通報蔣嬤嬤一聲，宮裡來人了，說要接盧姑娘入宮。」

蔣嬤嬤聞訊忙出去問情況。

大長公主側頭朝窗櫺外看去，眉一緊：「莫不是皇帝身子又不舒坦了？」

盧姑娘垂眸立在一旁：「寧嬅已經叮囑陛下，房事上需克制，這些日子陛下都不曾碰過那藥，即便是昨夜陛下又用了那藥，今日也斷不會身體不適的！」

白卿言大概能猜到是因為什麼，她抬眸望著盧姑娘，語氣篤定：「陛下傳你入宮，多半是為了紀姑娘手中那顆起死回生之藥。」昨日紀琅華將事情鬧得那麼大，到現在大都城內百姓熱議的還是那丹藥之事，想不傳入皇帝耳中都難。

「昨日不知姑姑和紀姑娘談的如何了？」白卿言問盧寧嬅。

盧寧嬅搖了搖頭。

「你們倆打什麼肚皮官司？」大長公主自然是知道紀琅華昨日鬧得那一齣，卻不知紀琅華與盧寧嬅的關係。

「還未來得及稟報大長公主，紀琅華……是寧嬅的表妹，外祖的嫡親孫女兒。」盧寧嬅恭恭敬敬道。

大長公主微微錯愕：「所以，這紀琅華鬧出起死回生丹藥這一齣，是對著皇帝而去的？」

盧寧嬅猶猶豫豫頷首：「還請大長公主勿要怪罪，她年紀還小……」

怪罪大長公主倒不會怪罪，她只問：「是要替祖父報仇……殺皇帝？」

「琅華說，白家諸位少年將軍為護國護民而死，忠義之心撼動天地，她一介庶民，有幸承蒙白家少年將軍相救，願捨一命，為已死之人求公道。」

盧寧嬅朝白卿言看了眼，又垂下眸去，她不敢同大長公主說，紀琅華的原話是……願捨一命，為已死之人求公道，為天下百姓殺昏君。

大長公主閉上眼，心中酸澀，連一個小姑娘家都知道白家忠義，覺得皇帝是個昏君吧！

蔣嬤嬤繞過屏風行禮後道：「宮中派了人來，說要接盧姑娘入宮。」

「你去吧！」大長公主說，「若是陛下問起那起死回生丹藥，便說是無稽之談……」

盧寧嬅稱是：「寧嬅知道。」

盧寧嬅走後，大長公主已然沒有了胃口，白卿言猜得出是因為……祖母看到一個與白家毫無關係的弱女子，無權無勢，卻憑藉自己的聰慧，意圖為白家報仇，而她……身為人妻、人母、祖母，卻不得不護住林氏皇權。

「祖母，早膳要涼了，先用早膳吧！」白卿言道。

大長公主點了點頭，指望著……等將來太子登基，能做得好一些。

晌午，有消息傳回，鎮國郡主府二十六日回朔陽的馬車隊被劫，猶如水入熱油，在大都城炸開了鍋。

「我的天吶！聽說鎮國郡主這次押送回朔陽的全都是各位夫人的嫁妝！」

「早就聽說朔陽周圍鬧匪患，沒想到這麼猖獗！那鎮國郡主府的馬車隊走時多壯觀！護著馬車隊的看起來各個都是人高馬大的！」

「可不是！我聽說……之前還劫了那有天下第一富的大魏富商的貨，到現在都沒能找回來！」

「最近怎麼這麼不太平！」

「肯定是太招搖了，所以那些土匪連命都不要下來搶了！」

「連鎮國郡主的車隊都敢劫，朝廷應該會派兵平亂吧？」

「這可不好說！」一個漢子故作高深撇嘴搖了搖頭，「現在大樑在兩國邊界陳兵，估計朝廷騰不出手收拾匪患，不過這匪患怎麼都不會到咱們大都城來，咱們不用操這分兒心。」

「哎喲，那這鬧了匪患，鎮國郡主不知道還回不回朔陽了？」

「我看是不敢了！」

鎮國郡主府。「我等拼死相護，那些匪徒只劫走了極小的一部分，大部分我等都護下了，盧大人命人趁夜色快馬先將大半物品送回朔陽祖宅，剩下一點點盧大人會在白日裡送回去。」來報信的護衛按照盧平的吩咐同董氏稟報，「盧大人說，這是為了防止宗族之人再用什麼無恥伎倆，來逼迫白家出銀子，讓我等對外就稱……大部分被劫走，只有白日送回的那少部分是餘下的。」

董氏聽護衛這麼一說，一顆心才放下：「盧平太謹慎了，世人皆知……白家的產業已經變賣給了宗族，剩下的都是我們的嫁妝，白氏宗族之人怎好意思再打我等嫁妝的主意？再說如今已經更換族長，倒不必那麼小心。」

「還是謹慎些好！」二夫人劉氏放下用帕子按在心口的手，端起茶杯，「宗族那起子人，還會嫌銀子多了燒手？」

「辛苦了！去好生歇著吧！」董氏對護衛道。

護衛應聲告退，董氏又問二夫人劉氏：「回去朔陽的人選你可都定下了？羅嬤嬤一家……你是怎麼打算的？」

「羅嬤嬤還是讓留在錦繡身邊我放心些。」二夫人劉氏歎了一口氣，「不然，咱們都在朔陽，錦繡一個人在大都，還懷著身孕，我實在是不放心！」

「這事我也想了。」董氏也是個當娘的，自然是明白二夫人，她道，「等錦繡順利生產之後你再回朔陽，否則你也不能安心。」

二夫人劉氏看向董氏，眸色一亮：「可……成嗎？」

「自是成的。」董氏對二夫人劉氏笑了笑，「秦府如今沒有長輩，錦繡生產的時候怎能無人坐鎮。」

劉氏眉目間終於有了笑模樣，就因為白錦繡懷孕她卻要回朔陽這事兒，她好長一段時間睡不好吃不下，人也跟著瘦了一圈，畢竟女人生孩子便是一腳踏入鬼門關，她做娘怎能不擔心。

如今在董氏這裡得了准信，劉氏心一下就寬了。

「那等錦繡順利生產，我便立刻回朔陽！」劉氏眉開眼笑。

董氏搖頭：「不用那麼著急，等孩子過滿月時，咱們白家人肯定是要來大都的，屆時再一起回去就是了。」

「好，就聽大嫂的！」劉氏笑容更明媚了些。

此時，白卿言正在涼亭見佟嬤嬤的兒子……曾善如。

許是多年勞作的緣故，曾善如體魄看起來健碩，皮膚黝黑，十分穩重的模樣。

曾善如規規矩矩向白卿言行了叩拜大禮，立在一旁垂著眉眼，沒有直視白卿言。

「將你從莊子上調到我身邊來，委屈你了。」白卿言聲音和煦。

「為郡主效力，是小的本分。」曾善如聲音沉穩。

白卿言點了點頭：「如今白家多事之秋，的確是用人之際，我手上……也缺人。」

曾善如抱拳：「郡主吩咐，小的必萬死不辭。」

「這段日子你便陪著佟嬤嬤，等回了朔陽……先跟在劉管事身邊熟悉熟悉，劉管事是我極為相信的長輩，但年紀大了，很多事將來都要交到自己人手中，我這麼說你可明白。」

曾善如心頭一顫，交到自己人手中？這話的意思是大姑娘並未拿他當外人看。

曾善如撩開衣衫下擺，跪下叩首：「郡主既不拿小的當外人來看，小的也必不會讓郡主失望，此生必忠於郡主，如有二心死無全屍，人神共誅。」

是個通透人。白卿言點了點頭，道：「起來吧！以後還是喚我大姑娘，聽慣了。」

「是，大姑娘！」曾善如從善如流。

曾善如此人，白卿言曾聽肖若海提過一兩嘴，肖若海與肖若江兩人回莊子上養傷期間，似乎與曾善如打過交道，聽說不怎麼愛說話，但辦事還算牢靠。可曾善如是否能接替劉管事與蕭容衍的人打交道，並且管理好礦山與煉兵器之事，還得等劉管事接觸之後才能確定。

事關白氏一族存亡，哪怕曾善如是佟嬤嬤的兒子，白卿言還是存了一分謹慎。

守在涼亭假山下的春桃同清輝院中來報信的婢女說了幾句，目送那婢女離開，這才拎著衣裙下擺匆匆上來，福身道：「大姑娘，盧姑娘回府了，正在清輝院等著姑娘回去說話呢。」

「知道了！」白卿言應聲，視線落在曾善如身上，「你去找劉管事，我已經派人和劉管事打過招呼了。」

「小的明白。」

白卿言起身扶著春桃的手，朝清輝院走去。

盧寧嬅心神不寧坐在偏廳喝茶，一看到白卿言進門這才穩住心神，起身行禮：「大姑娘。」

「姑姑……」白卿言還禮，「姑姑剛從宮裡回來，去見過祖母了嗎？」

盧寧嬅同白卿言一起坐下，搖了搖頭：「大長公主說，讓寧嬅同大姑娘商議。」

白卿言知道祖母這是讓她來用盧寧嬅的意思。

春桃挑開湘妃竹簾進來，給白卿言上了茶，行禮後規規矩矩退出門外守著。

「姑姑今日進宮，陛下可是詳細詢問了姑姑關於起死回生丹藥之事？」白卿言端起茶杯問。

一提到這個盧寧嬅心頭便發緊，她點了點頭，還未開口就聽白卿言又道：「可是還問了，如今還在我們府上的……紀姑娘都曾說了些什麼，做了些什麼？」

盧寧嬅抬頭望著正徐徐往茶杯中吹氣的白卿言，她垂著睫毛極長的眼瞼，神色從容自若，彷彿一切盡在掌握。

「大姑娘竟然猜的……幾乎不差。」盧寧嬅擱在膝蓋上的手收緊。

猜的自是差不多的，白卿言對那位身處高位，手握皇權的皇帝陛下多少有些瞭解。

人人都怕死，而紀琅華也是抓住了皇帝怕死之心，所以才利用如今大都城內最受人矚目的鎮國郡主府來引皇帝知道此事。

盧寧嬅垂著眸子，緊緊攥著裙擺的手略有些發抖：「大長公主早早讓蔣嬤嬤教會寧嬅如何利用皇帝的脾性，所以……寧嬅能看出，皇帝這一次似乎格外固執。我不敢強硬的勸，只告訴他這是無稽之談，可皇帝似乎還是興趣濃厚，我怕琅華她……只要一走出鎮國郡主府，就會被抓入皇宮。」說完，盧寧嬅突然含淚跪在了白卿言的面前，哽咽開口：「大姑娘，求你救救琅華，讓我進宮都行！琅華這輩子夠苦了，不能再讓琅華牽扯到這件事裡，得讓她好好的活著！」

看著眼前克制著哭腔的盧寧嬅，白卿言能夠理解，她想要護住自己姐妹的心情，就如同她……

「姑姑……」白卿言放下手中茶杯，輕輕將盧寧嬅扶起，「現在的白府，還沒有辦法同皇帝抗衡，稍有反抗皇帝便會將整個白家連根拔起，而姑姑你……」

白卿言抿了抿唇，低聲道：「即便是素秋姑姑站在皇帝面前，皇帝都不見得會為了素秋姑姑放棄長生不死，我們晉國這個皇帝……最在意的從來只有他自己。」即便是在盧寧嬅出現之前，皇帝對秋貴人寵愛到言聽計從的地步，可那是在不涉及到皇帝利益的前提之上。

盧寧嬅咬緊了牙關：「就真的沒有辦法了嗎？」

「有，但這在紀琅華……」白卿言鄭重望著盧寧嬅，「若是紀琅華見到皇帝，對皇帝說有這顆藥是傾家蕩產從旁人那裡得來的，並非自己煉製，皇帝試過丹藥無用，確認紀琅華只是受騙，她便無事！可若是……紀琅華心存想要留在皇帝身邊，她就必能得償所願。」

若是紀琅華向皇帝自證這丹藥是她自己煉就，皇帝必然會試試，若這丹藥卻無效，她便逃不了一個欺君之罪，便是一個死字……可若是皇帝試後有效，皇帝必會將紀琅華視為最重要之人，紀琅華若是想要再出宮，除非……在丹藥沒有煉成之前，皇帝便已死。又或者……紀琅華和皇帝一起死。

「大姑娘，要不然就說這個丹藥是我給的，我可以……」

「姑姑！關心則亂！」白卿言目光沉著打斷了盧寧嬅的話，「與其我們在這裡想辦法耗費精力，姑姑不如勸紀琅華打消留在皇帝身邊的念頭。」

盧寧嬅淚水險些奪眶而出，她緊緊攥著胸前的衣裳，咬緊牙關不讓自己哭出聲，她就是因為知道勸不動，所以她才會來找大姑娘……

白卿言深知，盧寧嬅因想護住紀琅華又無能為力，所以才會如此的難過心痛。

「我來試試吧！」白卿言攥住盧寧嬅的手輕聲開口，「我來試試勸她。」畢竟，紀琅華是白卿明護過的人，所以……白卿言對紀琅華也有不一樣的感情在，不想她白白捨命。

「多謝大姑娘……」盧寧嬅道謝，心底卻沒有抱什麼希望。

湘妃竹簾被挑起，春桃從外面進來，福身道：「大姑娘太子府派人來請，說春暮山軍報到了。」

白卿言手心一緊，太子派人來找她……是大樑要動手了嗎？

「讓人備馬。」白卿言道。

第七章 一觸即發

太子將春暮山軍報擺在几案前，眉頭緊皺，摸不透父皇將軍報送到自己這裡來是什麼意思。

「父皇身邊的高公公說，父皇在翻看宮內藏書閣中的一些古籍，似乎是在尋找早年關於西涼民間出現過返老還童之事的記載。」太子手指摩挲著座椅扶手，「難不成父皇已經無心國事了？」

方老摸了摸山羊鬚，轉身朝向太子方向一拜：「老朽倒以為，陛下這是在考教殿下的處事能力，看看殿下能不能處理好此次大樑與我晉國銳士發生的小摩擦，不讓此等小事變成大戰亂。」

坐於方老對面的秦尚志忍住翻白眼的意圖，拱手對太子道：「殿下，若說陛下這是在考教殿下，倒也說得過去，但是殿下需要先明白為何大樑要選在此時挑釁，且處置之時……不能只想著大事化小，更要考慮如何行事才能不損國威，任先生您說呢？」

任世傑坐在方老一旁正好生喝茶，突然被秦尚志這麼一點，手一抖茶水差點兒撒出來，忙放下茶杯道：「秦先生所言甚是。」

方老朝著秦尚志看了眼，又朝身後的任世傑看了眼，忍著那股子不悅道：「殿下想想，南疆一戰雖然最後勝了，可我國耗損嚴重，且兵力不足，陛下目下會希望兩國打起來嗎？萬一西涼與大樑串通一氣，我晉國有無這個兵力再一南一北與兩國對戰？」

太子點了點頭，似乎已經很贊同方老的話。

「殿下，鎮國郡主到了……」全漁小聲在太子耳邊道。

「快請鎮國郡主！」太子聽到白卿言到了，心情立刻鬆快不少。

若是論行軍打仗之事，有誰又能比白卿言更在行。

太子見一身俐落素服的白卿言進門對他行禮，忙道：「郡主不必多禮，給郡主上茶！」

秦尚志同白卿言行禮後，將太子下首的位置讓了出來，請白卿言坐。

白卿言坐下便問：「春暮山出事了？」

全漁親自拿過軍報，恭敬遞給白卿言。她道謝，手握軍報細細流覽。

大樑和大晉雙方夜巡的騎兵在春暮山以北發生摩擦，雙方動手後，大晉一騎兵被大樑兵卒刺死，大晉的夜巡騎兵便將大樑的兵卒全都給抓回軍營中，張端睿將軍與大樑的帶兵主帥荀天章面見，張端睿將軍深覺殺人償命，荀天章卻非要將人完好無損帶回，稱大樑的人他們大樑自會處置。

張端睿將軍覺得事關重大，便讓人快馬帶軍報回來，請陛下聖裁。

白卿言看完軍報，合了手中軍報放在一側，沉著問道：「此事不知道張端睿將軍有何疑慮，竟需陛下聖裁？既在春暮山以北發生摩擦，那便是大樑兵卒擅入我大晉境內，死有餘辜！荀天章要人……把頭顱送過去就是了。」

太子手指跳了跳。方老心難免想起白卿言甕山峽谷焚殺西涼降俘之事，心有餘悸：「鎮國郡主說的未免太過輕巧，頭顱送過去，那兩國怕是就要開戰了，南疆一戰，我國精銳悉數葬送南疆，如今晉國能打得起嗎？就算舉國力勉強一戰，西涼那邊兒見機卷土重來又該如何？一次戰兩國……晉國毫無勝算！鎮國郡主真是殺人殺習慣了，動輒就要砍人腦袋！」

「父皇將此事交於孤處置，多有考教孤的意思，不能魯莽行事啊！」太子適時開口。

「正是！」方老朝太子點頭，「打或者不打，都端看陛下的意思，太子殿下萬不可魯莽，若是揣摩錯了陛下的心思，輕狂開戰……陛下怕是要怪罪殿下，所以處理此事，老朽的意思是不求有功，但求無過，否則給了大樑開戰的口實，此戰便不可避免了。」

白卿言鋒芒畢露的冷厲眸色看向方老，好一個不求有功，但求無過。她竟不知道什麼時候，這種關乎邊民存亡的戰和大事，不是以局勢為考量，不是以邊民存亡為考量，亦不是以一國尊嚴為考量，而是以君上心意為先！

「依方老之見，應當如何處置？」太子問。

「將大樑的兵卒放回去，警告大樑，若再犯……晉國便對大樑不客氣。」方老一副心高氣傲的模樣道。

白卿言不願與小人發生正面衝突，只看向太子道：「若此事發生之時，張端睿將軍便當機立斷，將大樑兵卒頭顱送去大樑軍營，此戰或還有可能避免！若按照方老所言……將大樑兵卒放回去，僅僅警告，此戰便絕無法避免了。」

經過南疆一戰，行軍打仗之事上，太子可以說十分信任白卿言，聽她如此說，忙鄭重問：「郡主何出此言？」

「那隊夜巡的大樑兵卒擅入我晉國領地，大約是荀天章故意派去試探我們大晉的，就是為了看看大晉在南疆一戰之後，是否還有能力和底氣同大樑對抗，若晉國的反應溫吞甚至是退讓，大樑便會無懼晉國……放心大膽的開戰。」白卿言聲音平和，「就拿張端睿將軍來說，若是晉國兵力強盛如同我祖父、父親他們在世之時那般，會送這道軍報回來嗎？恐怕當時便會給荀天章送去他們樑卒的人頭了。」

太子細細一琢磨，心提到了嗓子眼兒，點頭：「是這個道理……」

「晉國派張端睿將軍領兵至春暮山，荀天章多日未動，並非是沒有找到開戰的緣由，而是在查晉國領兵之人的生平和底細，甚至是為人處世的習慣。畢竟……如今亂世強者為尊，攻一國滅一國，早已不需什麼冠冕堂皇的藉口，知己知彼方能百戰百勝。」

秦尚志頷首，深為贊同。

「張端睿將軍的反應，等於告訴了大樑……我晉國大不如前，甚至不敢一戰！陛下派兵將至春暮山，也不過是強弩之末，嚇嚇他們大樑而已！」白卿言側頭看向太子，「若太子再送去這樣一道放樑卒歸營的命令，恐怕張端睿將軍將人送回大樑軍營之日，便是大樑攻我晉國之日。」

「郡主之言，未免誇大其詞。」方老還是那副端著架子的模樣，「我們晉國都將人送回去了，他們難道不應該給我們晉國一個交代？」

「方老若有此大能，不妨親赴春暮山送樑卒回樑營，再尋大樑要一個交代？」秦尚志實在是聽不下方老的話，忍不住嗆了一句。

方老咬緊了牙：「秦先生這是針對老朽嗎？」

「針對不敢，只是覺得方老怕不是樑國派來的細作，專來毀我晉國的！」秦尚志壓在心底這麼多日子的火終於發出來，言辭十分不客氣。

「你……你……」方老氣得指著秦尚志的手直抖，「士可殺不可辱！殿下您就這麼看著他如此欺辱老朽?!」

太子清了清嗓子：「都是孤的謀士，出謀劃策各抒己見這是職責所在，秦先生……方老年長是長者，秦先生難道禮儀都不顧了？」

方老聽太子向著他，這才嗤之以鼻對秦尚志一甩袖。

秦尚志閉了閉眼強壓下火，問白卿言：「若是此時殿下給張端睿將軍下令，讓張端睿將軍將那些檪卒頭顱送回檪營，可還來得及？」

白卿言垂眸沉默未語，半晌才道：「殿下，即刻傳令給張端睿將軍的同時，派將領帶兵前往春暮山，再做震懾！如此一來……恐怕需要再次大徵兵，西涼與大檪邊界都需重兵把守。」

「傳令同時派兵……徵調來不及，只能調動大都城的兵力，可如此一來大都就空了！」太子眉頭緊皺。

「事有輕重緩急！若不派兵前往……不能讓大檪看到我國敢戰的決心，此戰就無法避免，一旦開戰，都城兵力還是需要派往春暮山！太子若擔心都城安危，可在派兵前往春暮山同時，調回部分鎮守戎狄兵力，如今戎狄內戰自顧不暇，應該是無力犯晉國！」

太子點了點頭，猶猶豫豫說了兩個字：「可行！」

方老略微混濁的眸子看向白卿言，拳頭微微收緊，殿下竟然又聽取了白卿言的意見。

「殿下，陛下怕是不會同意將駐守都城之軍調走的。」方老脊背挺直。

白卿言該說的已經都說了，至於太子聽不聽她的，便是兩說了。

秦尚志見白卿言陷入了沉默，便知道白卿言不打算再勸，他起身對太子長揖到地道：「殿下，既然殿下能夠揣摩出陛下並不想開戰，也深知晉國眼下應該休養生息，不能開戰，那便按照鎮國郡主提議的安排吧！郡主曾隨鎮國王征戰，南疆之戰又充分向我等證明郡主在行軍打仗方面的天賦和才能！殿下應該信任郡主才是，且郡主一心為了殿下，這點……殿下是知道的！」

秦尚志的話這麼一點，太子恍然回神，想起白卿言背著他安排神鹿之事，即使是到了現在也不曾在他面前請功，太子心中似有暖流漣漪波動。

「殿下若是真的想用鎮國郡主之法，不如在下令之前入宮一趟請陛下定奪吧，也費不了多少時間，免得……沒有辦好，被陛下責怪。」方老這樣說。

方老這麼多年在太子身邊，自認為要比白卿言那個小毛孩子還更瞭解皇帝，只要讓太子殿下知道他才是最瞭解皇帝的那個人，能幫太子贏得皇帝的歡心。

白卿言端起手邊的茶杯，靜靜喝茶不再說話。

「孤這就進宮去問父皇的意思，儘快下令決斷！」太子轉頭吩咐全漁，「備車！」

進宮去問皇帝的意思，還能稱得上是決斷？

太子起身著急要走，又似想起什麼似的轉身回到白卿言面前：「孤聽說，鎮國郡主府送回朔陽的車隊被劫了？損失嚴重嗎？」

白卿言行禮道：「有勞殿下掛懷，那些都是身外之物。」

「前一陣子朔陽父母官也上奏，請求剿匪，可如今外憂頻頻，朝廷也實在是有心無力……」

「言正要向太子殿下稟此事，言打算將歷年來族長貪汙白氏宗族之銀錢用在練民為兵，帶民剿匪之上，算是這些年白氏宗族虧欠朔陽百姓的一些補償，也是為朝廷解決隱患。」白卿言道。

朔陽白氏宗族族長貪汙這事太子已經聽全漁說過了，他點了點頭：「孤會同父皇說，五月初一派兵護送白家諸人回朔陽，之後……會讓當地父母官協助你練兵剿匪。」

「多謝太子殿下。」白卿言恭恭敬敬道。

太子走後，秦尚志將白卿言送出府，歎了一口氣：「方老還是瞭解太子殿下，太子殿下畏懼陛下甚深啊！方老一提陛下責怪，殿下就立刻進宮了，希望陛下……能夠理智一些。」

沈青竹拉著馬兒的韁繩，立在一旁等候白卿言。

白卿言凝視太子府前的石階，幽幽對秦尚志道：「陛下最後，大約會讓張端睿將軍將樑卒頭顱送回軍營，但絕不會再派人將護衛都城的軍隊帶去暮春山。」

「若是如此，戰事能夠避免嗎？」秦尚志小心翼翼問。

白卿言搖了搖頭：「即便是讓人帶兵向荀天章施壓，荀天章也未必肯罷手，更遑論……晉國並未有所表示，且大樑朝廷內……最好戰的便是荀天章，此次樑廷派荀天章為主帥，意圖已經很明確了。」

「若郡主對上荀天章，有必勝的把握嗎？」秦尚志問。

「戰事……一向是形勢瞬息萬變，沒有開始之前……誰也不敢說有必勝的把握。」

白卿言說完，走下高階，一躍上馬。

她握著烏金馬鞭對秦尚志道：「五月初一，我便回朔陽了，秦先生保重！」

秦尚志對白卿言長揖到地，並未再言。

白卿言與沈青竹騎馬遠離太子府後，白卿言放慢了速度，壓低了聲音對沈青竹道：「青竹，恐怕得辛苦你帶人走一趟春暮山，或許不久之後大樑與晉國便要起戰事，得提前做好準備！」

沈青竹表情鄭重：「屬下簡單收拾一下立刻出發！」

「多帶幾個人。」白卿言側頭看著沈青竹。

「是！」沈青竹話音剛落，呂元鵬的聲音便從樓上傳來。

「白家姐姐！」

白卿言抬頭就看到呂元鵬趴在紅木倚欄上朝她揮手：「白家姐姐你等等我！」

「你先回去準備！」白卿言對沈青竹道。她下馬，看著著急從酒樓裡狂奔出來，險些被門檻絆倒的呂元鵬，忍俊不禁，眉目間都有了笑意。

「白家姐姐！」呂元鵬跑到白卿言面前，「我聽說白家送回朔陽的馬車車隊被匪徒劫了，現在這匪徒也太大膽了！我想著這不是五月初一白家姐姐就要回朔陽了，我帶著我們呂家的護衛隊護送白家姐姐回去，看那些小小匪徒怎麼張狂。」

「不必了，讓你送白家諸人回朔陽……等你返途反倒讓人掛心。」白卿言望著呂元鵬道，「而且，過一陣子可能要徵兵，你若是感興趣倒是可以試試，不過就是不知道呂相是否會讓你入伍。」

呂元鵬背後有呂相這個後盾在，想必在軍中會一帆風順，無大危險。

「徵兵？要打仗啦？和大樑？」呂元鵬倒是極為敏銳。

「也不一定，但徵兵是肯定的，南疆一戰損失晉國太多兵力，是該徵兵了。」白卿言說。

呂元鵬要去南疆參加白家軍的話險些破口而出，又咽了回去，他這是第一次打算誰都不靠隱姓埋名去參軍的，要是告訴白家姐姐，白家姐姐還以為他想要照拂呢！他要在白家軍中闖出個名堂，然後站在白家姐姐面前，堂堂正正贏得白家姐姐手裡那把紅纓銀槍。

白卿言翻身上馬，對呂元鵬道：「保重！」

「五月初一我會去送白家姐姐的！到時再說保重也來得及！」呂元鵬退後一步長揖行禮。

白卿言見呂元鵬清明乾淨的雙眸含笑，輕輕頷首，騎馬離去。

呂元鵬目送白卿言離開，懷著激動的心情奔上樓，帶給了一眾隨他玩樂的紈褲一個消息，大樑……或許要開戰了。

藏書閣內，皇帝歪坐在銅鶴燈下，看著下首分坐於左右的小太監們正在一個一個過竹簡，眉目間全都是不耐煩。

今日皇帝招來的全都是宮中識字的小太監，讓他們在藏書閣的古籍中翻找關於那些長生不老、返老還童和起死回生的傳聞記載。

高德茂跟隨皇帝多年，知道皇帝這是對那個在鎮國郡主府前大鬧女子手中的起死回生丹藥……產生了興趣。高德茂其實也多多少少有些心動，他雖然不敢妄圖長生不老，卻也期盼著真有可以起死回生，再造人軀體的藥。

作為太監，高德茂這輩子最大的痛處，便是他這副殘破身軀。若能得個全屍下葬，也是好的。

藏書閣外，一小太監低著頭，跨入藏書樓，邁著小碎步沿朱漆紅柱後悄悄走至高德茂身邊，單手掩唇壓低聲音道：「高公公，太子殿下來了，正在殿外候著。」

皇帝聽到動靜睜開眼道：「讓太子進來。」

「是！」

很快，太子進來，向皇帝行禮之後，說起春暮山軍報之事，徵求皇帝的意見。

皇帝手指摩挲著團枕邊緣，沉默未語，用探究的目光望著兒子，猜測這主意並非是他這個兒子自己的意思。

太子沉住氣道：「兒臣以為，樑卒踏入我晉國領地，或許是大樑的試探，若是不還以顏色怕大樑還以為是我們晉國怕了他們大樑。」

半晌之後，皇帝開口道：「這次大樑的主帥荀天章，是樑廷中一向主戰之人……」

太子跪坐在皇帝身邊，靜靜等著皇帝的後話，皇帝拿起一副竹簡在面前几案上敲了敲道：

「但，不殺那些樑卒，的確是有損晉國國威。」

「那父皇的意思是……」

「就按照你的辦法，讓張端睿將那些樑卒的頭顱送去吧！」皇帝不急不緩開口。

皇帝沒有提派兵前往之事，太子也不敢再問，稱是退出藏書樓。

「陛下，是不打算派兵前往春暮山嗎？若是大樑荀天章真的攻打晉國如何是好？」高德茂細聲細氣問，「陛下要用鎮國郡主嗎？」

皇帝半闔著眸子，不緊不慢開口：「大樑若真的敢用兵也不會等到今日，即便是真的敢和我晉國打，那……便派高義縣主去吧。白卿言此人……不到萬不得已，朕絕不會再用。」

白卿言南疆一戰，已經在朝中武將心中樹立了威信，他可不願意再給白卿言機會。

倒是白家四姑娘白錦稚，她亦是白家女自幼學習兵法，雖然應當不能和白卿言相比，可至少是白家子嗣，必然不會差，更重要的是毫無城府比較好掌控。

秦尚志得到消息，見皇帝的處置竟然與白卿言所說毫無相差，沉默了良久。

紀琅華被春桃請到春暉園時，白卿言剛剛練完銀槍。

見紀琅華過來，白卿言將銀槍插回架子上，用帕子擦了擦臉上的汗，請紀琅華坐。

紀琅華行禮後道：「小白帥不必再勸，琅華倒是很希望小白帥能夠帶表姐離開這是非之地，皇帝那裡有琅華一人就夠了。」

白卿言見紀琅華表情倔強，她解開纏繞在小臂上的鐵沙袋，擱在石桌上，坐下：「殺了皇帝，太子繼位……也不見得會比當今聖上好多少。」

春桃上前給白卿言和紀琅華倒茶。白卿言端起茶杯，語調平和溫潤：「如今西涼大患剛解，與大樑的戰事一觸即發，若此時皇帝駕崩……太子能順利繼位是好，若是不能，晉國便如西涼一般內亂頻頻，西涼定然藉機反撲，如今晉國國力尚不足以同兩國對戰，受苦的只有邊境百姓，而非大都皇室。你殺了皇帝……並非為晉國盡綿力，而是惹禍端。」

紀琅華身側拳頭緊握。

「要說恨，我比紀姑娘更有資格恨，可現在不是時候，我需要皇帝再活至少三年……甚至五年！此事有姑姑盧寧嬅在，本十分穩妥，而你……是陡生的變數。」白卿言看向紀琅華。

輕薄面紗之下，紀琅華死死咬住唇，眸中含淚。

「你很聰慧，知道利用鎮國郡主府鬧事讓皇帝知曉你的存在，可你費勁心機為的……卻是手起刀落一時痛快，而不思長遠和大局，在我看來……你還不如我年幼的四妹穩重。」

紀琅華喉頭翻滾著：「我也能做到！讓皇帝再活至少三年……甚至五年！讓盧寧嬅離開這個是非之地！」

白卿言搖了搖頭：「盧寧嬅對皇帝而言是我姑姑白素秋的替身，這就註定了盧寧嬅不能離開大都城，且盧寧嬅醫治皇帝的頭痛之症，卻從不給皇帝經口之物，這能讓盧寧嬅在皇帝身死那日全身而退。可你不一樣，你若是成了，弒君是死！你若不成，皇帝發怒亦是死！白家軍和白卿明救你……可不是讓你來大都城送死的。」

紀琅華拳頭收緊。

「你若是想要報仇，那便隨我一同回朔陽吧！」白卿言放下手中茶杯鄭重邀請紀琅華，「我會讓你看到那一天。」

紀琅華含淚的眸子對上白卿言深邃冷漠的目光，心驚肉跳。紀琅華深覺白卿言那看似平靜的目光之中，似乎蘊藏著如海廣袤的仇恨，卻全都被她驚人的自制力克制壓抑在了心底深處。

「你若想明白了，便對皇帝說，你捨血協助高人煉丹，只得這一丸丹藥用來救白卿明的，在皇帝眼裡……你若只是一個想報恩被江湖騙子糊弄了的瘋子，他便不會怪罪於你。」

「想必在白家回朔陽之前，皇帝便會派人來請你。」白卿言沒有再勸，只對紀琅華道，「去吧，好好想想我的話，也想想你應該怎麼同皇帝說。」

紀琅華站在原地遲疑不定，白卿言已起身回上房沐浴更衣。

紀琅華在清輝院內立了片刻，看著執壺捧水的婢女們魚貫而入，又魚貫而出，這才轉身離開清輝院，神色略顯茫然。

盧寧嬅就在清輝院門前等候紀琅華，看到紀琅華眼眶一瞬濕紅，她勉強對紀琅華露出笑意：「我陪你走走……」

四月三十日一早，皇帝派人來傳盧寧嬅入宮，讓盧寧嬅順道帶上那個稱手中有起死回生丹藥的紀琅華。

盧寧嬅頭一次入宮如此緊張，儘管紀琅華說她打算和大姑娘白卿言回朔陽，願意為大姑娘驅使，能為白家盡一分力，也算是償還白卿明的救命之恩，可事情未塵埃落定，盧寧嬅始終不放心。

明日白家便要舉家遷回朔陽，丫鬟婆子們早已經收拾妥當，與相好的親朋好友告別。

今日白家諸位主子也都聚在長壽院陪伴大長公主。已嫁入秦家的白錦繡也在秦朗的陪伴下回了白家，秦朗本以為明日大都白家舉家遷回朔陽，只有大長公主、白家三姑娘和白家七姑娘留在大都城，臨別前定然是哭聲一片，就連白錦繡在來白府的路上，都幾次紅了眼。

沒成想秦朗陪著白錦繡跨過長壽院的門檻，竟聽到上房裡傳來的歡聲笑語。

「天爺呀！我一去祖母的小庫房……那堆的跟小山似的玉器金玩和這纏枝蓮花錦鍛就不說了，我一眼就看到了那三尺來高沉香木貔貅雕獸，整塊兒沉香木已經難得了，更別提這雕工看著就不是凡品！祖母你這是考驗我們姐妹定力吧？」

四姑娘白錦稚清靈的笑聲，隔著雕花隔扇傳了出來……「祖母考驗咱們定力也就罷了，考驗小八什麼啊！你看小八那個憨貨……正在長姐懷裡吐泡泡呢。」

白雲過隙，驕陽耀目，清風穿過枝繁葉茂綠萌如蓋的長壽院，拂過廊廡下勾著湘妃竹簾銅鉤旁綴著的鎏金銅鈴，一片沙沙聲夾著銅鈴聲，讓人陡然有了入夏之感。

白錦繡腳下步子停住，似是一時間不忍心打斷那屋內的歡聲笑語。

大長公主低笑了幾聲，倒也不惱：「小四這眼力價兒倒是厲害，即是如此……那沉香瑞獸就送你了！你們剛去庫房的時候還看上了什麼，儘管說來，趁著今日從祖母這裡哄了去，明兒個一早趕緊搬走，省得祖母後悔！」

明明明日便要分別，可被白錦稚這麼一插科打諢，氣氛反倒是歡快輕鬆了起來。

一早大長公主讓蔣嬤嬤開了庫房，挑挑揀揀將些壓箱底的好玩意兒都拿了出來，打算分給孫女兒們。

「二姐兒、二姑爺！」蔣嬤嬤笑著迎上前對白錦繡和秦朗行禮，引兩人進屋。

「二姐你可來了！」白錦昭上前挽住白錦繡的手臂，俏生生喚了一聲，「二姐夫！」

秦朗對白錦昭笑著頷首，規規矩矩給大長公主和董氏、二夫人劉氏、三夫人李氏、四夫人王氏和剛出月子的五夫人齊氏行禮。

白卿言只覺手心一熱，懷裡的白婉卿突然哇一聲哭了起來，白卿言難得慌了手腳站起身，忙道：「乳娘……」

突然被襁褓嬰孩尿了一身，她這還是頭一遭經歷，自家妹子雖然不嫌棄，可也十分手足無措。

白婉卿的乳娘連忙上前接過白婉卿，笑道：「奴婢先帶八姑娘下去。」

五夫人齊氏用帕子掩著唇笑了一聲：「大姐兒從來都是這群孩子裡最老成的，我還是頭一次見大姐兒這樣子！」

白卿言耳根泛紅笑著行禮，去換身衣裳，回來時秦朗正要走，兩人在廊下碰了個正著。

「郡主！」秦朗忙側身讓到一旁，對白卿言行禮。

白卿言頷首：「以後，我們不在錦繡身邊，還望二姑爺對錦繡更上心些。」

「這是自然，郡主放心，此生秦朗對錦繡必將護之愛之，此生不負。」秦朗語聲鄭重。

她點了點頭，本意是點到為止，秦朗卻起了誓，如此可見秦朗對錦繡的愛護之心，回朔陽她也能安心了。白卿言穿過垂帷和竹簾，繞過那架楠木翠玉的屏風進來時，五夫人齊氏正在打趣白錦繡：「你祖母給你的這對石榴，可是多子多孫的好意頭，你就別推辭了，趕緊收了……可記得要全你祖母想你多子的心願啊！」

二夫人劉氏看著那對足足有小甜瓜那麼大個兒的紅玉石石榴，其成色堪稱舉世難尋不說，雕琢的跟真的似的，放在普通勳貴人家當個傳家寶都是綽綽有餘。

白錦繡抱著黑漆描金花的盒子，臉紅得不行，起身對大長公主行禮：「多謝祖母。」

「阿寶想要什麼？」大長公主望著回來的白卿言，笑著問。

她笑著道：「阿寶只要白家諸人平安就好。」

尤其是不在眼前的阿玦和阿雲，望他們諸事順利，平安康健。

大長公主望著眉目平和的孫女，手心微微收緊，眼眶陡然就紅了。

是啊，有什麼比白家人都平安更好……

五月初一，天還未亮，頭頂繁星明月未落，鎮國郡主府門前僕役們規矩立在馬車旁，等候主子們出門登車。晨光漸盛，由東自西緩緩升起，處於天際明暗之間的明月輪廓已然淡了下去。

鎮國郡主府門前，蔣嬤嬤吩咐留於大都的僕婦，將今兒個一早讓廚房做好的蒸糕點心和時令水果送上馬車。

大長公主一手握著烏油發亮虎頭杖，一手攥著白卿言的手，強忍著淚水立在門前叮囑：「回去路上小心，最近不太平！」

白卿言望著大長公主溝壑縱橫的手，抬頭對大長公主頷首：「祖母放心，平安到家後，我會派人回來向祖母報平安的。」

「母親，放心吧！」董氏抬手扣住白卿言的肩頭，對大長公主笑道，「太子派了護衛軍相送，不會出事的。」

「母親，長姐……」白錦瑟對董氏和白卿言福身行禮，眼淚止不住往下掉，「母親和長姐一路多多保重，小七會照顧好祖母，也會用心同盧姑姑學習醫術。」

白卿言垂眸摸了摸幼妹的腦袋，視線落在不住掉眼淚的白錦繡身上。

白錦繡略略頷首，她知道……總有一天，長姐會帶著白家諸人榮耀歸來！

長姐在下一盤大棋，她必須有所準備，將來才能助長姐一臂之力。

「走吧！走吧……」大長公主捏了捏白卿言的手，哽咽道。

董氏、三夫人李氏、四夫人王氏、五夫人齊氏，與白卿言、白錦稚、白錦昭、白錦華，拜別大長公主和二夫人劉氏。

二夫人劉氏用帕子擦了擦眼淚：「大嫂，等錦繡順利生產出了月子，我立刻回來！」

董氏拍了拍劉氏的手，笑著點頭，在秦嬤嬤攙扶下先上了馬車。

「大姑娘……」盧寧嬅終於瞅到機會上前同白卿言說話，「琅華……就拜託大姑娘了！」

白卿言頷首：「祖母和七妹這裡，有勞姑姑多多照應。」

「大姑娘放心！」盧寧嬅點頭。

昨日，紀琅華到底是按照白卿言交代的那般同皇帝說了，後來那顆藥丸皇帝讓太醫院的人來看過，發現只是普通的補藥，皇帝大失所望，紀琅華痛哭流涕直呼不可能。皇帝看著幾乎瘋癲的紀琅華，竟感慨說也是個可憐人，便讓盧寧嬅將人帶走，紀琅華算是過了一關。

大長公主見白卿言踏上馬車，再也忍不住，拄著拐杖上前一步，嘶啞哽咽：「阿寶……」今日一別，大長公主不知道還能不能再見到自己的孫女兒，她已年老……不知道還能活多少日子。

白卿言聽到大長公主悲愴的喊聲，聽到大長公主尾音抽泣克制著的哭腔，她腳下步子一頓。

她的祖母大長公主要強了一輩子，端莊持重了一輩子，在外人和下人面前永遠都是一副運籌帷幄的姿態，何曾露出過這樣脆弱的悲切。

她轉頭，看著滿頭銀髮的大長公主終於繃不住老淚縱橫，緊緊攥著胸前的衣裳，含淚望著她。

過往種種，如走馬燈一般在她腦海重播。

祖母握著她的手教她描紅時，眉目間慈祥和煦的淺笑。

祖母在她高燒不退時，雙眸通紅跪於佛龕前，祈求折壽十年換她平安的哽咽之語。

她拎著裙擺又從馬車上下來，目光沉著而堅定。

「阿寶……」大長公主輕聲喚她，濕紅的眸子望著白卿言，正欲快步走下高階，卻見白卿言朝著她的方向跪下。

她對祖母重重三叩首，這才扶著春桃的手起身，轉身上了馬車……

「阿寶……」大長公主喉嚨哽咽，竭力壓抑著自己的哭聲。

「祖母，您別擔心，長姐她們會平安到朔陽的。」白錦瑟上前扶住大長公主。

隨著一聲「出發」，鎮國郡主的車馬隊伍緩緩動了起來。

大長公主一行人立在門口，直至天際放亮，晨光映亮了整個大都城，車隊消失在視線中，二夫人劉氏這才上前低聲勸大長公主：「母親，回吧！」

大長公主擦去淚水，點了點頭，轉頭朝鎮國郡主府內走去，吩咐蔣嬤嬤道：「讓人準備準備……我們回清庵吧！」

蔣嬤嬤頷首：「是！」

大都城城門外，呂元鵬帶著司馬平一群人候著，老遠看到鎮國郡主府的車馬隊，正要上前，就見身著鎮國郡主府護衛服的男子快馬行至呂元鵬面前，一躍下馬，對呂元鵬這一群紈褲抱拳行禮後道：「呂公子，郡主派小人前來同呂公子說一聲，車馬眾多城門外便不停留了，還望請呂公子千萬珍重。」

呂元鵬急著正要開口，司馬平便一把拉住了呂元鵬，笑著對鎮國郡主府護衛道：「來日與白家姐姐定有相見的機會，別忘了……白家姐姐可是許你了一杆銀槍。」

聽司馬平這麼說，呂元鵬身側拳頭緊了緊點頭，等他外祖母大壽過後，他便要出發去南疆入白家軍了，等他混出名頭再與白家姐姐相見，到時候那杆銀槍也拿得更名正言順一些。

呂元鵬對白家護衛道：「勞煩轉告白家姐姐，珍重！」

「呂公子放心，一定帶到！」護衛對呂元鵬拱手之後一躍上馬，又快馬回到白卿言的馬車旁，佝僂著腰對馬車內的白卿言回了話。

雖然呂元鵬知道今天見不到白家姐姐了，卻也沒有著急走，就立在原地看著鎮國郡主府的車隊緩緩離去，心頭莫名覺得有些空落落的。

「我怎麼有種……怪怪的感覺。」呂元鵬對司馬平道。

司馬平負手而立，沉默了片刻開口：「大概是……一個鼎盛王朝的頹敗之勢已顯吧！」

「啊？」呂元鵬有些不明白。

「回吧！」司馬平笑著一躍上馬。

白家浩浩蕩蕩的車馬隊，靜默的沿著官道緩緩而行，朝朔陽的方向不緊不慢而去。

終於在五月初三看到了朔陽城城門。

太守帶著周縣令，白氏宗族的人也在暫代族長之位的白岐禾帶領下，眾人聚於城門外迎接鎮國郡主。

遠遠看到鎮國郡主烜赫壯觀的車馬隊，光是回來的僕役都已多到嚇人。

白岐禾的妻子方氏手心緊了緊，她原本還想著送僕婦去白家祖宅同白卿言套交情，可看來白卿言這是將大都城的僕從都帶回來了，這下她得另想辦法從別處著手了。

白卿平抬眸看了眼使勁兒絞著帕子的母親，忍不住低聲道：「母親，大都白家和我們朔陽白氏不同，大都白家才是真正的白氏嫡支傳承，真正的鐘鳴鼎食，連平日裡的一應用具都是有來歷有年頭的，更遑論真正放在身邊用的，那都是正兒八經的家生子，母親若是想送人進去，怕是垂花門都挨不到。」

方氏突然被兒子挑破心思，一顆心撲通撲通直跳，視線四面環顧一周，才側頭看著兒子：「娘沒有那個意思！」

「母親有沒有這個意思，兒子都不建議母親在大都白家人面前提起送人之事，避嫌最好！母親千萬不要忘記了祖父的前車之鑒，父親能領受這個族長位置，實屬僥倖，且以後能不能繼續當這個族長，還得看鎮國郡主的意思！」白卿平聲音壓得極低。

母親方氏的心思白卿平清楚，正因為清楚，所以才會出言提醒。

白氏一族再也禁不起折騰了，大都白家男子皆亡，這烜赫了幾百年的朔陽白氏一族，若是再不緊緊依附鎮國郡主，團結一致，怕是他們這一代人之後，朔陽白氏就要被大都白家踢出白氏自立門戶，那朔陽的老白氏便要同當初的青州老謝氏一門那般，在世族之中再排不上名號。

鎮國郡主白卿言承襲鎮國王白威霆與鎮國公白岐山的風骨，只要白氏一族不過分，白卿言必不會捨棄白氏宗族。

春桃挑開簾幔看了眼，對白卿言道：「大姑娘，朔陽白氏族人好像都來了！朔陽的父母官也來了，我看著好像還穿著官服。」

白卿言放下手中竹簡，想了想對佟嬤嬤道：「嬤嬤，一會兒勞煩嬤嬤下馬車，對白氏族人和父母官說一聲，就說我身體不適，直接回白府，多謝他們前來相迎，不日白府會備宴，屆時請他們撥冗蒞臨。」

「讓人去同母親和嬸嬸們說一聲，她們不必下馬車，旅途乏累回白府還有得忙，不必在這裡費精神。」

白卿言話音一落，春桃便吩咐人去給董氏和諸位夫人報信。

白卿言視線重新落回自己手中的竹簡孤本上，想起那位太守，覺得練兵之事……倒是可以試著用一用。她手指摩挲著竹簡邊緣，想了想道：「讓曾善如悄悄給白卿平傳信，讓他兩個時辰之後，來白家祖宅。」

太守和周縣令，還有白氏族人得到消息，客氣了幾句，忙讓開了城門，讓鎮國郡主一行壯觀的車隊通行。

朔陽百姓議論紛紛，又振奮不已，他們都沒有忘記鎮國郡主曾說……要將白氏宗族上一任族長貪墨的銀錢用在剿匪之上。那些匪徒越來越倡狂了，竟然連鎮國郡主的車隊都敢劫掠，百姓生怕什麼時候那些匪徒就會在附近的村莊殺人放火，甚至是殺到朔陽城內來。畢竟官府一直沒有動靜，百姓惶惶不安也屬正常。

不過大多數人因為鎮國郡主回朔陽而感覺到振奮，畢竟……鎮國郡主可是在南疆大勝西涼南燕聯軍之人，有這樣的人物在朔陽城內，便能讓人覺得無比安心。

在白家一行人回到白府之前，古老已經將一切都安排妥當，只將主子們日常用慣了的物件兒擺放進主子的院子裡，若是主子不喜歡陳列裝飾的帷幔顏色，明日換了就是。

白卿言上一次回朔陽，已在撥雲院住過一晚，倒沒有覺得有什麼不滿意的地方。

春桃將白卿言用慣了的青花繪纏枝蓮的茶具擺放在圓桌上，回頭見自家姑娘正倚在薑黃色的雙福如意團枕上看書，挑起竹簾出去吩咐在院子裡灑掃的僕婦聲音再輕些。

佟嬤嬤跨入撥雲院，匆匆打簾進入上房，對白卿言行禮：「大姑娘，人來了……」

她放下手中書本：「我過去見見。」

「老奴伺候姑娘更衣。」佟嬤嬤轉身準備去拿衣裳。

「不必了，就這樣……」她說。

白卿平坐在正廳之中，頗為不安，不知白卿言單獨將他喚過來有什麼安排，但他知道這或許是因為他出於愧疚安頓了啞娘，讓白卿言看到了他與白氏宗族之人相比尚存良善。

可他……並非做了什麼值得褒獎讚賞之事，他只是做了一個普通人應該做的。

因為明白這些，白卿平內心才更加惶惶不安，明白白卿言對白氏宗族有多失望。

餘光看到一身俐落裝束的白卿言跨入門檻，白卿平稍有錯愕之後，忙站起身朝白卿言行禮：

「見過郡主。」

今日的白卿言同他之前見到的不同，上一次白卿言全副郡主車駕回來，衣著光鮮隆重，與大都城那些高高在上的千金一般出入由婢女扶著，可大概是因為白卿言出入沙場的緣故，身上那股子英氣和殺伐之氣讓人畏懼，他以為那便是白卿言。

而此刻，白卿言穿著最俐落普通的衣衫，白卿平才明白什麼叫做殺伐之氣，明明眉目平和，威勢感卻讓人心頭生懼。

「不必多禮，坐……」

見白卿言直徑走至主位上坐下，白卿平這才緊緊拽著衣角，拘謹落坐。

「關於練兵剿匪之事，太子和當今聖上已經知道，亦會讓當地父母官來協助白氏來完成，有關徵人之事你有什麼想法？」

婢女端著黑漆描金的黑色方盤，邁著碎步輕手輕腳上了茶，匆匆退下。

「不敢欺瞞郡主，對於練兵徵人一事，白氏族人皆以為是郡主回來之後主持，故而一直在靜候吩咐。」白卿平回話時略有些緊張。

「我問的不是白氏族人，是你的想法……」

白卿平抬頭，正對上白卿言幽邃又平靜的雙眸：「郡主的意思，是這件事交給我來做？可是我年紀尚輕，會不會做不好……」

「大都白家十歲兒郎都已經奔赴戰場了，你還小嗎？」白卿言語氣不急不緩。

儘管白卿言同他說話時並無高高在上，可大約是白氏宗族錯事做的太多，白卿平只覺在白卿言面前抬不起頭來：「白卿平慚愧。」

「倒不必這麼著急認錯，我並沒有說你錯了，若是尋常人家……你這個年紀的確還小，可我們不是平常人家的子孫，我們是白氏子孫。」白卿言望著低垂眉目坐在那裡的族弟，輕聲說，「誰也不是天生什麼都會的，但我們可以在做的同時慢慢摸索，不必一開始就認定自己做不好，這不像我們白家人的作風，白家人……從不氣餒！即便是做錯了做的不好，找出緣由更正就是了。」

白卿平望著正平和耐心教導他的白卿言，眼眶濕紅。他從記事起，不論是祖父祖母還是母親都在告訴他……他還小，大人的事孩子不必插手，從來沒有人對他說過這樣的話。

「你願意試一試嗎？」白卿言聲音溫和。

白卿平咬了咬牙，起身對白卿言鄭重一拜：「還請……阿姐教我，該如何做！」

陡然聽到「阿姐」二字，白卿言手指微微一動，難免想到了阿瑜。

她望著眼前眉目清秀的少年，瞳仁顫了顫回神，再開口，聲音不免更溫和了些：「我們族田不少，你可先在佃戶身上下功夫，比如家中出幾名年輕力壯之人，可免幾成租子，白氏宗族又能給多少銀子，必然會有人願意嘗試，萬事開頭難，只要開了頭……後面便會順利許多。」

白卿平聽得認真，點了點頭，琢磨著除了佃戶之外，其他地方可想辦法的也不少。

「阿姐將此事交給我，我必竭盡全力，若是有做得不好的地方，還請您指正！」白卿平道。

「你負責徵人，練兵方面有白錦稚和盧平會帶著白府護衛來做，若是之前留於族內貪汙的銀兩不夠，你來告訴我，我想辦法。」白卿言說。

「我明白了！」白卿平道。

送走白卿平，她卻坐在原地遲遲沒有站起身。

天色逐漸暗了下來，點燈婢女們邁著碎步魚貫而入，沿著正廳兩側掛著幔帳的黑檀四柱後而行，動作輕緩點亮了分列兩側有一人多高的一十六頭金枝蓮花銅燈。

廳內逐漸被映亮，春桃也跨入正廳低聲在白卿言耳邊道：「大姑娘，秦嬤嬤來喚姑娘過去同夫人用餐。」

白卿言這才回神，扶著春桃的手緩緩站起身來。

跨出正廳，抄手遊廊一盞盞六角如意燈已被點亮，暖澄澄的燈光映著廊下青石地板與朱漆紅柱，湘妃竹簾也已被放下，將庭中隱匿在垂柳高槐中喜追逐光火的飛蟲隔絕在廊外。

她沿著遊廊往母親的院落而行，耳邊盡是風吹銅鈴響的聲音，如同她止不住對阿瑜的思念。

阿瑜，還欠著她一塊世界上最美的鴿血石呢。

其實她心底總還抱著一線希望，希望阿瑜沒有死，他和阿玦還有阿雲一樣，只是被困在那裡……或者被什麼好心人給救了。

她知道母親也是想念阿瑜的，只是她們都怕對方傷心難過，對此閉口不談。

董氏讓秦嬤嬤備了白卿言喜歡的簡單吃食，與白卿言用餐時商量起五月初六宴客之事。

「剛才族長之妻方氏派人遞話進來，說大都白家剛回朔陽，人情關係上或有不清楚的，能用得上她的，她必當效勞。」董氏往白卿言的碟子裡放了一片蜜蒸雲腿，垂眸喝了口碗裡的雞絲粥道，「這個方氏……怕不是一個省油的燈，她這是想借大都白家之勢來給她裝門面。」

董氏語氣平淡，並未將一個方氏放在眼裡，見白卿言吃完了蜜蒸雲腿，又給白卿言夾了筷子朔陽風味的醬醃小菜：「只要阿娘喚她過來問了人情關係，轉臉她便會蹬鼻子上臉，擺出一副主子的架勢代替白府接客。」

董氏抿了口粥，低笑一聲與白卿言說：「阿娘猜……這方氏說不定還會得寸進尺，以阿娘不知朔陽人情關係多說費神為由，替咱們白府寫請柬。」

論後宅之事，董氏才是個中高手，什麼牛鬼蛇神在董氏面前才是真的翻不出什麼浪花來。

「方氏雖然不怎麼樣，可兒子倒還不錯。」白卿言低垂著眸子喝粥。

「所以，你這族長之位不是給白卿平父親的，而是給白卿平的？」董氏望著女兒的眉目含笑。

「既然咱們大都白家已經回來，族長有沒有才能不重要，能用聽話才是關鍵。」

白卿言也是不想做得太絕，至少讓上一任族長看到，他被除了族長之位，卻是他的兒子領了這個位置，他便不至於魚死網破。

「阿娘不必在這個方氏身上費神，不用派人去給她回話，她必會明白白府的意思，如今她丈夫的族長之位只是暫代並未坐穩，她也不敢鬧出什麼么蛾子。」白卿言說。

白卿平從白卿言這裡領了練兵招人之事，當天回去便去和父親商議。原本只醉心於修古書孤本的白岐禾，聽兒子說完今日在白府之事，倒是認真思考怎麼替白卿言辦好這招人之事。

「白氏宗族年滿十四的孩子也可以一起去，算是給朔陽的百姓做個樣子，好讓朔陽的百姓知道，我們白氏一族是真心贖罪，銘記著白氏祖訓的。」白岐禾道。

以前都是白岐禾的父親說了算，如今白岐禾暫代族長之位，也想做出點兒什麼來彌補朔陽百姓，並非是貪戀這個位置。

白岐禾希望，鎮國郡主白卿言回來整治白氏一族之後，族人都真的知道錯在何處，踏實悔改。

「父親說的是！」白卿平頷首。

白岐禾的目光落在目光沉穩的兒子身上，都說長子承擔家族重擔，次子吃喝玩樂，可偏偏他的哥哥白岐雲被父母寵壞，他的長子也被他的父母慣壞了，反倒是次子幸而沒有長歪，身上隱隱有了白氏風骨。

白岐禾眉目間帶著淺淺地笑意：「你雖是次子，卻比你兄長要穩重，為父很放心！難得郡主看重你，你要好好為郡主辦事，如今我白氏一族能依附的只有鎮國郡主這棵大樹。當然……為父此言並非讓你逢迎討好，你只需記得，如今白家當以鎮國郡主為首，齊心協力光耀門楣，千萬不要學你祖父，只在眼前這一畝三分田裡折騰，只爭眼前營營小利，而失長遠！」

真正鐘鳴鼎食的世家，講究的是戮力同心，白岐禾深知這一點，甚至不惜在兒子面前指出父親錯誤來警惕兒子。白岐禾頭頂上沒有一個族長父親的壓制，又陡然領受了族長的位置，輾轉幾日難眠之後，竟然也隱隱生出幾分光復白氏的壯志雄心來。

「父親放心，兒子懂！」白卿平鄭重道。

方氏那日派人往白府送去口信之後，一連兩天都沒有收到回信兒，如熱鍋上的螞蟻。直到一早，白府給白岐禾送來請柬，方氏終於沉不住氣將傳話的婆子喚了過來，詢問話到底傳到了沒有。

那婆子十分篤定話定然是帶到了，可是傳沒有傳到董氏的耳朵裡便不得而知。

方氏沉默了良久，讓人給她更衣套車親自前往白府。

誰知方氏到了白府門前，通稟的人卻回方氏說：「我們夫人今兒個身子不爽利，還要為明日宴客忙碌實在不得空，還請見諒。」

「那郡主呢？郡主可得空？」方氏身邊的婢女忙問。

方氏扯了一把自己的婢女，董氏都見不到了還問郡主，這不是自取其辱嗎？

白府那通稟的下人倒也沒有露出什麼鄙夷的神情，還是那副不卑不亢的模樣。

「兩日前，我曾託人傳信給夫人，想著明日宴客若是有用得上我的地方，我到底是自家人，可以幫忙，可一直不見回信，不知夫人收到信了沒。」方氏笑道。

那下人笑著說：「白府有白府的規矩，不該我這個做奴才打聽的，打聽了就是罪過，是要挨板子的，您可別為難我了。」

方氏扯了扯唇強撐出一個笑意，側頭看向身邊女婢。

那婢女忙將一個荷包遞上，白府下人臉色一變推辭道：「夫人，我們白府規矩嚴，收了您這荷包我怕是要被管事發賣的。」

方氏緊緊揪著帕子，這白府當真如鐵桶一般？

鎩羽而歸的方氏回到自家院子，砸了兩套茶具心頭怒火還是不消。

這些年仗著公公是族長，方氏還沒有在誰面前吃過閉門羹，如今她男人是族長了……董氏還是這般不給她面子。哪怕她知道如今朔陽白氏是依附大都白家的，可看慣了之前婆母和嫂子她們的行事作風，她總覺得時來運轉，也該輪到她威風威風了，可卻事事不順心。

難不成現在自家男人當了族長，她反而要夾起尾巴來做人嗎？

「夫人莫惱，要是讓族長知道了，怕是要生氣！」方氏的貼身婢女蒲柳進門，一邊收拾地上的碎瓷片一邊道，「昨日族長已經同夫人說過了，對待大都白家諸人一定要謹慎，要是讓族長知道夫人從白府門前回來發了脾氣，必要生氣了。」

方氏扯著帕子，滿腹的牢騷：「我捨了這張臉去白府，還不是為了讓旁人知道白家待我們家不一樣，如此就沒有人敢和他爭族長位置了！」

想起已經被除族的白岐雲還端著兄長的架子訓斥她，說白岐禾就算是暫代族長也長遠不了，得仰仗大都白家的鼻息過活，方氏這心就跟油煎了似的！

別人越是這樣看他們，她就越是想要旁人都看看，大都白家依靠她才能辦好回朔陽的首次宴會。可董氏竟然連見她都不見，她可是族長之妻！

「奴婢當然知道夫人是為了族長好，也知道夫人是想幫著白府籌備宴會，以此來讓那些等著看族長笑話的人看看……白家是倚重族長和夫人的！」蒲柳手中捧著碎瓷片仰頭望著怒意未消的方氏，道，「可是夫人要明白，大都白家那在大都城都是能稱得上是勳貴人家之首，這樣的人家有這樣人家的規矩，不是咱們去了想見就能見的，您說是不是？」

蒲柳今個兒有事沒有能陪同夫人前去白府，剛才聽回來的婢女一說，便知道方氏是為了什麼發脾氣。「奴婢說這話夫人可能不愛聽，可也只有奴婢敢同夫人說這樣的話了！」蒲柳站起身行了禮之後才道，「族長之所以領了族長的位置，還不是鎮國郡主一句話，夫人現在想的不應該是同以前族長那般……和大都白家平起平坐，而是應該捧著大都白家才是！」

蒲柳這句話才算是說到了方氏心中所想。

她就是想同以前那般，那堂堂鎮國公白威霆都和她公公平起平坐了，憑什麼現在她男人領了族長的位置她卻不能同大都白家平起平坐，那白卿言算起來還是她的晚輩。

「說句不中聽的，大都白家給面子……族長的確是可以和大都白家平起平坐，大都白家不認你你就什麼都不是！您看這一次……鎮國王的孫女兒鎮國郡主，一回來就換了族長！」蒲柳走至方氏面前壓低了聲音道，「還有那太守和周縣令，完全是看著鎮國郡主的眼色行事！權勢面前……白氏一族的族長真的不算什麼。」

方氏雖然被蒲柳說的臉色一陣青一陣白，可蒲柳是她身邊最貼心的婢女，是從娘家跟著她嫁入白家的，她知道蒲柳這番話全都是為了她好。

方氏心頭一委屈，眼眶子就紅了起來：「別人當族長的時候都是風風光光，偏偏到了我們這兒還得伏低做小嗎？」

蒲柳在心中歎著方氏拎不清，可這是對自己恩深情重自小一起長大的姑娘，只能彎腰再勸：「倒不必伏低做小，只要夫人一心交好董氏，聽從董氏吩咐，做事不要越過董氏去，賣個好就是了，用不著非要強出頭做到最好最出挑最引人注目，風頭咱們讓給董氏就是了。這不算委屈也不是伏低，而是為長遠圖謀忍辱負重。」

方氏眼淚一下就掉了下來，忙用帕子沾了沾淚水道：「蒲柳，其實你說的這些我都懂，我就是不服氣覺得委屈，尤其是我那嫂子……都已經被除族了，還在我面前說三道四的，笑話岐禾只是個暫代的族長，我就是想讓他們都看看……」

「我知道的夫人！我都知道！」蒲柳安撫方氏，「夫人目下不用著急，明日赴宴之時面對董氏姿態放低一些。」

方氏擦了擦淚水頷首：「我知道了。」

五月初六，白府設晚宴。夕陽西沉，西方霞光漫天之際，太守與周大人便都攜家眷來了。

白府門口的燈籠已經點亮，府內更是燈火輝煌。一踏入六扇打開的朱漆正門，繞過壁影，便看到院內每十步設一銅鑄仙鶴燈，讓人頓感肅穆莊重。

周大人一進門便被白家這雕梁繡柱給驚到了，知道白家底蘊深厚，卻不曾想白家的底蘊如此深厚，他進門只是略略一掃，便知道這白家祖宅的一應用具大約都能追溯到前朝去。

這才是真正的鐘鳴鼎食之家應有的氣度和排場。

除了族長一家子，和已經被除族的五老爺一家子，族中幾乎沒有人來過白氏祖宅。

人都來的早，天剛剛擦黑白府便已開宴。董氏和白卿言的幾位嬸嬸都不曾來，白卿言一人端坐在主位上，倒是讓一心想要在董氏面前討好的方氏有些失望。

「白家本還在孝期，不應宴飲，故而今日無歌舞助興，只是一頓家常便飯……」白卿言端起面前茶杯，「招待不周，以茶代酒，請太守與周縣令海涵。」

白卿言這話的意思並未將白氏族人當外人來看待，多多少少讓白氏族人鬆了一口氣。

白卿言話音剛落，僕役們便魚貫而入，端碟執壺，分工明確，流水似的將各色佳餚呈在賓客面前，動作輕盈又俐落。

周縣令看著眼前六七碟精緻的時令糕點，精緻的讓人咋舌，就是這盛放糕點的碟子，怕都是前朝的物件。最難得的是白家竟然有這麼多套完整的，可見其底蘊深厚。

白家還在守孝，不管內裡長輩們是否已經讓她們碰了葷腥，明裡還是不能碰葷食，所以今日的一應飯菜，全都是素食。

這宴會完全不是方氏想的那般熱鬧。無雅樂歌舞本就冷清，主位上的白卿言更是安靜從容用著飯，擺正了態度，打定主意食不言寢不語，旁人連個大氣都不敢喘。

方氏算是明白了，這哪裡是白卿言準備的什麼宴啊，這根本就是下馬威。

白卿言用完飯，按照規矩漱口，讓人撤了面前碗碟之後，茶水鮮果便端了上來，那句家常便飯可真不是客氣。可就算是如此，白家這陣勢在朔陽諸人看來，已經是相當正式的了。

「練兵招人之事，不知道族長籌備的怎麼樣了？」白卿言放下茶杯鄭重問道。

白岐禾忙直起身對白卿言長揖一禮，道：「如今白氏族內子弟，和族人田地、族田的佃戶都踴躍出人，還有不少百姓因為可以分得月錢，也報了名，只是練兵場地一事族內還在商討。」

「官府的演武場應該是夠用的！」周縣令率先開口，亦是朝向白卿言的方向長揖，「在郡主回來之前，太守已經吩咐下官將演武場擴建，不出三日便應該能用了。」

太守倒是沒有想到周大人竟然在白卿言面前賣了他一個好，這個命令可不是他給下的，他可不好意思奪美，他忙直起身道：「下官也只是在周大人面前提了一嘴演武場怕是不夠用，倒也算不得是命令，是周大人有心了。」

「太守有心，周大人辛苦了。」白卿言還是需要適當表示一下，「若是他日太子問起，白卿言必會如實稟報。」

「下官曾經做過許多錯事，身為朔陽百姓父母官……卻沒有為百姓做主，慚愧之至！如今能幫著郡主為百姓出力，下官覺得心裡高興得很，並不辛苦！若郡主有需要……儘管使喚下官，下官樂意效命！」周縣令忙道。

「既然如此，便定在五月初十正式開始練兵，練成之日便是替朔陽百姓剿匪之時！」白卿言端起面前茶杯，「此事還要辛苦兩位大人，同族長……」

周縣令眼睛珠子一轉，立刻就將自己的兒子拎了出來：「郡主，這兩個乃是下官的嫡出兒子，郡主可以指派他們當白氏族長的幫手也好，練兵也好，哪怕是當個普通的兵卒也行，下官只是希望兩個兒子能好好磨練磨練，還希望郡主能給他們一個機會。」

白卿言看著周縣令兩個年紀並不大的兒子，點了點頭，目光落在白卿平的身上：「周大人這兩個兒子與你年紀相仿，你們倒是可以多多來往。」

周縣令聽到這話目光一喜。

白卿平直起身頷首，朝著周縣令兩個兒子的方向拱手示意。

周縣令兩個兒子也連忙還禮。

太守看著周縣令不免在心中暗笑，這周縣令還真是會見縫插針的上趕著找機會，這種人在大晉這種從內腐敗到外的朝廷，想必將來定能如魚得水。

正在周縣令拜謝白卿言時，盧平突然匆匆從正廳外進來，沿著正廳兩側掛幔帳的黑檀四柱後行至白卿言身側，單手掩唇壓低了聲音道：「大姑娘，沈姑娘最新送回來的消息，大樑夜襲晉國兵營，兩國開戰了。」

白卿言喝茶的動作一頓，抬起眸子朝盧平方向看去。

「青竹帶回來的消息，沒說張端睿將軍是如何應對的？」她亦是低聲詢問。

「說張將軍已經後退十里，旁的沒有提。」盧平道。

白卿言點了點頭，回首見眾人都朝她的方向看來，她坐直了身子，不緊不慢開口道：「在座諸位，太子殿下送來消息，大樑與我晉國在春暮山開戰。」

此言一出，白氏族人驚慌不已，議論紛紛。

可太守和周縣令，卻已暗自揣摩起白卿言在太子心中的分量，即便太子對白卿言並非男女之愛，也定然是十分倚重的，如此……他們必得好生侍奉好這位鎮國郡主才是。

「南疆戰事剛平，北方戰事又起，如今朝廷騰不出手腳來料理朔陽匪患，想必日後這些匪徒只會更猖獗！故而……練兵剿匪之事，還請諸位多多上心，這是為民除害，更是為國除患！吾等必傾全力！」

「必傾全力！」周縣令第一個回應。隨後白氏族人也跟著紛紛嚷著必傾全力。

宴會結束，郝管家代替白卿言送了太守、周大人和白氏族人。

白卿言人在撥雲院坐在臨窗軟榻之前，手握沈青竹送回來的信件細看，信中所書與盧平同她說的幾乎不相差，只是沈青竹的信更為詳細一些，且在書信之中，沈青竹說她已經開始著手疏散百姓了。

白錦稚湊在白卿言的跟前看完了信，眉頭緊皺問：「長姐，張端睿將軍這一仗能贏嗎？」

白卿言沒吭聲，半晌之後，挪開琉璃燈罩，將手中信紙點燃，幽藍色的火光逐漸將信紙吞沒，火光消散，看著那一封信燒成灰燼之後，她才開口：「怕是贏不了。」

張端睿將軍有才，但他顧及太多，如今晉國大半兵力全都打沒在了南疆，與大樑之戰，張端睿將軍顧惜兵力，不敢全力出戰。

而大樑的主帥荀天章，此人用兵手法一向狠絕，不懼死多少兵卒，只要一個勝字。

狹路相逢，敢死者勝。這就註定了，心有顧及的張端睿將軍在荀天章的手中贏不了。

白錦稚聽到這話，心中卻有些不是滋味，即便是她心裡知道只要張端睿將軍勝不了，皇帝就該派長姐出征了，可是私心裡她不願意張端睿將軍敗。

這個世上除了骨肉親情之外，最難以切斷的羈絆……便是同戰同死之情！

白錦稚曾經同張端睿將軍一同在南疆浴血奮戰，情分自然不一般。

「若是長姐出戰，可否勝？」白錦稚虛心求教。

「荀天章此人，一向不在意兵卒性命，就拿此次暮春山試探來說，他早就料到了那些踏入暮春山的𣗳卒會死，可他根本不在意，用一隊人的命……將他的猜測變成實證，如此買賣在荀天章看來划算得很！」白卿言手指有一下沒一下在桌面上敲著，「既然荀天章不在意兵卒性命，晉國要想勝……那便可將𣗳卒分而殺之，有言說蠶食……此可謂蠶殺。」

白錦稚急問道：「長姐可否向張端睿將軍提個醒，告訴將軍與荀天章一仗應該怎麼打？」

白卿言凝視還未蓋上琉璃罩子的搖曳燭火，點了點頭：「我正有此意。」

若是張端睿與大𣗳一戰勝了，那她便不用前往春暮山。

如此，朔陽練兵之事就能更穩妥一些。

「既然長姐也有此意，不如我去一趟春暮山，親自告訴張端睿將軍！」白錦稚躍躍欲試。

白卿言抬眼，對白錦稚搖頭：「你一出朔陽，便會有人稟報大都皇城，屆時……不論是皇帝還是太子，都會以為你是我派去春暮山而對白家心存疑慮，必會耽擱我們練兵之事，影響大局。」

白錦稚點了點頭，老老實實坐在那裡沒有吵鬧。

白卿言讓盧平派穩妥之人前往暮春山，設法見到張端睿將軍，務必告知張端睿將軍贏荀天章之法，留在春暮山……靜觀戰況，若是戰不勝，則提前協助沈青竹疏散百姓。

朔陽白卿言這裡還算穩得住，可大都皇宮裡接到大戰的消息時，皇帝頓時頭疼不已，他沒有料到大𣗳竟然真的這麼大膽，鐵了心要和晉國開戰。

「卑鄙！卑鄙！」皇帝氣得砸了手中的茶盅。大殿內宮女跪了一地，各個抖如篩糠，大氣都不敢喘，生怕天子發怒他們誰觸了霉頭，一個不小心就丟了小命。

太子聞訊趕入皇宮，聽到皇帝在寢宮裡叫罵，遲疑著不敢進去。還是小太監悄悄同高德茂說太子到了，高德茂忙邁著小碎步迎了出來：「太子殿下，您快點兒進去吧！」

太子腳下步子不動，望著高德茂：「父皇……很生氣嗎？」

「正是呢！戰報傳回來之前……燕沃新任太守和左相之子李明瑞的奏報先後送到，梁王殿下未處置好賑災之事，激起民變，如今燕沃一地正等著陛下派兵鎮壓亂民！陛下本來就是一肚子的火，誰知道不到半盞茶的時間，這大樑與我晉國開戰的消息便傳來了！陛下能不生氣嗎？」

太子手指動了動，看來派去的人事情辦成了，他心中大喜。

此次燕沃鬧民亂，春暮山起戰事，兩件事正好趕在一起，依照父皇的個性，梁王必定會被遷怒。

高德茂見太子眼底神色，似乎比剛來時要沉穩許多，眉目間不經意染上了喜意，忙道：「太子若是有了好的主意可趕緊告訴陛下吧，陛下頭痛發作……又怒火不消，再這麼下去，怕會出事啊！」

太子清了清嗓子，開口：「公公莫急，讓孤再想一想，力求穩妥。」

太子腦子飛快轉著，如今大樑與他們大晉已起戰事，燕沃又生民亂，他們晉國缺兵！

他想到了白卿言，春暮山與大樑一戰，或許需要白卿言那樣將帥之才統領，才能以少勝多。

而燕沃……如今梁王已經辦砸了，他去收拾爛攤子不論解決成什麼樣子，父皇都怪不到他的頭上，且燕沃民亂造反的都是些賤民而已，和大樑銳士相比，應當相當容易解決。

打定了主意，太子便隨高德茂一同跨入正殿，規規矩矩同皇帝行禮：「兒臣，參見父皇。」

「都是你舉薦的好人選！」皇帝直接將奏本砸在太子面前，氣得扶著額頭來回在几案前走動。

太子被嚇得一哆嗦，連忙叩首：「父皇恕罪，兒子也不知道梁王會將事情辦成這樣，梁王是兒子舉薦，如今出了事……兒子作為兄長自然要替弟弟收拾，兒臣叩請父皇，讓兒臣親自帶兵前往燕沃，平息此次民亂。」

看到太子真誠又惶恐的模樣，再想想這兒子也是為了幫弟弟一把，到底是心地太純良，皇帝閉了閉眼：「大樑起戰事，燕沃民亂，都是刻不容緩之事，將駐守戎狄的兵力調回需要時日，大都城的守軍帶走……大都可就空了。」

太子忙直起身道：「兒臣想同父皇舉薦鎮國郡主，鎮國郡主乃是鎮國王的嫡長孫女，最擅長以少勝多之戰，父皇可命人快馬前去朔陽傳旨，命鎮國郡主奔赴春暮山接替主帥位置，有鎮國郡主在……一定程度上便能震懾大樑！」

皇帝緊緊咬著牙，頭又開始抽痛，他抬手覆在額頭之上，繞過几案在龍椅上坐下，閉上眼細細思索。派白卿言前去皇帝並非沒有想過，可是即便白卿言是個女兒身，皇帝也怕極了白卿言會成為另一個鎮國王白威霆。畢竟，白卿言的行事作風，可要比鎮國王更加果決狠辣，但凡出手便是驚濤駭浪，不達目的絕不罷休。

皇帝更怕的是，萬一這白卿言要是趁著燕沃民亂，去了春暮山之後膽大妄為帶兵反了呢？

當初鎮國王白威霆曾與皇帝有誓言在先，皇帝都對白威霆頗多忌憚，更何況是比白威霆手段更為淩厲的白卿言。

見皇帝半晌不出聲，太子抬頭朝著皇帝的方向看去，道：「父皇兒臣有信心鎮國郡主必能替我大晉解決大樑憂患，兒子也必當盡全力，處置好燕沃民變之事。」

皇帝看著一臉鄭重的太子，手指在几案上敲了敲問道：「白卿言離開大都之前去過太子府，是否同你提起過春暮山戰事？說過……若是大樑與我晉國開戰，讓你舉薦她領兵？」

太子見皇帝眼中盡是防備之色，連忙搖頭：「鎮國郡主關心春暮山戰事不假，可卻從未說過讓兒臣舉薦她領兵，兒臣以為……鎮國郡主對春暮山戰事的關切，完全是出於對我晉國的忠誠，這一點兒臣敢捨命為鎮國郡主作保！」

皇帝想起之前太子交代神鹿之事，覺得兒子大約是因為神鹿之事，放下了對白卿言的警惕之心，太過信任了。「白卿言之後……有沒有在你面前再提起神鹿之事？」皇帝問。

太子搖頭：「並未，就如同從未發生過一般，所以父皇……兒臣相信鎮國郡主的忠心，也請父皇相信。」

皇帝咬了咬牙，不免又想到了白威霆曾經對他許諾的誓言。

可是即便是有誓言在，當白威霆的聲望一日高過一日，當邊疆之民將大都白家奉為救世主，完全忘記了他才是這個大晉的皇帝之時，他還是會惶惶不安。

皇帝閉了閉眼，對太子道：「白卿言此人，你可以用，但絕對不能信！且要壓著她……否則她的聲望一日高過一日，高過了你，這絕不是什麼好事！帝王之術……便是恩威並施，越是能臣便越是不能讓他坐大，懂嗎？」

太子一怔，他的父皇這是在教他御人之道？

「父皇之言兒子雖然不十分懂，但回去之後一定細細揣摩！不讓父皇失望！」

皇帝點了點頭，看著一臉受教的兒子，對高德茂開口：「高德茂，傳旨……命高義縣主白錦稚，奔赴春暮山協助張端睿將軍。」

太子原本想問皇帝，是否讓高義縣主帶兵前往，又怕父皇覺得他蠢笨，硬是忍著沒有問。

「太子明日一早，帶兵親自奔赴燕沃，鎮壓亂民！將梁王那個蠢貨給朕抓回來！」皇帝提到梁王便咬牙切齒。連賑災之事都辦不好，他竟然還以為梁王便是夢中預示的那隻白虎，如今看來他是想多了，梁王怕是沒這個本事。

第八章　錦稚出征

魏國，瓶欒山。蕭容衍應邀前來西懷王瓶欒山行宮，同大魏一干貴胄皇親飲酒作樂。

西懷王乃是大魏皇帝一母同胞最疼愛的幼弟，約莫是喜好玩樂做個富貴閒人又對大魏皇帝十分忠心，大魏皇帝對這個胞弟更是百般縱容。

西懷王此生最喜歡之事，便是同風雅之士，飲酒吟詩。

蕭容衍才高八斗，又是天下第一富商，過得窮奢極欲，與西懷王乃是同道中人，兩人都精通享樂，日子同樣過得紙醉金迷，自是成了至交好友。

西懷王得知蕭容衍歸國，便在瓶欒山行宮的天露閣設宴。

瓶欒山行宮，是西懷王生辰之日，皇帝賜給西懷王的，可見其受寵程度連皇子都望塵莫及。

西懷王穿著剛泡溫泉出來時的那一身白色長衫，衣襟敞開，手攥酒樽，一臉醉意穿梭在媚眼如絲的舞姬之中，因飲了五石散的緣故，雙眸裡盡是如夢似幻的迷離之感，活脫脫的浪蕩公子。

見同樣一身白袍，慵懶散漫靠坐軟墊之上獨自飲酒的蕭容衍今日興致不高的模樣，醉醺醺的西懷王搖搖晃晃走至蕭容衍身旁歪坐下，勾著蕭容衍的肩膀，笑道：「怎麼……今日興致不高啊？是嫌舞姬不夠美？還是嫌冷食不夠精緻？」

西懷王見蕭容衍面前用美酒沖化的五石散還在，笑容越發癡了起來：「連這麼好的東西都不碰……」

蕭容衍撚起一粒花生米，單手搓開紅色種皮丟入口中，頗為煩躁道：「不日咱們大魏便要攻打大燕，此事我知道的晚，怕大燕的生意來不及撤出，一旦開戰損失必然不小，煩啊……」
西懷王哈哈直笑：「這事竟然也值得你煩惱？」
「從去歲開始，便在南燕投入了大量人力物力打算將蕭家商鋪開滿南燕，誰知……南燕竟然被大燕收復了，我只得從頭再來，好不容易有些起色，咱們魏國又要攻打大燕。」蕭容衍端起酒杯仰頭一飲而盡，「今年時運真真兒是差的很……」
「此事簡單！」西懷王拍了拍蕭容衍的肩膀，「等咱們大魏拿下了大燕城池，你的生意該怎麼做就怎麼做，你的商號我會讓人叮囑下去，絕對不碰！」
「我是魏人，咱們魏國攻了大燕……大燕還能讓我去做生意？不打殺了我的人就是好的！」蕭容衍歎氣，「罷了，我也不是那只知自家利益，不顧家國大義之人，損失了便損失了吧！」
「你我摯友，我焉能看著你損失？」西懷王笑著朝蕭容衍靠近了一些，「放心吧，這一仗……不會這麼快打起來！你動作俐落一點，儘快將生意和你的人都撤出來，等到我們大魏打過去占了城池，你再重新回去！」
「不會這麼快打起來？」蕭容衍頗為不解，他湊近了西懷王一些，「不是說如今大燕主力盡在戎狄，此時不是我魏國攻燕最好的時機？」
西懷王本不應該同蕭容衍議論朝政，可一想到眼前的是自己至交好友，他左右看了看，壓低了聲音道：「將相意見不合，之前大燕突然冒出一支新軍，其將領謝荀驍勇駭人！丞相本就不主戰，怕大燕看似主力盡在戎狄，實則是隱藏實力以作它途，所以我皇兄命大兵壓境以作試探！」
蕭容衍頷首。
「誰知道……」西懷王聲音壓得更低了些，「那大燕白日裡看似平常，我們的探子夜裡卻聽到馬蹄聲，那大燕境內的山坳裡，每每到夜裡便炊煙滾滾，怕大燕藏兵於其中，正等我們魏國前去……好甕中捉鱉，如今丞相和將軍都派了人去查，得等到結果送回來，才知能否一戰。」

蕭容衍突然坐直身子看向西懷王：「說到這個，衍……突然想起一件事，王爺知道之前我被困於南燕，大燕九王爺身邊之人就曾向我採購過大量的鐵和兵器。之後我在晉國境內又運了一批，數目不算大，也不算少，原本想著晉國和南燕西涼開戰，賣到平城定然能賣個好價錢，誰知道全被大燕的人高價買走了！」

西懷王攥著酒杯的手一緊，酒醒了不少：「要鐵和兵器，就說明有兵啊……」

「這個衍不得而知，後面陸陸續續……衍送往大燕送了不少鐵礦和兵器，與晉國太子府謀士合作，五五分……如此衍也賺了不少，利潤十分可觀。」蕭容衍繼續道。

西懷王心頭突突一跳，五五分還賺了不少，那得是多高價？大燕不惜重金求鐵，這可不是什麼好兆頭，說不準大燕山內真的藏了兵，就如同大燕謝荀所率領的那支精銳。

想到此處，西懷王坐直了身子道：「我得進宮一趟……」

蕭容衍勸道：「可……大燕買鐵也不一定是用在軍隊上，或是……農具？王爺這麼匆匆入宮找陛下說此事，又無實證不妥。」

「你都說的這般不肯定，我還是進宮一趟告知皇兄！畢竟……若是大魏出了什麼事，我可就沒有這般驕奢放縱的日子過了！」

西懷王貴在最有自知之明，他將酒樽中的酒飲盡，起身讓婢女給他更衣立刻進宮。

月拾在天露閣棧道之下靜靜等著蕭容衍，不多時便見醉醺醺的蕭容衍被西懷王的僕從用肩輿抬了下來。月拾連忙上前從落地肩輿之上將蕭容衍扶了起來：「主子！」

「月拾啊……」蕭容衍癡癡一笑。

「是屬下！」月拾扶著蕭容衍上了馬車，同西懷王府上的管事拜別。

西懷王府的管事笑著同月拾道：「蕭先生用了五石散，得好好發散發散，照顧好蕭先生。」

月拾身側拳頭收緊，依舊是那副冷著臉的模樣拱手：「多謝告知。」

一上馬車，醉醺醺的蕭容衍便閉上了眼，神色裡再也沒有剛才因飲酒過多而癡醉的神色，馬車搖搖晃晃從行宮出來，月拾這才一躍上了蕭容衍的馬車，低聲道：「主子，從行宮出來了！」

蕭容衍睜眼，拉出馬車內的木桶，按壓腹部催吐。

月拾端起茶杯遞給蕭容衍，滿眼的怒火。

每一次主子來大魏都要被折騰的半死，這幾年大魏勳貴以西懷王為首，竟然流行起吃五石散來。這東西吃下之後讓人有超凡脫俗之感，彷彿羽化登仙，因此在大魏貴族間極為盛行，但此物對人身體有害無益，多少人都死在了這個東西上面。

然而在魏國……與西懷王交好的無人不碰這個東西，每一次主子都是到最後才會飲下這個東西，出了門就催吐，有時候催吐不及，回府之後便需要冷水澆身，受盡折磨。

這就是月拾不願意來魏國的因由，覺得主子因這五石散太遭罪了。

吐完，蕭容衍用茶水漱口，趁著精神還未恍惚叮囑月拾：「大魏丞相已經派人去查大燕山坳是否藏兵，你派人快馬送信回去，讓人在大燕境內高價找各國商販買鐵礦，務必……讓大魏丞相派去之人知曉，此事要快！且一定要穩住大燕邊境之民！」

剛才同西懷王所說，大燕境內山坳夜半炊煙滾滾之事，本就是蕭容衍故布疑陣。

現在只能是能拖一時是一時，如今大魏將即將攻燕的消息故意傳到大燕，只要大燕邊境百姓穩住，大魏便不敢輕易攻打大燕。只要能拖到謝荀從戎狄回來，一切便都好說了。

蕭容衍突然想起昨日接到的消息，說白卿言已經著手開始在朔陽招攬人手，準備練兵剿匪了。

他閉了閉眼，能猜出白卿言這是要以民為兵，為來日做打算布局。

當真是……目光長遠。

他藉由此事倒是有了別的盤算，若是將大燕邊民練成兵士，以民為兵，以兵為民，大燕邊境就是哪國來犯也都不懼了。

此事，需要同兄長去信一封，抓緊時間辦起來。

五月初九。白卿言一早又收到春暮山的戰況報告，荀天章的手段如白卿言預料一般，很捨得手下兵卒的性命，故意設計引誘張端睿將軍中計，將張端睿將軍派出的五千兵士同他們大樑的兩千人一同葬送在了山坳之中。

而張端睿因此一戰損失太多兵力，打定了主意守城不出，拒不應戰，讓荀天章氣惱的不行。

白卿言將手中戰報燒毀。

張端睿將軍一向穩得住，兩軍僵持未嘗不是好事，可若此時張端睿將軍能派人夜襲大樑軍營，用荀天章用過的方式將荀天章一軍，絕對能將樑軍逼出春暮山之外。

可……以白卿言對張端睿將軍行軍打仗方式的瞭解，張端睿將軍在沒有十足把握之前，是絕不會再有動作，以免更多的晉國兵卒喪命。

白卿言沐浴後剛用完早膳，佟嬤嬤疾步進了主屋，行禮後道：「大姑娘，宮裡來人了！讓咱們四姑娘立刻去接旨。」

這個時候宮裡來人，讓小四接旨？

正在看書的白卿言抬眸，眸色一沉，放下書起身便帶人朝前院走去。

白錦稚因為明日要開始練兵之事，興奮不已，正在屋裡挑趁手的兵器和衣服，準備明日在演武場大展身手，必定要將那些百姓練成如同白家軍那般驍勇的兵士。

誰知衣服還沒挑完，前院便來傳信，說皇帝聖旨到，讓白錦稚立刻前去接旨。

手裡拿著粗布練功服的白錦稚以為自己聽錯了，又問了一遍：「讓我去接旨？不是讓長姐去接旨？」

這個時候來聖旨，就連白錦稚都能猜到是因為春暮山之事，可春暮山戰事吃緊皇帝不應該趕緊派長姐出戰嗎？

「是四姑娘沒錯！」白錦稚身邊的靈芝語氣肯定，「前院來傳話，奴婢也以為聽錯了專門問了好幾遍，姑娘可快著些吧！那傳旨的內侍可還在外面候著呢！」

白錦稚點了點頭，朝著前院小跑而去。

接聖旨是大事，董氏攜白家其他幾位夫人姑娘都到了白府正門口，恭恭敬敬行禮聆聽聖旨。

三夫人李氏一顆心撲通跳，不知道皇帝這葫蘆裡賣的什麼藥，怎突然單獨給白錦稚下聖旨。

直到聽見皇帝要白錦稚一人立刻奔赴春暮山，協助張端睿將軍擊退大樑，三夫人李氏差點兒暈了過去。

白卿言抬頭看了眼傳旨的公公，身側的手緩緩收緊。

讓白錦稚奔赴春暮山協助張端睿擊退大樑？朝廷當真是沒有人用了嗎？她隱約能猜到皇帝派小四去春暮山的意圖，皇帝怕是指望著她能設法退春暮山樑兵，又不想讓她再立戰功，於是便派小四前往春暮山。

小四是她的妹妹，她若想小四平安，必會在背後為小四出謀劃策。

三夫人李氏見白錦稚也是一臉不可置信接了聖旨，沉不住氣，問道：「公公這聖旨是不是有誤？讓高義縣主一人前去嗎？這高義縣主可還是個孩子！」

董氏按住李氏的手，示意李氏沉住氣，笑著讓秦嬤嬤給了傳旨公公銀兩。

那公公捏了捏豐厚的荷包，這才眉開眼笑道：「奴才可不敢假傳聖旨，高義縣主乃是鎮國王的孫女，陛下定然是看重高義縣主這才下了這到旨意，縣主可不要辜負陛下的期望啊！」

送傳旨公公離開，白錦稚捧著聖旨見白卿言面色鐵青，小心翼翼喚了一聲：「長姐！」

「回去再說。」白卿言對白錦稚道。

白家正廳內，李氏已然坐不住，音量極高：「這皇帝到底是吃錯了什麼藥？小四才多大的孩子，竟然要小四前往春暮山，還強調一人！還要立刻！」

「皇帝強調一人，是怕我會同小四一同前往。」白卿言慢條斯理開口。

三夫人李氏眼眶紅得厲害，擔憂和恐懼戰勝憤怒，擠滿心頭：「這可怎麼辦，皇帝讓小四立即出發，還是一個人……出了事可怎麼辦？」

白錦稚看著快要掉眼淚的母親，抬手輕輕撫了撫母親的手臂，按捺著心頭激動開口：「娘，沒關係的，我一個人去就一個人去，我之前不是也同長姐一起去了南疆戰場嗎？而且我在長姐身邊也學了這麼多，又有張端睿將軍在，肯定沒有問題的。」

「那怎麼能一樣?!有你長姐在你長姐自然會管住你！且你長姐性子沉穩，絕不會讓你冒進！可要是你一個人去，你還不跟那脫韁的野馬一樣?!那可是戰場！戰場！萬一要是……」三夫人李氏已經哽咽到說不下去。萬一要是白錦稚有個三長兩短，讓她怎麼活下去？

「小四……」白卿言思慮良久，抬眸望著白錦稚，認真道，「去了春暮山以後，凡事聽從張端睿將軍的，告訴張端睿將軍，就守在城內拒不應戰，只要你們不出戰……荀天章也無可奈何。」

三夫人李氏忙扭頭看向白錦稚：「你長姐說的話，你都記住了?!不要掐尖要強！就和張端睿將軍在城內，不要應戰！」

白錦稚心道……這也太窩囊了一些，可看著母親通紅的雙眼，還是點頭應聲：「我記住了長姐！」

「你也不要覺得不服氣和窩囊……」白卿言一開口就戳中了白錦稚的心中所想，「荀天章好戰，且為勝不擇手段，張端睿將軍一向穩重，又愛惜兵卒性命，在戰事上若無全勝把握絕不會輕易出戰，白白犧牲將士性命，雖然旁人看來是龜縮於城內，可這也是目下最好的辦法。」

對春暮山真實戰況白卿言一無所知，且沈青竹送回來的消息多半都是多日前的消息，戰場之上形勢瞬息萬變，白卿言也不好在盲猜的情況下為張端睿將軍和小四提什麼對敵之法，所以……張端睿將軍守於城內拒不應戰，是對的。

「小四知道了，長姐放心，小四去了之後一定一切聽從張端睿將軍吩咐，絕不冒進！」白錦稚忙應聲道。

白卿言點了點頭，又看向緊緊揪著自己領口的三嬸李氏，道：「三嬸放心，我已經提前讓沈青竹去了春暮山，等小四過去我會讓沈青竹貼身護著小四。」

一聽沈青竹已經被白卿言提前派到春暮山，三夫人李氏當下就鬆了一口氣，沈青竹武藝高強李氏是知道的，她連連點頭：「還是阿寶有遠見，提前將沈姑娘派了過去，有沈姑娘在春暮山我能放心不少。」

皇帝聖旨所書是即刻啟程，三夫人李氏不敢耽擱陪著白錦稚一起回院子裡收拾東西。

白錦稚看著這也要給她帶那也要給她裝的母親，忙抱住李氏的胳膊：「好了呀娘！我是騎馬去的……這麼多東西我怎麼帶呀！」

李氏撇過臉不願意女兒看到她落淚的模樣，從白錦稚的手中抽回自己的手臂，低著頭將包袱綁的紮紮實實：「都給我帶上！」

「好好好！我娘說帶我就帶！」白錦稚這個時候不想再惹李氏不痛快，連連點頭。

李氏緊緊攥著白錦稚的包袱，眼淚再也忍不住跟斷了線似的，丈夫兒子全都死在了戰場上……怎麼皇帝就連她的女兒也不放過！越想越難過，李氏抬手掩著唇，低低哭出聲來。

「娘……」白錦稚頭一次見李氏在她面前這樣哭，就連得知父親和哥哥弟弟們死訊的時候，李氏都沒有當著她的面這樣哭過。

李氏抽出帕子擦了擦淚水，忍著哽咽開口：「去了春暮山，記得要聽張端睿將軍的話！要記得你長姐說的，不要魯莽衝動！」

李氏抬起一雙通紅的眼望著白錦稚，聲音難見的溫柔：「知道了嗎？」

「娘！您放心，這一次長姐不在我的身邊，我一定乖乖的，絕不冒失！」白錦稚乖乖道。

李氏拉著白錦稚的手，聽到外面傳信說已經備好馬了，李氏剛收回去的眼淚又流了出來，她緊緊攥著白錦稚的手，鼻翼煽動，淚如雨下。

「娘，我會小心的！您放心……我每隔三天便派人給您送信回來。」白錦稚抱住李氏的胳膊，「南疆那麼凶險我都沒事，春暮山不過是守城，不會有危險的！」

「娘送你出去！」李氏拿起白錦稚的包袱，攥著白錦稚的手抬腳往外走。

董氏、四夫人王氏、五夫人齊氏和白卿言、白錦昭、白錦華，都在門口送白錦稚。大約是因為平時白錦稚的個性太衝動，此次獨自一人前往春暮山又無人管束，長輩們無一不擔心的。

四夫人王氏非要白錦稚帶上一串佛珠，說是可以保平安用的，白錦昭和白錦華也塞給了白錦稚以前在廟裡求來戴了好幾年的平安符，只希望她們的四姐能夠平安歸來。

白錦稚看到盧平也背著行囊，牽了兩匹馬立在白府高階之下，身後跟著一隊護衛，頗為不解看向白卿言。「長姐，平叔不是要操持明日練兵之事嗎？」白錦稚問。

她回道：「練兵之事你不用擔心，平叔跟在你身邊我放心些。」

「長姐！我要是帶走了平叔，這不是耽誤練兵之事嗎？不用了……我一個人可以的！」白錦稚表情堅定。

「練兵之事已經不是你應該操心的事了，這裡是朔陽城，有太守和周大人會協助，練兵可用的人不會少。」白卿言語氣不容置否，說完看向盧平，「平叔，小四就拜託平叔了！」

「大姑娘放心！諸位夫人放心！」盧平抱拳朝著白家諸位主子行禮，「盧平定會將四姑娘平安帶回。」

白卿言頷首，她望著白錦稚，眸中不掩擔憂，開口道：「去吧……」

「白錦稚拜別大伯母、四嬸、五嬸，長姐……兩位妹妹！」白錦稚雙眼發紅，心中除了幾分忐忑之外，更多的是激動和澎湃，「放心，我定會平安回來！」

這是白錦稚長這麼大以來第一次獨自一人出遠門，而且還是要去戰場，她怕……卻也激動。

她想要建功立業，想要證明給長姐看……她也是一個當之無愧的白家女兒郎，哪怕是一人奔赴戰場也定然會為白家增添光耀。

白錦稚對著母親李氏勾唇笑了笑，疾步走下臺階一躍翻身上馬。

盧平行禮後上馬看向白卿言的方向，見白卿言對他頷首……他點了點頭，雙腿一夾馬肚隨白錦稚朝朔陽城外飛奔兒去。

「小四！」三夫人李氏哭著喊了一聲追下臺階，「要小心啊！」

白錦稚未曾回頭，揚起手中鞭子揮了揮，便絕塵而去。

白卿言立在門外，看著四妹妹騎馬而去的背影，身側拳頭不住收緊。

剛才聖旨一下，白卿言趁著白錦稚去收拾東西更衣之時，將盧平喚了過來。

她叮囑盧平，在到大都城之前，派人先一步到大都……讓白錦繡將手中暗衛分出一半跟隨白錦稚奔赴春暮山，護白錦稚周全。

白錦稚的心性，白卿言再清楚不過，雖然曾經在秋山關救白卿雲一戰，讓白錦稚頭一次知道了沙場殘酷，在她心中留下了陰影，甚至如今回想起來白錦稚還會後怕，可比起建功立業……這種怕不足以威懾白錦稚。為了以防萬一，白卿言需要在白錦稚身邊安排足夠的人手。

兵可以不練，可白錦稚的安全……不可以不護。

但凡是現在還活著的白家之人，她一個都不允許出事！一個都不允許！

「三嬸……」白卿言走至三夫人李氏身旁，輕輕握住李氏的手，「有平叔和沈青竹跟著，小四不會出事的。」

三夫人李氏望著白卿言含淚點頭。

白錦稚因一道聖旨出發奔赴春暮山的消息，很快便傳遍了朔陽城。

族長白岐禾想起練兵之事，原本白卿言說要高義縣主白錦稚和一個白府護衛軍負責的，如今白錦稚奉命奔赴春暮山，誰負責練兵這還得白卿言拿個主意。

剛用完午膳，白岐禾派人去喚兒子白卿平隨他一同去白府。

方氏一聽，心裡轉了好幾個彎兒，看著正在漱口的白岐禾道：「既然要去見鎮國郡主，不如將咱們兩個女兒都帶上，讓她們也同鎮國郡主親近親近，敘敘姐妹之情！」

方氏越想越覺得這件事兒靠譜，放下手中的筷子，興致勃勃道：「這高義縣主不是剛被陛下派到春暮山去了嗎？鎮國郡主擔心高義縣主定然心情不好，咱們兩個女兒去了，說不定能替鎮國郡主排解排解，以後咱們女兒要是成了白府的常客，將來議親的時候……媒人還能說與鎮國郡主如同親姐妹，也好聽不是？」

白岐禾用衣袖掩口，吐了漱口水後，用帕子擦了擦嘴，側目朝一臉喜悅的方氏看去：「你覺得鎮國郡主，像是那種會和自家族妹敘姐妹之情的人？你那點兒小心思我明白，還是收起來吧！不要將鎮國郡主看成普通閨閣女兒家，你就算是讓兩個孩子去了鎮國郡主府，也不可能讓你打聽到什麼消息！且鎮國郡主為人眼裡揉不下沙子，若是知道這兩個孩子在府內打聽什麼消息，怕是屆時我們全家都要跟著沒臉！」

方氏聽白岐禾這麼說臉一下拉長：「你說這話什麼意思，我不過是想著讓兩個女兒去鎮國郡主府同白卿言交好，打聽打聽白卿言的喜好，我也好給她保個媒！怎麼說她都是咱們的晚輩，我一個做長輩的關心關心這不是很正常嗎？怎麼從你嘴裡說出來我就像不安好心一樣！」

「鎮國郡主孝期未過我們就不說了，況且鎮國郡主已經立誓此生不嫁的事情你不知道？」白岐禾眉頭皺的越發緊。

「對啊！我當然知道啊！」方氏拍了一下手，「所以我這個做嬸子的才要操心啊！雖然不嫁……但鎮國郡主可以招婿入贅啊！你看……大都白家滿門都只剩女兒家了！招婿入贅延續白家嫡支血脈，這是不是正道？」

白岐禾聽方氏這麼一說，似乎覺得有幾分道理。大都白家才是白氏正統嫡支血脈，五夫人齊氏又只生了一個女兒，若是不招婿入贅，那大都白家這一支就要斷了。

或者便是從旁支過繼？可是看鎮國郡主那個態度，怕是不會接受從旁支過繼子嗣。

白岐禾心裡清楚，大都白家現在是鎮國郡主說了算的。

見白岐禾若有所思的模樣，方氏眼睛更亮了，她湊近白岐禾壓低了聲音說：「你看，我娘家二哥的嫡次子……」

方氏話還沒說完，白岐禾一雙凌厲的眸子就朝著方氏瞪了過來，嚇了方氏一跳。白岐禾一向溫和，還從未用如此駭人的目光看過她，方氏後面的話頓時卡在嗓子眼兒裡說不出來，只望著白岐禾。

「你二哥的嫡次子是個什麼玩意兒，你心裡不清楚？」白岐禾陡然就一肚子的火，「你想給娘家謀利並無大錯，可不能太過了！」

方氏二哥的嫡次子，那是個正兒八經只會吃喝玩樂的混帳東西，成日裡和娼妓廝混，沒個正形，這樣的東西別說入贅白家，就是給鎮國郡主提鞋都不配，方氏也好意思說出口！

方氏絞著手中的帕子，臉色難堪，梗著脖子和白岐禾狡辯：「能一樣嗎？那是要一個好好的男子入贅，不管怎麼說……那可是我二哥的嫡子！」

「既然如此，不若你去給你大姐家保個媒，看看你大姐願不願意將親生女兒許給你二哥的嫡次子！」白岐禾是真的動了怒，可清俊的臉還是沒有什麼表情，只是語氣明顯是惱了。

原本以為白卿言此次出手，乾淨俐落料理了宗族，他這個妻室方氏定然能夠看清楚如今白氏宗族需要依仗鎮國郡主，收斂收斂態度，不成想竟然還敢在鎮國郡主身上盤算。

方氏臉一陣白一陣紅，死死揪著自己的帕子，一副想哭的模樣：「我這還不是為了你，若是白卿言和我二哥的嫡次子成了……」

方氏身邊的貼身侍婢蒲柳急得忙給方氏使眼色，讓方氏可別再說了。可方氏這會兒正說到興頭上，完全沒有看到蒲柳的示意，更沒看到白岐禾那越來越難看的臉色。

「你這是為了我，還是為了你娘家，你自己心裡清楚！」白岐禾起身打斷方氏的話，看也不看方氏，道，「方氏，你為你娘家在我這謀利可以，但你若是將主意打到鎮國郡主頭上，連累我白家滿門，你便回娘家去吧！我們白家這廟小，容不下你這尊大佛！」

說完，白岐禾拂袖而去。

方氏一臉錯愕愣在那裡，半晌緩不過神來。直到白岐禾掀了竹簾離去，方氏才睜大了眼不可思議看向蒲柳：「白岐禾這是什麼意思？他是說……要休了我嗎？」

蒲柳忙上前低聲勸道：「夫人，您今兒個的確是過火了，那鎮國郡主是白氏嫡支的嫡長女！即便是咱們方家大爺的嫡長子怕是都配不起，更別說是二爺那位嫡次子又是個只會玩樂兒的主，您將二爺的嫡次子拿來同鎮國郡主湊作對，這不是打咱們老爺的臉嗎？那可是郡主！」

「郡主怎麼了？也不看看都多大年紀了？老姑娘一個……子嗣還艱難！還要招婿入贅，她還想挑什麼樣的人物來？王孫公親嗎？誰家王孫公親能入贅啊？」方氏不服氣高聲喊道。

蒲柳真的是被方氏這異想天開驚得一身汗。

「夫人，您好好看看那鎮國郡主，不說旁的……就那樣貌，那需要怎麼樣的人物才能配得起？就不說王孫公親了，明年二月一開考，就是榜上捉個狀元回來入贅也是當得起的！您這一開口……竟然要咱們方家最不成器的嫡子與白氏嫡支嫡長女湊對，老爺可是白氏族長，這對老爺來說這便是奇恥大辱！不論如何您可都要記得……老爺和鎮國郡主都姓白！」

方氏聽蒲柳這麼一說，也知道自己錯了，絞著手中的帕子委屈的紅了眼：「那他不能好好和我說啊！人家都說人後教妻，他也不教我……就會對著我板臉，我還不是為了他啊！他這個族長只是一個暫代的，若是鎮國郡主身邊有一個能替他說話的，他這族長之位能不定下來？」

蒲柳歎氣：「夫人您聽奴婢的，等晚上老爺回來您去同老爺致歉，好好說話！」

「我不去！」方氏賭氣扭過身去。

「那奴婢晚上讓人燉上豬腳湯，晚上給老爺送去，替夫人認個錯！夫妻之間總要有人低頭，這日子才能和美。」

方氏沒有答應也沒有拒絕，抽出帕子抹了抹眼淚。

晌午剛過，白岐禾帶著兒子白卿平一同登了白府大門。

白卿言聽到下人通報，便知道白岐禾和白卿平是為練兵之事而來。

畢竟原本練兵的人選已經定下，白錦稚卻被一道聖旨叫去了春暮山，盧平也走了。此事白卿言想過，可以讓太守幫忙想辦法，若是太守也暫時找不到人可以練兵，她也能自己來，親自帶幾個人出來也就是了。

白卿言已派人去請太守，誰知太守還沒來，倒是白岐禾與白卿平先到了。

見白卿言跨入正廳，白岐禾與白卿平頭一次見到白卿言如此般俐落裝束時，被白卿言身上殺伐俐落之氣震懾，態度變得越發恭謹起來。

「坐吧！」白卿言在主位上坐下，待婢女奉茶之後才道，「我知道你們前來是為了練兵之事，我已派人去請太守，看看太守有無辦法找到練兵之人，若是無人協助……我可以親自來。」

白卿平一怔：「親自來？」

她頷首。

郝管家匆匆而來，立在正廳門口朝白卿言一拜，道：「大姑娘，太守到了。」

「快請！」

太守進門時見白岐禾與白卿平忙起身向他行禮，態度恭謹完全區別於上一任族長，淺淺笑著頷首後向白卿言行禮：「下官見過郡主。」

「太守不必多禮，坐……」

見白卿言姿態灑落，太守也沒有藏著掖著：「下官在來前已經聽說，原本定於明日訓練百姓為兵的高義縣主被陛下一道聖旨調去了春暮山，郡主命下官過來……可是為了重尋練兵之人？」

白卿言問：「不知太守可有人選推薦？」

太守點了點頭，站起身朝著白卿言一禮：「郡主覺得……下官之子如何？」

白岐禾和白卿平頗為詫異看向太守，太守的兒子會練兵？

「太守三子，皆非從戎出身啊！」白岐禾忙道。

「下官這三子雖然並非從戎出身，可郡主並非訓練精銳，而是以民為兵，基本的我那三子還可以教授，若是郡主有意……下官已經將三子帶了過來，就在門外候著，郡主可以一試。」

白卿平心中隱隱有些擔憂，卻又覺太守似乎對自己三子格外自信，轉頭看向白卿言，似乎在等白卿言示下。雖然白卿平沒有明說，可他覺得……既然是白氏出錢練兵，這兵應該掌握在白氏之人手中才是，太守三子練兵，這兵不就等於掌握在太守手中了？

這太守竟然是有備而來，她略略思索，端起茶杯抿了一口，道：「請三位公子進來。」

立在門口的郝管家應聲，派僕從出門去喚太守的三個兒子進來。

太守三子，生得濃眉大眼，樣貌極為相似，可與太守反而不像，大約是兒更像娘一些。

三人跨入門檻，跪地對白卿言一拜，聲音洪亮有力，是常年習武之人。

「太守之子皆是人中龍鳳，但正如我白氏族長所言……太守的三子皆非從戎出身，我實在是不放心。」白卿言望著太守道，「思來想去還是我親自來練兵，就辛苦太守挑一位公子同白卿平協助吧！日後就要辛苦太守的公子了……」

白卿平立刻起身稱是。

太守也沒有勉強，防人之心不可無，鎮國郡主有戒備之心也是應該的。

「太子殿下命朔陽地方官全力協助郡主練兵，下官不敢怠慢！」太守道。

見白卿言淺淺頷首，太守這才慢悠悠開口：「且下官實屬真心想為郡主效力，只要有郡主用得上的地方，郡主儘管開口，下官定是肝腦塗地萬死不辭。」

「那就先辛苦太守的公子，日後練兵剿匪上定還有事要勞煩太守，還指望著太守多多襄助。」白卿言對太守道。

太守是個聰明人，白卿言話說到這個分兒上，意思已經很明白，先揀選了太守的一個公子試一試，若是得用，日後定然會用他。

太守還算沉得住氣，笑盈盈試探道：「還有一事，聽說高義縣主已經奔赴春暮山，小人這裡有十幾個家僕，武功身手極好，若是郡主信得過，倒是可以讓他們現在就趕往春暮山，護高義縣主平安。若是郡主已經安排好了，這十幾人可以聽從郡主調遣，為練兵出一分力。」

「那就讓太守的家僕……跟著白卿平和太守的公子吧！」白卿言朝著太守頷首，「太守費心了。」一事關白錦稚的安危，白卿言可不敢用白錦稚來試太守的誠信和忠誠。

聽白卿言這麼說太守便知道需要適可而止，他點了點頭，來日方長，他總會讓鎮國郡主相信他是真心實意效忠投靠的。

太守離開後，白卿平才開口問：「阿姐讓太守的兒子同我一起，是讓我防著太守的兒子嗎？畢竟這一次是我們白氏出銀子練兵，阿姐是否擔心兵權會被太守攥在掌心裡？」

白卿平害怕弄不清楚白卿言的意思，這才想要問清楚。

白岐禾卻意外白卿平同白卿言的親近，心中隱隱生出些許欣慰，白家人自當如此同心才是。

「平日裡讓太守的兒子跟著你，你也不必太防備，要緊的不要讓他知道便是。」白卿言叮囑。

「阿姐放心，我一定做好！」白卿平起身保證。

白岐禾帶著兒子從白府出來，抬手摸了摸兒子的腦袋，滿目欣慰上了馬車，幸而兒子比妻室要懂事。

初十一早，天際隱隱放亮，演武場四周高高架起的火盆中火苗隨風猛躥搖曳。場上，已經立了近兩百朔陽城百姓，嘻嘻哈哈說說笑笑。

這些百姓裡有為了減免租子的白氏佃戶，也有被強迫過來的白氏族人，更有為了月銀的普通老百姓，真正為了剿匪而來的鳳毛麟角。

白卿平同太守第三子沈晏從立在高臺之上，看著這些懶懶散散的百姓眉頭緊皺，心底思量這些散民真的能訓練成剿匪之兵？

「得在郡主來之前讓他們列好隊。」沈晏從拳頭緊了緊視線落在一把弓箭上，正要行動，突然想起父親的叮囑，轉頭笑著對白卿平道，「不知道白公子有什麼辦法嗎？總不能讓郡主來了……看到這樣一副場景。」

白卿平手無縛雞之力，他知道此時最好的便是武力震懾，可是他卻沒有那個實力。

不等白卿平開口，駿馬嘶鳴之聲響起。

眾人朝演武場入口看去，只見一身俐落練功服的白卿言手執烏金馬鞭從駿馬上一躍而下，幽邃平淡的目光凝視著在演武場如一盤散沙的朔陽百姓，慢條斯理朝著演武臺上走去。

她身後跟著一隊訓練有素的白家護衛軍，各個佩刀，步伐整齊，靴聲如雷，每一步都像是踩到人的心尖上。許是因為白卿言身上殺伐之氣太過逼人，身後又有氣勢駭人的護衛隊跟隨，其威勢壓得整個演武場頓時鴉雀無聲，百姓窸窸窣窣回到自己應該站立的位置，神色肅穆望著已經立於高臺之上的白卿言。

本身就都是普通百姓，年齡又參差不齊，剛開始一盤散沙實屬正常不過的事情，這都在白卿言意料之中。

記得祖父第一次帶她去白家軍軍營的時候，正巧遇到第一批新兵入軍營，沈昆陽將軍如何訓練新兵白卿言還記得一清二楚，對百姓稍作改變也就是了。

「抬上來吧！」白卿言側頭吩咐身側的護衛軍。

很快三名護衛軍抱上來三筐分量不等的肉，白卿言看著拘謹站在演武場的百姓，道：「今日開始訓練，每日前三名都能領到這樣的三份肉，可以帶回家去。」

平常百姓人家，尤其是因為能免租子或是稀罕這月例銀子來訓練的百姓，家中多是困苦，一年到頭也看不到葷腥，過年能吃上肉已算是不錯了，肉……對普通百姓來說，是十分有誘惑力的。

百姓頓時議論紛紛，各個神情激昂。

「今日的訓練內容，由白卿平和沈晏從向諸位公布，日落之前公布結果，並會裁減三位跟不上訓練強度者。」白卿言聲音沉著冷漠。

原本打主意過來渾水摸魚之人都愣住，問道：「那是不是……免租子的事情也就沒有了？」

「自然！」白卿言頷首。說完，她回頭看向白卿平與沈晏從道：「可以開始了。」

今日練兵，白卿言說白了只是來鎮場子的，她坐在演武場高臺之上看書，練兵之事全都是白卿平與沈晏從負責。

第一日總是艱難的，可當來參訓的百姓看到晌午的飯食竟然有肉，全都歡呼雀躍起來。

白卿平說，以後但凡來參訓之人，餐餐有肉，且吃飽為止，吃飽了才能有力氣訓練剿匪。

那些本要渾水摸魚之人，看到這樣的餐食，想到若是努力訓練便能將那一筐肉帶回家中，讓家人也能吃到肉，頓時心中熱血澎湃，鬥志昂揚。

白卿言餘光注意著沈晏從帶來的人，看他們教導訓練百姓的樣子，倒像是在軍中待過多年。

白卿言特意留意了一下其中兩人，教導新兵的手法頗有些白家軍的影子，心中存疑。

下午百姓訓練的要比上午更努力，各個汗流浹背，卻無人再喊累。

日落西山，白卿平和沈晏從分別選出了前三名和最後三名，前三名得到了應得的肉，後三名得知要離開，捨不得這裡的餐食，三人哀求不已，稱明日一定會加倍努力絕不拖後腿。

白卿平被求得有些心軟，正準備看向白卿言求意見，便聽沈晏從道：「規定便是規定，今日你們三人的努力我看到了，可你們體力的確是跟不上，今日便是讓你們留下，將來剿匪怕是會命喪悍匪刀下，讓你們走是為了你們好！且……此次練兵白家出錢出力，也不是為了養閒人的。」

白卿言聽到沈晏從的話，心裡放心不少，合了書本起身，一語不發帶著一隊護衛軍離開。

白卿平轉身朝白卿言看去，明白白卿言這是贊同沈晏從的意思。

沈晏從見狀，唇角勾起笑意，心中隱隱有些得意，父親最後選了他來……就是知道他能得到鎮國郡主青眼吧！他一定會證明給父親看，選他是沒錯的。

沈晏從吩咐人幫著前三名將肉送回家中，其餘人解散回營帳，這才同白卿平告辭離開。

很快，今日前往演武場練兵被請離的三位百姓，就將今日演武場之事傳揚了出去。

那些原本沒打算去練兵剿匪的百姓，聽說去演武場訓練吃食管飽不說，還頓頓有肉，若是當日練習能拿到前三，每日還可以得到肉給家裡人改善改善伙食，各個心動難耐摩拳擦掌也想要去。

可那些人湊做一團前往演武場前一問，說是這一批招收的人已經夠了，篩選之後還要裁減一些，若是裁減之後人手不夠才會繼續招選。

前去詢問的人無不失望，不少人打定主意鎮國郡主下一次再招人的時候，他們一定頭一個過來占個名額，屆時練得好了能給家裡掙肉吃，練不好了……能把自己混飽也是不錯的。

一連三天，白卿言都出現在演武場，依舊是裁減每日最差的三人，獎勵練得最好的頭三人肉。

被裁減之人出了軍營，會覺得可惜悔恨，卻也難免與鄉鄰說起軍營之中伙食待遇。

白卿言給前來軍營的百姓吃的要比軍營之中還好，還能惠及家人，這消息十傳百百傳千……甚至還有外縣之人專程趕過來，詢問朔陽白家何時再招人。

五月二十，西涼將南疆之戰要賠付大晉的銀兩正式交到了大晉國手中，並且因為西涼平陽公主李天馥在嫁入太子府當日欲殺鎮國郡主一事，西涼又賠付大晉不少銀子，當然其中還有專程送給鎮國郡主的奇珍異寶，名義上是說向鎮國郡主致歉壓驚。

而此次西涼出使晉國的使臣做得最妙的……是將西涼送於鎮國郡主的禮物單子與給太子的賠罪禮單，公布於眾，自然也呈給了大晉皇帝和太子，其豐厚程度，可比給太子高出不知多少倍。

皇帝同太子看到這份禮單時，兩人會心一笑。

皇帝看向太子問：「你可知道西涼使臣這麼做的用意？」

太子忙起身回道：「兒臣猜測，西涼使臣這麼做無非就是想要挑撥兒臣同鎮國郡主的關係，因此讓兒臣心生不滿！」

皇帝點了點頭，一臉孺子可教的表情：「這招雖然看起來不高明，可是卻很管用。」

面對自己兒子，皇帝倒是不藏著……

曾經大樑也用過這樣的方法來離間他和鎮國公白威霆，雖然皇帝嘴上沒有說什麼，可是心裡還是有了想法，再到後來白威霆功高蓋主，他就越發的不滿。

「兒臣初看禮單，心裡也極為不舒坦。」太子如實相告，「可兒子也明白鎮國郡主乃是大敗西涼的功臣，西涼越是挑撥，兒臣就越是不能讓他們如意！要讓他們西涼看到我晉廷君臣和睦！所以兒臣打算……將此次西涼贈予兒臣的各類財寶，都派人大張旗鼓給鎮國郡主送去，讓鎮國郡主用來練兵剿匪，如此百姓也能記得我皇室恩德。」

皇帝頷首：「你能如此想，父皇很欣慰。」皇帝一開始還對白卿言在朔陽練民為兵剿匪之事心存疑慮，可如今卻是並不看好，他派去查探的人回來稟報，白卿言招攬的皆是些農人佃戶，且那些人多是因有肉吃或是減免租子去的，不過百人而已……又能成什麼氣候。

若是成功剿匪，也算是解決了朝廷一樁麻煩，皇帝屆時褒獎一番也就是了。

若是不能剿匪，那耗費的也是他白家的銀錢，皇帝又肉痛什麼？

太子當日便派人將西涼贈予他與白卿言的賠罪禮，大張旗鼓送往朔陽。

白卿言聽說太子命人扯旗放炮將西涼賠付之禮送往朔陽，眉頭挑了挑，派人通知紀庭瑜先去查看，若有把握……便偷偷劫了太子派人押送的賠罪禮。

誰讓太子殿下如此大張聲勢，不驚動連鎮國郡主都敢劫的匪徒實在是說不過去。

春暮山戰報隔兩天便會傳回來一次，最開始……沈青竹在信裡說白錦稚還算沉得住氣，每日跟著張端睿將軍練兵，分析戰況，任由大樑派人在城外叫罵就是不應戰。

最近，大樑得知白錦稚也去了春暮山，便開始在外辱罵鎮國王，辱罵白家一門，言辭間頗有侮辱白卿言之意，白錦稚差點兒沒忍住就殺了出去，還是張端睿將軍親自把人給按住了，白錦稚對張端睿大發脾氣，指責張端睿將軍懼戰。

看完沈青竹的信，白卿言照例用燭火將信點燃，細細思索，提筆給白錦稚去了一封信，吩咐白錦稚……大樑越是沉不住氣開始侮辱白家人，就說明大樑越是著急希望儘快結束這一戰，讓白錦稚務必沉住氣，等待張端睿將軍找到戰機。況且張端睿將軍身為武將並非懼戰，只是穩重且愛惜將士性命，白錦稚需敬之尊之，不可冒犯。

信派人送出去後，白卿言心中擔憂不已。荀天章雖然是個激進不擇手段之人，可一向對各國武將尊重有加，尤其是大都白家……忠義之名天下皆知，又怎會出言侮辱？

荀天章曾言，此生敬佩之人有三……

一為大燕姬后，姬后以女子之身，將大燕國力推至鼎盛，其新政主張期初看似荒謬，實行之後才知能讓國力大增！

二為大晉高祖明昭皇帝，明昭皇帝與白氏先祖白毅攜手打下天下，君臣關係親如兄弟，且明昭皇帝敢放權於白毅，許白毅先行後奏之權，但凡於國有利明昭皇帝從不責怪，明昭皇帝能容權臣，可見其胸襟廣闊。

三為大晉鎮國公，鎮國公所率白家軍，乃不敗之軍，白家軍之精神忠魂，令他這位對手亦是感佩至深。

如今荀天章不惜侮辱白家來逼迫白錦稚冒進出戰，難不成是大樑朝廷出了什麼事，這才逼得荀天章不得不如此？

白卿言思慮再三，招來劉管事，讓劉管事派人前去問問蕭容衍的人，大樑朝廷是不是出了什麼事。如今白卿言可用人手畢竟有限，而蕭容衍商鋪遍布各國，消息自然要比白卿言更加靈通。

「曾善如不知劉叔覺得他如何？」白卿言問劉管事。

劉管事點了點頭，眉目間有了笑意：「是個幹實事的人，就是話少了些，可但凡說話便能切中要害！這樣也有好處，讓人覺得沉穩踏實！」

「盧平臨走前匆忙給了老奴一份名單，讓老奴試試名單上之人的忠心，看他日能否得用！前幾日老奴自作主張連帶著試了一試這個曾善如的忠心，倒是出乎意料的忠誠，大姑娘若是想讓曾善如接手礦山之事，倒是不錯的人選！」

之前白家還在大都之時，白卿言同盧平說過要著手培養可用之人，想來那個名單便是盧平挑選出來的人。白卿言點了點頭：「那就辛苦劉叔再帶帶曾善如，時機合適便將此事交於他。」

「大姑娘放心，老奴心中有數！」劉管事道。

不到傍晚，劉管事帶著蕭容衍身邊的王九州一同來了白府，說有要事求見鎮國郡主。

白卿言放下手中竹簡，更衣去了前廳。

見白卿言扶著春桃的手跨入正廳，王九州忙放下手中茶杯，朝白卿言行禮：「參見郡主！」

王九州已然知道自己主子對白卿言的心思，故而對白卿言的態度恭敬有加。

「王管事不必客氣，聽劉叔說王管事有要事？」白卿言在主位坐下，望著王九州。

「的確是有件要緊事要同郡主說……」王九州看向立在白卿言身邊的春桃。

白卿言會意，側頭示意春桃先出去。

四下無人後，王九州才道：「郡主，西涼此次派人護送賠付銀兩和給您與太子賠罪禮的押送隊伍中藏有十餘殺手，消息小的早就已到手，但一直不知西涼為何要將殺手藏於入晉隊伍中，直到昨日這十餘殺手喬裝進了朔陽城，還曾向人打聽郡主練兵剿匪之事，想來應當是沖著郡主來的，故而來同郡主說一聲，讓郡主有個防備。」

白卿言表情倒是無多大變化，想來這大概是李天馥的手筆。「你們蕭先生……果然是消息靈通啊！」白卿言低笑了一聲，又問，「不知蕭先生布置了多少年，大燕才有這樣的消息網。」

王九州尷尬笑了笑，事關大燕卻是不好如實相告，可這位卻是他們主子的心上人。

如實告知，這情報網姬后在世時便秘密開始鋪排，萬一最後主子和這位鎮國郡主不成呢？

正在王九州遲疑該怎麼回話時，便聽白卿言先行開口：「蕭先生和王管事能將此事告知於我，這分情誼我記住了，多謝！」

「不敢！」王九州長揖到地，「郡主若無其他吩咐，小人就先行告退了。」

「大樑朝廷是否有異動，王管事能否告知？」白卿言視線凝著王九州。

「回郡主，大樑朝廷的消息還未送到，但上一次消息傳來，聽說……大樑四皇子回到國都之後，勸皇帝止戰停兵！大樑皇帝一向疼愛四皇子，或許會聽從四皇子的也說不定。」

她點了點頭：「若有確切消息，辛苦王管事及時告知劉管事，如今我四妹在春暮山，我心中不安。」

「郡主放心，一旦有確切消息，小人一定告知劉管事！」

「辛苦！」白卿言看向劉管事，「劉叔，幫我送王管事。」

看著劉管事送王九州出門，白卿言手指輕撫著桌几邊緣，她已幾日不去演武場，今日聽王九州說那十餘殺手之意圖，那她便多多出現，讓他們以為進了演武場便容易得手些。

那些殺手應當是李天馥派來的吧！李天馥能派來的人必然是殺手中的精銳，讓他們來教一些資質尚佳的百姓本事，也算是不枉費李天馥千里送人的好意。

五月二十三日，太子派人送往朔陽的西涼賠罪禮被劫，此事震驚朝野。

鎮國郡主白卿言聞訊帶白家護衛軍趕往崆峒山，卻只救下了太子府護衛，西涼賠罪禮悉數被劫。太子肉痛西涼送來的那些珍寶，惱怒之餘再次傳令，讓朔陽地方官協助白卿言剿匪不得有誤。然以民為兵，訓練尚需時日，一時間還無法前去與悍匪對抗。

晉國春暮山戰事吃緊，朝廷又無法分兵剿匪，鎮國郡主第二次在民間招攬剿匪人手，就連鄰縣得知消息的百姓都老遠趕來，一時間朔陽城熱鬧非凡。

沈晏從和白卿平得到白卿言的示意，讓他們仔細留意外來者，但凡有功夫底子的名字單獨錄於一冊，只要能在白家護衛手中過十招便可成為十夫長，若是勝於白家護衛可晉為教官，同白家護衛一同執教。

很快，沈晏從與白卿平便將有武功底子的外來者名單送到了白卿言的手中。

「可有發現，有隱藏身手的練家子？」白卿言問。

白卿平正欲開口，就聽沈晏從道：「回郡主的話，但凡有武功底子的絕逃不過我的眼皮子。」

白卿言凝視名單沒有抬頭，看到名單上有幾個名字被圈了起來，又問：「這名字圈起來的，又是什麼說頭？」

「這幾個人是我認為有問題的人！」沈晏從又道，「身手不凡，口音有些怪，都說是從南疆來的，聽到鎮國郡主練兵剿匪，特來投靠。」

沈晏從抬頭，見白卿言仔細聽著，這才道：「小人以為……若是陸續還有南疆邊民前來，那便有幾分可信，若是沒有，那這幾個人便有問題，需要好好審問審問！」

白卿言點了點頭，這個沈晏從倒是有幾分聰明。

「這幾個人命人悄悄留意就是，不必驚動，也不必太過在意。」白卿言將名單放在一冊，看著黑瘦不少的白卿平和沈晏從，「你們辛苦了！」

白卿平沒有爭功的意思，不好意思道：「我倒沒有出多少力，主要是晏從辛苦。」

沈晏從連忙推辭稱不敢，心底裡不知為何就對不爭功也不掐尖要強的白卿平親近了起來，從鎮國郡主府出來，沈晏從甚至還相邀白卿平一同去酒肆飲酒。

白卿平婉拒：「新招進來的那些人我還不太放心，你去吧！這幾日你著實辛苦，鬆快鬆快就早點兒回營，萬一要是出了岔子，咱們擔待不起。」

沈晏從見白卿平真誠的態度，有意與白卿平交好，便對白卿平拱了拱手：「剛才在郡主面前我算得上是搶功了，可平兄卻不與愚弟計較，愚弟銘感於心！愚弟並非故意，而是……平兄乃是鎮國郡主族弟，而我……只是一個外姓人！所以我只是想在郡主面前多多表現！要是有得罪平兄之處，還請平兄包涵！」

「功不功的我不在意，況且本身便是你比我出力多，咱們只要能將郡主吩咐的事情辦好誰的功勞都一樣！以後我們好好配合辦好練兵之事！」白卿平對沈晏從笑道。
沈晏從聽完這話，酒也不去喝了，說要跟隨白卿平一同回營，將新招進來的一批人安頓好。
兩人剛準備上馬，白卿平就看到曾經跟在白岐雲身邊的烏管事鬼鬼祟祟在樹後探頭探腦往白府看。白卿平牽著韁繩未上馬，喊了一聲：「烏管事！」
烏管事聞聲一哆嗦，瞅見白府門口是白卿平，張惶失措地跑了。
已經上了馬背的沈晏從朝著無人的樹後看了眼，問：「那誰啊？」
「我大伯父身邊的一個管事！」白卿平說完，翻身上馬與沈晏從一同趕回大營。
白卿平和沈晏從走後，春桃隨同白卿言回撥雲院的路上，眉頭緊鎖頗有些心不在焉。
「想什麼呢？」白卿言抬手在春桃的腦袋上敲了一下。
「大姑娘！」春桃嗔了一聲，抬手理了理自己的瀏海，抬眸認真望著白卿言說，「奴婢只是想到了……春妍，感覺那個沈晏從的個性和春妍有些像，奴婢怕他會……」怕他會背叛大姑娘。
「我們春桃竟然也開始想這些事情了。」白卿言眉目間盡是笑意，慢條斯理抬腳往撥雲院走，「你是覺得那個沈晏從好大喜功？」
春桃跟在白卿言身側，點頭：「而且，白卿平少爺似乎有些太老實了。」
春桃剛才看得真真兒的，幾次白卿平少爺想要開口說話，都被那個沈晏從給打斷了。
「老實？」白卿言眼底笑意越發濃，「那你可看錯白卿平了。」
春桃不解。
「白卿平已經摸透了沈晏從的個性，知道沈晏從此人雖好大喜功但為人義氣，他這是找到了和沈晏從的相處之道……」她聲音徐徐講給春桃聽，「沈晏從有白卿平如今能用得上的本事，他得依靠沈晏從才能辦好練兵之事，所以風頭和功勞他願意讓給沈晏從，只要沈晏從能配合他行事便好。」反之，若是白卿平表現的運籌帷幄，足智多謀，沈晏從不但不會同白卿平配合，反倒會處處較勁掣肘，於他們所謀之事並無好處。

白卿平是一個能為大局屈伸之人，如今他年歲還小……假以時日必成大器。

春桃還有些不太明白，可大姑娘既然說白卿平是對的，那白卿平就一定是對的。

五月二十九，春暮山戰報傳入大都，張端睿將軍戰死。

皇帝夜半三更被這個消息震得半晌緩不過神來，臉色煞白。

「你再說一遍？」皇帝衣衫不整從龍榻上下來，指著跪在地上滿身是血的傳信兵。

「樑軍攻城，張端睿將軍戰死，春暮城被攻下，樑軍入城後燒殺搶掠，請陛下速派兵馳援啊！」那傳信兵幾乎要哭出聲來。

皇帝氣息不穩，高德茂連忙上前將皇帝扶住：「陛下莫急，不如老奴立刻派人請太子殿下、呂相、李相和兵部尚書入宮吧！」

皇帝頷首：「速派人去！」

高德茂親自在大殿外迎接太子，心裡不免感歎，若是鎮國王白威霆還在，皇帝也不會如此心慌意亂。大樑已經破了春暮城，若是無人能阻，任由樑軍長驅直下，大都城危矣。

老遠看到太子急匆匆朝臺階上跑來，高德茂連忙向太子迎去：「殿下您可來了！」

「張端睿將軍戰死了？那高義縣主呢？沒攔住樑軍嗎？」太子喘著粗氣一邊往大殿方向疾走，一邊問。今年真是無一日太平，他原本五月初七要啟程去燕沃平息民亂，誰知剛走了一天就被馬從馬背上甩了下來，傷到了頭，悄悄被送回大都城。

因這頭傷他舒舒服服休息了這麼些日子，沒想到大樑突然就攻城了。

「戰報沒有提高義縣主！」高德茂回道。

就在快要跨進大殿門時，太子腳下步子突然一頓，轉頭看向高德茂：「父皇為此很生氣嗎？」

高德茂不免腹誹，這都什麼時候了，太子居然還要問皇帝的心情，餘光看到被內侍攙扶著小跑上臺階的呂相，高德茂忙說：「殿下，大樑攻城……如今陛下心情能好嗎？」

「太子殿下！」呂相喘著粗氣喚了太子一聲，朝太子行禮。

高德茂對太子行禮後，又轉身去扶呂相。

太子調整呼吸，理了理衣裳，轉身朝正向他行禮的呂相頷首，親自扶了呂相，跨進大殿門。

大殿內雕鏤盤龍的金漆黑檀柱子，被燈火映的通明。

皇帝閉眼坐在龍椅上，克制著情緒，心中焦躁煩悶。

直到李茂也匆匆趕到，皇帝才睜開眼：「都知道了，誰有什麼好辦法？」

「陛下，如今戎狄正在內戰，可調駐守在戎狄的兵力，前往春暮山增援，不日率兵前往燕沃平亂的石攀山將軍就回來了，應當能夠勝任，妥善起見最好再派劉宏將軍一同前往。」左相李茂開口道。

兵部尚書沈敬中上前道：「微臣以為江如海、石攀山、甄則平三人皆是沙場立過功的武將，此次大樑是由荀天章帶兵，既已開戰，便不可小覷！」

「江如海畢竟還是年輕了些，不如謝羽長穩重，謝羽長做了這麼多年的御林軍統領，此次或可派往春暮山一試。」李茂趁機舉薦謝羽長。

呂相撚了撚鬍鬚，想到一個人，但他覺得就算是提出來……以皇帝對白家的忌憚，大約也是不會用的。

「父皇，兒臣以為……可派鎮國郡主前往春暮山！南疆一戰鎮國郡主已展示了其在領兵作戰方面的驚人天賦……」

「鎮國郡主！鎮國郡主！」皇帝拳頭收緊，聲音陡然提高了好幾個度，「什麼事都是鎮國郡主，難道離了鎮國郡主連這個太子都當不好了?!」

太子雙腿一軟，立刻跪在光可鑒人的地板上：「兒臣不是這個意思！」

「陛下！」呂相適時開口，「老臣知道陛下是覺得我晉國目下還不至於派出一個女流之輩迎戰，讓列國恥笑，可太子殿下所思所慮是擔心邊民受苦，也有一顆難能可貴的赤子之心，陛下息怒！」

呂相先把高帽子給皇帝戴上，然後才徐徐道：「不過殿下所言，倒是點醒了老臣，鎮國郡主乃是鎮國王的嫡長孫女，自幼由大長公主和鎮國王教導，啟蒙之後讀的便是兵書，可以說在兵書堆裡長大的，且如今高義縣主全無消息，鎮國郡主定然擔憂，陛下若能派鎮國郡主前去……郡主定然感恩戴德！」

呂相的話，讓皇帝心裡略略舒坦了一些，他閉了閉眼：「讓朕想想。」

一提起鎮國郡主，左相李茂心中總是吃力，他遲疑要不要附和太子舉薦鎮國郡主。

「左相，你怎麼說？」皇帝突然問李茂。

李茂一個激靈，上前一步，視線不免落在太子身上，卻又怕被太子看出什麼來，硬著頭皮道：「陛下，微臣以為……不如讓鎮國郡主試試，若陛下不放心，可派幾位將軍隨行就是了。」

皇帝咬了咬牙：「傳旨，從戎狄邊界調三萬兵力前往春暮山，謝羽長、甄則平、劉宏三人率兩萬人從大都城出發，即刻派人前往朔陽命鎮國郡主，趕往春暮山。」

皇帝想了想又道：「此次以劉宏為帥，務必要將樑軍攔在玉山關外！」

張端睿戰死的消息，在二十九日天剛亮便被送入朔陽城。

白卿言剛沐浴出來，還來不及絞頭髮春桃就一路跑著進來，將信給了白卿言。

盧平送回來的消息也很簡單，張端睿出城迎敵身陷埋伏，白錦稚帶兵前去救人沈青竹陪同，可荀天章派人送回來了張端睿的屍身，白錦稚失去消息。

涼意暫態從腳底爬上她的脊柱，驚懼在心中翻江倒海，心跳撞得兩肋發疼。

她原以為有張端睿、盧平和沈青竹，定能按住白錦稚，可為什麼張端睿會出城迎敵?!

荀天章設計？讓張端睿看到了能勝的希望？

白卿言就著燭火燃信的手顫抖著，在腦中飛快盤算。

「春桃……立刻派人吩咐郝管家選二十人護衛隨我前往春暮山！喚劉管事、曾善如過來，我有事吩咐！要快！」白卿言聲音頓了頓，站起身來，語速又急又穩，「再派人去大營傳信白卿平沈晏從，即日起征民練兵之事交於他二人負責，若有無法決斷之事，詢問劉管事！佟嬤嬤給我收拾兩套便服，將我的射日弓和銀槍拿來。告訴母親小四出事，我需去春暮山，讓母親一定瞞住三嬸，等我帶小四平安回來！」

「是！」春桃應聲轉身就往外跑，按白卿言吩咐辦事。

白卿言面上看起來還穩得住，可手心裡早已經是一層細汗。

她從未這麼怕過，就連接到南疆戰報時都沒有這麼怕，或許是因為她早就知道白家男兒的結局，所以對她而言能找到一個白家男兒，就算是她從閻王爺手裡搶回一個！

可小四不同……前生小四活的好好的，且成為了敵國戰將！那時，小四身邊有她的兩位乳兄相護，可如今……身邊只有一個沈青竹。

搖曳的燭火，逐漸將信紙吞沒，泛藍的火光溫吞而緩慢的將紙張蠶食成灰燼，恐懼也如巨蟒正在一點一點吞掉白卿言的鎮定。消息從春暮山到朔陽已經不知道過去幾天了，小四是否安全猶未可知。除此之外，路過大都城時，怕是還得去同太子說一聲，否則皇帝同太子起了疑心，就算是白家避於朔陽也難倖免。

她必須立刻趕往春暮山，哪怕只有一線之機，她也要去將幼妹平安帶回來！

此生她不能失去任何一個親人，任何一個！

白卿言剛簡單收拾了行裝，更衣準備走，董氏便匆匆趕來。

董氏聞訊連頭髮都沒有梳，披著件披風，在秦嬤嬤的攙扶下腳下生風疾步來了撥雲院。

「大姑娘！夫人來了！」春枝稟報的聲音剛落，就見董氏挑開湘妃竹簾跨了進來。

「阿寶！」

已換裝將未乾長髮俐落束在頭頂的白卿言，望著面色發白的母親，上前扶住董氏的手，將其請至軟榻上坐下：「阿娘，張端睿將軍戰死，小四不知所蹤！我得去春暮山把小四帶回來！」

董氏眼淚一下就流了出來，她死死咬著牙關用力攥著女兒的手，私心裡她不想讓女兒去，可……她知道女兒是絕對不會放著小四不管的，她是長姐……從懂事起，就知道要護著弟妹。

白卿言望著董氏，眸子微紅：「阿娘放心，阿寶一定會帶著小四平安回來，阿寶說話算話！」

阻止女兒前去春暮山的話，董氏到底還是說不出口，她唇瓣囁喏，未語淚先流，她強壓著難受：「秦嬤嬤給阿寶拿一件披風過來，雖已入夏，可早晚還是有些涼！」

秦嬤嬤擦了擦眼淚，忙拿了一件素色披風正要為白卿言披上，端坐在軟榻上的董氏親自給白卿言繫披風帶子，哽咽叮囑：「一定要……小心！一定要和小四平安回來！」

「家裡，就交給阿娘了！我得儘快趕到小四身邊！」

白卿言抬手擦去董氏臉上的淚水，直起身要走，又被董氏拽住，董氏再也克制不住哭出聲，咬牙叮囑：「一定要小心！知道嗎?!」

白卿言雙眸越發紅，她點了點頭：「阿娘放心！」

背著射日弓拿起銀槍，深深看了董氏一眼便朝外走去。

董氏本想起身送女兒到門口，可看著女兒的背影才發現自己已經腿軟站不起來，眼淚如棉線般流淌著。

白卿言剛走至壁影前，就見郝管家、劉管事、曾善如三人已在門內候著她了，三人皆知白卿言要去春暮山之事，神色肅穆又難免擔憂。

郝管家疾步走下臺階對白卿言道：「大姑娘，二十護衛全都整裝在門口候著大姑娘！馬也已經備好。」

白卿言頷首，跨上臺階：「家裡辛苦郝管家照看！」

劉管事跟著白卿言一同往外走，語速極快：「老奴與曾善如亦會不負大姑娘所望，將事情料理清楚，若是有無法處置之事，我二人商議後再決斷！」

劉管事說的很含糊，倒不是因為郝管家信不過，只是開礦山煉武器之事知道的人越少白家越安全，白卿言是因為時間緊迫才將他們叫到一起，可不能往外說的事情劉管事就是死也不能透露分毫，這是白家人應守的規矩。

「劉叔你手上的事可以交給曾善如，從即日起負責監督徵兵之事。曾善如你遇事，可與劉叔還有王九州商議，王九州不會也不敢讓我們白家吃虧。」白卿言跨出門檻，望著郝管家、劉管事和曾善如，「朔陽拜託三位了。」

說完，白卿言一躍上馬，帶二十護衛快馬絕塵而去，素色披風翻飛獵獵。

「大姑娘保重！」郝管家對白卿言長揖到地。

劉管事與曾善如也忙長揖行禮，恭送白家大姑娘。

白卿言離開朔陽城的消息，當日晌午白府上下才知曉。

臨行前白卿言叮囑了董氏，務必要瞞住三夫人李氏，董氏只得沉住氣對三夫人李氏道：「阿寶去了春暮山，張端睿將軍戰死，阿寶怕盧平和沈青竹按不住小四，便親自走一趟！」

饒是如此說，三夫人李氏一顆心都提到了嗓子眼兒，慌得差點兒坐不住。

「張端睿將軍戰死?!」李氏喉頭翻滾，一把攥住董氏的手，「那春暮山的戰況得成什麼樣子，大嫂……是不是小四出事了?不然阿寶怎麼走得這麼急?我是小四的親娘，大嫂可不要瞞著我！」

「就是怕你會慌阿寶才沒告訴你！」董氏拍了拍李氏的手，「你放心，有阿寶在……她能讓小四出事嗎？」

可董氏的話並沒有讓李氏放心，她心慌意亂的厲害，又不知如何是好，只能去了四夫人王氏那裡，同王氏一同跪在佛龕前，求神佛保佑白錦稚能和白卿言平安歸來。

從朔陽前往春暮山路途遙遠，白卿言沿途換馬人不歇，於第二日天不亮便到了大都城，白卿言需為突然回大都找一個合適的理由，便派一人直奔皇家清庵，告知大長公主……白卿言以大長公主幾日前傳信回朔陽身體不適為由回大都，今日到達大都。

白卿言則入城直奔太子府。

太子剛起還未換朝服，就聽門房來報，說鎮國郡主人在太子府門外請見，太子連忙道：「快請鎮國郡主進來！」

白卿言立在太子府正廳之中，看到太子匆匆而來跨入正廳，她朝外迎了兩步：「殿下！」

「你這麼快就接到聖旨了？」太子頗為詫異，即便是派去傳旨的太監不眠不休馬不停蹄，此時應當也沒有到朔陽吧。

白卿言揣著明白裝糊塗：「聖旨？」

「你還沒有接到聖旨？那你怎麼回大都了？」太子問。

「前幾日祖母傳信回朔陽，說身子不適，言便快馬加鞭回了大都，誰知還未入大都城就聽說了張端睿將軍戰死，便特來問問小四的情況！」白卿言裝作剛剛知道的模樣，滿目的焦急，「殿下，我四妹如何了？」

「你先別著急！」太子安撫白卿言，抬手請白卿言先坐，「目下還沒有高義縣主的消息，不過父皇已經派甄則平、劉宏和謝羽長三人率兩萬大軍前往春暮山馳援，又調了三萬鎮守戎狄之軍！孤知道你會擔心高義郡主，當夜便奏請父皇允准你去春暮山，父皇已經同意下旨，你應當是同傳旨內侍錯過了。」

白卿言抱拳朝太子行禮：「既然如此，言就不耽擱了，這就前往春暮山！」

知道白卿言救妹心切，太子吩咐立在外面的全漁：「全漁，去將父皇賜給孤的那匹寶馬牽出來送於郡主！」

「多謝太子殿下！」白卿言感激之情溢於言表。

從太子府出來，白卿言的坐騎已經換成了太子贈予的寶馬，全漁行禮叮囑：「鎮國郡主千萬小心！」白卿言對全漁頷首，快馬帶著屬下朝城外狂奔而去。

渴了馬背上喝口水，餓了就馬背上啃食乾糧，狂奔三天三夜跟著的護衛都受不住，白卿言才命人下馬整頓，睡了一個時辰，又再次上馬出發，她恨不能插翅飛至白錦稚身邊，擰住白錦稚的耳朵將她狠狠教訓一頓，可這前提是找到白錦稚。

盧平信中，消息全無四個字……就像眼睛裡磨人的沙礫，時時鈍磨著白卿言的心，讓她坐立難安。此時此刻，白卿言才明白父親在她捧著龐平國頭顱回來時，為何罵她。

為保證儘快抵達春暮山，每逢驛站白卿言一行人便更換馬匹，添乾糧和水。

其行速之快，遠遠將帶兩萬兵士前往春暮山的急行軍甩在後頭。

越往春暮山方向靠近，便越是能看到更多的流民。

官府封了官道，不許流民再往南走，流民便背著乾糧牽著孩子繞山路而行。有傳言，大樑主帥荀天章有言，每入一城……便屠一城，百姓惶恐，怕不往南走命就沒了。

再往北行到幽化城，白卿言一行人穿城而過，城內一片混亂，大街小巷各家各戶都在往牛車、驢車、架子板車上摞箱籠細軟，孩子的哭啼聲和漢子的吼聲，還有被搶了鴨子的婦人立在牛車前尖銳的辱罵聲，交織吵嚷。

到處都是正在忙忙碌碌往城北門運送拒馬的晉兵，小隊長叫喊著讓扛鐵鍬前去北門挖壕溝的晉兵快點兒。

城內全然兵荒馬亂之景。百姓們抱著裝滿細軟的包袱，滿腹牢騷罵罵咧咧往南門方向而去……坐在牛車上的小姑娘因為掉了玩偶想回去揀，卻被爹爹罵了一頓，扯著嗓子在牛車上嚎啕大哭。

「哭哭哭就知道哭！再哭樑軍來了把你抓走！」

「你們說說……這都是什麼事兒啊！當年鎮國王還在的時候，咱們晉國啥時候被打得這麼慘過！樑軍怕連春暮山都過不了就被打回老家去了！」

「現在說這些有什麼用！要怪就怪那個通敵叛國的劉煥章，還有那個挨千刀的信王！」

「噓！你不要命了！皇子都敢說！」

白卿言坐於高馬之上並未下來，回頭示意一護衛下馬問問。

護在白卿言左側的護衛一躍下馬，攔住了那叫嚷著讓晉兵麻利的小隊長，問道：「樑軍要打到幽化城了？」

白卿言此次是疾行，幾乎不下馬背，沒有人能比白卿言更快一步提前過來打探消息，他們一行人入了這幽化城，實則還是兩眼一抹黑。

「放開我的孩子！放開我兒子！」

「娘！娘……救我娘！」

「你這個傻寡婦，樑軍就要打到幽化城了，我們現在逃走能帶的乾糧有限，把你兒子賣給別人，老子才能帶著你走，不然你和你兒子都得死！」

幽化城內百姓見狀，看了眼那個風評不好……早就和地痞流氓混在一起的寡婦，搖了搖頭歎了一聲孩子可憐，便都自顧自離開，如今連官府都顧不上管的事，平頭老百姓誰願意出這個頭。

人牙子扯著那孩子的手臂，將幾兩銀子丟在被地痞流氓拽住的寡婦腳下。

「我不要銀子！我要我兒子！把我兒子還給我！」

白卿言俐落從箭筒抽出羽箭，眸色陰沉，箭矢破空，一瞬穿透那人牙子的髮髻，力道之大帶得那人牙子踉蹌倒地，嚇得尖叫不已。

那地痞流氓朝著白卿言的方向看去，觸及到坐於馬背之上女子的凌厲目光，心膽俱寒。

寡婦見狀忙掙脱地痞流氓的手衝過去一把抱住自己的兒子，像是護崽的母獸，咬牙切齒瞪向那地痞流氓，一把拔下頭上簪子，神色凶狠：「你再敢讓人碰一下我兒子試試，我殺了你！」

地痞流氓看著面色煞白摸著自己頭上羽箭的人牙子，轉身匆匆離去，那人牙子亦是連滾帶爬離開。見兩人都走了，寡婦這才回過頭，用力將兒子抱住失聲痛哭。

那小隊長打量著眼前氣度不凡的護衛，視線又看向他們的馬隊，目光觸及一身凜然之氣坐在馬背上，手持射日弓的白卿言，不禁壓低了聲音問護衛：「你們是什麼人？」

「我家主子是鎮國郡主。」護衛也沒有瞞著。

「鎮國郡主?!」小隊長被嚇了一跳，瞬大眼朝著白卿言望去。

白卿言回眸看向那小隊長：「樑軍是兵臨城下了嗎，竟然讓你們守城軍慌成這個樣子！連城中搶掠之事都顧不上了？」

小隊長雙眸一熱，直接跪了下來，「鎮國郡主！樑軍已經打到龍陽城了！龍陽城的百姓都已經往南逃了，只要龍陽城一破下一個就是幽化城，我們將軍也是沒有辦法了，才讓百姓趕緊逃，讓我們留下禦敵！」

正拉著牛車、驢車和架子板車，拎著包袱準備出逃的百姓聞聲腳步緩緩停了下來，皆朝白卿言的方向看去，竊竊私語。

「真的是鎮國郡主嗎?!是朝廷派鎮國郡主前來率兵將樑軍打回去的嗎？」

「鎮國郡主？那不是鎮國王的孫女兒？就是那個甕山焚殺十萬降俘的殺神鎮國郡主？」

「鎮國郡主來了我們是不是就不用背井離鄉，當難民了？」

守城將軍剛從城牆上下來，忙碌了一天一夜，正準備回府瞇一會兒，誰知道剛騎馬走至街角就聽到有人說鎮國郡主，守城將軍一躍下馬朝白卿言的方向疾步而來。

「末將幽化城守城將軍王德安，見過鎮國郡主！」王德安慌忙行禮。

「敵軍未至，自亂陣腳！荒唐！」白卿言壓不住心頭怒火。

王德安心中不安頭低的更低：「末將知罪！」

白卿言繃著臉，緊緊攥著韁繩，道：「立刻整肅城內治安，出現燒殺搶掠之事，依照晉法嚴厲處置！派知曉軍情之人與我同行即刻趕往龍陽城！」

「是！」王德安站起身朝身後高呼，「李春耀！」

王德安副將李春耀忙從人群中擠出來：「見過鎮國郡主！」

「郡主，關於此次軍情，但凡末將知道的，李春耀都知道！讓他隨您同行！」王德安忙道。

白卿言看了李春耀一眼，道：「上馬！邊走邊說！」

說完，白卿言率先一夾馬肚朝幽化城北門疾馳而去。

李春耀見鎮國郡主所帶護衛皆上馬，連忙轉身對王德安抱拳一禮，一躍上馬追上。

從李春耀的口中得知的軍情，要比軍報和盧平送回的消息更為詳細。

如今櫟軍已經越過春暮山，破濮文城。

張端睿將軍的部眾已退入龍陽城，因為朝廷派的援軍未到，幽化城守城將軍王德安怕龍陽城破危及幽化城百姓，曾派人送過一批糧草，當時就是李春耀親自押送糧草過去的。

可是問起李春耀關於高義縣主白錦稚的消息，李春耀卻搖頭，說高義縣主帶兵出城援救張端睿將軍，可是後來……荀天章派人將張端睿將軍的屍身送了回來，卻沒有送回高義縣主的消息。

白卿言更是心焦不已。

翌日清晨，白卿言一行人到了龍陽城南門。李春耀上前高呼：「我乃幽化城守城將軍王德安副將李春耀，隨鎮國郡主一同前來，請開城門！」

「鎮國郡主?!」城門上的守兵低頭往城下一看，也沒有見有援兵，就那麼二十幾個人，忙轉頭喊道，「快去報將軍，說鎮國郡主來了，只帶了……二十多個人！」

不多時，張端睿的副將匆匆登上城樓往下一看，的確是鎮國郡主白卿言，連忙喊道：「快開城門！」

既然鎮國郡主前來馳援，怎麼沒有帶援兵？

張端睿將軍的副將林康樂來不及多想，匆匆趕往城門迎接。

城門吊橋放下，城門大開……城中還隱隱能嗅到未散的焦味，約莫是樑軍攻城時用了火罐，殘垣斷壁上還留有被煙薰火燎過的痕跡。

龍陽城內的百姓能走的，都已經走了，留下的都是些老弱病殘，或是不想背井離鄉之人，都幫著晉軍在城北布置防禦。

白卿言一行人騎馬而入，林康樂率眾恭迎。

此前南疆之戰，林康樂隨張端睿一同出征，曾經和白卿言同戰過，如同張端睿一般對白卿言深信不疑！南疆之戰外人看來，白卿言大勝似乎是運氣使然，可是跟在張端睿將軍身邊的林康樂不曾忘記……白卿言曾先一步料到雲破行行動，而後在太子未曾聽取意見眼看要大敗之時力挽狂瀾，大破西涼大軍。

白家人……天生就是為打仗而生的，他們對戰局的敏銳程度，超乎尋常。

哪怕白卿言只帶了二十多人來到龍陽城，可對林康樂而言，看到白卿言就看到了勝的希望。

守城兵高呼了一聲開城門，在白卿言一行人入城之後，吊橋被升起，城門也緩緩關上。

「郡主！張端睿將軍出城之前叮囑過，要末將死守春暮城，末將沒用！把春暮城丟了！」林康樂望著白卿言激動到眼眶發紅，單膝跪下，「郡主要替張將軍報仇啊！」

白卿言一下馬，將手中烏金馬鞭遞給護衛，問林康樂：「可有高義縣主的消息？」

林康樂咬牙搖了搖頭：「高義縣主率兩千人出城去救中了埋伏的張將軍，之後便失去了消息，恐怕……」

白卿言不願想那個恐怕，有沈青竹在白錦稚身旁，她必不會讓白錦稚出事。

突然，高亢的號角聲響起，大樑來犯！

「樑兵來了！樑兵來了！」有人高聲喊道。突如其來的號角聲，打亂了龍陽城內的平靜，有老者忙不迭拽著自家幼孫回家躲避，生怕樑軍砸入城的火罐傷到自家孩子。

「郡主！」林康樂握緊了腰間佩劍。

「大姑娘！」盧平聞訊騎馬而來，一躍下馬，「大姑娘！」

白卿言朝盧平頷首，轉身高聲吩咐身後護衛：「先退敵！換甲！」

白卿言一聲令下，跟隨而來的二十護衛紛紛下馬穿戴甲冑。

「林將軍，你先去城樓，我隨後就到！」白卿言開口。

林康樂抱拳稱是，上馬疾馳而去。

「可有小四的消息？」白卿言問盧平。

盧平一臉慚愧，搖頭：「盧平有負大姑娘所托，沒有看住四姑娘！」

白卿言抿了抿唇：「沈青竹也沒有送消息回來？」

盧平搖頭，卻從心口拿出一張疊好的牛皮紙輿圖，與幾張薄紙：「但，沈姑娘已經將春暮山地形圖，還有這一次大樑所遣大部分將軍所擅長戰法個性，查證清楚留在了我這裡，讓我留在軍中等大姑娘來了……轉交大姑娘。」

白卿言接過，大致流覽了一下薄紙上的名單和詳記內容，隨即更換戰甲。

鎮國郡主先馳援大軍趕來之事，讓守城軍和張端睿部下深為振奮，立在城牆上的王喜平將軍一聽雙眼放亮，忍不住又問了林康樂一遍：「郡主先來了？鎮國郡主?!」

「對！鎮國郡主！」林康樂扶了扶頭盔，抬手拍拍王喜平的肩膀。

眼看著樑軍大軍來勢洶洶已經停在了遠處，率兵將領騎馬上前，在護城河前挑釁高呼：「哎！你們大晉白家一門男子死絕之後，不是出了一個殺神鎮國郡主白卿言？不是戰無不勝嗎？張端睿都死了……你們晉國皇帝還不派她來？是怕來了送死嗎?!」

這段日子樑軍總是用白家挑釁，車軲轆話來回的說，晉軍都能倒背如流了，彷彿除了這個他們大樑就沒有什麼可來辱罵詆毀晉國的一般。

「王將軍！王將軍！」穿著鎧甲的杜三保一路狂奔而來，看到林康樂也在一旁，忙行禮，之後憨憨笑著問王喜平，「王將軍，鎮國郡主來了嗎?!我聽說鎮國郡主先馳援大軍一步來了龍陽城！」

「對！剛才林將軍說……鎮國郡主來了！」王喜平都沒有察覺自己說話時，聲音裡帶著喜意和底氣。

杜三保咧嘴露出一排白牙，轉身高呼道：「兄弟們！我們鎮國郡主到了！南疆一戰是鎮國郡主帶著我們以少勝多，殺西涼十萬銳士！打得西涼屁滾尿流求和！如今鎮國郡主也定能帶著我們將犯我晉國邊境，殺我晉國邊民的大樑狗賊趕回去！」

杜三保聲音粗獷洪亮，一席話震耳發聵，一瞬就提起士氣。

「趕回去！」

「趕回去！」

「趕回去！」

一身銀甲，紅色披風，手持射日弓的白卿言踏上城樓。

將士們望著英姿颯颯，腳步穩健敏捷的白卿言，各個熱血沸騰，如同打了雞血一般戰意滿滿，炙熱發亮的目光望著身著銀甲，後跟二十餘銀甲護衛，疾步而過的女子。

不論是這個世道，還是軍中，一向是強者為尊！曾經隨鎮國王帶領晉軍滅蜀國，南疆一戰又以少勝多的白卿言，即便如今還算不上是戰神、殺神，可在晉軍眼裡依然戰無不勝！

斬蜀國大將龐平國頭顱，滅西涼十萬精銳，這並非是運氣二字可以囊括。為將帥，能領兵致勝，且從無敗績者，那個人……便能成為一支軍隊的士氣。更重要的是……白卿言是白家人！白家乃是世代武將之家，自跟隨高祖打下晉國開始，便是晉國脊梁，鎮國柱石。

而白卿言是鎮國王親自教導，是鎮國王白威霆的嫡長孫女，白家軍小白帥！

圍於城下的大樑士兵，看著城樓上嗷嗷直叫的晉兵，不解的你看我我看你。

「今日這晉國的將士發什麼癲？」

「而且還不止一個！」

「難道是什麼新的戰術？嗷嗷叫就能打勝仗？」

樑軍滿不在意說說笑笑。騎著匹通體黝黑駿馬的大樑將軍趙同立在最前，用手中銀槍指著城牆之上的林康樂：「我說……張端睿戰死之後，晉國就沒有人敢再戰了嗎？就龜縮在城內苟且偷生！連人家高義縣主那個白家女娃子都不如！」

「說到這個高義縣主啊！應該也快被我們樑軍活捉了，不如到時候我就帶著你們高義縣主到這龍陽城下來，一件一件剝光了衣服，讓我們大樑人也長長見識，看大晉國的女人和我們大樑的女人有什麼不同！」

趙同轉過頭喊道：「哎對了……那個女娃子的軍旗是不是被咱們給繳獲了！來來來！派兩個人把那黑帆白蟒旗拿出來！」

林康樂見白卿言戎裝而來，連忙躬身行禮：「郡主！」

「白將軍！」王喜平喉頭翻滾，或許是一同在南疆出生入死過，王喜平對白卿言有著天然的信任和崇敬之情，覺得只要有白卿言在，他們便必勝！

且，王喜平實在是沒有想到鎮國郡主竟然甩開了馳援大軍，先行到了龍陽城，算算日子王喜平不難知道，白卿言定然是馬不停蹄晝夜兼程而來，這讓王喜平怎能不心生感動。

「白將軍！」杜三保眼眶一熱，單膝跪地，「張端睿將軍戰死了，小白將軍出城救援也失去了消息！白將軍……要救小白將軍啊！」

白卿言立在城牆之上，看著騎著黑馬不耐煩在下面叫罵的趙同，聽意思……他知道小四的下落。她沉住氣，不緊不慢解開纏繞在手臂上的鐵沙袋。

盧平上前低聲在白卿言耳邊道：「這是大樑曾經死於鎮國王手下的將軍趙毅之孫，趙同。大約是三日前攻城那位大樑樊將軍受了傷，今日換了趙同前來！估摸著……荀天章耐心要耗盡了，才派了如此猛將前來攻城。」

只見兩個樑卒拿著黑帆白蟒旗從盾牌陣後出來，在趙同身旁攤開丟在地上，兩人嘻嘻笑笑解開褲帶，打算尿在黑帆白蟒旗上，以此來激怒晉軍應戰。

「大姑娘！」盧平睜大了眼。

黑帆白蟒旗那是白家軍和白家的象徵，豈容人如此凌辱?!

白卿言一語不發，雙眸鋒芒駭人，抽出兩支羽箭搭上射日弓，滿弓拉到極致，弓體吱吱作響。穩住，放箭！箭矢破空呼嘯，帶著哨聲貫穿兩個褲帶還未解開的樑卒喉頭，帶血的白羽利箭直插入樑軍最前方的盾牌之中，箭頭入木近半寸之深，震得重甲盾兵手臂都是麻的。

樑卒頸脖鮮血噴射而出，散成血霧。又有箭矢從頭上飛速掠過的呼嘯之聲，樑軍中高高舉起的「趙」字旌旗，猛然斷裂，同那兩個本意凌辱黑帆白蟒旗的樑卒一同倒地。

兩個樑卒倒在黑帆白蟒旗旁，旗上白莽……幾乎被染成紅色。

趙同胯下黑馬受驚，揚蹄嘶鳴，他用力攥緊韁繩，制住胯下受驚烈馬，視線落在直插入盾，箭羽滴血的羽箭上，睜大眼轉頭朝城樓之上看去。

立於城牆上的晉軍心潮澎湃，發出高呼。白卿言眸色冷清肅殺，凝視趙同。

即便相隔如此之遠，趙同依舊能感受到那銀甲將軍帶來的殺意。

「展旗！鳴鼓！」白卿言高聲下令，目光死死凝視趙同，「應戰！」

白卿言身後白家護衛齊聲稱是。

林康樂一聽忙上前，道：「郡主！您日夜兼程而來，還未做休整，這個趙同乃是荀天章麾下一員猛將！」

趙同是不是猛將白卿言不在意，他知道小四的消息，那……今日就必須將他活捉回來，問出小四的下落。況且，因為張端睿將軍戰死之事，晉軍士氣低迷，急需一場勝利來鼓舞士氣。

她還需得謝謝這位趙同趙將軍，讓她知道小四還活著！

樑軍在看到龍陽城門上陡然立起的黑帆白蟒旗，迎風招展，獵獵作響，頓時鴉雀無聲，片刻又沸騰了起來。

「晉軍的援軍到了嗎？」

「黑帆白蟒旗，是那個殺神鎮國郡主到了嗎?!這麼快?!」

樑軍中議論紛紛。

「趙將軍！先撤吧！回去稟報主帥！」趙同的副將喊道。

趙同咬了咬牙，勒住韁繩正要退，就聽龍陽城樓上戰鼓響起，高亢的號角齊鳴。

趙同騎馬立在原地，見護城河吊橋緩緩放下，只見騎於白馬之上的銀甲女子，帶二十銀甲護衛，手握銀槍緩緩從吊橋那頭而來，二十銀甲護衛騎駿馬一字排開立於白卿言身後。

趙同用手中長槍指著白卿言：「你是何人?!」

白卿言冷眼凝視趙同聲音淡漠：「白卿言……」

趙同看著白卿言清瘦的身影，低笑一聲：「你就是殺神白卿言？好一個美人兒！殺神二字……這都是你們晉國自己吹出來的吧！」

趙同的副將看了眼盾牌上的箭羽，想喊趙同回來，可前來叫陣的是他們，總不能現在晉國應戰了他們反倒退了。

「試試便知！」白卿言用長槍指向趙同。白卿言如今長槍使得並沒有恢復到以前的水準，可勝在這些日子堅持不懈加重鐵沙袋，力道倒是能夠與看起來擅長使槍的趙同一戰。

她心裡明白，此戰不宜拖，一旦交手時間過長，趙同定然會看出她的破綻。

明白自己的短處，白卿言只能速戰速決。

趙同冷笑一聲，一夾馬肚朝著白卿言的方向衝去。

白卿言視線落在趙同那匹通體黝黑的駿馬身上，趙同一瞬看出白卿言攻擊他馬的意圖，視線亦是落在白卿言胯下白馬身上，唇角勾起。

射人先射馬……看來這位鎮國郡主是想要將他打下馬！

趙同眼底盡是勝券在握的笑意，舉槍，搶在白卿言之前直直朝著白卿言胯下白馬刺去。

電光石火之間，白卿言手腕一轉，揮槍直下……長槍鐵杆碰撞出火花，她將趙同刺向她胯下白馬的長槍死死壓在地上，震麻了趙同的手臂，趙同長槍脫手。

白卿言借力而起將趙同踹下馬的同時抽搶，凌空旋身直紮跌落地面的趙同，趙同從未想過一女子手中力道竟然如此之大，閃躲不及，泛著寒光的銀槍槍頭直直穿透趙同肩甲，將他死死定在地面之上。三招制敵！

「將軍！趙將軍！」趙同副將聲嘶力竭喊道。

趙同那匹黑馬揚蹄嘶鳴一聲，掉頭狂奔回到樑軍陣營。

趙同還欲反抗，被白卿言一腳踩住胸口，又給踩了回去，他目眥欲裂握住白卿言貫穿他肩甲的銀槍，竟然反抗不得。

白卿言身後的二十銀甲護衛迅速上前，她這才拔出帶血銀槍，趙同痛呼一聲，被白家護衛拖拽起來，押入城內。城牆之上全都是晉軍歡呼之聲，戰鼓敲得越發用力。

白卿言一躍上馬，快馬上前，樑軍重甲盾兵立刻上前，將趙同的副將護在其後。

白卿言快馬行至那兩名已經死透的樑卒身邊，用長槍挑起白家軍的黑帆白蟒旗，收入懷中，冰涼入骨的視線掃過樑軍騎於馬上的各將領，銀甲冷冽，紅色風氅翻卷作響，帶血的長槍指向樑軍，似不可一世的張狂，高聲問道：「還有誰？敢戰！」

銀槍尖頭滴血，耀目日頭下，寒光逼人。即便是剛才趙同多多少少是敗於輕敵，可三招制敵足以證明此女非等閒之輩，且白卿言南疆一戰得了殺神之稱，已足以讓樑軍肝膽俱寒。

她是晉國鎮國王白威霆的孫女，據報曾隨鎮國王征戰沙場，從無敗績，即便是那一場重傷之役，也是斬了敵軍主帥頭顱！更別說，此女子眼睛眨都不眨焚殺十萬降俘，可見其心腸狠辣。

趙同副將從心底懼怕，見無人再敢上前應戰，他握緊了手中韁繩，抬手：「退！」

白卿言看著樑軍撤退，調轉馬頭回奔入城。

吊橋升起，城門關閉。城內百姓將士振奮，在百姓將士歡呼雀躍聲中，白卿言一躍下馬，盧平急忙上前牽住韁繩。她轉頭凝視林康樂問：「趙同在何處？」

「正押往獄中。」林康樂扭頭高呼。

白卿言將手中長槍扔給白家護衛，一躍上馬，望著林康樂：「帶路！」

她此刻最著急想要知道的便是白錦稚的消息，迫不及待！

白卿言到龍陽城大獄之時，趙同已經被軍醫簡單包紮過。趙同被白家護衛壓著讓其跪在地上，趙同不跪，白家護衛用劍柄砸在趙同臉上，強壓著他跪下。

趙同雙眸帶著陰狠的笑意，滿臉不服氣仰頭等著居高臨下立在那裡，面色陰沉的白卿言，吐出一口血沫子：「怎麼……鎮國郡主這是看上老子了？想和老子睡一覺？」

白家護衛軍心中大怒，朝著趙同臉上就是一腳，頓時牙落兩顆。

痛得臉色發白的趙同被拖起，按跪在那，只聽白卿言問：「就憑你們還想擒獲高義縣主？」

「用不了幾天了，你們不知道高義縣主在哪裡，沒法馳援，我們大軍困……都能困死他們！」

趙同咧開帶血的嘴直笑，「你也別想從我嘴裡得知高義縣主的下落，我就是死也不會說的！就是有點兒可惜，沒有能親手殺了你……要是能親手殺了你，我趙同定然能揚名列國！」

白卿言不動聲色走至火盆前，拿起已經被燒得火紅的烙鐵看了看，聲音極淡：「我給你一次機會，只要你說出高義郡主被困在哪裡，我留你一命，等他日大樑求和時，放你生路。」

趙同視線掃過白卿言手中燒得通紅的烙鐵，笑出聲來：「我大樑四十萬大軍，荀天章將軍為帥！憑你一個女人……也想勝？你祖父和你父親都在還差不多！」

白卿言冷清淡漠的眸子凝視火花爆濺的通紅炭火，問：「娶親了嗎？」

趙同沒想到白卿言突然問了這麼一句，突然笑出聲來：「怎麼，難不成你還真看上爺爺我了！小爺我雖然還未曾娶親，可倒是可以先納妾！」

「沒娶親就好，省得耽誤別人家姑娘！」白卿言放下手中的烙鐵，轉過頭來居高臨下對趙同開口，「我曾聽說，你祖父曾經創了一種專門審訊敵國探子的刑罰，便是將燒至通紅的烙鐵重複烙燙子孫根，直至燙熟讓其掉落下來！」

趙同臉色一白，他緊緊攥著拳頭，咬牙看向白卿言。

「有人說，你祖父趙將軍還算仁善，這一種審訊方式只用來對付成了親留有子嗣的敵國兵卒，可大約……我是個女人，所以只會站在女人的立場來想！子孫根都沒有了的廢物，又憑什麼耽誤旁人家的好姑娘！你說是不是？」

趙同只覺胯下一緊，喉頭翻滾著，視線落於放著烙鐵的火盆之中：「你若敢！等我趙家軍抓到你那個妹妹，定然讓她生不如死！」

白卿言轉頭看著盧平：「平叔，審到他說為止！別折騰死了，死了就沒意思了，還要留著他的命……引樑國趙家軍來救，他即便硬骨，我就不相信趙家軍所有人的骨頭都這麼硬，總有能審出來的！」

「大姑娘放心！當年趙老將軍曾用在咱們白家軍身上的招數，盧平都會用在趙同身上，也算是不枉費趙老將軍想出這麼多審訊之法。」盧平抱拳道。

白卿言深深看了趙同一眼，轉身向外走去。

「白卿言！你站住！」趙同嘶吼。

林康樂跟在白卿言身後，深深看了臉色煞白的趙同一眼，緊隨白卿言之後。

從大獄裡一出來，林康樂便問：「郡主要引樑國趙家軍的人來救趙同？」

「不用引，今日他們必會有所行動，龍陽城當年的建造圖紙是否還在？」白卿言問林康樂。

林康樂點了點頭：「我等一入城，龍陽城的縣丞便將圖紙交於末將手中，郡主若需要，末將這就派人去取。可是郡主……趙同並非主帥，趙家軍真的會來救趙同嗎？」

「一定會來！」白卿言對林康樂道，「趙同是趙家人，趙家軍一定會不惜一切代價，將他救出！」就如同，白家軍的諸位將士，在白家人遇險之時，一定會捨命相救這是一個道理。

「林將軍煩勞即刻派人向樑營遞送戰書！我已到龍陽城，荀天章定會疑心猜測我晉國援軍是否已經抵達，如此……荀天章必會派人來摸清晉國兵力，好定接下來的行兵策略。趙家軍也定會藉機自請前往龍陽城，摸我軍軍情，再救趙同。」白卿言吩咐林康樂。

「若是荀天章應戰了呢？我方援軍還未到……」林康樂頗為遲疑。

「荀天章此人雖然不擇手段，但為人謹慎，不摸清楚晉國兵力不會冒然應戰！」白卿言說。

從荀天章派樑卒越過春暮山邊界試探晉國，便可得知……荀天章是一位喜歡掌控全域運籌帷幄之人，她的出現對荀天章來說是變數，不摸清楚這個變數，荀天章絕不會輕率應戰。

否則，荀天章也不會在張端睿將樑卒屍身送回樑營幾天之後，才正式對晉國宣戰。

「勞煩林將軍同我講講，你如今都掌握了樑軍布兵的哪些情況，樑軍紮營何處。再辛苦林將軍派人將我帶來的護衛安置妥當，他們隨我日夜不歇疾馳而來，都已經很疲累了！」白卿言對林康樂抱拳道。

「這是自然！這是自然！」林康樂忙道。

此次鎮國郡主一到，三招制敵，活捉趙同，大漲晉軍士氣，林康樂心中亦是熱血激昂，對白卿言之言自當遵從。

第九章　共生共死

樑營。趙同的副將回營，急速將白卿言出現在龍陽城，三招生擒趙同之事報進主帥營帳之中，眾將譁然。趙同長兄趙勝緊緊握住腰間佩劍，拔高了音量：「不可能！我二弟趙同可是我們樑軍最勇猛的悍將之一，你說的那個白卿言一個女人……能三招生擒？」

「這可不好說，那個可是鎮國公白威霆的孫女兒，曾經手刃龐平國頭顱之人，不可小覷！」有樑將開口。

「且幾個月前，晉國南疆一戰，這個白卿言殺的雲破行倉皇潰敗，可見絕非是泛泛之輩！」

「雖然之前殺神之名傳來，我樑廷上下都覺可笑，但……如今想來怕是有幾分名副其實，是我們小看白家的女子了！張端睿已死，難不成此次晉軍更換的主帥，就是白威霆的這個孫女？」

「可這晉國的援軍是不是到的也有點兒太快了！會不會是這位鎮國郡主白卿言，一人日夜不歇先行趕來的？」樑將滿腹疑問。

跪坐在主帥之位上一身戎裝的荀天章面色沉沉，他雙鬢已經斑白，唇瓣泛白，可威勢不減，濃眉之下雙眸炯炯，絲毫看不出病態。沉思片刻，荀天章欲站起身，荀天章之子上前去扶，荀天章卻咬著牙抬手示意兒子不必上前，他枯槁的雙手撐在面前几案上，強撐著站起身來，緊抿著唇走至掛在主帥帳中的晉國輿圖前，眾將皆跟在荀天章身後。

荀天章點了點晉國與戎狄的邊界，聲音徐徐：「也有可能，晉國將駐守在與戎狄邊界安平大營的駐軍調了過來，再命鎮國郡主白卿言馬不停蹄疾馳而來匯合，又或者……是鎮國郡主擔心自家妹子，脫離援軍隊伍率先前來。」白家人重情重義，這一點荀天章最為明白。

「可是我們的探子並未回稟有援軍靠近，幾萬人馬……不可能悄無聲息進了龍陽城！」

帳內樑將話音剛落，就聽帳外傳來樑兵傳報聲。「報……稟報主帥，晉軍送來戰書！」

荀天章眸色一緊，轉過頭來。

「父帥，看來晉軍的援軍真的到了！」荀天章之子道。

立在輿圖前的荀天章接過戰書，打開看了眼，晉國措辭強硬，完全不同於之前。

他猛地將竹簡合起，想了想道：「今夜，派人去探，抓住一個兩個探子問問，務必確認晉國援軍是否已經到了！」

趙勝忙抱拳道：「主帥，讓我們趙家軍的人去吧！順便救回我二弟趙同！」

荀天章看著趙勝堅定的雙眸，知道即便是他不許趙家軍前去救人，怕趙勝也會派人前往，且趙家軍乃是樑軍精銳，派趙家軍的人前往回來的希望更大些，罷了……就讓趙家軍的人去吧。

荀天章頷首：「記住，摸清援軍是否已到才是要務！趙同即便是留於晉軍手中，晉軍也必不敢要了趙同性命。將來晉軍求和，我們將趙同將軍要回來便是，可戰情絕對不能耽擱！」

「末將明白！」趙勝抱拳。

荀天章想了想又道：「若是趙家軍潛進龍陽城，摸清情況之後，若有餘力能找到晉軍的糧倉，一把火點了！」只要燒了晉軍糧草，哪怕是晉軍援軍已到，荀天章也敢破釜沉舟，敢分散兵力，四面攻城，拼死一搏。都說晉國白家，百年將門從不出廢物，荀天章不敢輕視。

西涼之戰，荀天章看得出，這個人稱小白帥的白卿言，小小年紀用兵如神，智勇雙全，若是不趁著她現在還沒有完全掌握樑軍戰況，迅速取勝，將其斬殺於此地！她便會成為此戰最大的變數，更遑論日後……此女，將會如同鎮國王白威霆一般，成為威懾大樑近十年不敢收復失地之人。

趙勝一怔，隨即鄭重道：「定不辱命！」

「告訴晉軍派來送信的，讓他回去轉告他們新主帥，我樑軍不占晉軍便宜，他們援軍剛到疲累困乏，本帥許他們歇息幾日再戰！」

荀天章說完擺了擺手，眾將士退出主帥大帳，荀天章之子這才上前扶住荀天章滿目擔憂：「父親……今日又不是出戰之日，何苦穿著一身重甲，您的身體撐不住啊！」

荀天章半個身子都靠著兒子，他望著帳外遠處可見的連綿山脈，眸子微紅……

他這一生，最大的心願便是能拿回原本屬於樑國的玉山關，白威霆一門死後，他雖然惋惜卻也覺得拿回玉山關的時候到了。他知道自己的壽數恐怕不久，若老天憐他，便讓他在死前……為母國奪回曾經丟失在他荀家手中的玉山關，如此……他才有顏面去見荀家的列祖列宗。

「咳咳！」荀天章重重咳嗽了幾聲。

「父親！」

荀天章用力握住兒子的手，不讓兒子聲張。大戰在即，主帥病重，此乃不詳。

他強撐著請命出戰，可不是為了讓大樑銳士止步於此的。他誓要……奪回玉山關，一雪前恥！

「你派人去通知圍堵晉國高義縣主的顧將軍，務必要在三日之內擒獲晉國高義縣主，不論死活！」荀天章一字一句道。

白卿言拿著龍陽城的建造圖細細查看，食指落在龍陽城水渠的位置。

大樑北面臨海，樑人極通水性，定然會從這條渠入。

盧平端著熱湯進了白卿言所在的單獨營房，低聲勸道：「大姑娘，喝了湯瞇一會兒吧！咱們府上護衛都已經睡了。」

白卿言端起熱湯喝了一口，目光未離圖紙，問：「趙同審的怎麼樣了？」

「是個硬漢子！」盧平道。大樑趙家人，自然硬骨。

「白將軍！王喜平求見！」王喜平在外高聲道。

白卿言放下熱湯：「王將軍進來吧！」

王喜平一臉喜意進門，對白卿言一拱手：「讓白將軍料中了，樑軍果然不應戰！」

「若是今晚樑軍派人來救趙同，或是來龍陽城探查我軍情況！王將軍就要辛苦你手下的人走一趟樑營！」白卿言眸中帶了幾分淺淡的笑意，「火燒樑軍糧草！」

樑軍糧草告急，要麼背水一戰，要麼按兵不動。

荀天章謹慎，在未能摸清楚晉軍軍情，便不會妄動。若是此時晉軍姿態強硬再遞戰書，荀天章即便是不退，也不會冒然應戰，更不會冒然攻城。如此，必然能拖到安平大營的援軍到達。

「但憑白將軍吩咐！」王喜平抱拳，鄭重道。

入夜之後，林康樂將軍減少了城牆上的守兵，增加了巡邏兵，更是在水渠入口設下伏兵，就等樑營夜探龍陽城的探子入城。

龍陽城城樓之上，高高架起的火盆火舌隨風高低亂竄。一行黑衣夜行之人，脊背緊貼著城牆根，一個接一個急速潛入深廣的水渠之中，朝龍陽城內游去。

來的十人皆是趙家軍精銳，他們悄無聲息潛入龍陽城，正好碰到一隊巡邏兵挑燈城內夜巡，一行人忙緊貼渠壁，屏息入水，仰頭看向水面，直到火光逐漸走遠這才冒出水面，動作敏捷靈巧一躍上岸。

打頭之人見隨行的十三人全部上岸，壓低了聲音道：「我等分散行事，兩人去找晉軍糧庫，兩人去抓探子，詢問晉軍是否援軍已到，其餘人隨我去獄中救公子！半個時辰之後，不論事成與否，都必須出城！」

「是！」檪軍正要分散，突然城樓火光一亮，早早便埋伏好的晉軍拔刀而出，將這十三人團團圍住。

趙家軍精銳一看情況不妙，自知中計，拔刀死拼欲跳渠逃走。誰知那個最先殺出包圍要跳入渠中的趙家軍精銳，被不知道從哪兒竄出來的羽箭貫穿喉嚨，立時斷氣。緊接著第二個要入渠的也被貫穿喉嚨，又被晉軍砍了一刀，跌入渠中，頓時血色一片。

羽箭呼嘯穿過人群，直至紮入帶隊入城之人的胸膛，趙家軍精銳立刻將此人扶住護圍在當中，手持長劍，滿目戒備看著將他們團團包圍的晉軍。

「閃！」林康樂一聲高呼。將趙家軍十數精銳圍住的精銳，立刻閃開一條通道。

林康樂率眾將領，不緊不慢朝著如同困獸的趙家軍精銳走來，目光冷冽凝視他們道：「既然是來救趙同的，那就把他們送到趙同那裡去！」

很快，趙家軍潛入龍陽城的精銳便被繳械，押入大牢之中。

當他們進入滿是可疑肉香味的大牢時，便已經察覺出不對勁，等看到被脱去褲子，四肢被綁在木板上的趙同時，頓時明白是怎麼回事，眼眶一熱紛紛跪了下來：「將軍！」

「晉狗！你們竟然敢如此對我們將軍！」趙家軍精銳怒不可遏，衝過去似要同壓他們入獄的晉軍拼命，可是他們手腳被結結實實捆在一起，根本不是晉軍的對手，被晉軍一腳踹了回去。

「將軍！將軍！」趙家軍膝行至已經疼暈過去的趙同身旁，咬緊了牙關，淚卻止不住。

「不過是用了你們趙老將軍對付旁人的方式，對付了你們樑軍而已！還以為你們趙家軍早就司空見慣，不成想……用在你們自家將軍身上，竟然也是知道疼的？」盧平慢條斯理開口。

「晉狗！你們不得好死！我們主帥一定會帶領我們樑兵，踏平你們晉國！滅了你們這些晉狗！」趙家軍精銳目眥欲裂，如困獸般，咬牙切齒死死看著盧平。

「要救你們趙將軍也簡單，說吧……高義縣主在哪裡，不說……你們和趙同一個下場！」盧平眸色冷冽。

心口中箭的趙家軍冷笑一聲：「呸！想找高義縣主……等著見屍首吧！」

「不急，長夜漫漫，我們有的是時間審問！」盧平命人拿出一個錦盒，裡面放著小小的鐵球，從小拇指頭那麼大，一直到極小的，上面連著一根極細的鐵鍊。

趙家軍十幾精銳臉色一變，他們都知道這是什麼東西。這還是趙家軍審問敵軍探子時用的，將那小小的鐵球燒紅，放入人的肚臍眼中，那才是真的生不如死。

「這樣精緻的小東西，你們趙老將軍曾在我們白家五爺，和我們白家軍兄弟身上用過。」

盧平抬手輕撫著錦盒，深深藏著眸底的恨意，繃著臉不緊不慢開口：「你們趙老將軍以此法，未曾在我們五爺口中得到過一絲消息！只是我們白家軍的兄弟實在堅持不住漏了口風，後來他們以死謝罪不願苟活於世，只有一位被我們世子爺救了下來！今日，我很想看看，你們趙家軍的骨……是不是就真的比我們白家軍硬！」

白卿言未從城牆上下來，她察覺剛才入城的趙家軍精銳人數不對，懷疑還有人留於城外放風，若是潛入城的這些趙家軍精銳未按照約定時辰出城，放風之人便會回樑營去報信。

沈青竹之前早一步來春暮山，已將樑軍大部分將領的行事作風摸清楚，此次率趙家軍而來除了趙同之外，還有趙勝。

趙勝此人心思縝密，不會蠢到一股腦讓人全都入城，連一個通風報信的都不留。

王喜平將軍快步跑上城樓，對藏身於黑暗之中的白卿言抱拳道：「白將軍，盧平已經審出了樑軍糧倉所在，他們糧倉竟然並未在軍營之中，而是藏於濮文城與他們大軍軍營的山坳之中，距離他們軍營不足兩里地，我挑選的人已經準備好，隨時可以出城，末將猜這城外定然有樑軍把風之人，為了避免走漏風聲，所以特意挑了會泅水的，可這渠從城內到城外太長了，我們晉人水性不成，有點兒玄乎，末將打算讓他們繞點路從東門或者西門出。」

荀天章將軍果然謹慎。「開城門，就從北門出！讓人帶著獵犬緊隨其後出城，在四周搜尋，若看到把風之人欲回樑營通風報信，殺！」白卿言轉頭望著王喜平，「告訴去燒糧草之人，找到糧庫燒了之後，回途設法再抓幾個探子，審問高義縣主被困在哪兒！」

倒不是白卿言不相信盧平能從那些趙家軍口中審出什麼，畢竟當年趙同的祖父趙毅，曾經審人的手段堪稱活閻王，她不相信活捉的十一個趙家軍，各個都是鐵骨。

讓王喜平的人抓個探子再問一次，不過是因為想要確定消息的準確性和真實性。

王喜平抱拳道：「是！」

白卿言抽出羽箭，搭在射日弓上，雖是夜黑風高，可她已經盯著那片黑暗之地良久，雙眸已隱隱適應，只要黑暗中有什麼東西挪動，她必能察覺。

很快城門打開，吊橋緩緩被放下，以杜三保為首的二十黑騎戰士從城內快馬衝出，卸甲輕裝，只帶引火之物，急速朝樑營方向飛馳。

隱藏在暗處的一名趙家軍見狀，匍匐在地，不安地按住自己腰間佩刀，全身戒備。

直到狂奔駿馬從他身旁飛馳掠過，那趙家軍兵卒才緩緩露出頭，深深朝著龍陽城的方向看了眼，只見龍陽城吊橋未收起，城門亦未關，心不由提了起來。

不多時，城門內突然傳來犬吠聲，他單腳踩地弓著腰撐起身子，做出隨時撤退的姿勢。

眼見高舉火把的晉兵牽著九隻嚎叫著的獵犬出城，他緊緊握住佩刀緩慢向後移動。

白卿言視線來回在黑暗中巡視，黑暗中隱約看到一個黑漆漆的輪廓似在往後挪動，她陡然拉了一個滿弓，泛著寒光的銳利箭頭直直瞄準了那個還在慢慢移動的黑影。

隨白卿言一同立在城牆之上的弓箭手，齊齊搭弓，朝向白卿言箭矢所指的方向。

「放！」白卿言一聲令下，黑暗中無數箭矢破空之聲交錯，鋪天蓋地如同螞蝗般直直朝著那趙家軍兵卒直撲而去。那正在緩慢移動的趙家軍，聽到破風之聲，抬頭……一支泛著寒光的羽箭直直紮入他露出驚恐之色的瞳仁之中。

淒厲的慘叫聲劃破夜空，已經從吊橋那頭出來的晉軍放開獵犬，九隻獵犬聞聲呲牙咧嘴朝聲源處撲去，晉兵緊隨其後一路狂奔。很快，被射成刺蝟已經斷氣的趙家軍被拖入城內。

就連那些趙家軍來時所騎之馬都被獵犬找到，讓晉軍給牽了回來。

「果然有收穫啊！」王喜平看著眼前的趙家軍和十四匹駿馬忍不住感慨。

白卿言目光落在眼前十四匹通體黝黑，線條健碩的駿馬身上，走近其中一匹輕輕撫著駿馬的鬃毛，心下恍然。難怪蕭容衍會那般斬釘截鐵對她說，大樑一定會對晉國開戰。

想來大燕答應出兵助北戎，便要北戎將強健的馬匹給予大樑，讓大樑有底氣敢與晉國開戰。北戎想要大燕相助，可大燕卻怕晉國背後捅刀子，那麼……將晉國拖入戰事之中是最好的選擇，北戎自然會答應。

而大樑，兵強之餘又得良馬，加之鎮國王白威霆一門男兒盡數葬送於南疆，戎狄陷入內戰，大燕出兵助戎，大樑收復失地可謂天時地利人和，焉能忍住不動？

蕭容衍算得還真是清清楚楚。

「到處都查了嗎？就這一個把風的？」白卿言看著那全身紮滿箭的趙家軍問。

「我等已經細細查過了，連馬蹄印子都仔細辨別了，來的只有十四匹馬，都在這裡了！」王喜平一屬下恭恭敬敬道。

白卿言點了點頭：「今夜諸位辛苦了！早些去歇息吧！」

見白卿言上馬並非往軍營方向走，王喜平上前兩步問：「白將軍您不回營嗎？」

「我去大獄看看。」白卿言抬手拿過晉兵遞來的烏金馬鞭。

「白將軍您也快去歇息吧！從您到龍陽城至現在，您一刻也未曾停歇，這樣下去不行！」王喜平勸道。

「無礙！我心中有數！」白卿言還未來得及揚鞭而去，就見王喜平的手下快馬來報。

「報！白將軍！王將軍！主帥劉宏攜聖旨入北門，急招龍陽城內所有將領，於演武場聽令！」

此次皇帝任命劉宏將軍為帥，在大軍出發之前，皇帝專程將劉宏傳入宮中叮嚀過他，此次與大樑之戰，能不用白卿言就不要用白卿言，且要壓著白卿言。

一來，是不能讓他國以為，晉國男子不得用，得依靠一女子才能取勝。

二來，也是不想讓白卿言在軍中樹立的威望過高，否則白卿言一旦盛譽如同白威霆，以白卿言剛烈的性情，又對皇家少有敬畏之心，白卿言定會擁兵自重，皇帝不好駕馭不說，一個弄不好白卿言便有可能起兵造反。

劉宏打從心底裡尊敬這位拖著病弱之軀，在南疆大勝西涼的白家女兒郎。

所以一開始，劉宏也覺得皇帝有些擔憂過甚，可回去後細想白卿言在宮宴上的慷慨陳詞，想到白卿言敲登聞鼓逼殺信王，卻覺得皇帝的擔憂並非空穴來風。

劉宏心知，自己沒有如同鎮國王白威霆和鎮國公白岐山那樣的本事，皇帝之所以讓他為此次主帥，無非是因為他從皇帝還未登上至尊之位之前便忠心於皇帝，從不攬權，亦無什麼雄心壯志，且至今未改。

所以，在劉宏得知白卿言一路從朔陽快馬，帶一隊護衛直奔龍陽城時，想到皇帝說不到萬不得已不能再讓白卿言立軍功之語，頓時心急如焚，乾脆也捨棄大軍，帶了一隊騎兵日夜兼程而來。

劉宏怕派其他人來，都壓不住白卿言，唯獨他是一軍主帥，白卿言必須聽他的。

可這一路，劉宏人不下馬背，被折騰的不輕，大腿內側全部被馬鞍磨爛，進城前更是發起了高熱，他聽城內的守兵說……白卿言一到，未曾歇息便應戰，對上樑軍猛將趙同，將其三招制服，大漲晉軍士氣。更是預測到樑軍夜裡會有所行動，且晉軍剛才已經將偷偷潛入城的趙家軍活捉，隨後白卿言又命人前往樑營燒大樑的糧草。

劉宏看著那守軍溢於言表的敬仰之情，心中吃力，也不敢去休息，立刻命人召集眾將前往演武場。

演武場，所有高高架起的火盆全都被點燃，旌旗獵獵，火舌隨風高低亂竄，將演武場映得恍如白晝。面色蒼白的劉宏坐在椅子上，他發熱難受，呼吸很燙，口腔也是燙的。

他不是不想休息，只是不想讓退入龍陽城的將士們覺得他們的主帥還不如一個女娃娃。

劉宏是強撐憑著一口氣坐在這，他怕躺下了沒有一天他醒不來，得先見過各將領做好安排。

白卿言一行人到的時候，一身重甲披風的劉宏坐在演武場高臺之上，左右兩側立著佩劍騎兵，主帥威儀排場十足。

「末將見過主帥！」一行人立在高臺之下，對劉宏行禮。

劉宏原本想要起身，奈何渾身痠軟，關節都發熱疼痛不止，他只能坐於此，對諸位將軍拱手：「諸位將軍見諒，本帥偶感風寒，全身痠軟，便不站起來了。眾將士聽令，即日起不得本帥號令不得擅自應戰行動！違令者以叛國罪論處！諸人皆需於城中，靜待援軍抵達，再行計較。」

眾將士你看我我看你，抱拳稱是。

白卿言抬眼朝劉宏看去，劉宏忙挪開視線，有些心虛不敢與白卿言那雙深沉平靜的眸子對視。

劉宏拼了老命一路追來，為的就是下這道命令。

「都去休息吧，養精蓄銳，援軍一到我們將樑軍趕回大樑！」劉宏中氣十足說完，親衛連忙一左一右將劉宏扶起。

目送劉宏離開，林康樂轉頭看向面色如常的白卿言，唇瓣囁嚅卻沒有出聲。

在場的聰明人誰看不出來，劉宏這命令是對白卿言下的？

「白將軍日夜兼程而來，也是該休息休息，想來安平大營的援軍最晚三日後就能到，屆時我晉軍怕與大樑要有一場惡戰，白將軍在，我們晉軍才有底氣啊！」王喜平忙上前對白卿言說，生怕白卿言心裡不舒服。

白卿言頷首，抱拳與在場諸位將軍告辭。

王喜平立在林康樂身邊，拱手送其他人離開後才道：「這主帥似乎是在有意壓制白將軍啊！是怕白將軍搶了他這個主帥的風頭嗎？」南疆之戰時，太子是主帥，能大獲全勝……卻全靠著當時連個官職都沒有，拿了虎符率兵的白卿言。

林康樂眉頭緊皺：「如今大戰當前，身為主帥不想著如何團結眾將領一同禦敵，竟然擔心手下將軍搶功！」林康樂曾經同白卿言一同血戰過，感情不一般，自然反感劉宏這種行徑。

林康樂的確是冤枉了劉宏，劉宏也不想如此，他亦是對白卿言敬佩不已，可是聖命難違。

大獄之中，盧平為了避免多人一起審，得到消息不準確，將那十一個趙家軍，包括重傷的一個，都單獨分開關押，分開審訊。

整個大獄之中充滿了趙家軍絕望淒慘的哀嚎聲，恍然一聽……還以為到了地獄之中。

不得不說當年趙毅老蔣軍審敵國兵將的確是有一手，所用刑罰讓人生不如死，尤其是那小小的鐵球燒得火紅之後，放入人肚臍之中，簡直是死去活來，只想求速死。

盧平不但審出了糧倉所在，天亮之時還審出了白錦稚如今就在火神山之中。

趙家軍率隊而來救趙同，被白卿言一箭射中心口的隊長倒是個硬骨頭，但最終沒熬過烙刑，得知他們小隊中已經有人透了消息，一口氣沒上來便死了。

盧平不敢耽擱，帶著連夜審問出來的結果去找白卿言。

白卿言翻看單獨分審的竹簡，其中三個說白錦稚在火神山，其餘的……是真的都不知道，倒是吐出了點兒別的東西。既然知道了白錦稚的消息，白卿言不願耽擱，她略微想了想，讓盧平抱著竹簡前往主帥所在營房，請求主帥讓她帶兵前去救白錦稚。

白卿言剛出來，杜三保一行人就回來了。杜三保知道白卿言擔心白錦稚，一回來，讓其他人去找王喜平覆命，自己朝著白卿言的營房跑來。

天剛肚白，臉上被煙熏黑的杜三保滿頭的汗，用衣袖一抹，只露出一個白白的額頭，對白卿言露出一排白牙，抱拳單膝跪地，道：「白將軍，我分別抓了兩個探子問了，說是高義縣主在哪兒他們不知道，可是他們顧將軍帶了一萬人前往火神山，想來應該就是為了捉拿高義縣主。」

白卿言點了點頭：「辛苦了！你起來，隨我去見主帥！」

「哎！」杜三保忙站起身，跟在白卿言和盧平身後，疾步往主帥營房走去。

主帥劉宏來了的消息，杜三保一進城就聽說了，既然主帥來了……要去救高義縣主，自然是要請示主帥的。杜三保打定了主意，一會兒要是主帥允准了白卿言去救人，他一定要跟在白卿言的身邊，與白卿言一同血戰。

白卿言人到主帥營房門前，對劉宏的副將拱了拱手：「勞煩通報主帥，白卿言有要事請見！」

劉宏的副將對白卿言行禮後道：「郡主，主帥來龍陽城時感染風寒，高熱不退，強撐到了龍陽城，如今剛吃了藥睡下……」

「這裡是戰場！不是大都城！」白卿言如炬雙眸望著劉宏的副將，一字一句，不怒自威，「軍情緊急，需主帥決斷！」

劉宏副將一腦門子汗，他知道鎮國郡主不好對付，所以劉宏才交代誰都不見。

可，正如白卿言所言，這裡是戰場並非大都，戰場之上軍情瞬息萬變，只要主帥沒有死，需要他決斷的他都必須爬起來，因為主帥的決斷……關乎著戰爭勝敗，關乎著數萬將士的性命。

「軍情緊急，耽誤了軍情，這個責任是你擔待嗎？」杜三保大著膽子質問主帥副將。

高義縣主帶著三千兵馬，沒有糧草補給已經快半個月了，都不知道高義縣主和那些兄弟們現在慘成什麼樣子，他們在這裡多耽誤一刻，高義縣主他們就多一分危險，這主帥的副將還在這裡磨磨唧唧。

劉宏副將自知這個責任他擔待不起，抿了抿唇，半晌後才道：「郡主稍後，末將前去稟報。」

劉宏迷迷糊糊被副將扶起來，喉嚨發乾，關節疼得厲害：「什麼軍情？」

「鎮國郡主沒有說，可末將注意到在鎮國郡主身後那個一身便裝的晉兵，應該是剛從城外回來，帶來了什麼軍情！」劉宏副將道。

劉宏抬手捏了捏還脹痛不已的額頭，知道事情緊急，指了指自己的衣裳讓副將幫他披好，這才道：「快請鎮國郡主進來！」

白卿言帶著盧平和杜三保進門後，朝劉宏行禮。

盧平將審訊出來的竹簡放在劉宏面前几案上，杜三保抱拳道：「主帥，末將今日奉命出城去燒樑軍糧草，回來的路上抓了兩個探子，分別問過了，如今大樑顧將軍率一萬人在火神山，想來是為了圍捕高義縣主！」

盧平亦跟著道：「今日，小人從潛入城的趙家軍身上，不但審出了樑軍糧倉所在地點，還審出了高義縣主如今就在火神山。」

白卿言對劉宏抱拳：「請主帥允准我帶五千人馬，趕往火神山救人！」

劉宏點了點頭，救人的確要緊！

他能明白，白卿言這麼著急趕來龍陽城多半就是為了救高義縣主。「可是，如今援軍未到，若是派五千人馬出城，萬一樑軍主力來攻……」劉宏也有自己的考量。

「明日一早，請主帥親自將此次潛入龍陽城的趙家軍頭顱送去樑營，以主帥的身分向樑軍主帥荀天章下戰書，荀天章此次本就尚未摸清援軍是否已到城中，主帥親臨，荀天章多疑必會懷疑我晉國援軍已入城，不會輕易應戰！更不會開戰攻城！」白卿言來的路上已經想好了。

按時間算，晉國的援軍的確應該未至，可劉宏此次來的及時，先是白卿言應戰，後是晉軍新任主帥劉宏親自宣戰，總會讓荀天章遲疑一下子。

荀天章遲疑的這段時間，白卿言就有信心將白錦稚救回來。

劉宏點了點頭，再抬眸看向白卿言時欲言又止，想了半晌，手按住几案上的審訊竹簡，開口：「郡主明日隨本帥一同前去樑營宣戰，本帥身體不適，需有三招生擒他大樑猛將的郡主在……來壯我軍聲威！火神山救人……派林康樂和王喜平兩位將軍率一萬人前去更為妥當！畢竟……林康樂將軍和王喜平將軍，已在北疆數月比郡主更加熟悉地形！」

這已經是劉宏做出最大的讓步，即能派人去救回白錦稚，又能按照皇帝的吩咐壓住白卿言。

白卿言抿著唇，靜靜看著劉宏。

劉宏唇瓣乾裂蒼白，對白卿言道：「我知道郡主救妹心切，可郡主本就身體羸弱，日夜馬不停蹄而來，就連我都支撐不住，更遑論郡主一個女兒家！高義縣主是鎮國王的孫女，亦是南疆之戰的功臣！必須救！可郡主你也必須休息！這是帥命！」

劉宏此言發自內心，白卿言和白錦稚都是鎮國王的血脈，在能救的情況下，劉宏不願看到鎮國王白家的血脈再受損。

白卿言頷首。

劉宏立刻讓副將去傳令，白卿言轉過頭吩咐盧平：「平叔，辛苦你跟在林康樂將軍身邊，便於尋找小四！」

「是！」盧平抱拳稱是。

「郡主放心！我杜三保就是拼了這條命，也定會將高義縣主平安帶回來！」杜三保一雙眸子灼灼。

看著盧平與杜三保二人離開，劉宏鬆了一口氣，語氣不免軟了下來，對白卿言道：「聽說郡主從到龍陽城就不曾歇息，如今高義縣主有了消息，也有人去救，郡主還是好好歇息歇息吧！」

白卿言看著主帥營房窗外已經逐漸亮起來的天色，轉過頭看向跪坐於搖曳燭火下的劉宏，平靜開口問道：「劉將軍被任命為主帥，出征之前，陛下是否曾叮囑劉將軍防著我？」

劉宏拳頭一緊，臉色沉了下來：「郡主這是在質疑本帥，還是質疑陛下？」

「不敢！」白卿言神色從容，「只是陛下對我白家防心甚重，所以言才有此一問！劉將軍曾在白府門前送別我白家英靈之情，白卿言從不曾忘，白卿言將劉將軍視為長輩，所以今日是想向劉將軍交底，我白家之人……忠義之心列國皆知，晉國邊民，皆是我祖父、父親，和數代白家軍拼死所護！白家人……絕不會反！更不會在國危時，盤算私利。」

「因為白家人……忠的是晉國萬民，粉身碎骨所護的也是晉國萬民。」白卿言視線鄭重看向劉宏，「這，也是陛下動搖了對白家信任的原因。」

「南疆之戰陛下給了信王金牌令箭，致我祖父、父親、叔父和弟弟們死於沙場！如今與大樑之戰……我不希望再發生這樣的悲劇，因為不論是劉將軍還是晉軍的將士兵卒，或是我白家人，來這裡的，都是為了保境安民這四個字！」

白卿言的坦然相告，讓劉宏沒由來心慌，他手心收緊，想問白卿言那若是有朝一日，民不聊生……白家人亦會為了百姓而反林氏皇權。可這話，他不能問，他的內心甚至已經知道了答案，問出口了……他是忠臣，便不能不稟報皇帝，若如此使白家蒙難，他寧願不問不知。

因為這天下如同白家一般忠義，且心懷大志的家族，已經很少了。

今日白卿言這番坦誠之語，劉宏心裡也有了底，白卿言說的對，他們來這裡都是為了保境安民，與其擔心日後晉國民不聊生白卿言會不會帶著白家反，不如多想想如今怎麼退敵保民。

再者，劉宏覺得不論是當今聖上還是太子，雖然算不上是一代明君雄主，可也絕不會將晉國弄得民不聊生。大可不必為日後還未發生的事情擔憂，白家忠於晉國萬民也好，忠於陛下也罷，說法雖然不同，但總歸都是忠於大晉。

劉宏點了點頭：「郡主的意思，我都知道了！但是這話還是不要在旁人面前說了，我知道郡主和白家忠義，可難免陛下聽了心裡會不舒坦。」

「多謝劉將軍指點！」白卿言垂眸，恭順道，「言請帶人繞行前往櫟軍大營與火神山中途必經之道，若火神山櫟軍回營搬救兵，言也可在此伏擊。」

劉宏知道白卿言顧慮是對的，不在這裡設伏，等火神山櫟軍回營報信，荀天章帶主力反撲火神山，別說高義縣主，就連林康樂和王喜平帶去的一萬將士都別想回來。

「此事不必你親自去！我會指派人前往，你放心！」劉宏望著白卿言聲音柔和，「去歇息一個時辰，一個時辰之後，你隨我去約見櫟軍主帥荀天章。」

白卿言頷首稱是退下。

劉宏望著白卿言離去的背影，歎氣，不論是鎮國王白威霆也好，還是鎮國公白岐山，亦或是如今的鎮國郡主白卿言，都太耿直了，難怪會被陛下懷疑。

白卿言從劉宏營房出來時，天已大亮。她今日對劉宏說這些，不過是覺得劉宏當初能隨舅舅董清嶽親自前去白府門前送白家英靈，心中定然還存著一分軍人的忠義和耿直。

祖父白威霆，作風取直，取忠，滿朝皆知，就連未曾涉朝堂的秦尚志都知道，劉宏又怎會不知？白家耿直之風早已深入人心，那她不如就以磊落直言白家不會反，是為民不為君，來與劉宏達成共識，齊心協力退糅軍，讓劉宏對她不要太過防備，以免使百姓因帥將不和而受苦。

剛才劉宏勸她不要將今日對她所言說與旁人，想來是已經被她說動了。

大都城南門城外，司馬平牽著一匹駿馬，馬背兩側放著他的包袱和佩劍，正挑眉看著呂元鵬。

呂元鵬換了一身普通老百姓的粗布麻衣和布鞋，去了頭上的玉冠，用一小塊布包裹著髮髻，背了一個縫著補丁的小包袱，整個人看起來灰撲撲的，哪兒還有一點兒風流倜儻的模樣。

呂元鵬看了看自己身上這身裝扮，再看看一身錦衣華服的司馬平，總覺得自己好像被自家哥哥給坑了。

「不是說好了隱姓埋名去參軍的嗎？你看看你那身衣服……咱們這種勳貴人家，即便是下人穿的衣裳在普通百姓中都是難見的！若想隱姓埋名，你那個寶馬、那個包袱，還有你這身衣服都得換了！」呂元鵬學著自家哥哥呂元慶的口氣，對司馬平道，心裡十分不服氣。

司馬平抿了抿唇，他是真沒有想到呂元鵬為了隱姓埋名去參軍竟然還能做到這個地步，他牽著駿馬上前拍了拍呂元鵬的肩膀：「元鵬……你老實和我說，你是不是被你家哥哥給坑了？」

「你才被你家哥哥給坑了！」呂元鵬一臉怒火。

「就算是咱們要隱姓埋名去參軍，至於從大都開始就穿成這副德行嗎？就不能等快要到了再換這身衣裳？況且馬都沒有，就靠你這兩條腿走到南疆，就你……得走十年吧？」

呂元鵬一怔，好像……是這個道理！

司馬平歎了一口氣：「你翁翁那麼精明，怎麼就有了你這麼一個傻孫子？」

呂元鵬垂眸細細思索著，好像琢磨出什麼不對勁兒來。

「我覺得……我哥好像不想讓我去南疆，想讓我去北疆！」呂元鵬突然抬頭認真望著司馬平，「我今日走的時候，我哥和我說了朝廷徵兵去北疆之事，還說如今北疆戰事吃緊，時勢造英雄正是立功的好機會，還告訴我白家姐姐如今也在北疆！然後……他還沒有給我馬，不給我銀子，就給了我一個叫王三的名字，是不是想讓我自己去報名從軍，去北疆？」

司馬平眉頭一緊，也琢磨出不對味來。

呂元鵬想去南疆參加白家軍也是為了追隨白卿言，而呂元慶告訴了呂元鵬如今白卿言人就在北疆，意思的確再顯然不過。呂元鵬想了想：「不如，我們去北疆吧！你新身分準備好了嗎？」

司馬平點了點頭：「馬三！」

呂元鵬：「……」怎麼都是三，現在取假名字都這麼隨意了嗎？

「你換身衣裳，咱們現在就去城北外的軍營徵兵處報名入營。」呂元鵬說著將自己背上的包袱拿下來解開，將一套衣服塞到司馬平的懷裡，「你快去！換好咱們就走！」

司馬平上下掃了眼呂元鵬身上那灰撲撲的衣服，懷裡抱著帶著補丁的衣裳有些不大願意，但還是去換了。

司馬平走之前，他的父親專門叮囑，讓他一定要跟緊呂元鵬，因為呂相一定會派人暗中保護，他也能因此受益。再者，要是真的讓呂元鵬一個人去了北疆戰場，司馬平可是真不放心。

在這個大都城中，司馬平看著和誰都親近，可真被他當成朋友的，卻只有看起來好騙又不怎麼聰明的呂元鵬而已，他可不願意失去這個朋友。此去北疆戰場路途遙遠，他要是不跟著，呂元鵬被人賣了都不知道。想到這裡，司馬平抱著衣裳去樹後更換妥當，也全無翩翩佳公子的風流模樣。

呂元鵬看著和自己一樣灰撲撲的司馬平，捂著嘴偷笑，見自己的駿馬和包袱都已經不見了，只剩下一把劍被呂元鵬抱在懷裡，司馬平皺著眉問：「我的馬和包袱呢？」

「哦……看到了兩個乞丐，送他們了！」

司馬平深吸了一口氣，閉上眼平靜了下自己心中翻湧的怒火：「元鵬……那個包袱裡，有咱們倆的盤纏！五百兩呢……」

呂元鵬一怔，隨即清了清嗓子道：「嘿！咱們倆是去軍營，跟著部隊走的，難不成還能把咱倆餓死嗎！一看你就沒有去參軍的誠意，你說咱倆穿成這樣的普通老百姓去軍營，身上帶五百兩銀子合適嗎？沒經驗！走吧……」

「好！」司馬平皮笑肉不笑地攥緊了手中的錦緞繡花衣衫，「到時候你可別哭！」

晉軍軍營可不像白家軍軍營，若是無銀子上下打點，又不暴露身分求庇護，那最累最髒的活肯定是他們幹，希望到時候呂元鵬還能堅持得住。

司馬平去城內的當鋪，將自己那一身衣衫當了，同灰撲撲的呂元鵬背著小包袱，徒步往城北走。誰知剛走出沒幾步便被平時一起玩兒的紈褲給認了出來，那紈褲從馬背上下來，圍著司馬平和呂元鵬笑得前俯後仰：「你們倆這是幹什麼呢？」

「隱姓埋名去參軍！」呂元鵬回答的一身正氣，「去北疆，把樑狗趕回樑國去！」

似乎被呂元鵬這一身正氣所感，那群紈褲紛紛下馬，沒想到呂元鵬竟也有這樣的男兒血性，有人想了想一時心血來潮竟喊道：「哎！我說我們平時總玩兒在一起，不如也一起去參軍吧！」

「別胡鬧了！我們是去參軍，又不是去玩兒的！」呂元鵬昂頭挺胸。

「你這麼一說，我還真想去了！諸位……連最喜歡胡鬧的呂家元鵬都要去參軍了，咱們還能在這大都城裡風花雪月嗎？我們也去！把樑狗趕回樑國之後，再來舉杯歡慶！也有能拿的出手的經歷和人家花樓姑娘吹噓啊！」

「說得輕巧，你們誰家祖父爹娘能同意你們去參軍？」司馬平雙手抱臂，抬眉輕笑。

「那你們倆怎麼讓你們祖父爹娘同意的？」有紈褲問。

「這還不簡單，偷偷去啊！隱姓埋名，我叫王三！司馬平叫馬三！」呂元鵬得意洋洋道。

「那我們也能偷偷去啊！反正這一次徵兵的募兵令說不論什麼身分都能去，就連乞兒也行！我們胡編亂造說沒戶籍，說不定還給我們落個籍！我就叫李三了！」

「你們這位身衣服哪兒來的？」

「就是啊……衣服哪兒來的？咱們也去弄一身穿穿！」

「那我叫於三吧！」一群紈褲說說笑笑，或是因為一時衝動，或是因為想和呂元鵬司馬平一起玩鬧，竟然都換上了普通老百姓的衣服鞋子，一起浩浩蕩蕩前往軍營參軍去了。

呂相下朝回來，聽說大都城以呂元鵬為首的那群紈褲，今日一同浩浩蕩蕩換了平民的衣服去城北兵營報名參軍去了，呂相額頭突突直跳。

明明讓呂元慶叮囑了，要呂元鵬悄悄去！悄悄去！怎麼還弄出這麼大的動靜！

如今紈褲參軍，已經成了大都城街知巷聞之事。

他這個孫子總是不著調，行事出人意料之外，簡直讓呂相頭疼不已。

可是，呂相靜下心來想一想，這樣也好，事情鬧大了……皇帝也就知道並非是呂相有什麼盤算才讓孫子去軍營，而是呂元鵬胡鬧，偷偷溜出了家帶著那一干紈褲去投軍，要去參軍將樑軍趕出晉國，皇帝聽聞想必也會高興吧！

也幸虧呂元鵬沒說要去北疆追隨白家姐姐這樣的話，否則皇帝怕是又要疑心了。

呂相端起茶杯，抿了一口，長長呼出一口氣。反正呂元鵬是大都城出了名的紈褲，他胡鬧投軍……皇帝必不會將他放在心上，只希望呂元鵬能爭氣一點，別到最後吃不了苦回來了，若是他能在軍中闖出一片天地，也算是他們呂家的造化。

「相爺！相爺不好了！巡防營統領範餘淮上門來哭喪著臉，說求相爺管管元鵬少爺，別把他們家獨苗帶去北疆戰場，不然范大人擔心老娘親和他拚命！」

「相爺！相爺不好了！壽山公他老人家親自來了，說求相爺讓咱們家元鵬少爺將他小重孫子放回來……」

呂相手中茶杯一抖，忙站起身來：「快先請壽山公和范大人進來……」

今日天色陰沉，風尤其大。白卿言跟著劉宏騎馬在龍陽城與樑軍大營間的龍母河等候荀天章。

不多時，荀天章立在戰車之上緩緩而來，趙勝騎馬帶著一隊精銳在一旁相伴。

劉宏讓人將昨夜入城的趙家軍探子頭顱，送到荀天章的面前，笑著道：「荀將軍若是想知道我晉軍什麼軍情，何苦如此麻煩派人入城來探？不如問我和白將軍，劉宏定然知無不言……言無不盡。」來之前，白卿言專程叮囑了劉宏，態度要強硬，且務必要給樑軍限時，表示晉軍開戰的急切，樑軍才會相信晉軍援軍已到。

荀天章視線落在那些趙家軍的頭顱之上，用力握緊了戰車扶手，看向騎於馬上一身銀甲，眸色冷漠淡然的白卿言。看來，晉國的援兵果然是到了，所以才敢如此強硬，否則……定會如張端睿那般遲疑不夠果決。

趙勝握著韁繩的手一緊，鷹隼般銳利的眸子凝視著活捉了他弟弟趙同的白卿言，似恨不得將白卿言生吞活剝。

「昨日我軍已休整一日，不知荀將軍可休息好了，能否一戰啊？」劉宏眉目含笑說的十分輕鬆彷彿勝券在握，「還是荀將軍糧草被燒，如今要等糧草到了之後才能一戰？」

提到糧草被燒之事，荀天章心口就疼得厲害。

他專程沒將糧草運往大營，怕的就是晉軍襲營之時糧草損失，沒想到還是讓人把糧草給燒了。

荀天章沉住氣，笑著看向白卿言：「小白帥過往打仗排兵布陣的作風，老夫都有好好揣摩過，原以為小白帥擅長偷襲之戰，沒想到此次晉軍換了主帥，竟也耐得住性子只是派人去燒了我軍糧草，沒有前來襲營。」

白卿言抬起暗藏鋒芒的眸子看向荀天章：「今日必去。」

劉宏握著轠繩的手一緊，唇緊緊抿著。

荀天章看到劉宏的反應，哈哈哈直笑，朝著白卿言的方向拱了拱手：「那老夫今夜就在營中恭候小白帥了！」

劉宏不等白卿言回答，便對荀天章道：「荀將軍要等到糧草一到休整好了，才能一戰！可我晉軍等不得，本帥給荀將軍三日，三日之後，荀將軍若是還不應戰，那本帥可就要帶兵強攻了。」

白卿言垂著眸子沒有吭聲，劉宏不斷提及糧草，且態度強硬，催促其三日之內準備應戰，似乎是想要……劫樑軍糧草。

「自然！」荀天章命人將趙家軍兵卒頭顱帶回，雙方掉頭回各自營地。

劉宏眉頭緊皺，問白卿言：「今夜，郡主真的要去襲營？可郡主為何先一步對荀天章說此事？如此……他們定有所防範。」

「荀天章生性謹慎，我既然說了今日要去，他必會有所安排，設伏兵等著我，讓他們去折騰吧！等林康樂將軍和王喜平將軍回來，火神山戰報傳過去，荀天章就知道今日我們已經去過了。」

「不過剛才荀天章說起郡主你慣用的戰法，我覺得郡主可以帶兵前往樑國運送糧草的要地設伏，劫了或是燒了他們的糧草！沒有糧草……樑軍必會潰不成軍。」劉宏瞇了瞇眼道。

「末將想過，不過從樑國到春暮山，再到樑軍大營，運送糧草並非只有一條路可選，若是想要劫糧草，那便需要多地設伏，分散我晉國兵力，說不準荀天章會趁這個機會，以糧草為誘餌，將我晉軍分散，分而吞之。」白卿言道。

劉宏點了點頭：「郡主所言極是，可就白白放過了這次機會，就這麼看著他們將糧草運到，對我晉軍不利啊！」

「那便派人提前將其他運糧之路封死，只留一條路，但如此一來……便是要正面同大樑主力對上，若是您有必勝把握，倒是可以一試。」

荀天章今日在龍母河旁，便已經察覺了龍母河的風很大，暴雨即將要來，回營之後立刻讓人送來了龍陽城的地方誌。龍陽城靠近龍母河，六月下旬開始多雨，且龍母河進入汛期。

荀天章手指在地方誌上點了點，龍陽城地勢低，若是能設法在汛期到來前挖好溝渠，水淹龍陽城……這必是能將樑軍損耗減至最少的辦法。

荀天章抬起頭來看向帥帳外遠處似已隱隱看到黑雲翻滾的天，眼眸放亮，只覺時不我待，當機立斷：「傳杜將軍過來！」

荀天章交代樑軍將領，今日入夜之後，點兵立刻前往龍母河，不論付出怎樣的代價，一夜時間，必須挖好渠。

荀天章安排好今夜挖渠之事，整個人疲累跪坐在主帥几案前，他閉上眼反覆回想今日與晉軍主帥劉宏還有白卿言會面之事。不論白卿言今夜會不會來襲營，他都要做好萬全準備。

大營之中留五千人，其餘人除了杜將軍帶走挖渠的將士之外，埋伏於營外，若是白卿言敢來……定讓她有去無回。很快，荀天章命自己兒子傳令做準備。

趙勝接到在營外埋伏的命令之後，前來主帥大帳請見荀天章，說起糧草之事，擔心晉軍會劫他們的糧草。

荀天章低笑一聲：「真是如此，反而正合我意了，派人前去幾條送糧要道盯著，若是晉軍真的分散兵力在各個運糧要道設伏，我們大樑兵力數倍於他們晉國，正好將晉軍分而吞之！」

趙勝頷首：「末將這就派人前去盯著！」

運糧要道、挖渠之事，還有今夜設伏，三件事安頓好，荀天章終於散了勁兒，雙手撫著几案劇烈咳嗽了起來。

他抓起几案上的帕子掩住口，只覺口腔裡一股子腥甜沖上來，他挪開帕子一看，上面一口鮮紅。荀天章忙用帕子將嘴角鮮血擦去，緊緊將帕子攥在手心裡。

當日傍晚晉國守將符若兮，率安平大營援軍抵達龍陽城，於城外駐紮。

援軍一到，劉宏頓時就有了底氣，立刻將眾將領召集在一起，商議退樑軍之法。

劉宏知道自己行軍打仗能力一般，但他有一點好處，便是能聽得進去他人意見。

派去看著樑營的探子突然來報，樑軍大營有人帶兵出營。

「往哪個方向？」白卿言心提了起來。

「似乎……是往火神山方向！」探子道。

白卿言心一下提起，又問：「可看清楚了帶兵的是何人，兵力多少？」

「帶兵之人未明，兵力約莫兩萬！」

白卿言轉頭看向劉宏：「看來林康樂將軍和王喜平將軍帶兵前往火神山救人之事，已被荀天章知曉，請主帥派我帶人即刻前往火神山馳援！」

劉宏緊抿著唇，思慮半晌開口：「還是辛苦符若兮將軍帶兵走一趟，郡主留於營中，與我等商議退樑之事！」留下白卿言，劉宏並非故意阻攔她，而是白卿言乃白家子嗣，深諳用兵之道，雖然白卿言年紀小，可用兵方面劉宏打從心底裡還是依仗白卿言的。

白卿言拳頭緊了緊，對符若兮將軍拱手：「那便辛苦將軍了！」

符若兮將軍這些年鎮守戎狄，對戰經驗豐富，一定能救回小四！

「郡主放心！」符若兮領命，立刻帶人疾馳火神山方向。

「郡主，剛才你說龍母河……」劉宏追問。

白卿言心跳極快，但還是穩住心神，站在沙盤前，繼續同劉宏與諸位將軍說起樑軍恐會水淹龍陽城之事。「今日龍母河之上，樑軍主帥荀天章一定已經注意到龍母河汛期即將要到，龍陽城地勢低，恐怕荀天章會用水淹龍陽城之法取勝，還請主帥下令，命晉軍幫扶百姓儘快收割麥子，疏散百姓。」她道

「提前收麥，疏散百姓？那萬一樑軍並未打算水淹龍陽城呢？」有晉國將領提出疑問，「況且，若樑軍有動向，我們探子定會提前回來報知！郡主擔憂為時過早了，不過白白浪費力氣！」

白卿言也不爭辯，只極為肯定道：「是與不是今夜還請主帥，派人去龍母河一探便知！」

「若是樑軍主帥真的要水淹龍陽城，難道我們就只有疏散百姓這一條路可走？」劉宏望著面前沙盤細想之後看向白卿言，「與其耗費人力提前收割麥子，不如我們提前在龍母河設伏，將前

去挖渠的樑兵了結在龍母河！」

白卿言似乎早已想過此法，望著劉宏道：「此法倒也可行，不過若是不能將荀天章派去挖渠的樑軍全殲，哪怕只剩一個逃回樑營，反倒打草驚蛇，讓我們晉軍處於被動。言倒是以為，還是提前收麥疏散百姓要緊，渠讓樑國去挖，屆時設法將樑軍引入龍陽城，就用樑軍辛苦挖的渠，來對付他們樑軍。」

「郡主這個辦法最主要的便是引樑軍入城，可若樑軍不入城呢？」有將領眉頭緊皺頗為不贊同道，「樑軍不入城……便是枉費心機！前次樑軍攻下春暮城和濮文城燒殺搶掠了一番，便離開，並未在城中駐紮！屆時樑軍水淹龍陽城，損失的……可是我們晉國！」

「郡主已有想法？」劉宏倒是對白卿言十分有信心，只覺白卿言絕不會無的放矢。

白卿言點了點頭：「即刻放出流言，就說龍陽城內藏有春暮城與濮文城兩城被攻占之前運走的財寶，天下第一富商蕭容衍的宅子就在龍陽城內，有密室暗道藏珍寶無數，財帛動人心……樑軍軍營之中必然有將領會想攻下龍陽城，搶先入城將財寶占為己有。」

「之後，再請主帥派人將樑軍運糧的糧道全部搗毀，只留靠龍陽城近的這一條……」白卿言點了點沙盤中的幾條糧道，「荀天章為護糧草周全，便必會派重兵護此糧道，以防晉軍劫燒樑軍糧草的同時，吞掉前往埋伏的晉軍！」

白卿言手指沙盤中樑軍此時所在之地，語聲快穩，眸色堅定，似胸有成竹：「此時我晉軍主力盡數前往樑營襲營，務必要讓樑軍看到主帥和晉國戰將都在，以為我軍主力攻營，引荀天章護糧道重兵回營馳援，我軍再佯裝敗走，一路且戰且退將其引入龍陽城，假裝不敵潰敗逃出城！」

「此時的樑軍能不在城中搜一搜財寶？畢竟淹不淹龍陽城全憑荀天章一聲令下！待他們樑軍

在城中搜斂財寶之時，可派林康樂將軍繞至龍母河，掘開渠口……水淹龍陽城！」

白卿言細看過軍報，樑軍入春暮城和濮文城兩城時，荀天章都給了三天的時間燒殺搶掠，他們有時間來水淹樑軍。

劉宏聽著白卿言的口述，心中熱血頓時澎湃起來，用力拍了一下沙盤邊緣案木：「好！」

「沒想到郡主竟然已經想的如此詳盡，末將佩服！」剛才持懷疑態度的將領朝著白卿言抱拳。

一身銀甲神容鎮定自若的白卿言頷首，全無洋洋自得之態，聲音平和從容：「主帥可現在便派人前往龍母河蹲守，天黑之後……樑營必會有所動靜！」

白卿言將此時荀天章可能考慮到的作戰方略，全都考慮了進去，再三推演之後，認為唯有此法能勝樑軍，且晉軍傷亡最小。水淹龍陽城，雖然要計較重新修建龍陽城所需耗費的人力物力，可在白卿言看來，人才是最重要的。只要有人在……重建城池不是難事。

就怕兩軍交戰，晉軍將士死傷過多，那才是真正的損失。就如同南疆一戰，若非因信王誤國，晉國數十萬將士葬身南疆，晉國兵力大損，大樑此次敢出兵攻打晉國嗎？

劉宏已經派人傳信從大都前往龍陽城的援軍，星夜疾馳不得有誤。如此等水淹樑軍之後，才好合力將樑軍殘兵趕出晉國。

臨近酉時，城外大風忽大忽小，天色陰沉不見日光，已然暗了下來。

眾人靜待火神山方向的消息，也在等著龍母河那邊的消息。

白卿言心焦不已，立在城牆之上往火神山方向眺望，見火神山方向隱隱似有火光，一顆心提到了嗓子眼，決定親自去一趟。

她轉身正欲去向劉宏請命親自前往。

「白將軍！」有晉兵喊了一聲白卿言，手指向遠處。白卿言轉身，順著晉兵手指方向看去，見有騎兵從火神山方向疾馳而來，旗幟翻飛，馬踏灰揚，沙塵滿天。

白卿言沉住氣，拉弓搭箭，高呼：「弓箭手準備！」白家護衛也拿起弓箭，搭弓瞄準遠處。來者雖然高舉晉軍大旗，可人未臨近，未看清楚還需防備。

龍陽城城樓上方吹響號角，全城戒備，以防敵軍來犯。

劉宏率晉國眾將士騎馬而來，直奔城樓之上往遠處眺望。「好像是我們的人！」

白卿言拉弓姿勢未收，眸色幽沉：「等靠近看清之後再說！」

兩軍對峙之中，對方又是荀天章那樣不擇手段的主帥，還是需要小心。

馬蹄聲越來越近，當白卿言看清帶兵快馬衝在最前方的是渾身帶血的林康樂、王喜平，還有符若兮將軍。符若兮身後跟著的騎兵，馬背上幾乎都是兩人，想來是將火神山的晉軍帶回來了。

可全城依舊保持高度戒備，直到騎馬在最前方的符若兮拎著樑國戰將顧善海的頭顱，高呼：「末將符若兮，火神山馳援歸來！斬獲樑軍戰將顧善海頭顱！」

沒想到符若兮如此英勇，救人之餘……還斬了樑軍猛將頭顱！

劉宏高興不已喊道：「快開城門！」

白卿言迅速衝下城樓，白家護衛立刻跟上。

眼看著城門打開，符若兮、林康樂、王喜平騎馬進城，符若兮一下馬便道：「快準備吃的喝的！被困火神山的兄弟們都餓壞了！」

說完，符若兮疾步朝著神色緊張的白卿言走來，抱拳對白卿言道：「郡主，樑軍突然馳援，高義縣主……為了被困近半月的晉軍兄弟們，帶人將樑軍引開深入深林，如今樑軍放火燒山，山下圍困，屬下無能實在沒有辦法救出高義縣主，只得先回來！還請郡主恕罪！」

「郡主放心！」王喜平抹去臉上煙灰道，「杜三保帶了一營人正在山中搜尋高義縣主。」

白卿言握著射日弓的手一緊，頓時寒意叢生，脊柱戰慄，她緊咬著牙一語不發，解開纏繞在雙臂上的鐵沙袋，疾步上前扯住韁繩一躍上馬：「白家護衛軍！上馬！」

「是！」白家護衛軍聲如洪鐘。盧平咬緊了牙關，帶白家二十護衛軍一躍上馬，全身沸騰的殺氣，要隨白卿言一同奔赴火神山救白錦稚。

「郡主！」符若兮心懷愧疚喚了一聲。

「郡主！」劉宏睜大了眼高呼，上前一把拽住白卿言馬匹的韁繩，高喊道，「郡主！樑軍燒山，高義縣主已無生還可能！連符若兮將軍都沒有辦法，郡主你即便是去了也是送死！」

「所以，將杜三保他們一營人留在那裡，是為了讓他們去送死？」白卿言眸色夾霜裹冰，用力扯回韁繩。

劉宏一咬牙，擋在了駿馬之前，為阻白卿言趕往火神山送死，高聲喊道：「郡主與杜三保等人不同，雖然我為晉軍主帥，可郡主將帥之才，乃我軍制定行軍方略之人！杜三保可死！但郡主不能有閃失！」

「讓開！」白卿言怒不可遏，她救妹之心如焚，雙眸發紅，不欲逞口舌之利與劉宏爭辯，揮鞭駕馬直直朝著劉宏方向衝去，「駕！」

「主帥小心！」符若兮衝過去直接將劉宏撲開。

白卿言所駕駿馬一躍而起從劉宏與符若兮身上越過。

劉宏還未站起身，便高呼道：「攔住鎮國郡主！」主帥一聲令下，眾將士不要命似的上前用肉身堵住城門，白卿言坐下駿馬揚蹄嘶鳴，生生停住了步伐。

「惡為一己私慾殺一人，善為天下萬民殺百人，即便是捨你四妹救晉國邊民，又有何不可？鎮國王白岐山，為護晉民不讓敵軍亂軍心，舉箭射殺白家五位公子！而你只囿於救眼前一人，你還配得上『鎮國』二字?!」

劉宏匆匆起身，一邊朝白卿言衝來，一邊喊，喊得聲嘶力竭，頸脖經絡凸起，上前再次扯住白卿言的韁繩：「郡主！大局為重！數萬邊民為重啊！」

「晉軍行軍方略已經定下，劉宏將軍依計行事難道也不會？晉國眾將士真的無用到需要我一個女人才能勝！」

「郡主今早與我說，不論是白家人還是晉國將士，還是我！來這裡都是為了保境安民四個字！高義縣主也是！郡主為高義縣主一人前去涉險，這是高義縣主想要看到的嗎？高義縣主想要看到的是將樑狗趕回他們樑國去！」劉宏語速又快又急，「郡主乃是百年難得一見的將帥之才，絕對不能有所閃失！用這樣的將帥之才，去換活下來機會微乎其微的高義縣主！值得嗎?!」

「白家高義……若是犧牲一己之身能保全同袍平安，白家都願捨生取義！所以高義縣主才會捨身引樑軍入深林！我相信高義縣主與鎮國郡主情深，必不希望郡主前去涉險！」

白卿言用力扯回韁繩：「你若與我說義，那我便告訴你什麼是道義！白家軍的道義，是絕不捨棄任何一個同生共死的浴血同袍！這才是白家軍奮勇無畏死，放心將後背交於同袍，敢為大局自涉險境的因由！這……更是白家軍之所以長勝不敗的因由！今日困在火神山的即便不是我四妹，是晉軍之中任何一個為救同袍捨生忘死之人，白卿言亦會捨命相救！這無關善惡，無關值與不值！這才是信念！這才是道義！今日戰場之上你可以捨一人，他日你便可捨萬人！這和荀天章這樣視將士性命為無物的主帥又有何區別？」

剛剛從火神山上奔襲歸來的晉軍將士們聽到白卿言的話，不知為何心頭熱血奔湧。

身為晉軍，他們曾經豔羨過常勝不敗的白家軍，原來白家軍常勝不敗，是因為知道同袍不會拋棄他們，所以敢於將後背交給同袍，敢於……自涉險境。

劉宏身側手指未動，突然便想起白家軍那首軍歌來！

共生共死……說的，便是白家軍這種不捨棄同袍之情。

「你若與我說情！被困火神山的那是我四妹，我是長姐！護住白錦稚的責任比我的命更重要！即便叫我身首異處死無全屍來換她一絲平安之機，我也甘之如飴！」白卿言咬緊了牙關，幽沉的眸子鋒芒畢露，掃過攔路的晉軍，「我不欲與自家同袍刀兵相向，速速讓開！我只帶白家護衛，不帶晉軍一人！若有人敢阻……可別怪我失手傷人！閃！」

白卿言殺意森森的一聲「閃」，震懾住齊齊將她攔住的晉軍，紛紛讓開路。

劉宏知道白家軍的作風，再看白卿言態度強硬，知道不能再攔，他側身讓開路。

白卿言急火焚心，劉宏一讓便帶白家護衛軍疾馳而出。

劉宏拳頭一緊，高聲道：「王喜平將軍，命你帶人輕裝護送郡主前往火神山救人！務必……護郡主和縣主周全！不要戀戰，救了人，立刻折返！」

「是！」王喜平眼眸發亮，高聲領命，解甲一躍上馬，高呼，「晉軍將士們！敢隨本將前往火神山同鎮國郡主救人者，即刻解甲上馬！」

「是！」剛剛從火神山狂奔而歸的晉軍將士們，凡聽到王喜平所言，齊齊應聲脫甲，聲撼九霄。

時間緊迫，白卿言已先一步出發，王喜平來不及點兵。且今日帶去的大多都是林康樂麾下親兵，王喜平的兵未在，點兵集合耗費時間，王喜平又擔心白卿言只能採取自願。

「安平大營柳平高，願率營跟隨鎮國郡主王喜平將軍救人！」安平大營來的將領一躍上馬，帶隊狂奔出城。

「飛熊營王金，願率營跟隨鎮國郡主王喜平將軍救人！」張端睿麾下親兵營長亦是上馬高呼，帶人朝城外飛馳。眾將士翻身上馬，人數之多遠超兩千人不止，劉宏心中駭然。

有這樣願與將士們同生死，不放棄任何一個血戰同袍的將軍，將士們怎麼會不誓死效忠？難怪……白家軍都忠於白家，至死不渝。

白卿言一騎當先，衝在最前，她就應該在知道小四消息時，第一時間衝去火神山救她！

她明明知道，不該寄希望於旁人，明明知道不該把自己重要之人的安危交到旁人手中，可是她竟然還是把小四的安危交到符若兮的手上。蠢！蠢！簡直蠢得令人髮指！

他們那些人是晉軍，並非白家軍！他們只會權衡利弊來考量得失，該放棄小四的時候絲毫不會猶豫。小四出了哪怕一點點意外，她這輩子都不會原諒她的愚蠢。

風沙不斷從白卿言臉上刮過，她宛如不知疼，隨著越來越靠近火神山，白卿言甚至能聞到火神山方向傳來的焦味，心如油滾。她只求沈青竹能帶著白錦稚再多撐一會，哪怕是刀山油鍋，粉身碎骨，她一定闖過去將她們救回來！

天已漸黑，白卿言抄極為險阻的近道小路快馬而行，山崖陡峭，風聲就在峭壁一側不見底的深淵之中呼嘯，馬蹄踏過打滑，碎石頃刻簌簌滾落，一路險象環生。

盧平帶著二十位白家護衛軍緊隨白卿言其後，絲毫不敢放慢速度，拿命與時間博弈。

不論再難，他們都得儘快趕到火神山去救白家四姑娘白錦稚！哪怕……長途奔襲而去可能希望渺茫，但……能快一瞬，希望就多一點。

火神山。白錦稚架著為護她身受重傷暈厥過去的沈青竹，一手持劍撐地，身形已站不穩搖搖欲墜，杜三保等人將白錦稚和沈青竹護在身後，滿目戒備看著堵住他們去路的樑軍，已然顯露精疲力竭之態。

白錦稚又餓又累，體力已到極限，全身痠軟提不起勁，幾不可察向後退，可背後火光沖天，帶著熱浪的火舌高低亂竄，甚至已經開始試探著去碰白錦稚的後背，雖然衣物未燃，可那火燒火燎的熱浪依舊烤得人皮膚生疼。背後是足以吞人的火，前方是樑軍，他們彷彿已經陷入絕境。

甲冑帶血的趙勝手持銀槍立在最前方，開口道：「只要你們降，便可活！我們樑軍不是你們晉國的鎮國郡主，不會殺降俘！我也只是要用你們護著的高義縣主……去同鎮國郡主換回我的弟弟而已！何必死戰？」

趙勝目光冷肅，指了指被白錦稚扛著的沈青竹：「你們之中，最厲害的已經倒下了！再拖下去性命堪憂！明明都能活，卻非要死……我是真不明白這是為什麼？」

除杜三保以外的晉軍將士已經開始動搖，看向杜三保：「十夫長……」

「放他娘的屁！他是樑國趙家軍，樑國趙家軍怎麼對付降俘的你們沒聽說過嗎?!是死不了，但卻都生不如死！」杜三保緊緊咬著牙。

趙勝唇角勾起笑了笑：「不如這樣，你們也別頑抗了！把高義縣主交給我！你們都可以走！我這裡有五百人，山下還有幾萬人！一人一腳都能踩死你們！」

「白家軍……寧死不降！」白錦稚說完，咬緊了牙，架著沈青竹，轉身欲衝進火中。

趙勝眸色一沉，高呼：「拿下！」

樑軍齊上，晉軍剛剛因為趙勝的話已無再戰的心力，幾乎是瞬間被制服。

剛衝入火中，被火撩燒到遮擋臉部手背的白錦稚，被趙勝扯住衣領一把拽了回來。

白錦稚早已經力竭，被趙勝這麼一扯，和暈厥過去的沈青竹一同倒地。

「青竹姐！」白錦稚掙扎起身要撲過去扶沈青竹，卻被趙勝一腳踩在脊背上，將其踩了回去。

趙勝抬起陰鷙的雙眸，看向還在奮力抵抗的杜三保，高呼：「磨嘰什麼！除了我腳下的這個，其餘的都殺了！」

被俘晉軍聲嘶力竭：「你剛說投降不殺的！」

白錦稚已然力竭，無法撐起自己的身子，眼前只有杜三保還在奮戰嘶吼的模糊身影，和跌落在不遠處手指動了動的沈青竹。

很快，杜三保體力不支，被樑軍制服按壓跪在地上，他眼前視線模糊，順著睫毛流淌而下的滴滴答答全都是血。

一樑卒舉刀，寒光畢現。杜三保意識逐漸模糊，心裡不禁感慨……火神山竟然要成為他的葬身之地，他原本還想要當大將軍的，看來只能是下輩子了。

白錦稚嘶吼著用力握緊長劍，撐地想要撐起身子要去救杜三保，趙勝唇角盡是冷冽笑意，腳下一用力又將白錦稚給踩了回去。

舉刀樑卒，手起……刀還未落，只聽得一聲箭矢帶哨的呼嘯聲從樑卒頸脖穿過，直插帶火樹幹之中，箭尾白羽顫抖不止，舉刀樑卒瞪大了眼，喉嚨頓時鮮血噴濺如泉湧，直愣愣倒地。

趙勝一驚，拔劍高喊：「戒備！」

白色駿馬踏人揚蹄一躍，以風雷之勢衝來。白錦稚睜大了眼，看著銀甲映著火光之色的白卿言，不知為何頓時熱淚翻湧，哭出聲來，嘶啞著嗓音高聲喊：「長姐！」

被圍困半月之久，樑軍派人把守水源，他們只能吃生肉飲血來活命時，她沒哭！毅然帶沈青竹衝進火海，一心求死時，她也沒哭！可一看到長姐，不知為何，彷彿脆弱的不堪一擊。

駿馬之上的銀甲女子，甲冑寒光凌厲，搭箭拉弓，面色鎮定瞄準趙勝……

四目相接短短一瞬，趙勝睜大了眼，電光石火之間，身體先行反應過來急速一退，翻身滾至一旁，可羽箭還是直直貫穿了他的鎖骨，卡在厚甲之中，力道之大震得他頭嗡嗡直響，若剛才他慢一瞬，被貫穿的就是他的喉嚨了。

緊隨白卿言身後的白家護衛軍，紛紛駕馬而來救人。

沒有射死趙勝，卻將其逼開，白卿言扯住韁繩，馬嘶揚蹄，俯身一把拉住白錦稚伸長的手臂將她拽上馬。白錦稚橫趴在馬背上，扭頭看著白卿言哽咽喚了一聲「長姐！」，便再也支撐不住，眼前一黑暈了過去。

盧平下馬，正要將失血過多的沈青竹扶上馬，就見一樑卒朝盧平舉刀。白卿言反手從箭筒抽箭，搭箭、拉弓、放箭，速度快到只剩一片殘影，精準射穿那樑卒喉嚨，厲聲道：「撤！」

白家護衛軍騎馬來的太突然，樑軍沒有防備，被嚇了一跳，眼睜睜看著訓練有素的白家護衛軍將晉軍拽上馬，便狂奔而去。

白卿言有命，此次救人為主，不要戀戰，救人之後直衝棧道，不與樑軍交手。

白家護衛軍謹記白卿言之言，救了人就走，絲毫不做戀戰姿態。

見救人的白家護衛軍悉數騎馬撤退，白卿言這才收弓調轉馬頭，墊後掩護眾護衛軍揮鞭而去。

趙勝掰掉箭尾，按住鮮血之流的傷口，咬牙高呼：「弓箭手！給我射！」

弓箭手立刻搭弓拉箭，朝著白卿言一行人逃離的方向射擊，可白卿言一行人只顧奔逃，速度極快，加上此次趙勝只帶了少數弓箭手前來追捕，完全射不到逃竄經驗豐富的白家護衛軍。

「追！」趙勝用劍撐起自己的身子，咬牙切齒道。

「報！」山下樑軍兵卒衝上山，跪地稟報，「稟報趙將軍！山下晉軍來攻！我軍群龍無首，請將軍立刻下山……」

晉軍竟然還敢折返來攻！趙勝看了眼白卿言一行人快要消失的身影，咬了咬牙，錯失今日，不知何日能殺白卿言！「下山！」趙勝立刻帶兵下山。

山下交戰的王喜平，見山上有著星星點點的火光向山下移動，王喜平便判斷白卿言已經將人救出，即便是白卿言還未將人救出，正好他可以帶兵撤退，引樑軍追襲，給白卿言救人時間。

王喜平立刻高呼：「撤！快撤！」王喜平調轉馬頭，帶著騎兵急速撤退。

第十章 名副其實

龍陽城內，劉宏坐立不安，就立在城牆之上，靜靜等著。

夜黑風高，不見明月，冷風陣陣夾著濕意，暴雨將至。

劉宏凝視城外高低起伏的山丘，不見半點火光，只有火神山方向天際一片通紅。

正如白卿言所料，樑軍入夜之後竟派數萬之眾卸甲前往龍母河旁挖渠，果然是要水淹龍陽城。

不過晉軍也沒有閒著，劉宏按照白卿言吩咐，今夜便派人將百姓轉移至龍陽城和幽化城之間的高山之地。

派一萬人分五路，前去搗毀樑軍運糧通道。又讓林康樂帶人去收割麥子，務必要在今夜將麥子全部收完。在黑夜的掩蓋下，樑軍和晉軍，都在悄無聲息的行動著，為戰事做準備。

到此，劉宏已不得不佩服白卿言的目光深遠，算準了荀天章要用何種方式來對付他們晉軍。

其實劉宏也想了，若非白卿言在南疆一戰以少勝多，大勝西涼，立下戰功，以鎮國郡主的年紀來說，即便鎮國郡主出身白家，他恐怕不會相信鎮國郡主。正是因為西涼之戰依靠鎮國郡主白卿言大勝，劉宏才會如此在意白卿言所言，也才覺得晉國如今絕不能再失去這樣的將才！

「算時辰，也應該能一來一返了吧！」劉宏心中擔憂不已。

「主帥也別太擔心了！」受了傷包紮好傷口回來的符若兮勸道，「鎮國郡主一把射日弓箭無虛發，又有白家護衛軍和王喜平將軍帶兵相護，不會有事的！」

劉宏點了點頭。

龍陽城守城將軍急匆匆而來，稟報道：「主帥！南門來報，說外面來了一隊人，自稱是白家護衛軍，護送了一名女子過來，要求進城面見鎮國郡主，屬下特來請示主帥如何處置。」

劉宏轉過頭看向守城將軍：「白家護衛軍要見鎮國郡主？」

「正是！」守城將軍點頭。

如今白卿言不在，也不知道是真是假，萬一是樑軍派來的呢？

「讓他們在城外稍後，等郡主回來後問過郡主，在做打算！」劉宏說。

「是！」守城將軍應聲而去。

從火神山歸來，在傷兵營裡已治療包紮好的傷兵，面露擔憂，道：「不知道王喜平將軍能不能將百夫長救回來！」

傷兵口中的百夫長，便是杜三保。南疆一戰，杜三保因為欺辱紀琅華被奪了軍功，從百夫長降為十夫長。可在將士們心裡，杜三保驍勇善戰為人義氣，一直都是他們心中的百夫長。

「肯定能，鎮國郡主不是也去了嘛！你們忘了……剛才主帥阻止鎮國郡主前去救人的時候，鎮國郡主可是說了……白家軍的道義，就是絕不捨棄任何一個同生共死的浴血同袍！鎮國郡主肯定會將咱們百夫長還有高義縣主救回來的！」

「之前南疆之戰時，在傷兵營裡就聽白家軍說，鎮國郡主和咱們百夫長一樣，打仗時總衝在第一個！那白家的高義縣主更是為了掩護兄弟們順利平安逃出，帶人引開樑軍！能跟著這樣敢和將士們一起拼命，又不捨棄自家兵卒的將領打仗，心裡踏實，怪不得白家軍軍心那麼齊！」

「可不是，看看咱們那些高高在上的將軍們，永遠躲在最後面，就想著萬一咱們打不過死了，他們好快快逃跑！」

原本在杜三保手下，如今是百夫長的傷兵道：「不過話也不能這麼說，打仗咱們兵出力，將帥是指揮，分工不同！」

晉軍湊成一團正在議論，就聽城樓之上突然有人高呼：「回來了！回來了！鎮國郡主回來了！後面是王喜平將軍！」

劉宏心下一鬆，喊道：「快開城門！」

龍陽城內等候消息還未休息的兵卒全都站起身來，伸長了脖子往城門看。

烏雲蔽月，狂風大作，皆是暴雨即將要來的徵兆。

一片漆黑之中，白卿言等狂奔而歸的一行人，並未點火把，一路迎風快馬直奔回程。

緊隨白卿言與白家護衛之後的，是王喜平所帶高舉火把的騎兵。

白卿言馬背上，是已經因為精疲力竭暈厥過去的白錦稚，大約是因為長姐在身旁，馬背上被顛了一個七葷八素也沒有醒來。半個月了，白錦稚的腦子始終緊繃成一條線，她在見到白卿言那一刻終於卸了力，再也撐不住暈了過去。

沉重的城門緩緩打開，繞城河上的吊橋伴著鐵鍊摩擦聲放下，白卿言一行人快馬衝進城中。

劉宏已經帶人從城樓之上下來，見白卿言與白家護衛軍一躍下馬，忙上前幫白卿言將馬背上的白錦稚扶下來，架著前往傷兵營。

「百夫長！」傷兵看到被救回來渾身是血趴在馬背上的杜三保，忙喊了一聲上前。

「先送他們去傷兵營！」白卿言道。

「是！」盧平下馬背起沈青竹就往傷兵營跑。

「郡主，辛苦了！」劉宏望著白卿言道。

隨後，王喜平率部歸來，一躍下馬，精神奕奕道：「我一看櫟軍下山，就知道郡主已經得手，立刻撤兵。」

回來這一路，風越發急，白卿言不免擔憂，問道：「大雨將至，不知主帥是否已經疏散百姓，派人前去收麥，毀櫟軍糧道？」

劉宏頷首：「放心吧！都已經派人去做了！果然和郡主預料的一般無二，櫟軍……是想要水淹龍陽城，且派去挖渠的人不少，怕是欲趁著天黑一夜之間挖好渠，意圖儘快結束龍陽城之戰。郡主快去休息吧！養精蓄銳，後面還有一場硬仗等著呢！」

「對了！」劉宏突然想到南城門外的白家護衛軍，「龍陽城守城將軍剛剛來報，說南門外有幾個白家護衛軍護送了一位姑娘前來，要見郡主！」

白卿言回頭吩咐離她最近的白家護衛軍：「你去看看！」

說完，白卿言對劉宏抱拳告辭，朝著傷兵營的方向走去。

回來這一路，白卿言檢查了白錦稚身上並未有大傷口，想來是因為太累才暈了過去，倒是沈青竹為護白錦稚傷得不輕，白卿言實在是放心不下。

白錦稚的確沒有大礙，就是太累太睏，睡著了，除了手背上的燒傷之外，其餘在身上的軍醫不好檢查，可脈象倒是還算平穩。

沈青竹身上刀傷、箭傷都有，加上筋疲力竭，實在是撐不住了才倒下，軍醫說情況有些不妙。

白卿言看著面無血色的沈青竹，對軍醫道：「拉一道簾子，我進去檢查沈青竹傷口，告訴你她身上的傷口情況，你教我應當如何處置。」

「可行！」軍醫頷首。

簾子拉好，白卿言剛脫了盔甲用熱水淨手準備進簾帳內，就聽到紀琅華的聲音：「大姑娘！」

白卿言回頭，見風塵僕僕的紀琅華小跑過來：「大姑娘！我在大姑娘出發後就緊跟著出發了，還是沒有能趕上大姑娘！」

紀琅華看了眼帳子：「是四姑娘受傷了嗎？大姑娘放心交給我！」

朔陽城時，紀琅華知道白卿言出發前往北疆，她趕忙收拾了行裝想同白卿言一起來北疆，畢竟上了戰場就難免受傷，白卿言和白錦稚都是女子，有她在也可以幫著療傷！

可等她到前廳時白卿言已經走了，還是董氏當機立斷，派白家護衛軍送紀琅華去追白卿言，誰知道這一追，從朔陽不下馬背星夜不歇，竟然追到了龍陽城都沒有能追上白卿言。

紀琅華的醫術白卿言信得過，有紀琅華在她就放心了，白卿言替紀琅華挑開簾帳，忙道：「是沈青竹！辛苦你了！」

白卿言未曾離去，就在簾帳裡給紀琅華幫忙。

等紀琅華處理完沈青竹身上的傷後，寫好了藥方，就那麼趴在桌子上迷迷糊糊睡了過去。

天還未亮，外面電閃雷鳴，暴雨隨之而來。

白卿言替沈青竹掖好被角，立在廊下看著這瓢潑大雨，憂心麥子不知道收完與否。

閃電燁燁，劃破黑夜那一瞬，能清楚看到低頭彎腰，冒雨在麥田裡收麥子的兵士們，和站在高處舉箭以防大樑探子來探的警戒兵。

今夜行動一定要快，要悄無聲息，這是軍令，人人都得遵守。

晉軍一夜之間收割了麥田，樑軍一夜之間挖好了大渠。

天剛亮，荀天章的兒子伺候荀天章剛喝完藥，便聽探子冒雨來報。

全身濕透滴答著雨水的樑將匆匆進帳，用手抹了一把臉上的雨水道：「主帥！探子來報，昨夜晉軍毀我樑軍運糧通道，只留平明道一條路，怕是要斷我軍糧草啊！」

荀天章拳頭一緊，沉默片刻，搖頭：「晉軍若是想要斷我軍糧草，應該將糧道全部阻斷，只留平明道一條路，分明是想引我軍分兵去平明道！」晉軍大約是想要先吞掉大樑前去護糧草的兵力，再吞掉糧草，那個時候……大樑兵士無糧下肚，怎麼打仗？

荀天章思索片刻，拿起帕子擦了擦因為苦藥泛酸的嘴角，沉著鎮定道：「主力前往平明道，將那裡的晉軍全部殲滅！招眾將領來帥帳議事。」

「是！」

「渠挖好了嗎？」荀天章轉頭問兒子。

荀天章的兒子點頭：「昨夜挖渠的兵卒剛回營歇下，兒子也已經派了一營人前去接管，只等父親一聲令下。幸虧父親昨日當機立斷，天還未亮就開始下暴雨，兒子虛活了這四十多年，可是從未見過如此大的雨！」荀天章的兒子想了想又補充道：「現下龍母河已經到了汛期最鼎盛之時，這雨只要連下一天，水淹龍陽城就有眉目了，一定能儘快消滅晉軍。」

荀天章又咳了幾聲，用帕子掩住唇，瞬間擦拭嘴角不讓兒子看到帕子上的血跡，強撐著打起精神：「速戰速決！只要能拿回玉山關，為父就死而無憾了！」荀天章時日無多，心中不免焦急。

「會的！」荀天章的兒子替父親輕撫著脊背，低聲道，「父親好好喝藥，咱們大樑銳士在父親的帶領之下，一定能夠拿回玉山關！」

「報……」探子一聲高呼，匆匆騎馬從瓢潑大雨中衝入營中，一躍下馬跪在帥帳外道，「稟報主帥，晉國鎮國郡主、符若兮二人疑帶主力出城！」

聽到有白卿言，荀天章手心一緊，用力攥住手中的帕子：「再去探，是否前往平明道方向！」

「是！」

很快樑軍將領匆匆而來，荀天章思慮再三下令命兒子親自帶重兵前往平明道，務必保住糧草，全殲晉兵。

樑軍將領們各個摩拳擦掌，彷彿已經勝券在握，都想要第一個衝進龍陽城去搜尋財寶。

從主將營帳內出來時，樑軍將領們還在議論著天下第一富商蕭容衍的宅子裡，都能藏著些什麼稀世珍寶。有人說，蕭府的宅子裡藏著一座一人高的金雕瑞獸，全身鑲嵌滿了寶石，隨便摳一顆下來都價值連城，就是太重太顯眼，蕭容衍沒敢運走，將這金雕瑞獸藏在了密室裡，屆時怕是還有好一番找。

暴雨傾盆，狂風呼號，黑沉沉的天如同要塌下來一般。劉宏冒雨立在城牆之上，望著白卿言一行人帶主力離開，被風雨打得眼睛都睜不開，不斷用手抹臉。

今日這雨實在是太大了，但願白卿言和符將軍、能夠順利繞至龍母河左翼，避開樑國大軍，此役勝敗便在此……劉宏立在城牆之上，咬著牙，等著探子來報大樑軍營動向。

一個時辰之後，樑軍軍營終於動了。

劉宏握緊了腰間佩劍，側頭問林康樂：「高義縣主他們已經平安出城了嗎？」

林康樂頷首：「白家護衛軍護送出城的，還有那個女醫跟著，肯定不會有事，劉帥放心。」

半個時辰之後，劉宏轉身走下城樓，高聲吩咐：「王喜平！命你即刻帶三千精銳直奔龍母河，務必斬殺守渠樑兵一個不留！」

「末將領命！」王喜平抱拳領命。晉軍將士們早已經在城內整裝待發，雨中身子挺拔直立，各將領騎馬在前，只等主帥一聲令下，直奔晉軍軍營。

幾位主要將領心中都清楚，此戰需要詐敗而走，主要目的是將樑軍引入龍陽城。靜待水淹樑軍之後，再將樑軍殺個片甲不留！讓那些樑人再無來犯晉國之膽量。

「晉軍將士們！」劉宏拔劍高呼，那樣如同洪鐘般的聲音，幾乎要被湮滅在傾盆大雨聲中。

「在！」晉軍將士們高聲應答，氣勢……地動山搖。

「大樑興兵犯我晉國邊境，奪我晉國城池，殺我晉國百姓！屠春暮、濮文兩城！雞犬未留！今日便是我晉國血性男兒復仇之日！將樑狗趕出我晉國！」劉宏喊得聲嘶力竭。

「殺！」

「殺！」

「殺！」

晉軍將士氣勢高漲，三呼殺賊。

劉宏一躍上馬，高喊：「開城門！」

很快，城門大開，晉軍主帥劉宏一馬當先，率兵出城，浩浩蕩蕩前往樑營方向。

白卿言符若兮帶晉軍主力假意前往平明道伏擊樑軍糧草，卻在快到平明道時抄近道繞到了龍母河左翼。

狂風暴雨，對人視線影響極大，五丈外人畜不分，十丈外無法視物。

但對於悄悄潛行準備襲營的晉軍來說，這場大雨算是幫了大忙。

白卿言與符若兮帶兵在距樑營不足兩里之地，分為兩路，一路由白卿言帶領於樑軍軍營右側策應，一路由符若兮帶領於樑軍軍營左側策應。

晉兵們冒雨蹲跪於陡坡馬腹之下，嚴陣以待，手握兵器，目光堅毅，等著帶軍將軍下令。

雖是六月底，可這樣的大雨不斷澆在盔甲上，時間久了冷得人直打哆嗦，將士們咬牙忍著。

一身銀甲的白卿言手持銀槍，立在駿馬旁，眺望樑營的方向，靜候樑營的號角聲。

雨順著她的盔帽如斷線珠子似的遮擋視線，她挺直的脊背並未因大雨佝僂，也未因大雨澆透衣衫感到全身沉重。

平日裡白卿言都是身纏鐵沙袋而行，此刻全身鐵沙袋已解開，白卿言只覺身輕如燕。

走之前，白卿言與劉宏已經商議妥當，劉宏在樑軍出發半個時辰之後出發，直奔樑營襲營，白卿言與符若兮會在劉宏攻襲樑營開始，迅速加入戰局之中，造聲勢，引樑軍惶恐。

雨聲之大，大到讓人聽不到馬蹄飛揚之聲，等樑軍哨兵反應過來，劉宏、林康樂所率晉軍已經不足一里地。

樑營之中，頓時吹響號角。「晉軍來襲！晉軍來襲！」

「快去稟報主帥！」

「弓箭手！快！」

樑軍毫無防備，全然沒有料到主力前往平明道的晉軍竟然敢襲營。

樑軍接連不斷的號角聲從遠處傳來，白卿言眸色一沉翻身上馬：「殺！」

晉軍迅速上馬，追隨一騎當先的白卿言高聲喊殺衝向樑營。

坐於帥帳之中的荀天章猛地站起身，又因體力不支險些跌倒，幸虧有樑軍將士眼疾手快扶住了荀天章：「主帥！」

荀天章看著帥帳之外，樑軍將士冒雨拿著弓弩朝軍營門口跑去，高聲問道：「晉軍來了多少人?!」

「雨太大了，看不清楚！」跪在帥帳之外的將士高聲道，「為主帥安全，請主帥先行撤退！」

荀天章緊抿著唇，總覺得自己忽略了什麼，好似剛要想到什麼，靈光便轉瞬而逝。荀天章未來得及沉下心做決斷，就聽外面樑卒高呼：「右側！右側有敵軍！快！弓箭手右面！」

「左邊！左邊也有敵軍！快來人啊！」樑營霎時亂成一團。

「黑帆白蟒旗！是黑帆白蟒旗！快來右側！」樑卒發出見鬼似的嚎叫聲。

「報……」被瓢潑大雨淋得睜不開眼的兵卒衝到帥帳前，抱拳喊道，「報主帥！晉軍三面夾擊，晉軍主帥劉宏與林康樂親自帶兵，兩側是黑帆白蟒旗和符字旗！」

跪在帥帳之外的將士回頭看了一眼：「主帥，請立即離營撤退，以防不測！」

再晚就可來不及了！

主帥劉宏、林康樂、符若兮，還有一個……讓荀天章最為忌憚的白卿言，晉軍最厲害的將領全都在這裡！荀天章突然抓住總是抓不住的靈光，臉色霎時一白：「不好！中計了！快！派人火速追上前往平明道的荀將軍，讓他立刻掉頭馳援，晉軍主力正在攻營！快！」

在聽到黑帆白蟒旗的那一刻，荀天章就知道自己一直抓不住的靈光是什麼，他太大意中計了！

他自以為看透戰局，以為白卿言是察覺了他派人去盯著糧道，知道了他欲將劫糧道的晉軍分而吞之的意圖，這才毀了其餘糧道只留一條，主要目的在於斷樑軍糧草，讓樑軍不戰自敗。

尤其是聽說白卿言和符若兮帶兵前往平明道，荀天章就更加肯定了自己的想法，這才派自己兒子帶重兵前往平明道，意圖一戰擊潰晉軍主力，沒想到晉軍竟然是調虎離山，轉而來攻樑營的！

荀天章以為自己是黃雀在後，卻萬萬沒有想到背後竟然冒出一條蟒蛇來！

荀天章脊背發寒，被紅血絲布滿的瞳仁顫抖著，生怕兒子來不及帶兵趕回來，此一戰將樑軍部分兵力折損於此。更可怕的……大樑被白家軍震懾數十年不敢妄動，如今白家軍主帥白威霆的孫女白家軍小白帥一到，三招制敵活擒他們樑軍猛將趙同，已讓樑卒膽寒！若這一仗再勝了，樑軍必定士氣大減，以後再見到黑帆白蟒旗，心生懼意如何能勝?!

「主帥請先離營撤退，與荀將軍匯合！」大帳之外的樑軍將領還在懇求。

荀天章想透想明白了，反而鎮定了下來，他咬緊牙關，帶好盔帽，走至劍架旁，拿起寶劍，大步流星朝帳外走去。他是一軍主帥，敵軍襲營他怎可逃走?!

他若逃走，便是認輸！樑卒士氣必然一落千丈，連勝的一絲可能性都沒有！

帳外樑軍將領見荀天章提劍欲戰，忙攔荀天章：「主帥不可啊！」

荀天章不顧阻攔，冒雨從帥帳之中出來，高呼道：「傳在營將領立刻前來！」穩住心神的荀天章，立刻召集將領，迅速做了調整安排，剛才因措手不及有了亂勢的樑營逐漸有序起來。

「劉將軍、李將軍，帶兵防禦右側！史將軍、司馬將軍防禦左側！重騎兵立刻穿戴甲冑，於營中集合待命！錢將軍率步兵圍於重騎兵之後，等我號令，隨重騎兵一同出營，殺晉軍一個片甲不留！要讓晉軍知道，我們樑軍是狼！不是羊！要讓晉軍怕！讓晉軍看到我樑軍大旗就嚇得龜縮於城中不敢應戰！」

「殺！」

「殺！」

樑軍氣勢大盛，各將領急速按照荀天章的安排吩咐有條不紊準備。

劉宏坐於高馬之上，在軍隊最後後方，雨太大可視範圍極低，軍旗傳令顯然行不通，此戰只能依靠傳令兵。

白卿言臨行之前，已經專程同劉宏說過，此戰……若是想要荀天章那樣打了一輩子仗的老將軍相信，晉軍真的是調虎離山攻樑營，便需要以不滅樑軍誓不還的架勢來打，不要心存僥倖覺得此戰只是為了引樑軍入龍陽城，稍有差池便會前功盡棄。

這個道理劉宏懂，可若是白卿言沒有在臨行前還叮囑，劉宏一定不會捨得下血本去打。

主帥劉宏一聲令下，傳令兵領命駕馬在狂風暴雨之中四散衝至最前方傳令高呼：「重盾營，準備！」

「重盾營準備！」

「重盾營準備！」

荀天章登上瞭望台時，正聽到晉軍傳令兵高聲沿晉軍快馬朝前狂奔持續傳令著。

晉軍正在朝樑軍軍營射箭的弓弩營迅速向後退，重盾營舉盾，邁著沉重整齊的步伐上前，黑鐵重盾紛紛落地，濺起血紅泥漿無數。

大雨沖刷著將士們倒地的屍身，真正的血流成渠大概就是目前這副光景。

晉軍重盾營將士們發出「吼喝」聲，一步一步穩紮穩打朝樑營逼近，樑軍箭矢射來全都被中盾阻擋。

重盾營打頭逼近，這可不是好兆頭，荀天章轉頭下令：「重騎兵準備！」

樑軍軍營之中，重騎兵早已經按照荀天章的吩咐集合完畢，只等荀天章一聲令下。

重騎兵營的駿馬，身配鎖子甲，只留一雙眼睛在外，重騎兵更是被厚甲包括的嚴嚴實實。

對面晉國的戰鼓聲，號角聲催得十分焦急。

荀天章咬緊了牙關，抓緊時間鼓舞士氣：「重騎兵營的將士們！你們便是我大樑國最鋒利的刀刃！你們要為身後的樑軍銳士撞開晉軍的重盾！如同一支穿透晉人胸膛的羽箭！只要晉國失去重盾！我們樑國銳士便能如同宰豬殺羊一般，將他們晉卒全部斬殺！本帥……就在這裡為你們擂鼓！此戰斬敵首多者！本帥記首功！殺！」

「重騎兵營的兄弟們！衝啊！」

將領帶頭，樑軍重騎兵馬嘶人吼衝出軍營，無數馬蹄踏進血紅的泥水裡，濺泥無數。

「樑軍重騎兵來襲！準備！準備！」傳令兵騎馬高呼。

荀天章咬牙一把扯住瞭望臺上正在射箭的射手，喊道：「把晉軍的傳令兵，給我射下來！」

「是！」射手瞄準了傳令兵，沉住氣放箭！一箭便將晉軍大雨中狂奔的傳令兵射下了馬。

「好樣的！」荀天章用力拍了拍弓箭手的肩膀，「此戰結束，你若活著！去找荀將軍！」

「是！」那弓箭手眸子發亮，立時戰意滿滿，更加賣力。可不等那弓箭手再次搭弓拉箭，陡然一支羽箭洞穿那弓箭手的喉頭，紮入瞭望台圓木之中，帶血的箭羽直顫。

荀天章猛然回頭，只見大雨中只能隱約看到遠處那一身銀甲的輪廓，那清瘦挺拔的女子似乎再次拉弓……

「主帥小心！」荀天章護衛軍一把將荀天章推開，第二隻羽箭直直紮入那護衛軍的胸膛。那護衛軍噴出一口鮮血，霎時倒地不起。

荀天章被推倒撞在瞭望台內，瞳仁輕顫，他沒想到白卿言竟然如此驍勇，竟然敢身先士卒幾乎帶著晉兵殺到樑營門口，還要殺他！果然，是他大意中計了。

荀天章冷汗浸透衣襟，緊緊捂著胸口疼得臉色發白站不起身來，看著漫天箭矢飛來，幾乎要將瞭望台射成刺蝟，他強忍著痛心中飛快盤算。

他兒子不是個蠢貨，他率兵去平明道定會先派探子前去探察晉軍埋伏何地，若是探子沒有找到晉軍，他的兒子一定會反應過來中計了。荀天章把兒子放在身邊教導這麼多年，若是他在沒找到晉軍還反應不過來中計，那便是蠢到家了！

眼見重騎兵衝開了晉軍被雨水沖刷得冷光駭人的黑鐵重盾，樑軍將軍拔刀高呼：「晉軍重盾陣已破，樑軍銳士們！殺啊！」

樑卒隨他們的驍悍將軍往高坡之下衝，與晉軍近身肉搏，盾光刀影，鮮血噴灑，殘肢斷骸。大雨聲、金戈鐵器碰撞聲、怒吼聲，慘叫聲，交織在一起，鮮血與雨水混合，將這滿地的泥漿都染成了血色。修羅地獄不過如此。

白卿言長槍用的雖然不如以前，可只要不遇到個中高手，勉強應付樑卒還不算吃力，更別說她身旁有劉宏專門派的一隊人死死將她護住，根本不讓樑卒近她身。白卿言幾度欲衝出去，都被這些晉兵死死護住，他們言……主帥有命，若白卿言傷了一根頭髮，要他們提頭去見。

荀天章率兵前往平明道的兒子，比白卿言預料的回來得更快，殺聲從遠處傳來，怒馬長嘶，趙勝率騎兵快馬衝入交戰之中，揮起偃月刀，氣勢如虹，偃月刀寒光所到之處必是鮮血噴濺，身首異處。

被圍在正中央的白卿言正欲抽箭，可箭筒已空。

晉軍傳令兵快馬飛速傳令。

「樑軍主力右翼突襲！速護主帥！」

「樑軍主力右翼突襲！速護主帥！」

大雨之中，趙勝露出勝利者的嗜殺笑容，一路直直朝著黑帆白蟒旗的方向殺去。

回來路上，荀將軍知道樑軍襲營，便安排趙勝正面帶騎兵而來，主力繞至右翼突襲，荀天章的兒子之所以沒有繞到晉軍後方，是為了不斷晉軍退回城的後路，讓晉軍退回城……好水淹晉軍。

樑軍有心將晉軍逼回龍陽城，晉軍有心將樑軍引入龍陽城，打得十分默契。

晉軍且戰且退，樑軍不斷將晉軍往龍陽城內壓，原本以為將晉軍趕至龍陽城外，晉軍必會回城，誰知到了城外，晉卒還在死戰為身後晉軍兄弟拖延入城時間，荀天章的兒子擔心被晉軍主帥劉宏與白卿言看出異常功虧一簣，為了將戲做足，鼓舞氣勢讓樑軍將士們一鼓作氣衝殺入城中！

城內。已經入城的晉軍得令後迅速在各自將帥帶領下，快速從北門出前往天瀾山。

白卿言騎在駿馬之上，看著退入城中的晉軍一批一批迅速撤離。

此戰，白卿言負責殿後，因與樑軍交戰引樑軍入城乃是最重要一環，這裡不能出事！

樑軍距離護城河吊橋已不足一里，白卿言轉頭問身邊的騎兵道：「你們中有人會說樑國土話嗎？」

「小的會！」最後面的一個晉兵道。

「好！」白卿言點了十個人，對那晉兵道，「你等脫下晉軍盔甲，騎馬以樑國土話傳令樑軍，先殺入城者，寶物自得！你就教他們這一句話！」

「是！」會說樑國土話的晉兵抱拳稱是。

白卿言又道：「你等傳令之後不必回城，繞城快馬直奔天瀾山！」

「是！」十人脫下鎧甲，牽馬從城門擠出，一躍上馬……散開往兩側奔襲，繞至樑軍先頭部隊，高呼傳令。

「先殺入城者，寶物自得！」

「先殺入城者，寶物自得！」

「先殺入城者，寶物自得！」

樑軍眼看著大勝，殺紅了眼，再加上知道龍陽城裡有之前春暮、濮文兩城的寶物，甚至還有天下第一富商蕭容衍的宅子和珍寶。

財帛動人心，誰人不想要?!

這命令一到，樑軍更是振奮不已，有在前方拼殺的樑軍將領高呼：「樑軍將士們！殺入城財寶便盡可是我們的！拿了寶物回家娶媳婦兒置辦田地，全家都能過上好日子！先入城者寶物可以占為己有！殺啊！」

「虎狼營的銳士們！春暮城、濮文城，兩次寶物都讓旁人奪去，我們虎狼營出力最多，卻什麼都沒有搶到！此次兩城寶物和天下第一富商的寶物盡在龍陽城！我們虎狼營的銳士定要第一個殺進去！拿到我們應得的寶物！」

樑軍將領紛紛高呼，樑軍亦如同飲了雞血亢奮不已，嘶吼著拼殺，氣勢上早已經壓過了晉軍。

「撤！快撤！」晉軍被櫟軍這不要命的氣勢嚇到，眼看城門近在咫尺，高呼道。

櫟軍高呼：「快！別讓他們關城門了！快殺！衝入城，財寶就是我們的！」

白卿言就騎馬在騎兵護衛下立在城門內，只要晉兵入城，便會有人高呼：「丟盔棄甲……一路直奔城北！快！」

「白將軍！撤吧！」奉命護住白卿言的人開口道。

白卿言朝著城外看了眼，頷首帶著騎兵一路奔襲出城。

晉軍撤退，櫟軍殺入城後，見晉軍丟盔棄甲哭爹喊娘的朝著城北門外奔逃，如喪家之犬一般，櫟軍見大勢已定，誰也沒有去追殺晉軍殘兵的念頭，一入城便再也顧不上晉軍，紛紛去搜尋財寶。

果然，櫟軍紛紛湧入城中，開始四處搜尋搶掠。就連櫟軍的將領也都快馬入城，賽馬似的，朝著龍陽城內宅子最宏偉的方向奔襲，都想搶在最前面找到天下第一富商的財寶。

荀天章的兒子聽說晉軍潰敗，已經往幽化城的方向逃了，心中不免覺得可惜，原本水淹龍陽城，定能折損晉軍大半兵力。

可是若是沒有辦法水淹龍陽城，等大軍開拔前往幽化城，遇到了緩過勁來的晉軍，又要惡戰。

「白家軍小白帥……」騎馬隨荀天章兒子緩慢進了城的趙勝冷笑一聲，抹去臉上雨水，「也不過如此！還不是被打的潰逃！」

荀天章的兒子問趙勝：「找到趙同了嗎？」

「趙家軍的人去找了，應該快了！他們那麼狼狽逃走，定然來不及帶走趙同！」

趙勝話音剛落，就見趙家軍的一個十夫長疾步而來，單膝跪地道：「將軍，找到趙同將軍了，趙同將軍被……被……」

趙勝心頭一緊，下馬一拉拎起那趙家軍十夫長問：「我弟弟怎麼了?!」

荀天章的兒子也下馬：「你先別急！」

「趙同將軍被晉軍……用了趙老將軍所創的審訊之法！子孫……」那人還沒說完，趙勝便一腳踹在了那十夫長的心口，那十夫長捂著心口忙撐起身子，單膝跪在地上：「屬下無能！」

趙勝咬緊了牙，拳頭緊緊攥著，心頭恨毒了白卿言。

祖孫根對於一個男人來說意味著什麼，趙勝同為男人如何不知？

他踩著雨水，上前一步，咬牙切齒問道：「此事，還有幾個人知道?!」

「回將軍，只有我們去牢獄之中救趙同將軍的六人知道！」

趙勝蹲下身，如同鷹隼的眸子望著那十夫長道：「回去告訴其餘五個，此事要是傳了出去，我要了他們的命！」

「是！」那趙家軍的十夫長連忙低頭稱是。

「帶我去！」趙勝起身開口。

荀天章的兒子看著趙勝急著去救弟弟騎馬走遠，抿了抿唇冒雨上了城樓，看著城內樑軍到處搜尋財寶破門而入的情景，總覺得樑軍這樣的習性還是要改一改！

他抬手撫著龍陽城城牆的磚石，總覺得不淹龍陽城也好，他們樑軍又不是為了打了就走，之後龍陽城便是他們樑國的城池，也避免了樑國再耗費大量人力物力來重建龍陽城！

他拍了拍被雨水沖刷得乾乾淨淨的城樓磚石，轉頭吩咐道：「回去同主帥報信，我軍已經攻下龍陽城！請主帥入城！」

「是！」

天瀾山就在龍陽城和幽化城之間。且從龍陽城往天瀾山的方向，越走地勢越高，自古便有龍母之怒止天瀾之說，只要到了天瀾山，便不懼水淹。

白卿言與劉宏派部分兵力撤回天瀾山，早早將附近民船徵收過來，就在天瀾山與龍陽城之間靜靜等候著。

當夜，暴雨依舊不曾停歇。經過今日一戰，身體已經有些撐不住的荀天章更是難受不已，他住進了龍陽城縣衙之內，卻還在擔心龍母河會引發水患之事。

「父親不必擔心，今夜雨太大了，實在不適合在城外駐紮！」荀天章的兒子端著藥過來低聲勸道，「明日一早，我軍就開拔前往幽化城！就算是會有水患也不會這麼快！您就算是不為您自己想想，也要為咱們樑軍將士們想想！您聽聽外面還正在搜尋財寶呢！您現在一聲令下讓撤退，誰願意？」

荀天章接過兒子端來的藥點了點頭又叮囑道：「再派些人去駐守河堤管道，萬一有鬆動的話，我們提前撤出！」

暴雨澆不熄樑軍搜尋寶藏的熱情，外面吵得熱火朝天，有的攀比自己搶到了什麼，也有人問在蕭宅翻出什麼沒有。

荀天章聽到有人笑著高呼說，程將軍幾乎將蕭宅的牆都砸了，正在找密室呢！

也有人開玩笑喊道：「何苦糾結於蕭宅的寶物?!到時候主帥一聲令下要霸占去，你們不是白忙活！」

「去你娘的！咱們主帥才不是那樣貪財之人！」

府衙外有荀天章的親兵把守，可是這樣的吵鬧笑罵聲還是不斷傳來。

荀天章坐在府衙內心不安啊……晉軍的確是丟盔棄甲逃了，他還有什麼不放心的？

「這次就是可惜了！」荀天章的兒子歎氣，「是我忘了，晉軍並非白家軍，他們是會棄城而逃的！要是白家軍就好了，白家軍在這裡一定會死守龍陽城，屆時水淹龍陽城誰都逃不了！」

「我這心不安……總覺得，有那個白卿言在，她是絕不會這麼輕易棄城而逃的，那……可是白威霆的嫡長孫女！就連白威霆都稱讚過的將帥之才！」荀天章拳頭收緊。

「再厲害，這裡的也都是晉軍，並非他們白家軍！再說了……這次主帥是劉宏，難不成劉宏還能聽她一個黃毛丫頭的？」荀天章的兒子給荀天章吃了顆定心丸，「父親別忘了，我們的探子可是說了，晉國皇帝應當十分不喜歡這個鎮國郡主白卿言，以晉國皇帝連白威霆那樣忠臣都容不下的性子，能容得下在他面前肆意妄為的白卿言再建軍功？」

荀天章點了點頭。

「且，晉軍這戰的確是拿出了不戰死不退的架勢，後來大約是真覺得大勢已去，才丟盔棄甲跑了！父親不必想太多！好好歇息，明日這雨若是還不停，我等冒雨開拔父親還有得勞累！」

荀天章頷首：「你去傳令，告訴我們的將士們，連日暴雨，明日開拔，以免龍陽城遭遇水患！今夜不論搜尋到多晚，誰耽誤了明日，軍法處置！」

「是！」

荀天章聽著外面的暴雨聲，壓下心頭的不安，被兒子扶著躺下歇息。

已是深夜。白卿言、符若兮帶著晉軍立於地勢居高之處，即便暴雨中可視範圍極低，他們站在這裡，也能看到龍陽城內火光繁盛的光點。見此情景，晉軍便知道樑軍大約現在正尋寶尋得不亦樂乎。

晉軍將士們已無今日在城內丟盔棄甲的模樣，各個挺直脊背立在雨中，整裝待發，滿目殺意。

白卿言已經派一千人前往龍母河，殺駐守堤壩和水渠的樑軍，將堤壩和水渠掘開。

算時辰，應該已經差不多了！

就等著水淹龍陽城之後，讓晉軍乘船入城，斬殺被洪水淹得半死不活的樑軍。

白卿言轉頭看了眼大小參差不齊的船隻，回頭凝視龍陽城抿唇不語，原本她曾對劉宏提過建議，說船隻有限……她應當與符將軍分兵，符將軍留下帶兵乘船在龍陽城剿滅奄奄一息的樑軍。她則率兵繞過龍陽城前往濮文城與龍陽城中部，靜待樑軍潰兵將其全部斬殺，只有如此此戰結束之後，才能讓樑卒見晉軍旗幟便膽寒不敢前。

可劉宏卻覺得太過冒險，尤其是暴雨傾盆，前路不明，生怕白卿言有什麼閃失。對劉宏來說，不必一次便徹底將樑國打趴致勝，在保證白卿言安全的情況之下，慢慢一步一步將丟失的濮文城、春暮城拿回來，再將樑國趕回去才算穩妥。

劉宏將軍謹慎，白卿言也不曾強硬勉強，畢竟劉宏將軍才是主帥。

只是，此一戰若是給樑軍留有餘地，退回濮文城，保不齊樑軍會向國內要求增派援軍再打回來，那才真是來來回回消耗晉國兵力。

對比剛剛南疆一戰損失數十萬將士的晉國來說，北面靠海只與晉國和戎狄相鄰的大樑……正是開疆拓土的好時候，大樑兵強馬壯且戎狄已經陷入內亂，她若是樑國皇帝，也不會放過這次機會。畢竟機不可失時不再來。

利害關係，白卿言已經同劉宏分析過了，只希望劉宏在撤軍途中能想明白，派兵繞龍陽城前往濮文城與龍陽城中間，也是以防荀天章向濮文城求援。

樑軍幾乎快將一座掛著蕭宅字樣的宅子翻過來，掘地砸牆也沒有找出一個所以然來。

明明人睏馬乏，可樑軍闖入蕭宅的眾將士，猶如競賽般行動，誰都不願去休息，生怕錯過天下第一富商蕭容衍藏於蕭宅的寶物。

不知是不是因暴雨太大城中水渠無法及時排水的緣故，龍陽城中的水已經淹沒過人的腳踝，還有逐漸在增高的趨勢。

荀天章和兒子在樓閣之上歇息，倒是還沒有察覺什麼異常，可從牢獄之中救出自家弟弟的趙勝在照顧自家弟弟的同時，已經察覺到異常，立刻將趙家軍喚了過來。

趙勝已經將趙同挪到了二樓之上，跪坐於燈火之下，全身帶著濕氣的趙家軍將領上樓，單膝跪下朝趙勝行禮：「將軍！」

「我隱約聽到外面的人說，殺入城中之後……不見一個百姓，也不見一個晉軍?!」趙勝問。

「那是自然，我們樑軍殺得晉軍片甲不留，晉軍怎敢留下?!」那五大三粗的將領得意洋洋道。

倒是看起來文質彬彬的將軍照實開口：「倒也不是，還有些沒有能逃走的晉軍，已經被我們悉數斬殺了，只是進城之後大傢夥兒都忙著強奪財寶，讓晉軍逃走了不少！」

趙勝眉頭一緊，垂眸細細思索：「百姓……你們有沒有看到?!」

跪在閣樓當中的幾位將軍你看我我看你，似乎都沒有人注意到百姓，就算是有百姓又不是檪民，看到了自然是一刀劈了，誰還會留意這個?!

見幾個將領的樣子，趙勝猛地站起身來：「出事了！」

趙勝不敢耽擱，立刻疾步下樓朝主帥荀天章所在之地狂奔而去。

寅時，守於城樓之上的檪卒難免抱怨，就連最後入的城輜重營，眾人都到處去搜羅值錢的東西了，他們卻要冒著暴雨在這裡守城。

他們誰不想看看那天下第一富商用來鎮宅的金雕瑞獸到底多華貴，也想能上前摳下一顆寶石，能回去孝敬老娘親不說，說不定還能娶一房媳婦兒。

「算了，別抱怨了，誰讓咱們是荀將軍麾下的兵呢！占便宜的事情總輪不到我們，捨命的時候我們總是衝在最前！」檪卒歎氣，朝著遠方望去。

「你們看……那是什麼?!」

「這麼大的雨天又黑，你還能看到什麼？」有檪卒笑著打趣，卻也湊過去朝著同袍所指的方向看去。

遠處有黑壓壓的一片在暴雨之中狂奔而來，如同受驚牛群，勢不可擋，帶著洪水咆哮聲，直撲而來，巨大的浪潮夾裹著斷枝石塊，急速沖來！那急撲而來的洪水，猛烈撞在城門城牆之上，急速從城門縫隙擠入城中，衝擊聲讓人震耳欲聾。

「洪水！是洪水！」樑軍高呼，立刻吹號鳴鼓。

守城警戒的樑卒轉身朝著城內高呼：「洪水來了！洪水來了！」

可雨聲太大，洪水聲也太大，將樑卒的喊聲幾乎湮滅，夾裹在洪水之中的巨石樹木狠狠砸在厚重的城門之上，一波接一波，幾乎要將城門撞開。

那樑卒連忙從城牆之上下來，正欲火速前往主帥所在之地，可當他從城牆之上下來洪水已經到了他的腰部，還在飛速往上升。龍陽城城牆高不過兩丈，照這個速度下去，很快就會淹沒城牆。

「洪水來了！洪水來了！」守城樑卒四處高喊。

還在蕭宅裡翻找寶藏的樑卒只覺這個水漲的速度太快，不過說幾句話的功夫，水已經淹沒過了膝蓋，還正在往上升，聽到暴雨中隱約傳來的號角聲和擂鼓聲，再遲鈍也察覺出不同尋常來。

趙勝剛剛走到荀天章所在樓閣門前，就聽到城樓方向傳來號角聲和鼓聲，這聲音夾雜在暴雨聲中不甚明顯，可還是驚醒了荀天章。

「來人啊！」

荀天章的聲音從屋內傳來，守衛在樓下的護衛軍忙應聲上樓。

趙勝也顧不得急忙跟上：「主帥！出事了！末將覺得這是晉軍設的局！我們樑軍入城不見百姓，說明百姓早已經提前被晉軍疏散，我們水淹晉軍的意圖怕已經被察覺，需儘快離城才是！」

荀天章鎮定下來，又問：「城門擂鼓是怎麼回事兒?!」

「回父親，還不知！兒子已經派人去看了！」荀天章的兒子道。

此時荀天章心跳的很快，他一邊穿靴一邊道：「讓將士們集合即刻出城！」

荀天章兒子派去探查城門之人，剛走至長街，便聽到厚重城門被接連重擊的聲音，還未等他反應過來，城門突然被撞開，重重拍在城牆之上。
翻騰洶湧的洪水如同猛獸群沖入城中，朝四面八方撲去，浪潮衝擊聲震耳欲聾。
「發洪水啦！」那樑卒高喊一聲，轉身剛跑出兩步便被洪水撲倒在地，隨即吞沒。
立在高山之上的晉軍看著龍陽城內的燈火逐漸熄滅，便知洪水已至，很快剛還燈火通明的龍陽城已一片漆黑。
符若兮握緊了腰間佩劍，忍不住心情暢快道：「我好似已經聽到了樑軍的慘叫聲，痛快！」
洪水如猛獸，即便是善泅者也難以在這樣又急又猛的洪水中活命，更別說那洪水中石塊木頭居多，加之城內被沖出來的傢俱浮木，水中情況極為複雜。
只是白卿言沒有料到荀天章出手這麼狠，大約當初荀天章命人挖渠之時心太沉了，想著龍陽城的城牆高兩丈，要將晉軍大部分了結於此，堤口就得大開。如今，也算是自食惡果。
天大亮之後，暴雨還未停歇，白卿言等人所在的山下洪水帶來了無數樑卒的屍體。
龍陽城已經成了一片澤國。
符將軍見狀對白卿言道：「白將軍，我看已經淹成這個樣子了，我們不如撤吧！暴雨未停這洪水還要再漲，我們也需要儘快離開此地，以免發生不測。」
白卿言頷首，如今看這個狀況應當是不必再痛打落水狗了。「撤吧！」白卿言開口。
天瀾山。靠近天瀾山雨勢便沒有龍陽城那麼大，晉軍全部在天瀾山地勢廣闊處紮營，與從大都而來的援軍匯合。

劉宏站在帥帳門前，看著外面淅淅瀝瀝的雨，反覆琢磨白卿言那番話……

若是這一次放過樑軍不在龍陽城通往濮文城之中設伏，樑軍逃回濮文城合兵，他們攻城必將艱難不說，屆時同樑軍打拉鋸戰，於南疆損耗兵力太多的晉國來說不利。

想了良久，劉宏突然握了握負在背後的拳頭，喊道：「喚林康樂將軍過來！」

很快，林康樂便進了帥帳。

劉宏將白卿言的想法與林康樂說了一遍，林康樂聽後沉默片刻：「末將以為，白將軍所慮甚是！且南疆戰時，白將軍所言無不應驗，末將信白將軍！若是主帥允准，末將願親自帶兵繞龍陽城龍母河，在龍陽城前往濮文城的必經之路設伏。」

連林康樂都這麼說，劉宏心裡便沒有了什麼顧慮：「命你帶兩萬人，前去設伏，若是敵軍主帥荀天章還活著，務必活捉！」

「主帥放心！」林康樂道

天完全亮起之後，白卿言和符若兮回營。

聽說主帥安排林康樂將軍率兵兩萬，前往龍陽城前往濮文城的必經之路設伏之後，便歇下了，白卿言便未去打擾。

只要劉宏肯下決心在龍陽城前往濮文城的必經之路剿滅潰敗樑軍，接下來的濮文城和春暮城便會輕而易舉奪回來，戰事也就要結束，她也可以帶著小四和沈青竹回家了。

她回了帳中去看白錦稚和沈青竹，兩人都還沒有醒來。

見白卿言進帳，剛給沈青竹換藥的紀琅華驚得起身，見白卿言全身濕透忙道：「大姑娘！我去給大姑娘拿一套乾淨衣裳，大姑娘可曾受傷，要不要我看看？」

「無礙！」白卿言看過沈青竹和白錦稚後，才在屏風後脫下戰甲和濕嗒嗒的衣裳靴子，她的腳已被泡白發脹，腿部被馬鞍磨得血肉模糊，雪白的中衣更是與皮肉沾黏在一起，都不好分開。

紀琅華用火烤熱小刀子之後，一點一點，將皮肉和衣裳分開，皮開肉綻，讓紀琅華都不忍直視，她強忍著淚水給白卿言上了藥，又用細棉布將白卿言腿上的傷包紮好。

旁人看白卿言，自是風光無比，只覺白卿言戰無不勝，可沒人知道這個女子她身上全都是傷痕，新舊交織在一起，十分駭人。

紀琅華幫著白卿言換了衣裳，雙眸發紅：「一會兒，我給大姑娘手上也塗點藥。」

「沒事，辛苦你照顧小四和青竹了！你去歇著吧！」白卿言一邊扣衣裳釦子一邊道。

紀琅華搖了搖頭：「大姑娘去歇著吧！我在這裡隨時能看四姑娘和沈姑娘的情況。」

白卿言沒有勉強，她換了一身乾衣裳，這才舒坦不少，簡單用了點熱乎乎的湯粥，她聽到床上白錦稚夢中呢喃突然喚了一聲「長姐」，揪心不已，又走至床邊坐下，握住白錦稚的手，低聲道：

「長姐在呢！」

聽到白卿言的聲音，白錦稚僵硬緊繃的身體緩緩舒展，手卻死死抓住白卿言的手不鬆開。

白卿言摸了摸白錦稚的額頭，有些許發熱但不算嚴重，應該是被嚇到了。

原本在來的路上，白卿言幾次三番在心中發誓，找到白錦稚這個不知深淺膽大妄為的丫頭，一定扯住她的胳膊狠狠給她一耳光，可真的見到白錦稚了，卻只剩下心疼。

她垂眸看著白錦稚被樹枝刮出小口子的臉，還有被細棉布包裹著的手，輕輕撫了撫，心裡全都是後怕。若是她去晚半盞茶的時間，後果不堪設想。

還好，她趕到了……以後，她再也不會將自己親人的安危交到旁人手中，再也不會了。

「四姑娘只是受驚發熱，不要緊，沈姑娘的情況也已經暫時穩住，兩人都沒有醒來，是因為太累了……好好睡個一兩天就沒事了！」紀琅華寬慰了白卿言之後，視線落在沈青竹的臉上，「不過沈姑娘的情況，最好還是能回去養一養！要是這仗再打下去，最好也不要讓沈姑娘再勞累了。」

白卿言點了點頭，語氣平淡但十分篤定：「這場仗不會再拖很久，很快就會結束的。」

白卿言這話如同預言，水淹龍陽城一役，荀天章兒子死於洪水之中，而帶殘兵逃往濮文城的趙勝為掩護樑軍主帥荀天章逃離，被活捉。而後，晉軍先後奪濮文城，又奪春暮城，消息傳回樑國帝都，樑王大驚，樑廷上下時戰時和之說爭論不休。

晉國皇帝派出特使柳如士前往樑國，率先送上議和盟書。晉國稱，只要大樑交出曾經滅蜀時侵占的幾座城池，此次便可罷戰，否則必要與樑國血戰到底。

柳如士在樑廷之上侃侃而談，提及南疆一戰，說起晉國白家軍從無敗績，驍勇善戰算無遺漏的小白帥……鎮國郡主白卿言。樑廷上下，這才得知，水淹龍陽城一戰，主帥雖為晉國劉宏，出謀劃策卻是晉國鎮國王白威霆的孫女……那個在南疆斬殺西涼數十萬降俘的女子。

柳如士稱，若是此次晉國給了大樑臉面，大樑不肯議和，那他懷中還揣了晉國皇帝一道聖旨，換鎮國郡主白卿言為帥，必要殺得大樑如同西涼一般精銳盡損，至少五年內再無力敢犯晉國邊界。

荀天章連上六道摺子，請樑王派援兵增援，願立軍令狀定要為大樑奪回玉山關。

然，樑王決意議和止刀兵，割讓城池，與晉國盟好。

荀天章聞訊，噴出一口血，氣絕於春暮山。

白威霆曾有言，只要有白家軍在一天，必會將樑國擋於春暮山之外，可荀天章不信這個邪，玉山關丟在荀家的手中，他就一定要再堂堂正正拿回來。
沒想到荀天章到死，也沒有能再到玉山關一次。
議和盟約簽訂，大軍班師之時，白錦稚已經生龍活虎。
為照顧沈青竹的傷，回朝途中，盧平親自駕馬車，沈青竹與紀琅華坐馬車而回。
過幽化城時，百姓們更是夾道相迎，紛紛叫嚷著「白將軍」、「鎮國郡主」。
那日白卿言過幽化城曾讓守城將軍王德安整肅城內治安，那個時候，百姓便知……只要白家的將軍來了，他們就不必再逃，不必當流民了。
能保他們免受征伐之苦，能護他們有家可歸，這樣的將軍怎能不讓百姓敬佩？
哪怕旁人都說鎮國郡主白卿言殺神臨世，可正是這位殺神護了他們，他們依舊感恩戴德。
劉宏聽到百姓歡呼雀躍喚著白卿言，眉目間全都是笑意，百姓相迎這樣的盛況，還是曾經鎮國王白威霆在時有過的。
不過此次，白卿言名副其實，此戰他為主帥，能勝卻都因為他聽了白卿言之策。
大軍行軍速度並不快，回大都城那日，已是七月十二。
太子親自帶人在城外相迎，就連白家七姑娘白錦瑟也聞訊趕往城外相迎。
白錦稚老遠看到人群中的白錦瑟，連忙一夾馬肚快了兩步上前：「長姐，二姐和小七也來了！還有蔣嬤嬤和魏忠。」
白卿言朝白錦瑟和白錦繡看去，兩人被護衛護在馬車旁，一看到白卿言白錦瑟就忍不住朝著她揮手。魏忠規規矩矩立在正用帕子抹眼淚的蔣嬤嬤身邊，低垂著頭一語不發。
今日大約是因為太子出城相迎的關係，百姓都聚集在了北城門，清貴人家也有前來相迎的。

「奇怪了，城外這麼熱鬧，怎麼沒見呂元鵬那一群紈褲？」白錦稚壓低了聲音同白卿言道。

白錦瑟扶著白錦繡的手臂，一看到自家長姐和四姐，眼眶一紅眼淚就忍不住了，明明才相別不到兩個月，白錦瑟卻像是許久未見過白卿言和白錦稚一般。

見劉宏和白卿言一行人下馬，太子忙上前長揖道：「辛苦諸位將軍了！」

白卿言等人忙還禮稱不敢。

「此次我晉軍能勝，全賴白將軍神機妙算，末將雖為主帥，實是不敢居功！」劉宏笑容滿面道，並無絲毫不悅。

太子聞言笑了笑，看向白卿言，對劉宏道：「孤明白劉將軍之感，畢竟南疆之戰時，孤也為主帥，可能勝……則是全靠鎮國郡主啊！」

白卿言忙對太子抱拳：「也是太子和劉將軍能信言。」

全漁帶著內侍們上前，捧著酒，太子舉樽稱為諸位將軍慶賀。

此次大勝歸來，皇帝早早讓宮中備宴，就等大軍在城外駐紮之後，主將們回府稍作休整，便入宮赴宴領賞。

白錦稚立在白卿言身旁，看著那眉清目秀的全漁公公恭敬向白卿言遞上酒後，隨及又恭敬遞酒給自己，白錦稚忙笑道：「謝全漁公公！」

太子看著從馬車上下來的柳如士，讓全漁去給柳如士也送一杯酒，笑道：「柳大人辛苦！」

柳如士頷首忙稱不敢。

「各位大人先回府歇息，更衣換裝，父皇已命人在宮中備下晚宴為諸位將軍接風慶功！」太子高聲笑道。

太子話音一落，各位將軍家中家眷出城相迎的全都迎上前，熱淚盈眶。

「孤送郡主回鎮國郡主府。」太子知道白家大都城中已經無人，大長公主身體不適身邊需要三姑娘白錦桐照顧，故而遣了蔣嬤嬤帶著白家七姑娘來，可和別的將軍舉家相迎，難免顯得冷清。

太子這是有意抬舉白卿言，畢竟白卿言現在已經為他效力。

白卿言忙道：「不敢勞煩太子殿下！」

「長姐！小四！」白錦繡和白錦瑟在護衛相護之下朝著白卿言的方向而來。

「長姐可曾受傷？小四可曾受傷啊？」白錦繡難忍心頭酸澀的情緒，扯起白錦稚的手看，「果然是燒傷了，這肯定要留疤了！」

北疆戰場的消息不斷傳來，白錦繡在大都城內如坐針氈。

「沒事兒的二姐，留疤總比丟了命好！」白錦稚滿不在意道，大約是因為太子和百姓都在的緣故，白錦稚又補充道，「再說了，用這一點傷，換邊疆百姓平安，小四覺得划算的很！」

白卿言抬手拍了拍白錦稚的腦袋，唇角止不住上揚。

白錦稚聽到馬車車夫喊「籲」的聲音，回頭。馬車停穩，只見騎馬而行的月拾一躍而下，立在馬車旁扶著一身月白色直裰，身形修長氣質溫潤沉穩的蕭容衍下了馬車。

蕭容衍朝著白卿言和太子的方向長揖一禮。

白錦稚，一臉驚喜：「蕭先生！」

「容衍不是說明日才能到？」太子亦覺驚喜不已。

蕭容衍視線落在白卿言身上，道：「晉國境內一路坦途，故而來的要比預料之中快一點。」

白錦稚心裡偷樂，這蕭先生肯定是為了她們家長姐趕來的。

「郡主、秦夫人、縣主、七姑娘。」蕭容衍笑著同白家幾位姑娘行禮，態度不卑不亢，語聲醇厚溫潤，讓人如沐春風。

之前白卿言人在北疆，可關於大燕和大魏的消息，耳邊卻一直沒有斷過。

兩月之前，魏國趁大燕主力盡在戎狄之時，調兵前往大燕邊境意圖生事開疆拓土，可不知道為什麼魏國陳兵大燕邊境，大燕卻未曾派兵前往，而魏國又遲遲未曾開戰。

之後便又有消息稱，大燕意圖征伐魏國已久，早前大燕是有意收斂鋒芒，欲先奪回南燕失地，而後再攻魏。

大燕奪回南燕後國力大增，如今正等著魏國朝他大燕出手，才能名正言順的攻打魏國，占魏國城池土地。

魏國正是因此遲疑不敢動，誰知七月初大燕猛將謝荀率大燕主力回國，直奔大燕邊界，大燕使臣也奉大燕皇帝之命入魏國王城，直言大魏半月之內，若不將邊界之兵撤回，大燕將視為魏國宣戰。此時的大燕已經完全控制戎狄，得天然牧場，正是兵強馬壯之時，大魏何敢觸其鋒芒？戎狄內戰暫時停歇，但大燕並未將南戎全部消滅，這本就是大燕想要的。

如今大燕以助戎狄之名，駐兵戎狄，又稱大燕有危，以大燕銳士當先護母國為由，將主力悉數撤回大燕。南戎頻頻生事，戎狄需依靠燕軍，魏國陳兵大燕邊境這一舉動，看似大燕自顧不暇不得已從南戎撤回主力，可暗裡……反倒使大燕盡得其利。

北疆之時，白卿言聽聞這個消息，便想到蕭容衍那夜急急離開朔陽回魏之事，立時猜到此事乃是蕭容衍的手筆。

去歲，大燕還是在夾縫中求存之國，列國嘲其國小民貧，彷彿任何一國都能輕而易舉滅其國，它悄無聲息自立自強，奪回南燕沃土之後，讓大魏都不敢對其輕易開戰。

白卿言從蕭容衍所行所謀之中，已窺見到他欲得天下的雄心壯志，他正穩紮穩打為將來大燕所圖大業做準備。而晉國皇室，不論是這位太子，還是那位皇帝，所想的都是蠅營狗苟，勾心鬥角的權衡之術。

四目相對，白卿言難免會想到朔陽白府那夜涼亭之中發生的事，負在背後的手微微收緊，略略頷首：「蕭先生。」

太子垂眸一笑，心中覺得蕭容衍這是為心上人星夜兼程，想要迎一迎凱旋而歸的白卿言。

「大姐兒和四姐兒可算是平安回來了，大長公主聽說四姐兒受了傷，嚇得幾日高熱不退，整日跪求上蒼保佑，可算是……將大姐兒和四姐兒盼回來了！」蔣嬤嬤用帕子擦了擦眼淚，哽咽開口，「大姐兒呢？大姐兒身上可有受傷？大姐兒打小就是受傷不言語的，大長公主擔憂極了。」

白卿言對蔣嬤嬤笑了笑道：「嬤嬤放心，不曾受傷！」

說完，白卿言看向太子。

「太子殿下。」白卿言對太子抱拳行禮後道，「言來朔陽時，祖母便身體不適，如今北疆戰事平定，言想去清庵探望祖母，還請太子殿下替言在陛下面前陳情一二，言實在是擔心祖母，今夜恐無法進宮赴宴，等探望過祖母，明日啟程回朔陽之前，定會入宮向陛下請罪。」

「明日啟程回朔陽?!」太子頗為意外，「這麼快？」

「言也想早日帶四妹回朔陽，以免母親嬸嬸她們擔心。」白卿言說。

太子看了眼蕭容衍，有心撮合，點了點頭道：「不知道容衍可願替孤護送郡主、縣主，還有秦夫人與白家七姑娘前往清庵？」

蕭容衍忙長揖到地：「太子殿下吩咐，衍何敢不從？」
不等自家長姐開口婉拒，白錦稚連忙先對蕭容衍道謝：「那就有勞蕭先生！」
太子意味深長朝著蕭容衍笑了笑，扶著全漁的手上了馬車。
白錦繡側目朝白錦稚望去，垂眸覆在自己肚子上的手微微收緊，蕭容衍心悅長姐之事，幾乎已經到了大都城無人不知無人不曉的地步，太子為自家長姐牽線是為何白錦繡心裡清楚，可小四這又是為什麼？難不成，長姐對這位大魏富商蕭先生也動了心思？但以白錦繡對自家長姐的瞭解，不到白家重振，可以威懾林家皇權之時，長姐絕不會談論兒女私情。
「郡主請！」蕭容衍對白卿言做了一個請的姿勢。
白卿言也沒有客套，吩咐盧平將沈青竹和紀琅華送回鎮國郡主府，便上了白錦繡的馬車，讓白錦稚去同小七白錦瑟同乘一輛好好說說話，吩咐白錦瑟照顧好受傷的白錦稚。
蔣嬤嬤聽出這是白卿言和白錦繡有話要說，忙道：「大姐兒放心，老奴會照顧四姐兒的！」
「辛苦嬤嬤！」白卿言對蔣嬤嬤頷首。
白錦稚扶著白卿言上馬車時，壓低了聲音對白卿言道：「長姐，蕭先生肯定是知道長姐今日到大都，專程快馬加鞭趕回來的！」
白錦繡點了點白錦稚的腦袋，暗含警告看了白錦稚一眼：「別亂說話！」
白錦稚嘿嘿一笑，規規矩矩朝著白錦繡行了禮道：「是！遵命！」
白錦繡被白錦稚弄得哭笑不得，只得上了馬車。
如今七月，白錦繡已經有了近八個月身孕，肚子已經很大，蕭容衍特意吩咐了馬車走慢些。
蕭容衍馬車在前，帶刀護衛騎馬於兩側護衛三輛馬車緩緩前往皇家清庵。

全漁回頭見白卿言一行人上了馬車離開，對太子稟了一聲。

太子今日心情不錯，點了點頭，閉上眼歪在團枕之上。

南疆一戰，他曾強捧白卿言為殺神，多少人當初將此看成嘲諷之稱，當然……眾人嘲諷也是順了太子的意。

而如今，北疆與大樑一戰，白卿言可謂再次名震列國，即便是還夠不上一個殺神之稱，也絕對算得上讓列國膽寒的一位戰將！他們晉國有如此猛將鎮守，還能懼怕他國來犯?!

只是……白卿言那個身體，是個大問題！

在晉國沒有新的足以震懾列國的猛將之前，白卿言可千萬不能死啊！

馬車之上，白錦繡與白卿言說起這些日子以來大都城發生的事情。

「左相幼子李明堂的雙腿算是徹底廢了，左相開了李家祠堂告罪祖宗，將李明堂送回了祖籍，倒是左相的長子李明瑞在此次賑災之中，立了功，如今被調到了戶部去當差，皇帝欽點其任了戶部侍郎，大都城不少人眼熱！都說這李明瑞是沾了父親左相的光，可誰知道李明瑞一上任將此次北疆之戰籌措糧餉之事辦的極為漂亮，倒也沒有人再說什麼了。」

白卿言半垂著眸子，李明瑞的能力毋庸置疑，他為李茂長子，自小便是由李茂親自教導長大，手段還是有一些的。

「此次燕沃災情激發民變，後來太子去賑災出發一日便摔下馬受傷回都，再後來兵至燕沃，凡遇民亂格殺勿論！總算是鎮住了此次民變。李明瑞回都之後，曾對皇帝言，流民大多都前往大燕方向去了，且有人傳言……凡去大燕者，享大燕姬后新政，可得良田房屋，且減免稅，皇帝聽聞倒是挺高興的，覺得流民入燕，有燕國頭疼的！」

白錦繡說這些話時，眉目間帶著顯而易見的不贊同。

民……乃國之本！這五個字，是祖父翻來覆去教導他們的！

若無百姓，何來一國。且民強才能兵強，若連民都沒有……何談兵？又何談兵強?!

「長姐……此事若是真，大燕了不得啊！」白錦繡抬手輕撫著腹部，忍不住發出感慨。

是啊，大燕的確了不得！

白卿言見過那位燕帝，也見過大燕質於晉國的那位嫡次子，更知道蕭容衍。

同是皇室，禁不起比較啊……

感歎完大燕，白錦繡又道：「說起燕沃災情，梁王此次被押了回來，進宮面見皇帝後，不知道說了些什麼，皇帝幾次設宴倒是派人將梁王也喚了過去。梁王做足了孝子模樣，隔三差五進宮請安，還是那唯唯諾諾的樣子，每次見到太子都是誠惶誠恐，平日裡除了皇帝召見去向皇帝請安會出門外，都在梁王府裡閉門謝客，大門不出二門不邁！可一日比一日更得皇帝寵愛！」

白卿言眸子瞇了瞇，皇帝不會無緣無故對梁王施恩，尤其是在梁王燕沃賑災之事辦砸之後。

「長姐，我想來想去，是不是因為皇帝知道了太子在此次賑災之事上對梁王使了絆子，不想傷及太子顏面又想要給太子警告，所以才故意對梁王施恩的？」白錦繡對此事也是百思不得其解。

白卿言想了想之後問：「皇帝對太子的態度，可有變化？」

白錦繡搖頭：「這倒不曾。」

白卿言聞言，緩緩靠在馬車團枕之上，細細思索，手指無意識撫著團枕流蘇，半晌才道：「想來，是梁王做了什麼事，迎合了皇帝的心思！」

可會是什麼事呢？白卿言不免想到了他們白家在離開大都之前，紀琅華鬧得那一齣。

皇帝當時將紀琅華喚入宮中，白卿言可不信皇帝只是單純的好奇，必然是對此事上了心。

梁王向皇帝獻了秋貴人，但因為盧寧嬅的出現讓秋貴人在皇帝心中的地位大不如前。

燕沃賑災，梁王又辦砸了。依照皇帝的個性，一向不喜唯唯諾諾的梁王，梁王罪責定然難逃。

可皇帝卻沒有責罰，反倒施恩，隔三差五將梁王召入皇宮之中，可見其中貓膩。

白卿言想到剛才蔣嬤嬤有意當著太子的面，專程提起大長公主發熱之事，分明就是有意讓她前往清庵探視祖母。

想來，定然是盧姑娘發現了什麼，需要在她進宮之前，先與她通氣兒吧！

如果她猜的沒有錯，皇帝之所以開始向梁王施恩，怕與之前紀琅華所鬧之事有關。

若真是如此，梁王可真是一隻打不死的臭蟲，可真是……會想方設法的翻身。

「還有一事，我爹的那個孽障……自從被送到九曲巷王家少爺那裡，我便派人盯著九曲巷，說來也怪，這幾日倒是發現……梁王府的管事不知道怎麼和九曲巷的王家少爺攪和在一起。」

白卿言聽到白錦繡此言，眉頭一緊：「此事，你再派人細查，看看到底是怎麼回事兒。」

「我已經派人去查了！若是在長姐回朔陽之前，沒有得到結果，等出了消息，我便派人快馬前往朔陽給長姐報信。」

白卿言看著腹部已經高高隆起的白錦繡，抬手輕輕撫了撫白錦繡的腹部：「辛苦你了，懷著身孕還要操心這些事情！」

「長姐這話就讓錦繡羞愧難當了！長姐為撐起白家比錦繡辛苦太多！錦繡……只盼著能為長姐分擔一二！」白錦繡道。

「如今洪大夫還未回大都，你懷著身孕凡事多留心一些！洪大夫說最晚會在你臨盆前一個月回來，應該快回來了！屆時有洪大夫坐鎮，我也能放心些！」白卿言望著白錦繡的肚子輕聲道。

「沒關係的長姐，即便是洪大夫趕不回來，有盧姑娘在！還有黃太醫在！黃太醫是洪大夫的師弟，醫術也不差的！」白錦繡說著眉目間便有了幾分暖意，秦朗更是擔心不已，早早便同黃太醫打過招呼，黃太醫曾偷偷和白錦繡說過此事，言語間對秦朗很是欣賞。

「秦朗那一個弟弟和兩個妹妹，可曾再鬧過什麼么蛾子？」白卿言又問。

白錦繡搖了搖頭：「都是小打小鬧，不過是想著以孝道逼我將他們的母親蔣氏迎回來，為她們親事操持，可幾次三番都被擋了回去，昨日秦朗也明言，她們若是想念母親，可以送她們去同母親團聚，想來她們也不敢再鬧了，長姐放心。」

如今秦家這兩個姑娘年紀漸大了，親事也該提上日程，眼看著沒法將蔣氏接回來，兩個姑娘只得依靠這個身有一品誥命的白錦繡。可是秦家兩個姑娘有蔣氏那樣的母親，誰家敢與她們結親？偏偏這兩個姑娘還心高氣傲的不行，高不成低不就。一個異想天開想同呂相家那呂元慶結親，一個更是將從未蒙面的董長元一口一個長元哥哥叫著，說沾親帶故也算是董長元的表妹，倒是可以親上加親！白錦繡也是涵養太好，才沒有對著那兩個姑娘冷笑。

今年出了一個科舉舞弊案，雖然金榜未發，可誰位列三甲……倒是悄悄的傳了出來。

如今，陳太傅的孫子陳釗鹿，呂相之孫呂元慶，還有登州刺史董清嶽之子董長元，三人是貴女們議親最熱門的人選。

見陳太傅和呂相家的門檻她們兩個人夠不上，就專心打起了董長元的主意。

抱怨白錦繡說，陳釗鹿和呂元慶就罷了，可那董長元可是自家表哥，怎麼就不能親上加親？還說只要白錦繡肯開口，就沒有不成的！

白錦繡便好好言好語告訴兩人，親事眼光不能太高，傳揚出去名聲不好。

兩人便大哭大鬧，說白錦繡記仇故意用婚事拿捏她們，她們沒有母親作主還不能說上兩句了。

白錦繡倒也不曾和秦朗告狀，只是挑了秦朗在屋內小睡的一日，在偏廳見了這兩個姑娘，秦朗聽白錦繡身邊的翠碧說，這已經不是秦家兩個姑娘第一次來白錦繡面前鬧了，白錦繡想著秦朗讀書辛苦不能分心，也不讓她們告訴秦朗此事，方才兩個姑娘在院門外尋死覓活，白錦繡怕影響秦朗休息，這才在偏廳見了兩個姑娘。

秦朗當即大怒。那董長元……可是登州刺史的嫡次子，就連陳太傅和呂相都想將自家孫女嫁給董長元，怎麼就能輪到她秦家的姑娘了？她們不知道她們母親是個什麼德行，不知道她們父親是怎麼死的？不知道秦家已經沒有了爵位，竟然也敢妄圖借著白家勢攀親戚肖想！

雖然生氣，秦朗也還是忍著怒火勸了兩人，告訴他們在長嫂懷孕之際，要幫扶長嫂，不要在長嫂面前胡鬧。

後來兩人收斂了幾日，又開始左纏右鬧，見白錦繡就是收了董家的帖子，也不帶她們去董府做客，心中惱火不已。

昨兒個秦朗那兩個妹妹在秦朗的書房前哭，說思念母親。秦朗被哭煩了，只說若是她們想母親想到日日來煩擾他讀書，他便送她們去同母親團聚，那兩個秦家姑娘嚇得忙回去不敢再提此事。

此等小事也已處理妥當了，並未費什麼大功夫，更不值得拿這家長裡短來同白卿言細說。

白卿言見白錦繡眉目間的笑意真心，用力握了握白錦繡的手：「只要秦朗對你好，就好！」

提到這個，白錦繡望著白卿言，問：「長姐……可是對那位蕭先生有意？」

白卿言垂下眸子道：「白家前路未明，何敢兒女情長？」

何敢？白錦繡攥著帕子的手收緊，那便是說……長姐對這位蕭先生果真有意。

白錦繡沉默片刻，想了想蕭容衍這個人：「長姐，我們姐妹私下裡說話，若是長姐對這位蕭先生真的有意，可讓這位蕭先生入贅我們白家也好啊！」

入贅?!白卿言看著白錦繡低笑了一聲，大燕九王爺怎會入贅白家？

「錦繡，白家前路未明，白家世代所期望的海晏河清還未達成，長姐不會考慮男女之事！」白卿言笑道，「你不必在此事上費心！」

白錦繡欲言又止，長姐之志……絕不是嫁人生子，拘於後宅，她懂。

馬車緩緩停在皇家清庵門前，白卿言扶著白錦繡下了馬車，見身姿挺拔頎長的蕭容衍立在清庵桂花樹下，彷彿周身都是那桂花的香氣，高闊眼輪之下那雙漆黑幽邃的眸子含笑，正溫情脈脈注視著她，眼神如同那夜朔陽湖心亭中一般。

蕭容衍五指擠入她的指縫之間，緊緊扣住她的手背時……掌心火熱的溫度，似乎卷土重來，讓她手心發癢。白卿言穩住心神，上前對蕭容衍行禮：「多謝蕭先生一路相送，辛苦了！」

蕭容衍還禮：「能為白大姑娘效勞，衍……甘之如飴。」

白卿言笑著對蕭容衍頷首後，隨蔣嬤嬤和白錦繡、白錦稚、白錦瑟踏入了清庵大門。

月拾上前低聲問注視著白卿言離開的蕭容衍，問：「主子，我們走吧！」

「不急……」蕭容衍唇角帶著一抹笑意，他剛才分明看到白卿言的耳朵紅了。

白卿言皮膚極白，她雖克制的極好，卻還是藏不住雙耳通紅。

時值七月，大長公主所在的院落，已是濃陰滿院。

院內用月懷紗搭起了天棚，倒是不必擔憂樹蔭下有飛蟲。

大長公主與盧姑娘就坐在院中樹下下棋，盧寧嬅見大長公主目光時不時往院外瞟，笑道：「今日大姑娘和四姑娘回來，義母的心不定了。」

「是啊！」大長公主將手中棋子悉數放入棋盒之中，「戰場之上九死一生，兩個孩子肯定都受傷了，尤其是阿寶……受了傷從來不說，都是自己硬扛著，怕我們擔心！」

「義母放心，一會兒大姑娘來了，寧嬅就先給大姑娘診診脈，若是大姑娘身上有傷，定然瞞不過！」盧寧嬅說著起身拿起茶壺，「寧嬅去給義母重新換一壺茶，就換……大姑娘喜歡的雀舌可好？」

「好！」大長公主頷首。

遠遠大長公主聽到蔣嬤嬤與白卿言說話的聲音，忙扶著石桌起身往門前走了兩步。

看到還未來得及換甲的白卿言和白錦稚，大長公主眼眶就紅了……耀目日光之下，那一身銀甲的少女，將長髮俐落束於頭頂，身姿挺拔修長，步伐鏗鏘，滿身的殺伐之氣。

恍然間，大長公主想到了自己的丈夫、兒子和孫子！

他們各個都是這樣頂天立地之姿，可到底都還是折損在了南疆。

大長公主眼眶一濕，彷彿看到白家十七子身著銀甲出征之時意氣風發的模樣，可如今……再也沒有白家十七郎！

見白卿言一行人快要進來，大長公主用帕子沾了沾眼淚，打起精神轉身回到石桌前坐下，從棋盒裡撿了幾顆棋子，攥在手心裡……目視棋盤。

「長姐，剛才小七在馬車上和我說，呂元鵬那一群紈褲參軍去了北疆！我想他們應該就在我們回來時，去邊塞駐防的那一批新軍裡！」白錦稚聲音十分歡快。

「對呀！」白錦瑟乖乖巧巧道，「呂元鵬走時鬧得挺大的，都城裡和他們玩得好的紈褲一群人浩浩蕩蕩，都跑到軍營裡去了！後來壽山公、巡防營統領范餘淮范大人都跑到呂相府，求呂相管管呂元鵬，幾位大人更是跑去軍營想接自家孩子回來，呂元鵬還挺義正言辭，說保家衛國匹夫有責，白家連女兒家都奔赴戰場為國捨命，而諸位大人身居高位，食天下百姓稅賦養，難不成是想拘著自家熱血男兒在家繡花嫁人嗎？」

白錦稚聽到這話，眼睛睜得圓圓的：「呂紈褲還能說出這些話？」

想了想白錦稚又覺得有些不對味兒，眉頭緊皺：「我怎麼覺得呂元鵬這話，是在說我們白家女兒家應該繡花嫁人呢？」

白錦繡用帕子掩著唇低笑道：「不過呂元鵬這一番話，倒是讓大都城的百姓對這群紈褲有所改觀，就連陛下也稱讚他們是晉國的熱血好男兒，雖是紈褲，瑕不掩瑜。」

「後來，那些以強權壓著軍營放人，強行將自己家孩子拽回去的，又連忙將自家孩子送去了軍營！倒是白白累得呂相之前屈尊挨個致歉。」白錦瑟光是想起那場景都想笑。

呂元鵬雖然喜歡招貓逗狗，可本性不壞，吊兒郎當之下又有幾分赤子心腸，否則當初白家兒郎也不會同呂元鵬親近。

眼看馬上到小院子門口，魏忠快行兩步，替白卿言一行人挑開天棚紗帳。

大長公主一頭銀絲梳得一絲不苟，只插了根金鑲翠玉的簪子，身上穿著去歲做的夏衣，上頭繡著海棠花樣式，舒適又雍容。她就坐於院中石桌前，手執棋子，垂眸觀棋盤。極淡的日頭光暈從樹葉間隙投下，映著一旁插著幾支桂花的甜白釉花瓶，似有一圈朦朧的光暈。

相比上次相見，大長公主清減不少，許是一直食素的緣故，雙頰削瘦，眼窩也更深了些。

白卿言帶著三個妹妹進來，恭恭敬敬對大長公主三叩首後，才起身問道：「給祖母請安！聽蔣嬤嬤說祖母病了，祖母可曾好了些！」

大長公主將手中棋子放入棋盒，沙啞著嗓音問：「北疆行可曾受傷？小四的手可好了？」

「回祖母的話，手背小傷不礙事！」白錦稚按照白卿言交代的回了大長公主，帶著笑意的目光澄澈純粹，還是一團孩子氣長不大似的。

大長公主看向白卿言，想伸手喚白卿言到身邊來，可看著她一身戰甲的模樣，想起兒孫，心中愧疚攥著佛珠的手始終抬不起來。

風過，樹葉沙沙作響，鋪在石桌上青碧色的螺紋桌布被掀起一角。

大長公主還是低聲問：「阿寶，你呢？」

「勞祖母掛心，阿寶一切都好！」白卿言回道。

大長公主點了點頭，就見盧寧嬅挑開湘妃竹簾從偏房出來，手裡端著黑漆描金的方盤，有碟如拇指蓋那麼大……做得十分精緻的海棠花樣的點心，還有瓶溫了許久的桂花甜蜜。

盧寧嬅和眾人見了禮，這才笑著道：「今日大姑娘和四姑娘凱旋，大長公主特地讓人備了一壺桂花甜蜜來代酒，恭賀兩位姑娘！」

這裡沒有白家祠堂，出征她帶的也並非是白家軍。

可大長公主今日彷彿惦記起了，白家曾經大勝歸來熱熱鬧鬧敬告祖宗平安還都的場景。

白卿言上前對盧寧嬅頷首後端起黑漆方盤裡的酒盅，飲盡桂花甜蜜，再朝大長公主跪拜行禮：

「白家長女白卿言，平安還都。」

白錦稚眼眶微熱，她想起那日見到七哥時，七哥跪在長姐面前，說平安還都時的情景，她多希望……白家的每一個男兒，都能回來，都能跪在祖母面前，敬告祖宗長輩，他們平安回來了。

白錦稚有樣學樣，上前喝完甜膩膩的桂花甜蜜，朝大長公主再拜行禮：「白家四女白錦稚，平安還都！」

大長公主含淚點了點頭：「好！平安就好！」

蔣嬤嬤也將盧寧嬅泡好的茶端了出來，讓人在石凳上墊了幾個軟墊。

白錦繡懷著身孕，蔣嬤嬤給白錦繡上的是桂花茶，香氣四溢倒是很好聞。

「小七……你帶著你四姐去多折些桂花來，今兒個你長姐在！今日晚膳，讓蔣嬤嬤親自下廚，做一道你長姐喜歡的桂花山藥來。」

大長公主有意支開白錦稚和白錦瑟兩個孩子，白錦稚不是聽不出，她點頭拉起白錦瑟道：「好！許久未曾吃到蔣嬤嬤做的桂花山藥，小四倒是想念的很！」

白錦稚同白錦瑟離開之後，大長公主讓盧甯嬅坐。

半晌之後，大長公主才一臉心痛開口：「皇帝現在是越來越荒唐了！」

盧寧嬅起身行禮後道：「這一陣子，寧嬅給皇帝診脈，覺得皇帝精神奕奕，脈象卻有些奇怪，彷彿是食用過丹砂的跡象！」

「姑姑是說，陛下在服用丹藥？」白錦繡一驚抬眼看向盧寧嬅。

「正是！不過丹藥這樣東西，聽說是近些年在大魏世族之間盛行起來，服之可令人紅光滿面，精神奕奕，有傳言說可以延年益壽，雖說丹砂這樣東西也屬藥物，若是適量內服，可治心悸易驚，失眠多夢，癲癇發狂等症，但絕不宜多食，更不宜久食。」

若是說延年養生丹藥這個東西，真正應該算是從晉國盛行起來的，大長公主的祖父文德皇帝便是因為延年養生丹藥這東西撒手而去的，後來大長公主之父繼位，第一件事便是禁皇室子嗣除因患病需要之外，沾染服用這類丹藥。

白卿言垂眸細細思索，所以……梁王是向皇帝進獻了丹藥，才會被皇帝施恩的？

盧寧嬅看了大長公主一眼，才繼續道：「若是皇帝一直服用此丹藥，再加上西涼情藥，皇帝怕是撐不了兩年。」

「皇帝開始服用丹藥，對梁王日漸恩重……」白錦繡將兩件事聯繫在一起，一下子想透了其中關竅，「難不成是梁王進獻的？」

此時，魏忠適時開口：「梁王在去燕沃賑災之前，遣散了府中大批奴僕，只留了灑掃之人，和幾個平時貼身伺候的，其餘人都打發了！如今梁王府有陛下親自派去的暗衛護著，如同鐵桶，倒是不好打探消息。」

白卿言端起茶杯的手一頓，皇帝派暗衛護著梁王府？

僅僅就是為了梁王進獻了丹藥，皇帝就如此看重梁王了？又或者說……是看重梁王府！

若是為了護衛梁王，在梁王身邊派了暗衛也就是了，為何要護衛梁王府？

難不成，皇帝不敢明面上違背祖上禁止皇室子嗣沾染丹藥禁令，便命梁王在梁王府煉丹？

「可查過梁王府這段日子的採買情況？」白卿言問。

魏忠和白錦繡都沒有想到這裡，魏忠率先告罪：「是奴才疏忽！」

「著重查查，梁王府是否採買過三黃、硝石、松脂等物。」白卿言道。

白錦繡點了點頭：「這個交給我，應當很快能查清楚。」

「若是皇帝真的碰了丹藥這個東西……」大長公主搖了搖頭，「怕是命不久矣，但此事……皇帝做得極為隱秘，但凡去勸說皇帝之人，必定會被皇帝疑心在他身邊安插了眼線。」

作為大長公主，她更不能去勸了，她是大晉國的大長公主……是皇帝的姑母不錯，可是在皇帝眼中，她也是白家人！

雖說，令皇帝寢食難安的兵權白家已經悉數交出，可皇帝卻還不放心白家……對她的孫女白卿言百般防備，這個時候她這個白卿言的親祖母再去勸，皇帝即便不會對大長公主做什麼，也一定會想釜底抽薪對白卿言甚至全部白家遺孤動殺心。

與其如此，不如就讓皇帝自己去折騰吧！讓太子儘快繼位也好，至少太子……信得過白卿言。

白卿言反而不擔心應當讓誰去勸皇帝，只是擔心皇帝死的過早，徒增變數罷了。

「之所以在你進宮之前把你叫過來，除了告訴你這件事之外，還是要你小心梁王！」大長公主說完之後，對魏忠道，「把人帶上來！」

魏忠頷首稱是轉身出了院子。

白錦繡看向大長公主，不解：「祖母？」

「自從梁王承認，讓阿寶身邊那個婢子將那所謂仿了你們祖父筆跡的書信……放入你們祖父書房以此來救信王之後，我便日日在想梁王此人！總覺得梁王並非蠢鈍到連叛國是何罪都不知的愚蠢之人，他如此行事，想來是為了將白家置於死地！」大長公主說起這個難免心驚，不自主撥弄起手中佛珠，「我便讓魏忠去查，為何梁王要如此對白家，也總算是查出些眉目。」

大長公主話音一落，很快魏忠便拎著一個雙腿發軟站都站不直的青年男子進門。

那男子未蓄鬍，皮膚白細，缺一臂。

他一進門看到一身銀甲殺伐之氣的白卿言，再看到威儀十足的大長公主，膝蓋發軟直接跪下，哆哆嗦嗦打顫，硬是被魏忠拎著後領口，拖到了大長公主和白卿言、白錦繡面前。

那男子慌忙跪好，重重朝大長公主的方向叩首，頭也不敢抬。

「你是何人？」白錦繡凝視跪在地上的男子問。

「奴……奴才，乃是梁王府上伺候梁王茶水的，以前奴才是跟在童吉公公身邊聽從童吉公公吩咐，後來……童吉公公死後，梁王殿下遣散了梁王府的下人僕從，奴才也調到梁王身邊伺候梁王，奴才便頂替了童吉公公伺候梁王！」

那太監試探抬眸，卻在看到白卿言銀甲下擺時，又嚇得將頭埋在地上，老老實實交代：「一日，奴才……奴才為了能讓梁王殿下知道自己和童吉公公關係不錯，能高看小的一眼，便設計偷偷給童吉公公燒紙讓梁王碰到，順勢與梁王說奴才與童吉公公關係非常要好。」

「誰知……小的竟然撞到了梁王同一個黑衣男人說他和白家有著血海深仇，說當年鎮國王為御史簡從文翻案，意圖逼死佟貴妃，二皇子這才迫不得已造反！要是沒有鎮國王多事……現在的儲君本就應該是二皇子的，二皇子當年何須造反！那黑衣男子說……鎮國王白氏一門男兒皆死，為何梁王還要致白氏一門於死地！梁王說，因為……因為鎮國郡主還未死，白家的榮耀就還在！他要白家家破人亡，盛譽全毀才能泄心頭之恨，所以是誠心合作！」

那太監說這話時，滿心的惶惶不安，全身顫抖不止，似乎還很後怕。

「奴才自知聽到了梁王天大的秘密，想趕緊逃離，沒想到驚動了梁王！奴才沒有辦法只能按照之前的說詞，說是要偷偷給童吉公公燒紙錢！梁王卻說，既然奴才與童吉公公關係如此要好親如兄弟，不如就去地下陪伴童吉公公，如此童吉公公便也不寂寞了！」

「然後梁王身邊的護衛就將奴才打暈了，等奴才醒來的時候，人已經在馬車上，他們把奴才帶到童吉公公的墓前，要將奴才活埋在童吉公公身邊，奴才要逃……那護衛就抽刀要殺我，奴才只得跳入河中才躲過一命，這條手臂也是那個時候沒的！這還要多虧了魏大人將奴才從河裡救了出來，又安排了死屍頂替奴才，否則……奴才這條命休矣！」

那太監用尖細的聲音哭哭啼啼說完，抬眸看了眼白卿言，正正好碰上白卿言審視的目光，連忙低下頭去。

「那黑衣人是誰，你可看清楚了？」白卿言問。

「不曾……」太監說完又忙道，「不過，小人聽梁王稱呼那人為王爺！說……請王爺放心，本殿下是誠心與王爺合作！」

王爺？白卿言垂眸摩挲著手中茶杯，細細思索。

STORY 075

女帝 卷四

作者 千樺盡落
主編 汪婷婷
編輯協力 謝翠鈺
企劃 鄭家謙
美術設計 卷里工作室 季曉彤

董事長 趙政岷
出版者 時報文化出版企業股份有限公司
108019 台北市和平西路三段二四〇號七樓
發行專線——(〇二)二三〇六六八四二
讀者服務專線——〇八〇〇二三一七〇五
(〇二)二三〇四七一〇三
讀者服務傳真——(〇二)二三〇四六八五八
郵撥——一九三四四七二四時報文化出版公司
信箱——一〇八九九 台北華江橋郵局第九九信箱

時報悅讀網 http://www.readingtimes.com.tw
法律顧問 理律法律事務所 陳長文律師、李念祖律師
印刷 勁達印刷有限公司
一版一刷 二〇二四年五月二十四日
定價 新台幣三五〇元
缺頁或破損的書，請寄回更換

時報文化出版公司成立於一九七五年，
並於一九九九年股票上櫃公開發行，於二〇〇八年脫離中時集團非屬旺中，
以「尊重智慧與創意的文化事業」為信念。

女帝 / 千樺盡落作 . -- 一版 . -- 臺北市 : 時報文化出版企業股份有限公司 , 2024.05-
冊 ; 14.8×21 公分 -- (Story ; 75-)
ISBN 978-626-396-267-5(卷 4 : 平裝). --

857.7 113004813

ISBN 978-626-396-267-5
Printed in Taiwan